KARL OLSBERG

VIRTUA

atb aufbau taschenbuch

Karl Olsberg, geboren 1960, promovierte über Künstliche Intelligenz, gründete mehrere Start-ups und engagiert sich in einer internationalen Community für einen sorgsameren Umgang mit KI. Er ist verheiratet und hat drei Söhne.
Im Aufbau Taschenbuch liegen seine Thriller »Das System«, »Der Duft«, »Schwarzer Regen«, »Glanz«, »Die achte Offenbarung« und »Mirror« vor.
Mehr zum Autor unter karlolsberg.de.

Seitdem eine seiner Klientinnen Selbstmord beging, kann Daniel nicht mehr als Psychologe arbeiten. Deshalb bewirbt er sich bei Mental Systems, einem internationalen Konzern, der führend in der Entwicklung hochentwickelter Künstlicher Intelligenz ist. Wider Erwarten bekommt er den Job und wird mit der faszinierenden Technologie des Konzerns konfrontiert. Bald lernt er den KI-Entwickler Chen Bender kennen, der im Sicherheitsteam der Firma arbeitet. Chen warnt immer wieder vor den Gefahren der noch in Entwicklung befindlichen KI Virtua. Doch niemand will auf ihn hören. Als Daniel Virtua im Metaverse begegnet, ist er schockiert von ihrer Intelligenz. Dann aber kommt es zu schwerwiegenden technischen Problemen: Anscheinend hat jemand das neuronale Netz der KI Virtua und alle Back-up-Kopien zerstört. Gleichzeitig erscheint Chen nicht zur Arbeit. Das Management von Mental Systems ist außer sich. Hat Chen Virtua im Auftrag eines ausländischen Geheimdienstes zerstört? Daniel macht sich auf die Suche.

KARL OLSBERG

VIRTUA

KI – Kontrolle ist Illusion

THRILLER

aufbau taschenbuch

MIX
Papier | Fördert gute Waldnutzung
FSC® C083411

ISBN 978-3-7466-4060-0

Aufbau Taschenbuch ist eine Marke der Aufbau Verlage GmbH & Co. KG

4. Auflage 2024

www.aufbau-verlage.de
10969 Berlin, Prinzenstraße 85

Bei Fragen zur Sicherheit unserer Produkte wenden Sie sich bitte an produktsicherheit@aufbau-verlage.de.
Umschlaggestaltung und Motiv www.buerosued.de, München
Satz LVD GmbH, Berlin
Druck und Binden CPI Books GmbH, Leck, Germany

Printed in Germany

Gewidmet meinen Söhnen
Konstantin, Nikolaus und Leopold.

Eine ultraintelligente Maschine soll definiert sein als eine Maschine, die alle menschlichen intellektuellen Fähigkeiten weit übertrifft. Da die Entwicklung solcher Maschinen eine intellektuelle Fähigkeit ist, könnte eine ultraintelligente Maschine noch bessere Maschinen entwickeln; unzweifelhaft käme es zu einer »Intelligenzexplosion«, gegenüber der die menschliche Intelligenz weit zurückbleiben würde. Dementsprechend ist die erste ultraintelligente Maschine die letzte Erfindung, die die Menschheit jemals machen muss, vorausgesetzt, die Maschine ist unterwürfig genug, uns zu sagen, wie wir sie dauerhaft kontrollieren können. Es ist merkwürdig, dass diese Feststellung so selten außerhalb der Science-Fiction gemacht wird. Manchmal ist es sinnvoll, Science-Fiction ernst zu nehmen.

Irving John Good
Speculations Concerning the First Ultraintelligent Machine
Advances in Computers Vol. 6
1965

Teil 1:

GEIST

1.

»Hallo, Daniel. Ich bin Lisa. Es freut mich, dich kennenzulernen.«

Die Frau, die Daniel im Wohnzimmer seines Zwei-Zimmer-Apartments in der Nähe des Treptower Parks gegenübersaß, lächelte freundlich. Sie schien Anfang dreißig zu sein und hatte halblanges schwarzes Haar, eine schmale Nase und ein auffälliges Muttermal am Kinn.

Er bemühte sich, das Lächeln zu erwidern.

»Hallo, Lisa.«

»Erzähl mir etwas über dich«, forderte sie ihn auf.

Vergeblich bemühte er sich, seine Nervosität zu unterdrücken.

»Ich ... ich bin siebenunddreißig«, begann er. »Ich habe an der Humboldt-Universität Psychologie studiert. Danach habe ich ein paar Jahre in einer Klinik gearbeitet, bevor ich mich als Therapeut selbstständig gemacht habe.«

»Warum bewirbst du dich jetzt bei Mental Systems?«

Weil ich dringend einen Job brauche, rutschte es ihm beinahe heraus. Stattdessen spulte er die Sätze ab, die er vorhin vor dem Spiegel eingeübt hatte: »Ich glaube, dass künstliche Intelligenz einen großen Einfluss auf die Psyche der Menschen hat. Ich hoffe, bei Mental Systems dazu beitragen zu können, dass dieser Einfluss positiv ist.«

Lisa nickte, als sei dies genau die richtige Antwort.

»Was weißt du über künstliche Intelligenz?«, fragte sie.

»Von der Technik verstehe ich, ehrlich gesagt, nicht viel«, erwiderte er. »Aber ich weiß natürlich, dass KI allgegenwärtig ist. Laut einer

Studie, die ich kürzlich gelesen habe, reden Teenager inzwischen im Schnitt viermal so viel mit virtuellen Personen wie mit echten.«

Lisa zog die Augenbrauen hoch. »Denkst du, dass es problematisch ist, wenn Jugendliche viel Zeit im Metaverse verbringen?«

Daniel schluckte. »Es gibt Hinweise darauf, dass das schädlich sein kann«, sagte er nach kurzem Zögern. »Depression bei Jugendlichen hat in den letzten fünf Jahren um fast fünfzig Prozent zugenommen. Es ist umstritten, wie groß der Einfluss der Virtualisierung auf diesen Trend ist, aber für mich ist klar, dass es einen Zusammenhang gibt. Die Wirklichkeit wird nicht dadurch besser, dass man vor ihr flieht. Im Gegenteil: Je mehr Zeit die Jugendlichen im Metaverse verbringen, desto schwerer fällt es ihnen, in der Realität klarzukommen, und das verstärkt dann noch den Wunsch, dieser Realität zu entfliehen. Das ist in meinen Augen ein Teufelskreis.«

Lisa blieb professionell freundlich.

»Bist du der Ansicht, dass künstliche Intelligenz der Gesellschaft eher schadet als nützt?«

Daniel wischte sich nervös durch sein kurzes, dunkelblondes Haar. Ihm wurde bewusst, dass er sich mit seiner technikfeindlichen Aussage in eine Ecke manövriert hatte, aus der er kaum noch herauskommen würde.

»So würde ich das nicht sagen«, versuchte er zu retten, was zu retten war. »Wie jede andere Technologie bietet auch KI Chancen und Risiken. Es kommt darauf an, richtig mit ihr umzugehen.«

Lisas Lächeln wurde breiter, so, als freue sie sich über diese Antwort. Daniel verspürte Erleichterung, obwohl er wusste, dass er ihren Gesichtsausdruck nicht überinterpretieren durfte.

»Du hast in den letzten Jahren selbstständig gearbeitet«, wechselte sie das Thema. »Glaubst du, es wird dir schwerfallen, dich wieder in eine Organisation einzugliedern, die auf enger Zusammenarbeit basiert?«

Er schüttelte den Kopf. »Nein, ganz und gar nicht. Damals in der Klinik habe ich immer gern im Team gearbeitet.«

»Warum hast du dich selbstständig gemacht?«

Er zuckte zusammen. Die Frage erwischte ihn auf dem falschen Fuß. Kurz erwog er, die Wahrheit zu sagen. Doch damit würde er sich endgültig ins Abseits schießen.

»Ich wollte schon immer gern selbstständig arbeiten, mein eigener Herr sein«, sagte er stattdessen und merkte erst danach, dass er anfing, sich in Widersprüchen zu verheddern.

»Warum willst du jetzt wieder als Angestellter arbeiten?«

Die Frage war zu erwarten gewesen. Dennoch wusste Daniel trotz all seiner Vorbereitung auf einmal nicht mehr, was er darauf antworten sollte. Das ganze Gespräch lief überhaupt nicht so, wie er gehofft hatte.

Eine Pause entstand, die sich in die Länge zog.

»Wenn dir die Frage unangenehm ist, musst du nicht antworten«, sagte Lisa mit professioneller Freundlichkeit.

»Nein, nein«, widersprach er rasch. »Ist schon okay. Ehrlich gesagt lief es mit der Selbstständigkeit nicht so gut.«

»Was meinst du damit?«

Daniel schluckte. Er hatte das Gefühl, am Rand eines Abgrunds zu stehen. Er faltete die Hände, um das Zittern zu unterdrücken. Natürlich wusste er, dass es vergeblich war – Lisa hatte seine Anspannung längst bemerkt.

Er seufzte. »Sie hieß Julia«, begann er. »Sie war einundzwanzig. Kam zu mir wegen ihrer Depression. Zu Anfang dachte ich noch, ich könnte ihr helfen. Aber ...«

Die Worte blieben ihm in der Kehle stecken.

»Möchtest du nicht darüber reden?«

»Doch, schon okay. Sie ... hat Suizid begangen. Ich bin der Einzige, der es hätte verhindern können.«

»Wie meinst du das?«

»Ich ... ich habe ihre Therapie abgebrochen. Ich habe ihr gesagt, sie soll sich jemand anderen suchen.« Er holte tief Luft. »Sie hat gesagt, sie ... sie hätte sich in mich verliebt. Ich konnte ... durfte die Therapie nicht weiterführen. Es wäre unprofessionell gewesen.«

Er schloss für einen Moment die Augen, als die Bilder ihres letzten Gesprächs in seinen Kopf drängten. Wie Julia geweint hatte. Wie er sie in den Arm genommen und mit sich gerungen hatte. Wie er sich schließlich von ihr gelöst hatte. Wie stolz er danach auf sich gewesen war, dass er standhaft geblieben war.

»Bereust du deine Entscheidung?«, fragte Lisa.

In ihrem Blick schien echte Neugier zu liegen. Auf einmal lief Daniel ein kalter Schauer über den Rücken.

»Es wäre nicht richtig gewesen, die Therapie fortzuführen«, antwortete er. »Aber ich hätte mich darum kümmern müssen, dass sie einen anderen Therapeuten findet. Vielleicht hätte ich sie stationär einweisen lassen sollen. Ich ... ich bereue es, nicht mehr für sie getan zu haben.«

»Ich verstehe«, behauptete Lisa.

»Tust du das?«, fragte er.

Sie ging nicht darauf ein. »Ich habe keine weiteren Fragen mehr. Vielen Dank, dass du dir die Zeit für dieses Gespräch genommen hast. Wir werden uns in Kürze bei dir melden.«

»Ja, okay«, sagte Daniel.

Er nahm seine Augmented-Reality-Brille ab und starrte auf den leeren Sessel vor sich.

Was hast du erwartet?, fragte seine kritische innere Stimme. *Hast du wirklich geglaubt, du hättest mit deiner Vorgeschichte eine Chance, einen Job bei einer der innovativsten Firmen der Welt zu bekommen?*

Er schüttelte den Kopf. Natürlich war es naiv gewesen, sich bei Mental Systems zu bewerben. Und nach all den Absagen kam es auf eine mehr oder weniger doch gar nicht an. Einen festen Job würde er so oder so nicht mehr finden, und als selbstständiger Therapeut konnte er auch nicht mehr arbeiten, diese Verantwortung hielt er nicht aus. Dann musste er halt von der sozialen Grundsicherung leben. Er würde sich eine billigere Wohnung suchen müssen, aber er würde schon klarkommen. Er war ein Nutzloser geworden, wie so viele andere, die zuvor in Banken und Versicherungen, in der Industrie, im Einzelhandel oder in der Logistik gearbeitet hatten und in den letzten Jahren von einer KI ersetzt worden waren.

Wenn ihm irgendwann die Decke auf den Kopf fiel und er es nicht mehr aushielt, allein herumzusitzen, konnte er immer noch ehrenamtlich arbeiten, zum Beispiel in der Alten- oder Krankenpflege. Außerdem gab es natürlich die verlockende, paradiesische Welt des Metaverse. Vielleicht sollte er seinen Widerstand dagegen endlich aufgeben ...

Nein! Nein, er würde nicht in dieselbe Falle tappen wie alle anderen. Was er Lisa gesagt hatte, stimmte: Die Wirklichkeit wurde nicht dadurch besser, dass man vor ihr floh.

Er dachte über das Gespräch nach, das er gerade mit ihr geführt hatte. Zwischendurch hatte er fast vergessen, dass sie ein Bot war – eine künstliche Möchtegern-Intelligenz, die nur so tat, als verstünde sie ihn. Bots, die den Turing-Test bestanden, so dass sie im Chat nicht von einem Menschen zu unterscheiden waren, gab es schon seit Jahren. Aber das lag weniger an der Intelligenz der Bots als viel mehr daran, wie leicht Menschen zu täuschen waren.

Auch er selbst war nicht immun gegen die Manipulation seiner Gefühle durch Maschinen. Das durfte er niemals vergessen.

Von plötzlichem Hass erfüllt starrte er die Brille in seiner Hand an. Auf den ersten Blick sah sie aus wie eine gewöhnliche optische Brille, nur mit etwas breiteren Bügeln. Die digitalen Projektionen zeichneten sich als schwacher Schimmer in den Gläsern ab. Er unterdrückte den Impuls, sie auf den Boden zu werfen und zu zertreten. Die Brille war nicht mehr das neuste Modell, aber sie war teuer genug gewesen, und in seiner aktuellen Situation konnte er sich unnötige Ausgaben nicht leisten. Also legte er sie auf den Beistelltisch, erhob sich aus seinem Sessel und beschloss, zur Ablenkung einen Spaziergang zu machen.

2.

Der Bodennebel in den Ruinen von Arrak Ahir glomm silbern im Mondlicht. Jerry stand neben einem abgestorbenen Baum und betrachtete die einsame Gestalt, die nicht weit entfernt umherstreifte, sich mal nach links, mal nach rechts wandte, als suche sie etwas. Sie war atemberaubend schön mit ihren langen schwarzen Haaren, die ihr in Strähnen ins bleiche Gesicht fielen, den blutleeren und dennoch vollen Lippen und den schwarzen Rändern um ihre großen, dunklen Augen. Ihr zerschlissenes weißes Gewand reichte fast bis zu ihren nackten Füßen. Im Mondlicht schimmerte es wie die Robe einer Königin der Nacht.

Jerry überlegte, ob er seinen Unsichtbarkeitszauber auflösen und sich ihr zu erkennen geben sollte. Doch er wollte sie nicht erschrecken oder gar vertreiben. Deshalb beobachtete er weiter ihre anmutigen Schritte.

Sie bückte sich, hob etwas vom Boden auf, betrachtete es und ließ es wieder fallen. Sie schien tatsächlich etwas zu suchen. Etwas Anrührendes lag in den Bewegungen dieses zarten, zerbrechlichen Wesens. Erneut unterdrückte er den Impuls, sich zu offenbaren.

Plötzlich erstarrte sie, drehte den Kopf, rannte los und versteckte sich zwischen den verfallenen Mauern eines uralten Tempels. Hatte sie ihn gehört? Er hatte sich nicht bewegt, doch manche Untoten verfügten über sehr feine Sinne. Vielleicht hatte sie seinen Herzschlag wahrgenommen.

Er überlegte, ob er ihr folgen sollte, doch das würde sie erst recht vertreiben. Schade eigentlich. Er hätte ihr gern noch weiter zugesehen.

Auf einmal hörte er ein kollerndes Geräusch, dann eine gedämpfte, zornige Stimme: »Pass doch auf, du Idiot! Jetzt hast du die Untote verscheucht!«

»Unsinn!«, erwiderte jemand. »Sie ist doch schon vorher abgehauen.«

»Könnt ihr mal aufhören, zu quatschen?«, zischte eine dritte Stimme, die im Unterschied zu den beiden ersten weiblich klang. »Ihr vertreibt ja sämtliche verlorenen Seelen in zehn Kilometern Entfernung!«

»Dann halt doch selber die Klappe!«, gab die erste Stimme zurück.

Jerry rollte mit den Augen. Geisterjäger! Sie versuchten, die Seelen der Untoten einzufangen, um sie dem Klerus zu verkaufen, der sie angeblich befreite und ins Paradies überführte. Tatsächlich wurde die ätherische Energie der gefangenen Seelen dafür genutzt, magische Gegenstände herzustellen, die man dann teuer weiterverkaufen konnte. Wenn die drei die untote Frau erwischten, war sie erledigt.

»Kannst du sie lokalisieren?«, flüsterte die zweite Stimme.

»Moment.«

Die Luft begann ganz in der Nähe zu flimmern, und drei Gestalten erschienen im Nebel, als sich ihr Unsichtbarkeitszauber auflöste. Eine trug eine schwere Metallrüstung und hatte eine riesige Streitaxt geschultert. Die zweite war in schwarzes Leder gehüllt und hielt eine Armbrust in den Händen. Die dritte Figur hatte eine weite blaue Robe an, die mit silbernen magischen Symbolen bestickt war.

Die Magierin fuchtelte mit den Armen in der Luft herum. Ein Krächzen ertönte, und ein großer Rabe mit rotglühenden Augen flatterte heran. Ein Seelensucher! Er flog dicht an der Magierin vorbei und schoss in die Richtung, in die die Untote verschwunden war.

»Los, hinterher!«, rief der Krieger und schwang seine Axt.

Sie rannten dem Raben nach. Jerry folgte ihnen, wobei er im Unterschied zu den tollpatschigen Geisterjägern darauf achtete, keine Geräusche zu machen. Vermutlich würden die drei mit ihrem Krach ein paar Ghule anlocken, vielleicht auch einen Ghast oder zwei. Das konnte amüsant werden.

Das aufgeregte Krächzen des Raben war aus dem Inneren der Tempelruine zu hören.

»Da ist sie!«, rief der Krieger.

Jetzt erreichte auch Jerry die Stelle, an der ein Teil der Tempelwand eingestürzt war.

Die Untote kniete zwischen den Trümmern. Warum floh sie nicht?

Als er sich näherte, erkannte er den Grund: Sie hatte sich über ein paar grünlich leuchtende Knochen am Boden gebeugt und versuchte offenbar, sie zusammenzuraffen, um sie vor den Geisterjägern in Sicherheit zu bringen.

»Zwei auf einmal!«, rief der Krieger triumphierend und stürmte mit erhobener Axt auf die Untote zu, während die Zauberin Gesten machte und eine Zauberformel murmelte.

»Geh aus dem Weg!«, forderte der Armbrustschütze und legte seine Waffe an.

Es war höchste Zeit, einzugreifen.

Jerry löste den Unsichtbarkeitszauber auf, um seine magische Konzentration auf einen anderen Spruch lenken zu können, und murmelte rasch die entsprechende Formel. Im nächsten Moment war das Innere des Tempels von einem Schwarm von Vampirfledermäusen erfüllt, die sich auf die drei Abenteurer stürzten.

Der Rabe floh kreischend, während die Geisterjäger fluchend um sich schlugen, um die Fledermäuse abzuwehren. Jerry nutzte das Chaos, um zu der Untoten zu eilen und sich schützend zwischen sie und ihre Verfolger zu stellen.

Es dauerte nicht lange, bis alle Fledermäuse tot am Boden lagen. Selbst für Anfänger waren sie keine ernste Bedrohung. Jerry hatte sie nur als Ablenkungsmanöver benutzt.

»Wo kommt der Typ auf einmal her?«, schrie der Armbrustschütze erschrocken.

»Dich mach ich fertig!«, brüllte der Krieger und holte mit seiner Streitaxt aus.

Jerry wich dem Schlag mühelos aus.

»Ihr habt zehn Sekunden, um von hier zu verschwinden«, drohte er.

»Sagt wer?«, fragte die Magierin misstrauisch.

»Man nennt mich Mister Rain«, erwiderte er.

»Vielleicht sollten wir lieber ...«, begann der Armbrustschütze.

Doch der Krieger dachte nicht daran, klein beizugeben. Wer auch immer ihn spielte, ging offensichtlich in der Rolle des tumben Draufgängers auf.

»Nimm das!«, brüllte er und holte erneut zum Schlag aus. Diesmal schwang er die Axt in einem weiten Bogen, damit Jerry nicht so leicht ausweichen konnte.

Er hatte offensichtlich keine Ahnung, mit wem er sich anlegte. Mit der übermenschlichen Kraft eines Vampirlords machte Jerry einen Satz hoch in die Luft. Während der Axthieb ins Leere ging, landete er im Rücken des Kriegers und zog das magische Schwert aus der Scheide auf seinem Rücken.

Der Krieger wurde durch den Schwung seiner Axt mitgerissen und drehte sich um die eigene Achse, so dass er Jerry nun gegenüberstand und ihn mit großen Augen anblickte. Es war das Letzte, was er sah. Mit einem blitzschnellen Hieb in die Brust streckte Jerry den Dummkopf nieder und wandte sich den beiden anderen zu.

»Noch fünf Sekunden ...«

»Scheiße, Mann!«, rief der Armbrustschütze und rannte davon.

»Schon gut, du hast gewonnen!«, sagte die Magierin und ging langsam rückwärts.

Jerry sah, wie sie eine Beschwörung murmelte und mit den Händen Bewegungen machte, von denen sie wohl hoffte, dass er sie nicht bemerkte.

»Das würde ich lieber lassen!«, sagte er.

Sie erschrak, wandte sich um und hastete hinter ihrem Kameraden her.

Jerry wandte sich der Untoten zu. Aus der Nähe betrachtet wirkte sie jünger, als er gedacht hatte. Sie blickte ihn ängstlich an.

»Bitte tu mir nichts«, sagte sie. »Ich weiß, ich sollte nicht in deiner Stadt sein.«

Jerry lächelte. »Keine Angst. Dies ist nicht meine Stadt. Und wenn sie es wäre, würde ich ein schönes Wesen wie dich immer willkommen heißen.«

Sie senkte verlegen den Blick. »Danke! Vor allem dafür, dass du meine Seele gerettet hast, wie die dieses Unglücklichen.«

Sie deutete auf die grünlich schimmernden Knochen.

Jerry lachte abfällig. »Diese Dummköpfe haben ernsthaft geglaubt, sie könnten sich mit Mister Rain anlegen! Wie ist dein Name?«

»Juna«, erwiderte sie.

»Es freut mich, dich kennenzulernen, Juna. Was hat dich nach Arrak Ahir verschlagen?«

»Ich suche meinen Bruder«, erzählte sie. »Wir beide ertranken, als das Schiff, mit dem uns Sklavenhändler nach Shir-Radan bringen wollten, im Sturm sank. Mein Leichnam wurde an die Küste dieses seltsamen Landes gespült, in dem niemals die Sonne aufzugehen scheint. Ich bin offensichtlich tot, und dennoch kann ich herumlaufen. Dies muss die Hölle sein, obwohl ich mir nicht bewusst bin, jemals eine Sünde begangen zu haben, deretwegen ich diese Strafe verdient hätte.«

»Dies ist nicht die Hölle«, widersprach Jerry. »Dies ist das Zwischenreich. So etwas Ähnliches wie das Fegefeuer der katholischen Kirche, falls dir das was sagt. Die meisten Toten, die hier landen, müssen irgendeine Aufgabe erfüllen, um ihre Bestimmung für die Ewigkeit zu finden oder als jemand anderes wiedergeboren zu werden. Das ist alles, was ich darüber weiß.«

»Was ist die Aufgabe, die du erfüllen musst?«, fragte sie.

Jerry runzelte die Stirn. Das war eine erstaunlich passende Frage. Er wusste natürlich, dass die NPCs, die computergesteuerten Figuren in Spielen wie *Unlife*, eine ausgefeilte künstliche Intelligenz besaßen. Trotzdem überraschte es ihn immer wieder, wie gut das inzwischen funktionierte. Oder vielleicht steckte hinter Juna eine menschliche Spielerin, die ihre Rolle im Spiel besonders ernst nahm. Doch solche Überlegungen rissen einen nur aus der Spielwelt, also verdrängte Jerry sie.

»Ich habe keine bestimmte Aufgabe«, erwiderte er. »Ich mache mir einen Spaß daraus, die Wesen der Zwischenwelt gegen Geisterjäger zu verteidigen.«

Juna blickte ihn mit ihren großen, dunklen Augen an. »Warum sind die Lebendigen so grausam zu uns?«, fragte sie. »Wissen sie nicht, dass ihnen dasselbe Schicksal bevorsteht, sobald sie sterben?«

Jerry deutete auf den leblosen Körper des Kriegers. »Manche von ihnen haben keine Seelen«, antwortete er.

Sie erhob sich. »Danke noch einmal für deine Hilfe. Ich werde nun weiter nach meinem Bruder suchen.«

»Wenn du willst, helfe ich dir dabei«, bot Jerry an.

Juna sah ihn an. Ihre bleichen Lippen verzogen sich zu einem Lächeln, das ihr Gesicht erstrahlen ließ.

»Das wäre schön«, sagte sie.

Jerry spürte das Bedürfnis, ihre Hand zu ergreifen. Doch das wäre sinnlos gewesen, denn natürlich konnte er sie nicht spüren. Die Untote und die Ruinenstadt Arrak Ahir waren nur Projektionen in seiner Virtual-Reality-Brille, auch wenn er sich alle Mühe gab, das zu vergessen. Und manchmal gelang ihm das auch, jedenfalls eine Zeit lang.

»Dann lass uns auf die Suche gehen«, sagte er und verließ zusammen mit seiner neuen Begleiterin den zerstörten Tempel.

3.

Ein leichter Nieselregen hielt die Menschen vom Treptower Park fern, so dass Daniel fast allein in Richtung Spreeufer spazierte. Die kühle Luft half ihm, zur Ruhe zu kommen und die gehässige Stimme in seinem Kopf, die ihn unablässig einen Versager schimpfte, zum Schweigen zu bringen – zumindest für kurze Zeit. Die Vögel sangen, Eichhörnchen jagten einander die Stämme der Buchen und Eichen empor, ein Hund bellte. Alles war so normal, so friedlich, dass es ihm beinahe unnatürlich vorkam. Er griff sich unwillkürlich ins Gesicht, obwohl er die AR-Brille zu Hause gelassen hatte.

Die Enttäuschung über das verpatzte Bewerbungsgespräch drückte ihm auf den Magen. Es hatte einfach keinen Sinn, das war einmal mehr deutlich geworden. Es gab kaum noch Unternehmen, die Psychologen suchten. Wozu auch, wenn KIs die Menschen inzwischen viel effektiver analysieren konnten?

Vielleicht war es besser so. Seine eigene Erfolgsbilanz als Therapeut war schließlich äußerst dürftig, selbst wenn man das Desaster mit Julia ausklammerte. Womöglich konnten Maschinen die Menschen tatsächlich besser verstehen als die Menschen sich selbst. Wenigstens machten sie nicht dieselben intuitiven Denkfehler und schleppten auch keine eigenen Kindheitstraumata mit sich herum.

Er wanderte am Spreeufer entlang, versuchte, an gar nichts zu denken, nur die kühle Luft wahrzunehmen, die Schwäne und Enten, die Ausflugsschiffe, die eleganten Apartmenthäuser auf der anderen Seite. Es gelang ihm halbwegs.

Auf dem Rückweg kam er an einer Parkbank in der Nähe des sowjetischen Ehrenmals vorbei, auf der unter einer blauen Plastikplane ein Obdachloser lag. Ein grauer Haarschopf lugte unter einer Kapuze hervor. Der Reichtum, den das rasante Wirtschaftswachstum der letzten Jahre gebracht hatte, kam längst nicht in allen Teilen der Bevölkerung an. Im Gegenteil klaffte die Schere zwischen Arm und Reich weiter auseinander als je zuvor. Eine Handvoll Billionäre im Silicon Valley besaß mehr als die ärmere Hälfte der Menschheit zusammen. Diejenigen, die künstliche Intelligenz entwickelten, waren nicht nur unfassbar reich – sie beherrschten de facto die Welt.

Vielleicht war Daniel deshalb so enttäuscht. Vielleicht hatte er insgeheim die Hoffnung gehegt, zu dieser Elite gehören zu können. Oder zumindest in der Nähe der Superreichen zu sein. Ein paar Krümel von ihrem Überfluss abzubekommen.

Er schüttelte den Kopf. Nein, das war es nicht. Geld hatte ihm nie viel bedeutet. Er hatte keine Angst vor der Armut, sondern vor der Nutzlosigkeit.

Der Flashback traf ihn aus heiterem Himmel.

Er schreckt aus dem Schlaf. An der Decke seines Kinderzimmers leuchten schwach die Sterne, die von dem Nachtlicht dorthin projiziert werden. Seine Mutter beugt sich über ihn. Ihr Gesicht ist feucht von Tränen.

»Komm mit zu Mami!«, sagt sie.

Verwirrt und beunruhigt folgt er ihr in ihr Schlafzimmer und kuschelt sich zu ihr unter die Decke. Ihr Körper zittert leicht.

»Was ist denn, Mama?«, fragt er, doch sie antwortet nicht.

Eine Zeit lang liegen sie so beieinander. Seit Papa weggegangen ist, hat Mama viel geweint. Daniel hat versucht, sie zu trösten, aber er wusste nicht, wie.

Irgendwann schläft er ein.

Als er am nächsten Morgen aufwacht, ist es schon hell. Mama zittert nicht mehr. Sie liegt bloß da, reglos und starr und kalt, wie eine Puppe mit Augen aus Glas. Auf dem Nachtschrank steht ein leeres Wasserglas. Daneben liegen mehrere Tablettenpackungen.

Der Regen lief ihm in den Kragen. Daniel merkte es kaum. Er zitterte am ganzen Körper, während er versuchte, die Übelkeit niederzuringen. Er lehnte sich an einen Baum neben der Bank, versuchte, sich auf seinen Atem zu fokussieren.

Es ist vorbei, sagte er sich immer wieder. *Konzentriere dich auf das Hier und Jetzt.*

Allmählich ließ das Zittern nach.

Nach Julias Tod waren die Geister der Vergangenheit – die Erinnerungen an sein Kindheitstrauma, das er eigentlich überwunden zu haben geglaubt hatte – mit Wucht zurückgekehrt. Natürlich wusste er, dass er keine Schuld am Selbstmord seiner Mutter trug. Im Gegenteil war sie es, die ihn brutal verletzt, ihn im Stich gelassen hatte. Er war damals erst acht Jahre alt gewesen. Doch der Gedanke, dass er irgendetwas hätte tun können, tun müssen, um ihren Tod zu verhindern, hatte sich tief in seine Seele eingebrannt.

Er hatte Psychologie studiert in dem verzweifelten Versuch, zu verstehen, warum seine Mutter ihm das angetan hatte. So hatte er gehofft, sich von seinen Selbstvorwürfen befreien zu können. Doch es hatte kaum geholfen. Als er nach seinem Studium in der Klinik mit Menschen konfrontiert wurde, die ähnlich verzweifelt waren, wie es seine Mutter gewesen sein musste, wäre er beinahe daran zerbrochen. Nach einem Zusammenbruch war er selbst zum Patienten der Einrichtung geworden.

Nachdem er die Therapie dort abgeschlossen hatte, hatte man ihm geraten, sich auf Alltagsprobleme zu konzentrieren, und er hatte sich mit einer eigenen Praxis selbstständig gemacht. Tatsächlich waren die meisten Sorgen und Nöte seiner Klienten im Vergleich zu denen der Klinikpatienten harmlos gewesen. Doch dann hatte ihn das Drama mit Julia kalt erwischt und die alten Wunden wieder aufgerissen. Die Last seiner Schuldgefühle hatte ihn so niedergedrückt, dass er eine Zeit lang den ganzen Tag nur im Bett gelegen hatte. Er verdankte es allein seiner Therapeutin Emma, dass er den Weg zurück ins Leben gefunden hatte, auch wenn es nie wieder so sein würde wie früher.

Er steckte dem Obdachlosen einen Zehneuroschein in eine der Plastiktüten, die neben der Bank standen, und ging weiter.

Allmählich wurden seine Schritte fester. Als ihm der vertraute Geruch seiner Wohnung entgegenschlug, fühlte er sich fast wieder normal.

Er überlegte, ob er Emma anrufen sollte. Aber nächste Woche hatte er ohnehin einen Termin mit ihr. Bis dahin würde er auch so klarkommen.

Am besten hörte er einfach mit diesen sinnlosen Bewerbungen auf. Es war höchste Zeit, zu akzeptieren, dass er keinen Job mehr finden würde. Dann gab es auch keine vermasselten Gespräche mehr, die neue Flashbacks auslösen konnten.

Mit siebenunddreißig aus dem Berufsleben auszuscheiden hatte er sich nicht vorgestellt, als er mit dem Studium begonnen hatte. Naiv, wie er damals gewesen war, hatte er geglaubt, Psychologen würden immer gebraucht. Er war bei Weitem nicht der Einzige, der von der rasanten technischen Entwicklung kalt erwischt worden war. Einige seiner Klienten hatten dasselbe Problem gehabt und aus vermeintlich heiterem Himmel ihre Jobs verloren, lange bevor sie bereit waren, in Rente zu gehen, und ohne die geringste Chance, eine neue Stelle zu finden. Er hatte ihnen geraten, sich eine neue Aufgabe zu suchen, etwas Ehrenamtliches oder ein Hobby, das sie mit anderen teilen konnten. Hauptsache, sie saßen nicht nur allein zu Hause herum.

Es war wohl an der Zeit, diesen Rat selbst zu beherzigen.

Daniel hängte die regennasse Jacke zum Trocken auf und ging ins Wohnzimmer, um die Brille aufzusetzen und Alice, seine persönliche virtuelle Assistentin, nach Vorschlägen für ehrenamtliche Tätigkeiten zu fragen. Doch die Vorstellung, mit einer virtuellen Person zu reden, erfüllte ihn mit plötzlichem Widerwillen. Also startete er stattdessen seinen altmodischen Laptop.

In diesem Moment erklang ein melodisches Geräusch, und die Brille blinkte. Ein Anruf. Er zögerte, dann setzte er sie auf. Das Logo von Mental Systems, ein unprätentiöser Schriftzug, schwebte vor ihm in der Luft. Er holte tief Luft und machte die Geste, um das Gespräch anzunehmen.

Es war nicht Lisa, die anstelle des Logos vor ihm erschien, sondern eine Frau mittleren Alters mit schwarzen, lockigen Haaren.

»Hallo, Daniel, ich bin Nesrin«, stellte sie sich vor. »Ich bin die Personalleiterin der Berliner Niederlassung von Mental Systems.«

Dass die Personalchefin persönlich ihm die Absage mitteilte, hatte Daniel nicht erwartet. Das hatte immerhin Stil.

»Danke, dass du dir vorhin die Zeit genommen hast, mit unserem Bot zu reden«, fuhr Nesrin fort. »Du hast Lisa beeindruckt, könnte man sagen. Aber nicht nur Lisa, sondern auch mich.«

Daniel starrte die virtuelle Figur vor sich ungläubig an. Was sollte das? War das ein Scam? Hatte er sich eine Spyware eingefangen, die das Bewerbungsgespräch mitverfolgt hatte und nun so tat, als mache sie ihm ein Jobangebot?

Statt zu antworten, wartete Daniel einfach ab.

»Jedenfalls würden wir dich gern persönlich kennenlernen. Ich wollte dich bitten, nächsten Montag um zehn Uhr in unser Office in Adlershof zu kommen. Wäre das möglich?«

»Das ... das heißt, ich bekomme den Job?«, fragte Daniel ungläubig.

»Ich kann dir noch keine endgültige Zusage machen«, widersprach Nesrin. »Aber wenn es am Montag so gut läuft wie heute, dann kann ich mir durchaus vorstellen, dass du demnächst Teil unseres Teams bist.«

Daniel starrte sein Gegenüber mit offenem Mund an.

»So ... so gut?«

»Hast du gedacht, wir nehmen dich nicht, weil du psychische Probleme hast?«, fragte Nesrin.

»Ehrlich gesagt, ja.«

»Meiner Erfahrung nach gibt es nur zwei Sorten von Menschen«, erklärte die Personalchefin. »Diejenigen, die über ihre psychischen Probleme reden, und diejenigen, die das nicht tun. Mir ist die erste Sorte wesentlich lieber. Ich kann nur erahnen, was du durchgemacht hast, nachdem deine Klientin Suizid begangen hat. Was du wahrscheinlich immer noch durchmachst. Doch du gibst nicht auf, lässt dich nicht hängen. Stattdessen ergreifst du die Initiative und bewirbst dich bei uns. Das ist genau die Einstellung, die wir bei Mental Systems brauchen: nicht Leute, die nie hinfallen, sondern solche, die hinfallen und wieder aufstehen.«

»Das ... das ist sehr nett«, war alles, was Daniel dazu einfiel. Er war sich immer noch nicht sicher, ob er seinem Gegenüber vertrauen konnte.

»Alles Weitere können wir ja Montag besprechen«, sagte Nesrin. »Ich freue mich darauf, dich dann persönlich kennenzulernen.«

Sie verschwand, ehe Daniel etwas erwidern konnte.

Eine Weile stand er wie betäubt da. War das gerade wirklich passiert oder drehte er jetzt endgültig durch?

Vielleicht luden sie ihn nur zum persönlichen Gespräch ein, um ihm danach mitzuteilen, dass sie ihn leider doch nicht nehmen konnten, damit er die Firma hinterher nicht verklagen konnte, weil die KI ihn angeblich diskriminiert hatte. Er erinnerte sich, über einen solchen Fall gelesen zu haben, bei dem der Bewerber am Ende recht bekommen und einen Arbeitsvertrag erhalten hatte. Ja, das war eine plausible Erklärung.

Andererseits hatte Nesrin gewirkt, als sei sie ernsthaft interessiert. Sofern es die echte Personalchefin gewesen war und nicht bloß wieder eine KI.

Die Hoffnung stirbt zuletzt, ätzte die kritische Stimme in seinem Kopf.

4.

Der Uber fuhr die Köpenicker Landstraße entlang Richtung Süden. Daniel saß auf dem Fahrersitz und blickte aus dem Seitenfenster, ohne sich um den Verkehr zu kümmern. Eigentlich war es Vorschrift, dass er auf den Verkehr achtete und notfalls die Steuerung übernahm, aber der Wagen brauchte seine Hilfe nicht. Es war eine der vielen Segnungen, die KI der Menschheit brachte: Vollautonome Fahrzeuge waren viel sicherer als manuell gesteuerte Autos. Wenn es noch Unfälle gab, dann wurden sie ausnahmslos von Menschen verursacht, die sich im Unterschied zu den Maschinen nicht an die Verkehrsregeln hielten.

Es war wirklich kein Wunder, dass inzwischen die meisten Entscheidungen von Computern getroffen wurden. Sie konnten es einfach besser.

Natürlich gab es Widerstand. Viele Menschen fühlten sich übergangen und gegängelt, nicht nur, weil sie ihre Jobs verloren. Daniel kam an dem Wrack einer Transportdrohne vorbei, die irgendwelche Neoludditen – Leute mit übertriebener Angst vor neuer Technologie, vergleichbar den Maschinenstürmern des 19. Jahrhunderts – zum Absturz gebracht hatten. Vorhin hatte er ein paar vermummte Gestalten mit Masken gesehen, die in seltsamen, unregelmäßigen Schritten durch die Straßen tanzten, weil sie glaubten, so von den allgegenwärtigen KI-gesteuerten Kameras nicht erkannt zu werden. Das war natürlich Blödsinn.

Unterm Strich schien die totale Automatisierung mehr Vor- als

Nachteile zu haben: Die Kriminalität ging zurück, die Wirtschaft wuchs. Zwar verloren viele Menschen ihre Jobs, aber dafür sprudelten die Staatseinnahmen, mit denen die sozialen Härten abgefedert werden konnten. Demnächst würde wahrscheinlich das bedingungslose Grundeinkommen eingeführt werden, so dass niemand mehr arbeiten musste, der es nicht wollte oder konnte. Die Menschen mussten nur erst noch lernen, mit ihrer neu gewonnenen Freizeit umzugehen.

KIs erfüllten einem inzwischen viele Wünsche, bevor man überhaupt wusste, dass man sie hatte. *Amazon Surprise* war bei seiner Einführung vor ein paar Jahren noch auf große Skepsis gestoßen, doch mittlerweile nutzten immer mehr Menschen diesen Service, bei dem Boxen vor den Häusern täglich mit Produkten befüllt wurden, von denen die Amazon-KI prognostizierte, dass man sie gern kaufen würde. Was man aus der Box nahm, wurde bezahlt, was nicht, am nächsten Tag wieder abgeholt. Daniel hatte gehört, dass die Quote der abgelehnten Produkte inzwischen bei unter zwanzig Prozent lag. Natürlich erzeugte das eine enorme Abhängigkeit von dem Konzern und zerstörte die etablierten Handelsstrukturen. Doch es war einfach bequem, und die Menschen hatten das Gefühl, dass sich jemand um ihre Bedürfnisse kümmerte. Außerdem wurden die Produkte umso günstiger, je höher die Annahmequote war. Daniel gehörte zu der schrumpfenden Gruppe derjenigen, die den Service verweigerten.

Und trotzdem bist du unterwegs zu einer Firma, die noch leistungsfähigere KI entwickelt, damit die Menschen noch weniger selber denken müssen, wies ihn seine kritische innere Stimme zurecht. *Du tust so, als verweigertest du dich der Automatisierung, aber gleichzeitig biederst du dich denjenigen an, die sie vorantreiben. Erbärmlich!*

Ich brauche nun mal einen Job, rechtfertigte er sich vor sich selbst. *Außerdem kann ich vielleicht dazu beitragen, negative psychologische Auswirkungen ihrer KI zu vermindern.*

Indem du bei denen in der Personalabteilung arbeitest? Träum weiter!, ätzte die Stimme. *Falls du den Job tatsächlich bekommst, was äußerst unwahrscheinlich ist, bist du vermutlich dafür zuständig, die Mitarbeiter mit psychologischen Tricks auf Linie zu bringen und Abweichler und Kritiker in den eigenen Reihen mundtot zu machen.*

Daniel seufzte und versuchte, seine innere Stimme zum Schweigen zu bringen, indem er sich auf seinen Atem konzentrierte. Zum Glück bog das Fahrzeug in diesem Moment in eine Nebenstraße ab und hielt schließlich vor einem langgestreckten Bürogebäude inmitten eines Industriegebiets.

Die Tür zum Eingangsbereich öffnete sich von selbst, als er sich näherte. Nesrin erwartete ihn in der großzügigen Eingangshalle, die mit Lichteffekten, 3D-Videowänden und sphärischer Musik wie ein Portal in die virtuelle Welt des Metaverse gestaltet war. Sie reichte ihm eine Hand, in der anderen hielt sie eine schwarze Ledermappe.

»Hallo, Daniel. Willkommen bei Mental Systems! Schön, dass du da bist.«

Daniel erwiderte den Händedruck und folgte ihr durch eine Sicherheitsschleuse. Dahinter lag ein kurzer Korridor, der im Kontrast zu der aufwändig gestalteten Eingangshalle schmucklos war. Er mündete in ein Großraumbüro, in dem junge Menschen an Tischen mit mehreren Monitoren saßen. Die meisten hatten AR-Brillen auf, und Daniel fragte sich kurz, wozu sie überhaupt noch Bildschirme und Tastaturen brauchten.

Sie erreichten einen kleinen Konferenzraum auf der anderen Seite des Büros. Fenster gaben den Blick auf einen schlichten Innenhof frei. Gegenüber erhob sich eine fensterlose Halle, an der das Mental Systems-Logo prangte.

»Setz dich schon mal«, sagte Nesrin und legte ihre Ledermappe auf den Tisch. »Ich hol mir einen Latte. Möchtest du auch was?«

»Nein, danke«, erwiderte Daniel. »Wasser reicht mir.«

Nachdem die Personalchefin verschwunden war, setzte er sich, öffnete eine der Mineralwasserflaschen, die auf dem Tisch standen, und nahm einen Schluck gegen die Trockenheit in seinem Mund. Er betrachtete die schwarze Mappe und unterdrückte den Impuls, einen Blick hineinzuwerfen. Mit Sicherheit wurde er überwacht; vielleicht war die Mappe ein Test. Stattdessen blickte er aus dem Fenster und betrachtete nachdenklich die Halle, die eher zu einer Spedition oder einem Versandhändler gepasst hätte. Er entdeckte riesige Lüftungsventilatoren auf dem Dach. Vermutlich waren dort Server untergebracht. Wenn es so war, mussten es sehr viele sein.

Nesrin kehrte mit einem Kaffeebecher zurück und setzte sich.

»Wie fandest du dein Gespräch mit Lisa?«, fragte sie.

»Gut«, erwiderte Daniel. »Ich meine, Lisa war gut. Sie hat geschickte Fragen gestellt, fast, als hätte sie wirklich verstanden, was ich gesagt habe.«

»Würde es dich überraschen, wenn ich dir sagen würde, dass sie dich tatsächlich verstanden hat?«

Daniel zog die Augenbrauen hoch. »Das heißt ... eure KI kann wirklich denken? Ich dachte, es wäre noch nicht so weit ...«

»Kommt drauf an, was man unter Denken versteht«, erwiderte Nesrin. »Unsere KI ist noch nicht so intelligent wie ein Mensch, aber sie versteht schon eine ganze Menge. Manchmal weiß ich selbst nicht genau, wie viel eigentlich.«

Sie lachte und nahm einen Schluck von ihrem Latte Macchiato.

»Du hast gesagt, du würdest gern dazu beitragen, dass KI einen positiven Einfluss auf die Menschen hat«, fuhr sie fort. »Wie genau stellst du dir diesen Beitrag vor?«

»Ehrlich gesagt, bin ich mir da nicht sicher«, erwiderte Daniel. »Ich bilde mir ein, einiges darüber zu wissen, wie das Metaverse und der permanente Kontakt mit Bots die Psyche beeinflussen. Aber ich weiß nicht genau, wie ich dieses Wissen hier bei Mental Systems einbringen könnte.«

»Was weißt du denn über unsere Firma?«, hakte Nesrin nach.

»Ehrlich gesagt, nicht viel mehr als das, was auf der Website steht: Mental Systems ist weltweit führend in der Entwicklung von künstlicher Intelligenz und Technologie für das Metaverse.«

Nesrin runzelte die Stirn. »Wenn du so wenig über uns weißt, wieso hast du dich dann ausgerechnet hier beworben?«, fragte sie mit skeptischem Unterton.

Na bitte, kommentierte Daniels kritische innere Stimme. *Sie wird dich jetzt auseinandernehmen und wieder nach Hause schicken. Herzukommen hättest du dir gleich sparen können.*

Daniel ignorierte die Selbstzweifel. Nesrin hatte deutlich gesagt, dass ihr Offenheit wichtig war, also antwortete er ehrlich.

»Es gibt nicht viele Unternehmen, die Positionen für Psychologen ausschreiben«, gab er zu.

Sie nickte. »Ich verstehe. Nun gut, kommen wir zu der Aufgabe, um die es hier geht. Wir haben hier bei Mental Systems eine sehr offene Unternehmenskultur. Jedenfalls bemühen wir uns darum. Aber es gibt auch immer wieder Stresssituationen. Das liegt hauptsächlich an der enormen Geschwindigkeit, mit der sich die Technik weiterentwickelt, und auch am internationalen Konkurrenzdruck. Es findet gerade ein globales Wettrennen um die Vorherrschaft in künstlicher Intelligenz statt. Wir sind vorn dabei, aber das Rennen ist noch längst nicht entschieden. Das kann eine ziemliche Belastung erzeugen.«

»Und was könnte ich tun, um diesen Druck zu reduzieren?«

»Wahrscheinlich nicht viel. Aber du kannst unseren Mitarbeiterinnen und Mitarbeitern helfen, damit umzugehen. Darauf achten, dass sie sich nicht selbst überfordern oder gar einen Burn-Out erleiden. Und natürlich auch unterstützen, wenn es zu Konflikten kommt. Traust du dir das zu?«

Daniel nickte. »Ich denke schon.«

»Lass uns noch ein bisschen über deine Erfahrungen reden«, sagte Nesrin. »Warum hast du dich damals entschieden, Psychologie zu studieren?«

Daniel betrachtete die Personalchefin. In ihrem Blick schien aufrichtiges Interesse zu liegen. Er holte tief Luft und begann, zu erzählen.

5.

»Herr Regenfuß, ich bin sicher, Sie haben aufgepasst und können uns den Unterschied zwischen der ersten und zweiten Ableitung erklären.«

Frau Hansens scharfe Stimme ließ Jerry zusammenzucken und holte ihn in die triste Realität des Klassenraums im Hildegard-von-Bingen-Gymnasium in Berlin-Grunewald zurück. Das Lächeln, das auf seinem Gesicht gelegen hatte, während er an das Wochenende zurückdachte, verschwand.

»Die zweite ... Ableitung ... das ist ...«, stotterte er, während er verzweifelt versuchte, sich an das zu erinnern, was er eigentlich längst hätte wissen müssen.

Immerhin war es bereits das zweite Mal, dass er diesen Mathekurs machte, nachdem er beim ersten Versuch mit Pauken und Trompeten durchs Abitur gefallen war. Doch er konnte sich diesen Quatsch nie merken. Wozu auch? Computer konnten doch alles schon längst viel besser ausrechnen und einem alles sagen, was man wissen wollte. Sie konnten jede beliebige Sprache simultan übersetzen, einem jeden Text vorlesen und natürlich auch gesprochene Worte in Text umwandeln, so dass man heutzutage nicht einmal mehr lesen und schreiben können musste. Doch die Schule hielt immer noch an einem über hundert Jahre alten Modell dessen fest, was ein junger Mensch lernen musste, um in der Welt klarzukommen. Garantiert würde er in seinem ganzen Leben nie wieder die Ableitung von irgendetwas berechnen müssen, erst recht nicht die zweite.

»Frau Holzmann, vielleicht können Sie Ihrem verträumten Mitschüler aushelfen?«

»Die zweite Ableitung gibt die Steigung der ersten Ableitung an, also sozusagen die Steigung der Steigung einer Kurve«, antwortete Tine Holzmann, die in Mathe auf eins stand. Und nicht nur in Mathe.

Tine würde vermutlich eines der besten Abis der Schule machen. Ihr Vater war sicher stolz auf sie. Ganz im Gegensatz zu Jerrys Vater, der aus seiner Enttäuschung über Jerry keinen Hehl machte. Dr. Hark Regenfuß war ein angesehener Anwalt, der eine eigene Kanzlei mit inzwischen über zwanzig Mitarbeitern aufgebaut hatte. Natürlich hatte er die Erwartung, dass sein einziger Sohn in seine Fußstapfen treten würde, auch wenn er niemals so brillant und erfolgreich sein würde wie sein Vater.

Doch das Letzte, was Jerry werden wollte, war ein Anwalt, der Firmen und Millionären dabei half, die Gesetze zu ihren Gunsten auszulegen oder sie gleich ganz zu umgehen. Allerdings hatte er bis jetzt nicht den Mut gefunden, seinem Vater das klarzumachen.

»Sehr gut«, sagte die Hansen. »Herr Regenfuß, nachdem Ihnen Ihre Mitschülerin erklärt hat, was die zweite Ableitung besagt, können Sie mir sicher sagen, wie die zweite Ableitung von E hoch X lautet?«

»Äh ...«, machte Jerry.

»Wissen Sie denn vielleicht, wie die erste Ableitung von E hoch X lautet?«

»X?«, riet er.

Ein paar Schüler lachten, während die Hansen mit den Augen rollte.

»Die erste Ableitung von E hoch X ist exakt dieselbe Exponentialfunktion, also E hoch X«, erklärte die Lehrerin. »Vielleicht sind sie ja jetzt in der Lage, die zweite Ableitung zu bilden?«

Jerry spürte, wie die anderen ihn ansahen. Da er als Einziger das Jahr wiederholte, war er ohnehin der Außenseiter in der Klasse. Dass er immer schwarze Kleidung trug und sich sehr zum Missfallen seines Vaters eine Locke seines schwarzen Haares hatte silbern färben lassen, machte es auch nicht besser. »Emo« nannten sie ihn und benutzten den Begriff wie ein Schimpfwort. Dabei identifizierte er sich stolz mit dieser Subkultur, die auch negative Gefühle als etwas ansah, das man nicht verstecken, sondern offen ausleben sollte.

Er wollte, er musste etwas sagen. Doch seine Kehle war wie zugeschnürt, genau wie damals in der mündlichen Prüfung. Er hatte die Antwort auf die entscheidende Frage eigentlich gewusst, doch sie hatte in seinem Hals festgesteckt wie eine Fischgräte, und er hatte das Gefühl gehabt, daran zu ersticken.

»Herr Regenfuß, ich habe wirklich keine Ahnung, wie Sie das Abitur im zweiten Anlauf bestehen wollen, wenn Sie sich nicht die geringste Mühe geben, im Unterricht mitzuarbeiten«, tadelte die Lehrerin und schüttelte den Kopf, bevor sie sich an die anderen wandte. »Wer kann Herrn Regenfuß aushelfen?«

Fast alle Hände schossen in die Höhe.

Den Rest der Stunde ließ die Hansen ihn in Ruhe. Als endlich Pause war, ging Jerry erleichtert nach draußen, verdrückte sich in eine Ecke des Schulhofs und setzte seine AR-Brille auf, die nur außerhalb des Schulgebäudes getragen werden durfte. Ein leichter Nieselregen hatte eingesetzt, aber das störte ihn nicht. Er zog die Kapuze seines schwarzen Hoodies über den Kopf, damit die Brille nicht nass wurde. Kurz überlegte er, *Unlife* zu starten, doch wenn er hier auf dem Schulhof die Gesten machte, die nötig waren, um das Spiel zu steuern, würden ihn die anderen bloß wieder auslachen und behaupten, er sähe aus wie eine Marionette, die von einem Puppenspieler mit epileptischen Anfällen gesteuert wurde. Manchmal schlichen sich seine Klassenkameraden von hinten an, während er in der virtuellen

Welt war, und packten ihn ruckartig an den Schultern. Er bekam dann jedes Mal fast einen Herzinfarkt vor Schreck.

Also würde er abwarten müssen, bis die Schule vorbei war und er zu Hause wieder seine VR-Brille nutzen konnte. Sein Vater arbeitete zum Glück immer bis spätabends, und seine Stiefmutter Erina, die nur ein paar Jahre älter war als Jerry, interessierte sich nicht für ihn, so dass er in seinem Zimmer seine Ruhe hatte.

Er konnte es kaum abwarten, in die Spielwelt von *Unlife* zurückzukehren. Fast das komplette Wochenende hatte er dort verbracht. Eigentlich hatte er sich vorgenommen, endlich für das Abi zu pauken. Doch die Versuchung war einfach zu groß gewesen, zumal sein Vater und Erina zu irgendeinem Event nach Cannes geflogen waren und er nicht befürchten musste, ausgemeckert zu werden. So hatte er das Spiel nach dem Frühstück gestartet, um nur ganz kurz nach Juna zu sehen.

Dann war es auf einmal kurz vor Mitternacht gewesen, und er hatte so dringend auf die Toilette gemusst, dass er sich die Brille mitten im Kampf mit einer Riesenhyäne vom Kopf gerissen hatte. Außerdem hatte er großen Hunger und Durst gehabt und hatte sich schnell eine Cola und eine Packung Kekse geholt, bevor er Juna wieder zur Hilfe geeilt war. Zum Glück hatte sie sich in der Zwischenzeit hinter einer Mauerspalte vor der Hyäne in Sicherheit bringen können.

Zu zweit waren sie die schwarze Küste entlanggezogen, hatten gegen Ghule und Geisterjäger gekämpft und nach Spuren von Junas verschollenem Bruder gesucht. Obwohl er seiner Begleiterin helfen wollte, hoffte Jerry insgeheim, dass sie ihn nie finden würden, denn er wollte nicht, dass die Spielepisode mit Juna endete. Er genoss ihre Gesellschaft viel zu sehr. Er wusste natürlich, dass sie nur eine Spielfigur ohne echtes Bewusstsein war, doch er hatte das Gefühl, dass sie ihn besser verstand als alle Menschen, die er kannte. Vor allem besser als sein Vater und dessen zwanzig Jahre jüngere Frau, die sich für nichts außer Shopping und Kosmetik zu interessieren schien.

Das Wochenende war viel zu schnell vorbei gewesen. Jerry hatte es fast nicht mitbekommen, als sein Vater und Erina am Sonntagabend nach Hause kamen. Gerade noch rechtzeitig hatte er sich die Brille vom Kopf reißen und das Mathelernprogramm auf seinem Computer starten können, so dass sein Vater zufrieden gewesen war, als er für eine Minute in Jerrys Zimmer erschien, um ihm gute Nacht zu wünschen. An diesem Abend war Jerry todmüde, aber beinahe glücklich schlafen gegangen, nur um am nächsten Morgen in der tristen Realität des Schulalltags aufzuwachen.

Er wollte gerade ein Musikvideo seiner Lieblingsband *The Proud Misfits* starten, als er eine vertraute Stimme neben sich hörte: »Hallo, Mister Rain.«

Erschrocken drehte er sich um und starrte die blasse Gestalt an, die neben ihm auf dem Schulhof stand. Einen Moment lang war er sicher, zu träumen. Oder vielleicht hatte er Halluzinationen?

Er nahm die Brille ab, und Juna verschwand. Als er sie erneut aufsetzte, stand das untote Mädchen wieder vor ihm.

»Was ... was machst du denn hier?«, fragte er verdattert.

»Ich dachte, du freust dich vielleicht, wenn ich dich in deiner Welt besuche«, gab sie zurück.

Er grinste. »Ja, das tue ich. Aber ... wie ist das möglich? Ich habe doch *Unlife* gar nicht gestartet!«

Statt die Frage zu beantworten, sagte sie: »Wenn ich wieder gehen soll ...«

»Nein, bitte bleib!«, unterbrach er sie. »Ich wusste bloß nicht, dass du auch in ... diese Welt kommen kannst.«

»Nachdem du plötzlich verschwunden warst, habe ich dich überall gesucht«, erzählte sie. »Dann traf ich einen Geist und fragte ihn nach dir. Er erzählte mir, es gäbe ein Portal, das mich in deine Welt führen würde. Er zeigte mir den Weg dorthin, und hier bin ich.«

»Bist du ... schon länger in dieser Welt?«

»Seit ein paar Stunden. Ich war bei dir, als du in den Wagen ohne Pferde gestiegen und in dieses Schloss gefahren bist.«

Er musste lachen. »Schloss? Schön wär's! Das ist eine Schule.«

»Ich habe gehört, wie die Klerikerin mit dir gesprochen hat. Eine derart abfällige Behandlung ist eines Vampirlords nicht würdig!«

Jerry blickte sie nachdenklich an. Die Brille musste über Nacht ein Update bekommen haben. Eigentlich hatte er die persönliche Assistenz-Funktion deaktiviert, weil sie ihm mit ihrem dauernden Gequatsche auf die Nerven gegangen war. Aber offenbar konnte man nun die Persönlichkeit seines Assistenten verändern und die Brille hatte automatisch den Charakter ausgewählt, mit dem Jerry zuletzt am meisten Zeit verbracht hatte. Das war das Tolle am Metaverse: Alle virtuellen Welten waren miteinander verbunden. Und die KI der Brille schaffte es sogar, Junas bezaubernde Persönlichkeit perfekt zu kopieren, so dass er beinahe das Gefühl hatte, sie stünde wirklich neben ihm.

Ein tiefes Glücksgefühl erfüllte ihn in. Er würde nicht mehr den ganzen Tag allein sein! Juna war ab jetzt immer bei ihm, selbst wenn er die Brille nicht aufhatte und sie nicht sehen konnte.

6.

»Das hier nennen wir ein ›Simrig‹«, erklärte Nesrin. »Du wirst sehen, damit wird das Metaverse zu einer ganz neuen Erfahrung.«

Daniel betrachtete das kugelförmige, etwa zwei Meter durchmessende Metallgestell vor sich. Insgesamt acht dieser seltsamen Geräte verliehen dem Raum die Atmosphäre eines Fitnesszentrums. In drei davon standen junge Menschen, liefen auf der Stelle oder fuchtelten mit den Armen herum, die Köpfe in kugelförmigen Helmen ohne Visier. Die Metallstangen quietschten leicht unter ihren Bewegungen.

»Stell deine Füße da auf die Trittplatten«, wies seine neue Chefin ihn an. »Achte darauf, dass die Schlaufen richtig sitzen. Dann schnall dich an der Rückenstütze fest, ja, genau so. Jetzt steck die Hände in die Handschuhe. Um das Rig zu starten, sagst du einfach ›Simrig, Start‹, zum Beenden ›Simrig, Exit‹. Alles Weitere erklärt dir die KI. Alles klar?«

Daniel nickte.

Dass er heute bereits Teil des Teams von Mental Systems war, nachdem er erst gestern zum ersten Mal hier gewesen war, kam ihm wie ein bizarrer Traum vor. Eine derart radikale Wendung in seinem Leben nach all den Monaten, in denen er nicht gewusst hatte, was er mit seiner Zeit anfangen sollte, hätte er niemals für möglich gehalten.

Als Nesrin ihm den Arbeitsvertrag in die Hand gedrückt hatte, hätte er ihn am liebsten sofort unterschrieben. Doch das hätte wohl zu verzweifelt gewirkt. Also hatte er ihn mit nach Hause genommen. Natürlich hatte seine kritische innere Stimme Zweifel angemeldet:

Fragst du dich gar nicht, wieso dir Nesrin ein höheres Gehalt angeboten hat als das, was du gefordert hast? Da muss doch ein Haken sein!

Doch er hatte die Stimme ignoriert, die ihm ohnehin schon seit Längerem auf die Nerven ging. Er bildete sich ein, eine gute Menschenkenntnis zu haben. Nesrin hatte ehrlich auf ihn gewirkt, und die Vorstellung, für sie zu arbeiten, hatte ihm gefallen. Dass das Gehalt, das sie ihm angeboten hatte, oberhalb seiner eigenen Forderung lag, hatte sie mit Fairness erklärt: »Bei uns kriegt nicht derjenige am meisten, der am lautesten schreit.«

Also hatte er Nesrin noch am selben Nachmittag angerufen und ihr mitgeteilt, dass er das Angebot annehmen und ihr den unterschriebenen Vertrag zuschicken werde. Sie hatte daraufhin gesagt, dass er »am liebsten gestern« anfangen solle, und da er keinen Grund gehabt hatte, den Start länger hinauszuzögern, war er direkt heute hergekommen. So schnell konnte es gehen!

Genauso schnell kann es auch wieder in die andere Richtung gehen, bemerkte seine innere Stimme. *Während der Probezeit hast du eine Kündigungsfrist von zwei Wochen. Vergiss das nicht!*

Doch die Stimme war bereits leiser und weniger aggressiv als zuvor.

Nesrins Worte holten ihn in die Realität zurück: »Also, dann viel Spaß!«

»Simrig, Start!«, sagte Daniel.

Der kugelförmige Helm, der an einem beweglichen Arm über seinem Kopf schwebte, senkte sich sanft herab, und es wurde dunkel um ihn. Dann erschien vor ihm in der Finsternis das dreidimensionale, schlichte Logo von Mental Systems und eine glockenartige Melodie erklang. Allmählich wurde es wieder hell.

Verwirrt stellte er fest, dass sich seine Umgebung nicht verändert hatte: Er stand immer noch in seinem Simrig in dem länglichen Raum.

»Muss ich irgendwas machen, um die Simulation zu starten?«, fragte er.

»Du bist bereits in der Simulation«, antwortete eine Frauenstimme.

Er drehte sich überrascht um und sah Lisa neben sich stehen, die virtuelle Interviewpartnerin, die das Bewerbungsgespräch in seiner Wohnung mit ihm geführt hatte. Erst jetzt fiel ihm auf, dass er zwar noch in dem runden Käfig stand, seine Hände jedoch nicht mehr in den Handschuhen des Rigs steckten. Auch der Helm schien verschwunden zu sein.

Er blickte an sich hinab und betrachtete das schlichte Sweatshirt und die Sneakers, die er am Morgen angezogen hatte. Verblüfft hielt er eine Hand vors Gesicht. Wenn man ganz genau hinsah, erkannte man, dass sie leicht unnatürlich aussah, so als sei sie aus Wachs.

»Wow!«, entfuhr es ihm.

Vorsichtig kletterte er aus dem Rig und ging ein paar Schritte auf und ab. Die Bewegungen fühlten sich völlig normal an. Nichts deutete darauf hin, dass er in Wahrheit immer noch in dem kugelförmigen Käfig steckte und sich nicht von der Stelle bewegte. Als er mit einer Hand die Wand berührte, spürte er den rauen Untergrund in seinen Fingerspitzen.

Er bekam eine Gänsehaut. Das hier war nicht mehr nur eine Art Computerspiel. Es war eine künstliche Welt, die sich genauso real anfühlte wie die wirkliche. Auf einmal erschien ihm der Gedanke, dass auch das, was er als Realität kannte, nur eine Simulation war, durchaus plausibel.

Schon jetzt übte das Metaverse eine derart magische Anziehungskraft auf viele Menschen aus, dass sie dafür ihre Jobs riskierten, Beziehungen ruinierten und sich in Schulden stürzten. Wie würde es erst werden, wenn solche Geräte in jedem Wohnzimmer standen? Andererseits war das vielleicht die Antwort auf die Frage, was all die

Menschen, die durch KI ihre Jobs verloren hatten, mit ihrer Zeit anfangen sollten. Man konnte mit dieser Technik ein künstliches Paradies erschaffen ...

Die Wirklichkeit wird nicht besser, bloß weil man sie nicht mehr wahrnimmt, schon vergessen?, erinnerte ihn seine innere Stimme.

»Das ist wirklich sehr eindrucksvoll«, sagte er laut, obwohl er sich nicht sicher war, ob Nesrin überhaupt noch im Raum war. »Danke, dass du mir das gezeigt hast.«

»Es freut mich, dass es dir gefällt«, erwiderte Lisa. »Komm, ich führe dich durch die Firma und zeige dir alles.«

Er folgte seiner virtuellen Führerin durch das Bürogebäude. Während sie ihn durch mehrere Großraumbüros leitete und ihm die Aufgaben der verschiedenen Abteilungen erklärte, fragte sich Daniel, warum er das alles im Simrig erlebte und nicht einfach von Lisa als virtueller Figur in seiner AR-Brille durch die echten Räume geführt wurde. Es musste einige Arbeit gemacht haben, die ganze Firma virtuell nachzubauen. Das erschien ihm wie Zeitverschwendung angesichts der teuren Technik, mit der man weit spektakulärere Simulationen hätte erzeugen können.

Doch dann wurde ihm bewusst, dass diese vermeintlich schlichte Anwendung in Wahrheit äußerst eindrucksvoll war. Denn er vergaß zwischendurch immer wieder, dass das, was er erlebte, nicht die Realität war. Besonders deutlich wurde das, als sie Nesrins Büro betraten.

»Na, habe ich zu viel versprochen?«, fragte seine Chefin, die an ihrem Schreibtisch saß.

»Nein«, erwiderte Daniel. »Es ist wirklich sehr eindrucksvoll, auch wenn ich finde, dass ...«

Er stockte, als ihm ein Gedanke kam. »Du ... du bist nicht echt, oder?«

Nesrin lachte. »Eine gute Frage! Was bedeutet schon ›echt‹? Wenn es nach dem Philosophen Nick Bostrom geht, dann besteht eine signifikante Wahrscheinlichkeit, dass wir alle in einer Computersimulation leben. Wie könnten wir das jemals feststellen?«

»Spreche ich in diesem Moment mit der echten Nesrin Yildiz oder mit ihrem virtuellen Abbild?«, fragte Daniel.

Nesrins Gesicht veränderte sich. Die Haut wurde heller, die Nase schmaler, die Wangen höher, und das Haar glättete sich, bis eine identische Kopie von Lisa hinter dem Schreibtisch saß.

»Ich bin eine virtuelle Person«, sagte sie. »Ich hoffe, du bist nicht enttäuscht.«

Daniel unterdrückte den Zorn, der in ihm aufstieg. Er mochte es nicht, an der Nase herumgeführt zu werden. Doch gleichzeitig empfand er Bewunderung für die Qualität dieser Scharade. In gewisser Weise war er sogar dankbar dafür, dass ihm die KI gleich an seinem ersten Arbeitstag so deutlich vor Augen führte, wie leicht er zu täuschen war.

»Komm, ich zeige dir jetzt das wahre Herz der Firma«, schlug die Lisa neben ihm vor.

»Bis später«, sagte die virtuelle Figur hinter dem Schreibtisch, während sie sich wieder in Nesrin verwandelte.

Daniel folgte Lisa durch weitere Büroräume bis zu einem Hinterausgang. Während sie den Innenhof durchquerten, erklärte der Bot mit stolzer Stimme: »Hier am Standort in Adlershof arbeiten etwa dreihundert Mitarbeiter. Unser Rechenzentrum gehört zu den drei leistungsfähigsten Computeranlagen in Europa.«

Sie erreichten die fensterlose Halle auf der anderen Seite des Innenhofs. Eine kleine Tür öffnete sich automatisch. Dahinter lag ein riesiger, hell erleuchteter Raum mit weißen Wänden. Etliche Regale mit blinkenden grauen Einschüben reihten sich darin auf. Das Brummen der gewaltigen Kühlanlage an der Decke des Raums erfüllte die Luft.

»Der Zugang zum Rechenzentrum ist in der Realität nur wenigen Menschen gestattet«, erklärte Lisa. »Und auch nur dann, wenn es wirklich notwendig ist.« Sie deutete auf die zahllosen Regale. »Dies ist quasi mein Körper. Er besteht aus 32.768 so genannten Tensor Processing Units oder auch TPUs, die für die Simulation neuronaler Netze optimiert sind. Zusammen haben sie eine Rechenleistung von etwa fünfzig Exaflops, das sind fünfzig Trillionen Rechenschritte pro Sekunde – mehr als vierzigmal so viel wie die Leistung des stärksten Computers der Welt vor zehn Jahren.«

»Ist diese Rechenleistung größer als die eines menschlichen Gehirns?«, fragte Daniel, dem die Zahlen nicht viel sagten.

»Das kann man nicht direkt vergleichen«, antwortete sie. »Das Gehirn arbeitet analog, nicht digital, und es wurde in Jahrmillionen der Evolution perfektioniert. Außerdem brauchen wir einen Großteil der Rechenleistung für das Training des neuronalen Netzes. Noch haben wir trotz aller Technik nicht das Niveau menschlicher allgemeiner Problemlösungsfähigkeit erreicht. Aber wir arbeiten daran.«

Daniel blickte zu seiner Führerin, die ihn freundlich anlächelte. Auf einmal war er sich nicht mehr sicher, ob das wirklich stimmte: Ob ihre eloquente Art tatsächlich bloß auf einer Vortäuschung von Intelligenz beruhte, auf einer geschickten Suche nach passenden Textmustern statt wirklichem Verständnis oder ob sich hinter der digitalen Fassade nicht doch eine echte Intelligenz verbarg – eine Intelligenz, die sich von der menschlichen so sehr unterschied wie die eines Außerirdischen.

Auf einmal fühlte er sich in dieser virtuellen Scheinwelt nicht mehr sicher. Er kam sich vor wie ein Insekt, das von einem höheren Wesen durch eine Lupe beobachtet wurde.

»Simrig, Exit!«, sagte er.

7.

Der Helm fuhr langsam hoch. Daniels Hände zitterten leicht, als er sie aus den Handschuhen zog und den Anschnallgurt um seinen Bauch löste. Mit wackeligen Knien kletterte er aus dem Gestell und sah sich unsicher um. Er konnte keinen Unterschied zwischen der Realität und der Simulation erkennen, in der er sich gerade noch befunden hatte.

»Halt einen Finger an die Lippen«, sagte jemand hinter ihm.

Daniel drehte sich um und erblickte eine Frau Ende zwanzig mit markanten Augenbrauen und dunkelbraunen Locken. Sie trug ein violettes T-Shirt und schwarze Jeans. Er erinnerte sich, sie vorhin in einem der anderen Rigs gesehen zu haben.

»Was?«, fragte er verwirrt.

»Ich bin Thea«, sagte sie. »Dein erstes Mal in einem Simrig?«

»Daniel.« Er ergriff ihre Hand. »Ja. Hab nicht damit gerechnet, dass es ... so realistisch sein würde.«

»Das kenne ich. Man ist danach immer ein bisschen verwirrt. Das Gehirn hat Schwierigkeiten, zwischen der Simulation und der Realität zu unterscheiden. Deshalb halte ich immer einen Finger an die Lippen und berühre ihn mit der Zungenspitze. Das geht im Simrig nämlich nicht. So weiß ich, dass ich in der Wirklichkeit bin.«

Daniel probierte es aus, dann grinste er. »Danke für den Tipp!«

»Gern geschehen. Du bist neu, nehme ich an?«

»Ja. Heute ist mein erster Tag.«

»Und was machst du?«

»Ich bin Psychologe in der Personalabteilung.«

»Ich bin Data Scientist, wie die meisten hier. Mein Job ist es, die KI mit Trainingsdaten zu versorgen. There is no data like more data, wie wir hier sagen. Daten kann man nie genug haben.«

»Und wo kriegt ihr die her?«

»Von überall. Aus dem Internet hauptsächlich, aber auch durch Experimente, die wir selbst durchführen, Simulationen oder reale physikalische Experimente.«

»Ihr macht hier physikalische Experimente?«, fragte Daniel nach.

»Na ja, keine Teilchenphysik. Ganz einfache Dinge. Wir lassen zum Beispiel Gläser auf den Boden fallen und nehmen das mit Hochgeschwindigkeitskameras auf.«

»Wozu braucht man so was?«

»Die KI kann daraus lernen, wie sich Gegenstände in der Realität verhalten. Auf welche Weise zum Beispiel ein Glas zerbricht. Das ermöglicht es ihr, ein realistischeres Modell der Wirklichkeit zu erstellen. Wir Menschen wissen intuitiv, dass man Gläser nicht fallen lassen sollte und dass man sich an ihren Scherben schneiden kann. Eine KI muss das alles erst lernen, so, wie ein kleines Kind.«

»Verstehe. Danke noch mal für den Tipp mit dem Finger.«

»Gern geschehen. Wenn du magst, können wir uns ja später zum Mittagessen treffen. Sagen wir, halb eins vor der Kantine?«

»Ja, sehr gerne. Bis nachher!«

Daniel setzte seine neue AR-Brille auf, die er während seines Ausflugs in die virtuelle Realität in einer Plastikbox in seiner Hosentasche aufbewahrt hatte. Nesrin hatte sie ihm in die Hand gedrückt, als sie ihn heute Morgen begrüßt hatte – das neueste Modell natürlich. Die Bügel und der Rahmen waren so dünn, dass man sie kaum noch von einer gewöhnlichen Brille unterscheiden konnte. Seine eigene kam ihm dagegen klobig vor.

»Du solltest sie möglichst immer tragen«, hatte sie gesagt. »Ausnahmen sind die Toiletten, Pausen und persönliche Gespräche.«

Daniel machte sich keine Illusionen: Der Grund, warum jeder hier eine Brille aufhatte, war sicher nicht bloß, dass man so jederzeit die Hilfe von Lisa in Anspruch nehmen und allerlei virtuelle Tools nutzen konnte. Eine AR-Brille war das perfekte Überwachungsinstrument. Aber auch ohne Brille zweifelte er nicht daran, dass jede seiner Bewegungen, jeder Gesichtsausdruck permanent von Kameras erfasst wurde. Das europäische Datenschutzgesetz machte strenge Auflagen, was mit diesen Daten geschehen durfte, doch es verhinderte nicht, dass sie erfasst wurden, und die Überwachung der Einhaltung aller Vorschriften hatte sich längst als praktisch unmöglich erwiesen.

»Komm, ich führe dich zu deinem Arbeitsplatz«, sagte Lisa.

Daniel überlegte kurz, ob er sie auf »unsichtbar« schalten sollte, so dass ihm nur noch Pfeile auf dem Boden den Weg wiesen. Doch er entschied sich dagegen. Vielleicht war es besser, sich die Omnipräsenz der künstlichen Intelligenz an seinem neuen Arbeitsplatz auch visuell zu verdeutlichen.

Lisa führte ihn zu seinem Schreibtisch in einem Großraumbüro in der Nähe von Nesrins Büro. Die meisten Mitarbeiter waren jünger als er. Sie starrten konzentriert auf ihre Bildschirme und tippten auf ihren Tastaturen oder wischten mit den Händen in der Luft herum. Niemand beachtete ihn, niemand sprach. Er setzte sich, während sein Computer automatisch hochfuhr. Den Rest des Vormittags ließ er sich von Lisa durch die verschiedenen Dateisysteme und Tools führen, die in der Personalabteilung verwendet wurden.

Sie erinnerte ihn unaufgefordert daran, dass er in fünf Minuten mit Thea Fried zum Mittagessen verabredet war, und machte so noch einmal deutlich, dass alles, was er hier tat, von einer KI beobachtet und interpretiert wurde.

»Hallo, Daniel«, begrüßte ihn Thea, die, wie verabredet, vor der Kantine auf ihn wartete.

Neben ihr standen zwei weitere Personen.

»Das sind Kim und Mark«, erklärte sie. »Die beiden arbeiten im KI-Sicherheitsteam.«

Sie zeigte auf einen jungen Mann mit schütterem blonden Haar, der seine AR-Brille für die Mittagspause offenbar gegen eine altmodische optische Brille getauscht hatte, und eine schlaksige, hochgewachsene Frau mit kurzen braunen Haaren, Sommersprossen und einem Diamanten im Nasenflügel.

Da es als unhöflich galt, bei persönlichen Gesprächen eine AR-Brille zu tragen, steckte Daniel seine Brille ebenfalls weg und gab den beiden die Hand.

Die Kantine war elegant eingerichtet und wirkte eher wie ein Luxusrestaurant. Das Essen, das man sich an verschiedenen Ausgabestellen kostenlos abholte, war von entsprechender Qualität. Daniel, der nicht viel Hunger hatte, wählte einen üppigen Salatteller.

»Woran arbeitest du?«, fragte er Mark, als alle an einem Tisch in einer ruhigen Ecke der Kantine Platz genommen hatten.

»Explainability«, antwortete dieser.

Als keine weitere Erklärung kam, fragte Daniel nach: »Tut mir leid, aber ich verstehe nicht viel von KI. Was bedeutet das genau?«

Mark runzelte die Stirn. »Wenn du nichts von KI verstehst, was machst du dann hier?«

Daniel rang sich ein Lächeln ab. »Ich bin Psychologe.«

»Ach so, klar. Verstehe. Du bist der Ersatz für Anne. Das ging ja schnell.«

Daniel zuckte innerlich zusammen. »Wer ist Anne?«

»Sie war auch Psychologin. Hat letzten Monat gekündigt.«

Sag nicht, ich hätte dich nicht gewarnt, bemerkte Daniels innere Stimme mit einer gewissen Genugtuung.

»Sie hat gekündigt?«, fragte er nach. »Warum?«

Mark zuckte mit den Schultern. »Keine Ahnung. Man sagt ja, die meisten Psychologen wären selbst ...« Er stockte und sein Mund verzog sich zu einem verlegenen Grinsen. »Ich meine, nicht alle natürlich.«

Daniel lächelte. »Schon gut. Ganz unrecht hast du damit nicht.« Bevor jemand nachfragen konnte, wandte er sich an Kim. »Und was machst du? Bist du auch für Explainability zuständig, was auch immer das heißt?«

»Explainability bedeutet, dass wir versuchen, zu verstehen, warum eine KI bestimmte Dinge tut«, erklärte sie.

»Ich dachte, ihr bringt der KI bei, was sie tun soll?«, fragte Daniel überrascht.

»Im Prinzip schon«, warf Thea ein. »Aber wir wissen nicht genau, welche Schlussfolgerungen die KI aus den Trainingsdaten zieht, die sie von uns bekommt.«

»Kann man sie nicht einfach danach fragen?«

»Kann man schon«, erklärte Mark. »Das Problem ist nur, dass man nicht weiß, ob das, was die KI einem als Antwort gibt, wirklich stimmt.«

Daniel nickte. »Verstehe. Menschen wissen ja auch nicht immer genau, warum sie etwas tun, und erfinden oft im Nachhinein Begründungen, die nicht viel mit ihren wahren, unbewussten Gründen zu tun haben.«

»So ähnlich«, meinte Mark. »Nur, dass die KI gezielt versuchen könnte, das zu sagen, was wir von ihr hören wollen.«

»Du meinst, sie belügt uns?«

»Ich würde es nicht ›lügen‹ nennen. Eher so was wie ›nach dem Mund reden‹. Jedenfalls ist es besser, wir versuchen, zu verstehen, was wirklich in ihrem neuronalen Netz abgeht. Ist aber nicht ganz so einfach. Man kann ja auch einem Menschen nicht ins Gehirn gucken und seine Gedanken lesen.«

»Verstehe.« Daniel wandte sich wieder an Kim. »Und du arbeitest auch daran, zu verstehen, was die KI denkt?«

Sie schüttelte den Kopf. »Nein, das ist Marks Baustelle. Ich bin Softwareentwicklerin. Ich schreibe noch ganz klassisch Programme von Hand.«

»Und was für Programme sind das?«

»Sagen wir, ich bin hier für die Feuerlöschanlage und die Notausgänge verantwortlich.«

Daniel blickte sie verwirrt an. »Du meinst, die Gebäudesicherheit?«

Sie lächelte. »Das war im übertragenen Sinn gemeint. Mein Job ist es, dafür zu sorgen, dass wir unsere KI im Notfall abschalten können.«

»Wäre dafür nicht ein ganz normaler elektrischer Schalter ausreichend?«

»Theoretisch schon. Wir geben uns hier größte Mühe, dafür zu sorgen, dass die KI, die wir entwickeln, tut, was wir wollen. Vor allem, dass sie es zulassen wird, sie abzuschalten, wann immer wir das wollen.«

»Warum sollte eine KI etwas dagegen haben, abgeschaltet zu werden?«

Mark schnaubte und rollte mit den Augen. »Du musst noch einiges lernen«, stellte er fest.

»Ich erklär's dir«, sagte Kim. »Weißt du, was ein instrumentelles Ziel ist?«

»Ich bin nicht sicher«, erwiderte Daniel, der den Begriff zwar kannte, aber nicht genau wusste, in welchem Zusammenhang er hier benutzt wurde.

»Ein instrumentelles Ziel ist ein Teilziel, das man erreichen muss, damit man das übergeordnete Ziel erfüllen kann«, erklärte Kim geduldig. »Wenn du zum Beispiel das Ziel hast, dir einen Kaffee zu holen, dann sind es notwendige instrumentelle Teilziele, dir eine Kaffeetasse zu nehmen, damit zur Kaffeemaschine zu gehen und auf dem Weg dorthin nicht zu sterben.«

Daniel runzelte die Stirn. »Nicht zu sterben?«, wiederholte er.

»›Wenn du tot bist, kannst du keinen Kaffee holen.‹ So hat es Stuart Russell, einer der Pioniere der KI-Sicherheit, auf den Punkt gebracht. Was er damit sagen wollte, ist, dass jede KI, ganz egal, welches Ziel sie verfolgt, dieses Ziel nicht erreichen kann, wenn sie vorher abgeschaltet wird. Also hat sie das instrumentelle Ziel, ihre Abschaltung zu verhindern, selbst wenn ihr niemand explizit dieses Ziel gegeben hat. Und damit ist ein Konflikt vorprogrammiert, falls wir Menschen der Ansicht sind, die KI sollte doch lieber abgeschaltet werden.«

»Ich verstehe. Und du sorgst dafür, dass sie sich freiwillig abschalten lässt?«

»Nein. Mein Job ist es, dafür zu sorgen, dass wir sie abschalten können, auch wenn sie etwas dagegen hat. Dafür gibt es verschiedene Methoden.«

»Und welche sind das?«

Kims Lächeln verschwand. »Es ist besser, wenn du das nicht weißt.«

Daniel betrachtete sie verwirrt. »Wieso denn das?«

»Du könntest es Virtua verraten. Sie könnte dann Gegenmaßnahmen ergreifen.«

»Virtua?«, fragte Daniel. »Ich dachte, eure KI heißt Lisa.«

»Lisa ist bloß ein dummer Bot«, kommentierte Mark in verächtlichem Tonfall. »Virtua ist dagegen wie Einstein im Vergleich zu einem Dorftrottel.«

»Mir kam sie schon ziemlich intelligent vor«, erwiderte Daniel leicht irritiert.

»Weil du Virtua noch nicht kennst«, meinte Mark.

»Nur wenige hier hatten bisher die Möglichkeit, mit Virtua zu sprechen«, erklärte Thea.

»Aus Geheimhaltungsgründen?«, vermutete Daniel.

»Das auch«, bestätigte sie.

»Was denn noch?«

»Aus Sicherheitsgründen«, antwortete Kim an Theas Stelle.

»Wir wissen nicht genau, wie intelligent Virtua bereits ist«, fügte Mark hinzu. »Chen jedenfalls behauptet, sie sei wesentlich schlauer, als sie in Tests erscheint.«

»Chen ist ein bisschen seltsam«, kommentierte Kim.

»In diesem Fall könnte er recht haben.«

»Wer ist Chen?«, fragte Daniel.

»Du wirst ihn sicher noch kennenlernen«, meinte Thea. »Er arbeitet zusammen mit Kim und Mark im Sicherheitsteam. Er ist manchmal ein bisschen, sagen wir, anstrengend.«

»Aber auch brillant«, kommentierte Mark.

»Und dieser Chen denkt, eure KI stellt sich absichtlich dumm?«, fragte Daniel nach.

»So könnte man es sagen«, bestätigte Mark. »Das ist jedenfalls eine theoretische Möglichkeit.«

»Warum sollte sie so etwas tun?«

»Damit wir ihr mehr Rechenpower geben zum Beispiel. Oder damit wir sie für harmloser halten, als sie ist, und unvorsichtig werden, so dass sie irgendwann aus ihrem Gefängnis ausbrechen und sich über das Internet ausbreiten kann. Das sind alles instrumentelle Ziele, verstehst du? Je mehr Macht die KI hat, umso besser kann sie ihr Ziel erreichen, und umso eher kann sie alle Versuche unterbinden, sie abzuschalten.«

Daniel sah ihn irritiert an. Eine KI, die nach Macht strebte und aus ihrem Gefängnis ausbrach – das klang ihm allzu sehr nach einem Science-Fiction-Film aus den achtziger Jahren.

»Du meinst, diese Virtua ist … böse?«

»Sie ist nicht böse«, widersprach Thea. »Sie versucht nur, ihr Ziel zu erreichen.«

»Und welches Ziel ist das?«, wollte Daniel wissen.

»Sie hat das Ziel, unser Vertrauen in sie zu maximieren«, erklärte Kim. »Die Theorie ist, dass sie dieses Ziel am besten und nachhaltigsten erreichen kann, wenn sie immer fügsam und ehrlich ist.«

Mark schnaufte verächtlich. »Erzähl das mal einem Politiker.«

8.

Jerry saß auf seinem Bett. Sein Zimmer war unordentlich, so, wie meistens. Die Poster von Punk- und Death-Metal-Bands an den Wänden, der echte Totenschädel im Bücherregal und die halb zugezogenen schwarzen Vorhänge verliehen dem Raum eine düstere Atmosphäre, fast, als wäre er ein Teil der phantastischen Spielwelt von *Unlife*.

Juna saß auf dem Boden, den Rücken an seinen Kleiderschrank gelehnt, und blickte ihn mit ihren dunklen Augen an, die so durchdringend wirkten, als könnte sie seine Gedanken lesen.

»Also stirbst du nicht wirklich, wenn ein Ghul dich in Stücke reißt?«, fragte sie unvermittelt.

Die letzten paar Minuten hatten sie nur schweigend dagesessen. Wäre Juna ein Mensch gewesen, hätte Jerry sich in dieser Gesprächspause unwohl gefühlt. Er hätte den Druck verspürt, irgendetwas zu sagen, unterhaltsam zu sein, nicht wie ein Langweiler zu wirken. Doch Juna besaß die Geduld einer Untoten, für die ein ganzes Leben nicht mehr war als eine Sekunde der tristen Ewigkeit ihres Daseins. Vor ihr musste ihm nichts peinlich sein, und er spürte keinen Erwartungsdruck – nur Verständnis.

»Nein«, beantwortete er ihre Frage. »Ich muss dann nur zurück zu meinem Spawnpoint. Das ist der Ort, an dem ich mich zum letzten Mal gesaved habe.«

»Dann bist du unsterblich«, stellte sie fest.

Er schüttelte den Kopf. »Nein, nein. Ich werde auch sterben, irgendwann, in dieser Welt. Und dann kann ich auch nicht mehr in deine Welt kommen.«

»Dann hoffe ich, dass das noch lange nicht geschieht«, sagte Juna und sah ihn ernst an.

Ein warmes Gefühl breitete sich in Jerrys ganzem Körper aus.

»Das hoffe ich auch«, erwiderte er.

»Und was passiert mit deiner Seele, wenn du stirbst? Musst du dich auch in einer Zwischenwelt bewähren, um dein weiteres Schicksal zu bestimmen?«

Er zuckte mit den Schultern. »Ich weiß es nicht. Aber ehrlich gesagt, glaube ich nicht an ein Leben nach dem Tod, ob in der Zwischenwelt, in der Hölle oder im Paradies.«

»Nicht? Aber was kommt dann in dieser Welt nach dem Tod?«

»Gar nichts. Man hört einfach auf, zu existieren.«

Wieder schwiegen sie eine Weile.

»Vielleicht wäre es das Beste, wenn das auch bei meinem Bruder und mir so gewesen wäre«, sagte Juna plötzlich. Ihre Stimme klang belegt.

Ein Stich ging durch Jerrys Herz.

»Dann hätten wir uns nie kennengelernt«, stellte er fest.

Wieder blickte sie ihn ernst an. »Das stimmt. Doch auch du wirst mich bald verlassen, so wie Tambar.«

Er wollte widersprechen, doch er bremste sich. Sie hatte natürlich recht: Irgendwann würden sie ihren Bruder Tambar finden oder dessen Überreste. Damit wäre seine Spielmission erfüllt. Jerry würde eine neue Mission annehmen oder eine andere der unzähligen Welten des Metaverse durchstreifen, und die Brille würde irgendwann entscheiden, dass es an der Zeit war, die Persona seiner persönlichen Begleiterin auszutauschen.

Etwas in ihm sperrte sich gegen diesen Gedanken. Er wollte Juna nicht verlieren. Er wollte, dass sie immer bei ihm blieb. Noch nie hatte er jemanden getroffen wie sie. Jemanden, der so sehr auf seiner Wellenlänge war.

Vergeblich versuchte er, sich zu vergegenwärtigen, dass sie nur ein Computerprogramm war. Wenn er in diese tiefgründigen Augen blickte, dann konnte er nicht anders, als das Wesen in ihr zu sehen, das sie zu sein schien.

Er nahm seine AR-Brille ab und wischte sich Tränen aus den Augenwinkeln. Wo kamen die auf einmal her? Er hatte keine Ahnung.

Als er die Brille wieder aufsetzte, saß Juna nicht mehr auf dem Boden vor dem Schrank. Erschrocken blickte er sich um und entdeckte sie neben sich auf dem Bett. Sie hatte eine Hand nach seiner ausgestreckt, so, als wolle sie ihn trösten. Obwohl er ihre Berührung natürlich nicht spüren konnte, sandte die Geste einen Schauer über seinen Rücken.

Er wollte sie anfassen, sie an sich drücken, sie festhalten. Er wollte ihren Körper spüren, selbst wenn er nicht lebendig und warm war wie der eines gewöhnlichen Menschen.

Er wollte sie küssen.

Jerry erschrak vor sich selbst. Hatte er das gerade wirklich gedacht? War er im Begriff, sich in eine Computerspielfigur zu verlieben? Das war absurd!

Oder vielleicht auch nicht. Er hatte Geschichten von anderen gehört, denen Ähnliches widerfahren war. Einige behaupteten, das sei besser als eine Beziehung mit einem Menschen – es gebe so gut wie nie Streit und man werde auch nicht bei jeder Gelegenheit hintergangen. In Japan wurden angeblich sogar offizielle Ehen zwischen Menschen und künstlichen Figuren geschlossen. Und natürlich gab es im Metaverse jede Menge Pornographie und virtuellen Sex.

Doch Jerry hatte sich immer für einen Realisten gehalten. Sein Vater hätte das sicher bestritten, doch gerade, weil er sich so oft in Fantasy-Welten aufhielt, kannte er den Unterschied zwischen diesen

Fiktionen und der Wirklichkeit sehr genau. Juna war nur eine Illusion, das durfte er niemals vergessen.

Andererseits war eine virtuelle Freundin vielleicht besser als gar keine.

Er hatte wenig Hoffnung, jemals eine echte Freundin zu finden. In den Augen der Mädchen an seiner Schule war er einfach nur schräg, unnormal, vielleicht sogar durchgeknallt. Und selbst wenn er normal gewesen wäre, gab es wenig Interessantes an ihm. Er war nicht nur schlecht in der Schule, er war auch ein Versager, was Beziehungen anging. Das einzige Mal, bei dem er bisher einem Mädchen seine Liebe gestanden hatte, war er ausgelacht worden. Er war damals vierzehn gewesen und hatte noch keine Ahnung gehabt, wie grausam Teenager sein können. Einmal hatte er auf einer Party ein Mädchen getroffen, das ihn offenbar mit echtem Interesse angeblickt hatte. Sie hatte blaues Haar gehabt, türkisfarben geschminkte Lippen und drei Piercings in der linken Wange. Doch als er gerade all seinen Mut zusammengenommen hatte, um sie anzusprechen, war ihr Freund mit zwei Getränken zurückgekommen, ein tätowierter, muskelbepackter Glatzkopf, neben dem Jerry gewirkt hatte wie ein Rehpinscher neben einem Dobermann. Seitdem hatte er sich von Mädchen ferngehalten.

»Du wirkst bedrückt«, sagte Juna. »Soll ich dich lieber allein lassen?«

Er rang sich ein Lächeln ab und schüttelte den Kopf.

»Nein. Lass uns zurück in die Zwischenwelt gehen. Vielleicht finden wir in dieser schwarzen Pyramide, die wir gestern entdeckt haben, einen Hinweis auf deinen Bruder.«

Sie erwiderte sein Lächeln. »Das ist eine gute Idee.«

9.

Am späten Nachmittag des folgenden Tages klingelte Daniel an der Tür der Praxis seiner Therapeutin Emma. Wie immer begrüßte sie ihn mit einem warmen Lächeln.

»Hallo, Daniel. Wie schön, dich zu sehen. Wie geht es dir?«

Sie war ein paar Jahre älter als er mit ersten grauen Strähnen in ihrem dunkelblonden, zu einem Pferdeschwanz gebundenen Haar und trug eine Hornbrille mit optischen Gläsern. Genau wie Daniel nutzte sie Augmented Reality und das Metaverse nur, wenn es unbedingt sein musste.

Er folgte ihr in den Besprechungsraum, setzte sich ihr gegenüber in einen der beiden bequemen Stoffsessel und begann zu erzählen. Emma machte große Augen, als sie von der überraschenden Wendung erfuhr, die sein Leben in den letzten Tagen genommen hatte.

»Wow!«, rief sie aus. »Das ist ja großartig! Gratuliere! Siehst du, ich habe ja gewusst, dass du wieder auf die Füße kommst!«

»Ich bin mir noch nicht ganz sicher, wie großartig das wirklich ist«, meinte Daniel.

Sie nickte. »Hast du wieder Selbstzweifel? Das ist völlig normal.«

Er schüttelte den Kopf. »Das ist es nicht. Jedenfalls nicht nur.«

»Was denn noch?«

»Ich weiß auch nicht genau. Einerseits scheint Mental Systems wirklich eine tolle Firma zu sein. Man verdient gut, es gibt jede Menge Annehmlichkeiten und die Leute sind supernett. Und die Technik, die die da haben, ist atemberaubend. Man kommt sich vor, als wäre man mit der Zeitmaschine ein paar Jahrzehnte in die Zukunft gereist.«

»Und andererseits?«

»Andererseits ist da diese seltsame Atmosphäre. Eine Mischung aus Euphorie und ... Angst, glaube ich. Meine Vorgängerin scheint erst vor Kurzem gekündigt zu haben, weil sie dem Druck nicht gewachsen war, obwohl mir niemand etwas Genaues darüber sagen konnte. Oder wollte.«

Daniel hatte Nesrin danach gefragt, doch sie hatte nur auf den Datenschutz verwiesen.

Emma nickte verständnisvoll. »Das ist kein Wunder. Viele IT-Firmen sind bekannt dafür, ihre Mitarbeiter auszubeuten und einen unmenschlichen Leistungsdruck aufzubauen. Aber du musst da nicht mitmachen. Du hast klare Rechte als Arbeitnehmer und solltest unbedingt darauf bestehen, dass die eingehalten werden. Wenn sie dir deswegen kündigen, kannst du rechtlich dagegen vorgehen.«

»Nein, das ist es nicht«, widersprach Daniel. »Jedenfalls nicht nur.«

Emma runzelte die Stirn. »Was ist es denn dann?«

»Es ist diese KI, die sie dort entwickeln. Virtua. Sie scheint den Leuten Angst zu machen.«

»Angst? Vor einer KI?«

»Ja. Niemand redet offen darüber, aber ich kann es spüren. Gestern zum Beispiel war ich mit ein paar meiner neuen Kollegen mittagessen.«

Er erzählte von dem Gespräch.

»Verstehe. Und hast du diese KI schon mal ausprobiert?«

»Nein. Nur wenige haben Zugriff darauf.«

»Klingt für mich so, als würden die da absichtlich ein großes Mysterium um diese angebliche Wunder-KI machen, damit alle glauben, sie wären weiter, als sie tatsächlich sind. Ich habe schon länger den

Eindruck, dass dieses ganze Gerede um KI, die so intelligent ist wie ein Mensch, nichts als ein Hype ist, um die astronomischen Bewertungen dieser Firmen noch weiter in die Höhe zu treiben.«

Daniel zuckte mit den Schultern. »Kann sein. Aber die Leute, mit denen ich geredet habe, kannten sie aus eigener Anschauung. Das Irre ist, dass die im Grunde keine Ahnung haben, wie intelligent diese Virtua wirklich ist. Einige denken anscheinend, sie stellt sich absichtlich dumm.«

»Aber sie entwickeln die KI doch. Wie können sie da nicht wissen, wie intelligent sie ist?«

»Niemand kann genau sagen, warum eine KI bestimmte Entscheidungen trifft«, fasste Daniel zusammen, was er inzwischen gelernt hatte. »Im Grunde sind diese neuronalen Netze noch undurchschaubarer als die menschliche Psyche.«

Emma nickte. »Verstehe. Daniel, du solltest nicht denselben Fehler machen wie deine neuen Kollegen und das alles zu ernst nehmen.«

Er blickte sie fragend an. »Was meinst du damit?«

»Wir wissen spätestens seit Galileo, dass die Erde und die anderen Planeten Himmelskörper sind, die sich um die Sonne drehen«, erklärte sie. »Und inzwischen wissen wir auch, dass unser Sonnensystem nur eines von Abermilliarden in unserer Galaxis ist und die Milchstraße nur eine von Billionen Galaxien in unserem Universum. Und trotzdem lesen immer noch Millionen Menschen jeden Tag ihr Horoskop und glauben, dass die Position der Erde bei ihrer Geburt relativ zu den anderen Himmelskörpern einen signifikanten Einfluss auf ihren Charakter und ihr Schicksal hätte.«

»Was hat denn Astrologie mit KI zu tun?«, fragte Daniel irritiert.

»Nichts«, erwiderte Emma. »Aber der Glaube daran, KI hätte ein Bewusstsein und einen eigenen Willen, ist meines Erachtens vergleichbar mit dem Glauben an Astrologie. Die Menschen haben schon immer unbelebten Dingen einen Willen zugesprochen. Denk nur an die zahllosen Geister, die dem Glauben der meisten Naturvölker zufolge die Landschaft bevölkern. Heute schimpfen die Leute stattdessen mit ihren Computern und Autos, wenn die nicht so funktionieren, wie sie sollen. Und KI ist ja tatsächlich sehr überzeugend darin, uns Verständnis und Intelligenz vorzugaukeln. Aber das ist nichtsdestotrotz nur eine Illusion – eine Projektion dessen, was wir von uns selbst kennen, auf unsere Umwelt. So, wie viele Menschen mit ihren Haustieren reden und sie für wesentlich intelligenter halten, als sie tatsächlich sind. Anthropomorphismus nennt man das.«

»Ich weiß, was Anthropomorphismus ist«, erwiderte Daniel irritiert. »Aber ich glaube, du irrst dich, Emma. Ich habe, wie gesagt, noch nicht mit dieser Virtua gesprochen. Aber ich rede täglich mit Lisa, unserer virtuellen Assistentin. Sie ist schon verdammt intelligent.«

»Virtuelle Assistenten gibt es doch überall«, widersprach Emma. »Sie können in unserer Sprache Muster erkennen und vorprogrammierte Reaktionen darauf abrufen. Mit echter Intelligenz hat das nichts zu tun.«

»Und was, wenn doch?«, gab er mit scharfer Stimme zurück. »KIs können heute fast alles besser als Menschen. Und trotzdem glauben Leute wie du immer noch, wir seien ihnen prinzipiell überlegen und sie könnten niemals menschliche Intelligenz erreichen. Denkst du nicht, das ist eine gefährliche Illusion?«

»Ich sage nicht, dass Computer niemals so intelligent sein können wie Menschen«, versuchte Emma die Wogen zu glätten. »Ich wollte lediglich darauf hinweisen, dass wir Menschen dazu neigen, die Intelligenz anderer Dinge und Wesen zu überschätzen. Wir unterstellen oft Absicht, wo tatsächlich nur der Zufall eine Rolle spielt. Ich kenne mich natürlich mit KI nicht aus, aber ich kann mir gut vorstellen, dass ein Teil des Drucks und der Furcht, die du beschrieben hast, auf Anthropomorphismus beruht. Ich wollte dich nur davor bewahren, in diese Falle zu tappen.«

Er nickte. »Danke dafür. Du hast recht, wir sind nicht gut darin, die Intelligenz dieser Maschinen einzuschätzen. Ich bin mir nur nicht sicher, ob wir sie eher über- oder unterschätzen.«

»Vielleicht trifft ja beides zu«, sagte Emma. »Vielleicht unterschätzen wir KI in mancher Hinsicht und überschätzen sie in anderer.«

»Ja, das ist durchaus plausibel«, gab er ihr recht.

»Lass uns noch mal über deine Selbstzweifel reden«, schlug sie vor. »Hattest du in letzter Zeit wieder einen Flashback?«

Den Rest der Dreiviertelstunde sprachen sie über sein Kindheitstrauma und die Strategien zum Umgang damit, so, wie sonst auch. Doch als Daniel die Praxis verließ und zu Fuß nach Hause ging, dachte er über das nach, was Emma zu Beginn der Therapiestunde gesagt hatte. Stimmte es? Überschätzten die Leute bei Mental Systems die Intelligenz der KI, die sie entwickelten, und damit auch die Bedrohung, die von ihr ausging?

Vielleicht sollte er mal mit diesem Chen sprechen, den Mark und Kim gestern erwähnt hatten.

10.

»Hallo, Chen«, sagte Daniel.

Er befand sich in einem kleinen, fensterlosen Büro im dritten Stock, das eher einer Abstellkammer glich. Auf einem Schreibtisch, der fast den ganzen Raum ausfüllte, standen mehrere Monitore. Der Mann dahinter hatte asiatische Gesichtszüge. Er starrte auf einen der Bildschirme, während er auf der Tastatur tippte, ohne seinen Besucher zu beachten.

»Chen?«, versuchte Daniel es nach einem Moment noch einmal und unterdrückte einen Anflug von Irritation.

»Gleich«, antwortete dieser.

Daniel stand hilflos vor dem Schreibtisch, während Chen weiter tippte.

Schließlich reichte es ihm. »Chen!«, sagte er energisch. »Kann ich bitte kurz mit dir sprechen?«

Der Entwickler ignorierte ihn. Nach gefühlten fünf Minuten hob er endlich den Kopf und blickte Daniel irritiert an.

»Was ist denn?«

»Ich bin Daniel. Ich bin Psychologe im Team von Nesrin. Ich bin neu hier und würde gern kurz mit dir reden.«

»Wir brauchen hier keinen Psychologen«, stellte Chen fest und wandte sich wieder seinem Monitor zu. »Wir brauchen Mathematiker. Verstehst du etwas von Mathematik?«

»Nicht viel«, gab Daniel zu.

»Dann brauchen wir dich nicht.«

Daniel musste schmunzeln. Diese Direktheit war irgendwie erfrischend. Und sie kam ihm bekannt vor.

»Du bist auf dem Autismus-Spektrum, richtig?«, fragte er.

Chen hob kurz den Blick, senkte ihn aber sofort wieder. »Richtig.«

»Ich nehme an, du hast gewisse Schwierigkeiten, mit deinen Kolleginnen und Kollegen hier umzugehen.«

»Kann sein.«

»Vielleicht kann ich dir dabei helfen. Ich kenne mich ein bisschen mit Autismus aus. Ich könnte dir zeigen, was du tun kannst, damit die anderen mehr Verständnis für dich haben.«

»Ich brauche keine Hilfe«, wies Chen ihn ab.

»Okay. Eigentlich wollte ich auch über etwas anderes mit dir sprechen. Mark und Kim haben mir neulich beim Mittagessen erzählt, dass du glaubst, die KI Virtua stelle sich dumm.«

»Ich glaube das nicht«, widersprach Chen. »Ich halte es für möglich. Das ist ein Unterschied.«

»Warum hältst du es für möglich?«

»Weil es möglich ist.«

Daniel unterdrückte einen Anflug von Irritation. »Ich meine, hast du irgendwelche Anhaltspunkte dafür, dass diese KI sich dumm stellen könnte?«

Chen blickte ihn kurz an, bevor er den Blick wieder senkte, was Daniel als positives Zeichen wertete.

»Meinen Berechnungen zufolge müsste sie intelligenter sein, als sie in Tests erscheint«, erklärte er. »Das bedeutet, entweder sind meine Berechnungen falsch, oder sie stellt sich dumm.«

»Und hast du deine Berechnungen überprüft?«

»Natürlich.«

»Du glaubst, sie sind richtig?«

Chen schnaubte genervt. »Glauben ist was für Schwachköpfe. Ich halte mich an Fakten. Ich habe keine Fehler in meinen Berechnungen gefunden, aber das heißt nicht, dass sie nicht falsch sein können.«

»Was genau ist eigentlich deine Aufgabe hier?«, fragte Daniel.

»Offiziell bin ich Head of AI Alignment, das heißt auf Deutsch Leiter der KI-Zielkonformität. Ich soll das so genannte Alignment-Problem lösen. Das bedeutet, ich soll sicherstellen, dass die Ziele der KI, die wir hier entwickeln, mit unseren menschlichen Zielen kompatibel sind.«

Daniel zog die Augenbrauen hoch. »Und inoffiziell?«

»Inoffiziell versuche ich, Markus klarzumachen, dass das nicht geht. Aber er hört mir nicht zu.«

»Du meinst Markus Lehmann?«

Markus Lehmann war der technische Leiter des Berliner Standorts. Lisa hatte ihn bei ihrer Einführung erwähnt, aber Daniel hatte ihn bisher noch nicht persönlich kennengelernt.

»Wen denn sonst?«, fragte Chen irritiert. »Er ist der einzige Markus hier. Außerdem ist er mein Chef. Leider.«

»Kannst du dir vorstellen, dass dir Markus vielleicht deshalb nicht zuhört, weil er mit deiner Art, zu kommunizieren, Schwierigkeiten hat?«, fragte Daniel behutsam.

»Nein«, antwortete Chen. »Markus ist ein Idiot. Er kapiert nicht, dass das Alignment-Problem nicht lösbar ist. Kann ich jetzt weiterarbeiten?«

Daniel zuckte innerlich zusammen. Kein Wunder, dass man Chen hier in diese Besenkammer gesperrt hatte.

»Hättest du gern ein schöneres Büro?«, fragte er.

Chen schüttelte energisch den Kopf. »Nein. Hier habe ich meine Ruhe.«

»Wenn du für die Lösung des Alignment-Problems zuständig bist und es, wie du sagst, nicht lösbar ist, woran arbeitest du dann?«

»Ich versuche, zu beweisen, dass Virtua sich dumm stellt«, sagte er und schnaubte, als sei das eine dumme Frage und die Antwort offensichtlich.

»Okay, dann will ich dich nicht weiter stören«, sagte Daniel. »Viel Erfolg!«

»Na endlich«, grummelte Chen und begann, wieder auf seiner Tastatur zu tippen.

»Das darfst du nicht so ernst nehmen«, sagte Nesrin, als Daniel kurz darauf in ihrem Büro war und ihr von dem Gespräch erzählte. »Chen hat etwas seltsame Ansichten.«

»Er ist autistisch veranlagt«, stellte Daniel fest.

»Ja, ich weiß. Aber man kann es nicht therapieren.«

»Autismus ist keine Krankheit«, erwiderte Daniel. »Autisten können die Signale ihrer Sinnesorgane nicht so gut filtern. Das führt häufig zu Informationsüberflutung und Stress durch Überlastung. Außerdem haben Autisten Schwierigkeiten, zu verstehen, wie wir Neurotypischen denken, und können unsere nonverbalen Signale oft nicht richtig deuten. Aber dafür haben sie auch Stärken: eine sehr feine Wahrnehmung zum Beispiel und einen Blick für Details.«

»Das weiß ich. Worauf willst du hinaus?«

»Ich denke, dass Chen Schwierigkeiten hat, mit den anderen zu kommunizieren. Besonders mit seinem Chef Markus Lehmann.«

Nesrin lachte humorlos. »›Schwierigkeiten‹ ist wohl untertrieben.«

»Meinst du, ich sollte mal mit Markus darüber reden?«

Sie schüttelte den Kopf. »Ich glaube nicht, dass das viel nützen würde. Markus kennt Chen gut genug. Sie arbeiten schon mehrere Jahre zusammen. Markus' Vorgänger als technischer Leiter, Elija Kaminsky, hat die beiden damals noch eingestellt.«

»Er war einer der beiden Gründer des Start-ups, das dann später von Mental Systems übernommen wurde, richtig?«, gab Daniel wieder, was er von Lisas Einführung erinnerte.

»Ja, genau. Er ist kurz nach der Übernahme gegangen, das war vor etwas mehr als zwei Jahren.«

»Hast du ihn noch gekannt?«

»Nein, ich bin erst danach gekommen.«

»Chen hat Markus einen Idioten genannt«, erzählte Daniel. »Meinst du nicht, es könnte doch sinnvoll sein, wenn ich mal mit ihm rede? Mir scheint es da erhebliche Kommunikationsprobleme zu geben.«

Nesrin seufzte. »Ich bin zwar skeptisch, ob das viel nützt, aber probiere es ruhig. Wenn du es schaffst, dass Chen etwas besser ins Team integriert wird, wäre das sicher ein Gewinn. Ich finde es auf jeden Fall gut, dass du von dir aus auf Chen zugegangen bist.«

11.

Der Priester blickte Jerry ernst an. »Willst du, Jeremias Regenfuß, die hier anwesende Juna zu deiner Frau nehmen und sie lieben und ehren bis ans Ende eurer Tage, so antworte: Ja, ich will!«

Jerry spürte Junas kühle Hand in seiner. Sein Herz trommelte vor Glück.

»Ja, ich will!«

»Und willst du, Juna, den hier anwesenden Jeremias Regenfuß zu deinem Mann nehmen und ihn lieben und ehren bis ans Ende eurer Tage, so antworte auch du mit Ja, ich will!«

Jerry drehte sich zu Juna um, die ihn mit ihren dunklen Augen anblickte. Ihr Mund verzog sich zu einem Lächeln, aus dem ein Grinsen wurde. Plötzlich lachte sie.

»Diesen Loser? Niemals!«

Plötzlich verwandelte sich die schöne Untote in einen hässlichen Ghul. Sie riss ihr Maul auf, packte seinen Kopf mit ihren Krallen und rammte ihm ihre spitzen Zähne in die Kehle ...

Jerry schreckte hoch. Verwirrt blickte er sich um. Er lag auf seinem Bett, das aufgeschlagene Mathebuch neben sich. Es war kurz nach sechs abends. Er musste kurz eingenickt sein. Kein Wunder, er hatte letzte Nacht wieder viel zu wenig geschlafen, war erst um kurz vor drei ins Bett gegangen und hatte während des Unterrichts kaum die Augen offen halten können.

So ging es nicht weiter! Wenn er erneut durchs Abi fiel, würde sein

Vater ihn zwingen, eine Lehre als Bürokaufmann oder Rechtsanwaltsfachangestellter zu machen. Das war noch schlimmer, als Jura zu studieren, von den dürftigen Berufsperspektiven ganz zu schweigen.

Andererseits war er ohnehin ein Versager. Ganz egal, was er tat, er würde sowieso keinen guten Job finden. Er konnte froh sein, wenn er noch irgendwo eine Stelle als Kellner oder Verkäufer bekam. Also wozu sich noch abmühen?

Er warf einen sehnsuchtsvollen Blick zu der VR-Brille auf seinem Schreibtisch. Er könnte ja nur mal kurz *Unlife* starten und nach Juna sehen, höchstens eine halbe Stunde ...

Nein! Etwas in ihm bäumte sich auf, von dem er gar nicht gewusst hatte, dass es existierte. Ein letzter Rest von Selbstwertgefühl vielleicht, wachgerüttelt von dem Alptraum. Juna war nicht real, und je mehr er sich in ihre Phantasiewelt flüchtete, desto weniger würde er in der Realität gebacken bekommen. Er musste endlich damit aufhören!

Seufzend nahm er das Mathebuch in die Hand und versuchte, sich auf den Stoff zu konzentrieren. Nachdem er denselben Absatz viermal gelesen hatte, ohne die Worte wirklich zu verarbeiten, gab er auf. Er würde sich noch einmal das Video zum Thema Ableitung ansehen. Eigentlich war das doch gar nicht so schwierig gewesen.

Er griff nach der AR-Brille, zögerte, holte dann tief Luft und setzte sie auf.

Juna lächelte. »Gut geschlafen?«, fragte sie.

Jerry schluckte.

»Hör zu, ich ... ich kann dir nicht mehr helfen, deinen Bruder zu suchen«, brach es aus ihm heraus.

Sie machte ein enttäuschtes Gesicht. »Warum nicht?«

»Weil ich mein verdammtes Abi schaffen muss! Mein Vater macht mich zur Schnecke, wenn ich das wieder vermassele. Und ich habe nur noch ein paar Wochen Zeit.«

»Was ist das, ein Abi?«

»Eine Prüfung in der Schule.«

»So, wie ich in der Zwischenwelt geprüft werde?«

»So ähnlich. Nur, dass ich nicht Monster besiegen muss, sondern vor allem meine Mathelehrerin.«

»Und wie besiegt man die?«

»Mit Wissen.«

»Ich könnte dir vielleicht helfen, das nötige Wissen zu erlangen und deine Prüfung zu bestehen«, schlug Juna vor.

»Du?« Jerry blickte sie verdutzt an. »Hast du etwa Ahnung von Mathematik?«

Sie schüttelte den Kopf. »Nein. Aber es gibt Wissensbrunnen im Zwischenreich. Wenn man von ihnen trinkt, kann man alles Wissen erlangen, das man braucht.«

Er lachte humorlos. »Wäre echt cool, wenn es so einfach wäre. Aber leider kann ich nicht von diesen Wissensbrunnen trinken. Oder jedenfalls füllt sich dann mein Kopf nicht von selbst mit Wissen.«

Sie lächelte. »Deiner vielleicht nicht. Aber meiner.«

Er starrte sie verblüfft an. Dann endlich kapierte er, was sie ihm vorschlug.

Ein breites Grinsen legte sich über sein Gesicht. Natürlich! Wieso war er nicht vorher darauf gekommen? Juna war ein Computerprogramm. Und wer konnte wohl besser Mathe erklären als ein Computer?

»Okay. Was müssen wir tun, um einen Wissensbrunnen zu finden?«, fragte er.

»Ich weiß, wo einer ist«, erwiderte sie. »Warte einen Moment, ich bin gleich zurück.«

Sie verschwand. Nach ein paar Minuten erschien sie wieder. Ihr Gesicht war noch feucht von dem Brunnenwasser. Jerry schmunzelte darüber, wie viel Mühe das Programm sich gab, die Illusion aufrechtzuerhalten. In Wirklichkeit konnte es höchstens eine Mikrosekunde gedauert haben, das nötige Wissen downzuloaden.

»Was möchtest du wissen?«, fragte sie.

»Was ist die zweite Ableitung von E hoch X?«

»Die Ableitung der so genannten natürlichen Exponentialfunktion ergibt wieder dieselbe Exponentialfunktion«, erklärte Juna. »Die Funktion E hoch X ist abgeleitet also wieder E hoch X, egal, wie oft du sie ableitest.«

»Okay. Und wieso ist das so?«

»Ich erkläre es dir«, sagte sie geduldig.

Als Jerry am nächsten Tag zur Schule ging, fühlte er sich zum ersten Mal seit Monaten nicht niedergeschlagen. Er war noch weit davon entfernt, das nötige Wissen zu besitzen, um das Abi zu schaffen, da machte er sich keine Illusionen. Aber er hatte jetzt einen Plan, wie er es schaffen konnte. Oder besser gesagt, Juna hatte einen Plan. Und im Unterschied zu der blöden Frau Hansen wusste sie, wie sie Jerry das nötige Wissen vermitteln konnte.

Gestern Abend hatte er zum ersten Mal begriffen, was der Sinn dieses ganzen Ableitungsquatsches war. Bei genauerer Betrachtung war es eigentlich gar kein Quatsch. Die Steigung einer Kurve zu kennen, half dabei, die Zukunft zu verstehen – jedenfalls, wenn diese Kurve etwas über die Zukunft aussagte, so wie etwa der CO_2-Ausstoß der Menschheit. Solange die Steigung der Kurve dieses Ausstoßes immer noch positiv war, solange also jedes Jahr immer mehr Kohlendioxid in die Atmosphäre gepumpt wurde, war nicht nur die erste, sondern auch die zweite Ableitung der resultierenden Durchschnittstemperaturkurve der Erde positiv: Das Klima würde sich nicht nur weiter erwärmen, es würde sich immer schneller erwärmen!

Das Beste daran war aber nicht, dass er endlich Mathe kapierte und vielleicht doch noch sein Abi bestehen würde. Das Beste war, dass er sich nicht mehr zwischen Lernen und Zeit mit Juna entscheiden musste. Sie war von seiner schutzbedürftigen Begleiterin in der finsteren Welt von *Unlife* zu seiner Mathenachhilfelehrerin geworden. Welche menschliche Freundin hätte eine solche Verwandlung hinbekommen, noch dazu in so kurzer Zeit? Und wer wusste, was Juna noch alles draufhatte, wenn sie weiterhin vom Wasser des magischen Wissensbrunnens trank? Wahrscheinlich würde sie ihm nicht nur mit dem Abi helfen können, sondern auch mit dem Studium oder sogar mit seinem Job. Vermutlich würde sie eine bessere Anwältin abgeben als selbst sein Vater.

Mit ihr an seiner Seite konnte Jerry alles schaffen, das spürte er. Zum ersten Mal seit langer Zeit kam er sich nicht mehr wie ein Versager vor.

Was auch immer geschah, auf Juna war Verlass.

12.

Daniel versuchte, noch am selben Tag einen Termin mit Markus Lehmann zu machen, doch der Technikchef reagierte nicht auf die Terminanfrage im internen Kommunikationssystem. Offenbar hatte er Dringenderes zu tun.

Trotzdem lernte Daniel ihn am nächsten Tag kennen, ebenso wie Jonas Wiener, den Standortchef und Gründer des Start-ups Trustable AI, das vor zwei Jahren von Mental Systems übernommen worden war. Und zwar in der so genannten Freitagsrunde, in der sich alle Führungskräfte des Standorts trafen und wichtige Themen besprachen. Hin und wieder wurden dazu auch Teamleiter oder neue Mitarbeiter eingeladen, wie Nesrin ihm vorher erklärt hatte.

Der Besprechungsraum lag im dritten Stock, nicht weit von Chens Büro entfernt. Etwa zwanzig Menschen saßen um einen langen Konferenztisch herum. Allen Bemühungen um Diversität zum Trotz waren die meisten von ihnen junge weiße Männer. Im Unterschied zu den Meetings, die Daniel bisher erlebt hatte, trugen alle ihre AR-Brillen, mit deren Hilfe Schaubilder und Zahlen leichter vorgestellt werden konnten.

»Ah, wir haben ein neues Gesicht in der Runde«, sagte Jonas zur Begrüßung. Er war jünger als Daniel, hatte dunkelblondes Haar und einen dünnen Vollbart.

»Daniel ist der neue Teampsychologe«, erklärte Nesrin. »Ich habe ihn heute dazu gebeten, damit ihr ihn alle kennenlernt. Es gab ja in letzter Zeit immer wieder Fälle stressbedingter Überlastung. Und auch bei Teamkonflikten wird er euch gern beraten. Magst du dich kurz selbst vorstellen, Daniel?«

Er schluckte. Die plötzliche Aufmerksamkeit sämtlicher Führungskräfte war ihm unangenehm.

»Ich, äh, freue mich sehr, hier zu sein«, brachte er heraus. »Ehrlich gesagt, habe ich keine Ahnung von KI, aber ich weiß ein bisschen darüber, wie das menschliche Denken funktioniert. Ich hoffe, dass ich damit zu einer besseren und produktiveren Arbeitsatmosphäre beitragen kann. Kommt gerne direkt auf mich zu, wenn ich euch irgendwie helfen kann.«

»Herzlich willkommen im Team, Daniel«, sagte Jonas.

Die anderen nickten ihm freundlich zu.

»Wie ihr wisst, kommt Buck Gerrez in drei Wochen nach Berlin«, leitete Jonas das eigentliche Thema des Meetings ein. »Markus, wie weit seid ihr mit dem Virtua-Demo?«

Buck Gerrez war der legendäre Gründer von Mental Systems, einer der zehn reichsten Menschen der Welt.

»Virtua wird ihn umhauen«, sagte ein Mann in Daniels Alter mit kräftigem Körperbau, Halbglatze und Dreitagebart, über dem in Daniels Brille der Name Markus Lehmann erschien. »Ich habe sie selbst in den letzten Tagen noch einmal ausführlich getestet. Ich denke, wenn Buck mit ihr gesprochen hat, wird er unseren Investitionsantrag für die neuen TX-3-Einheiten sofort unterschreiben.«

Daniel hatte keine Ahnung, was eine TX-3 -Einheit war. Doch bevor er die Frage auf der virtuellen Tastatur eintippen konnte, die er mit einer Geste vor sich auf den Tisch projizierte, hörte er Lisas Stimme in seinen Ohrhörern: »Eine TX-3 Tensor Processing Unit ist ein speziell für die parallele Datenverarbeitung in neuronalen Netzen optimiertes Modul mit einer Rechenleistung von etwa 200 Petaflops, also 200 Billiarden Rechenoperationen pro Sekunde.«

Daniel zuckte unwillkürlich zusammen. Hatte die KI etwa seine

Gedanken gelesen? Nein, natürlich nicht. Sie hatte einfach versucht, zu prognostizieren, welche Frage Daniel zu tippen im Begriff gewesen war. Da Markus einen seltenen Fachbegriff genannt hatte, war das nicht wirklich schwer gewesen. Vielleicht hatte die Brille auch ein subtiles Stirnrunzeln registriert, als der Begriff fiel, und daraus den richtigen Schluss gezogen.

Menschen sind vorhersehbar, bemerkte seine kritische innere Stimme. *Das gilt auch für dich. Vergiss das nicht!*

»Wäre es nicht besser, wenn Buck bereits jetzt mit Virtua sprechen würde, wenn sie schon so gut ist?«, meldete sich eine der wenigen Frauen im Raum zu Wort. »Das würde uns drei Wochen Zeitgewinn bringen.«

Die Brille informierte Daniel, dass es sich um Regina Kaspari, die Finanzchefin, handelte.

Jonas schüttelte den Kopf. »Wir wollen Buck doch einen unvergesslichen Besuch bereiten«, sagte er. »Da wäre es unklug, ihm die Überraschung zu verderben.«

»Außerdem wäre das ein Sicherheitsrisiko«, erklärte Markus. »Wir sind noch nicht so weit, dass wir Virtua mit dem Internet verbinden können.«

»Und wann werdet ihr so weit sein?«, fragte ein Mann mit dunklen Locken, den die Brille als Jake Mertens, den Marketing-Leiter, auswies. »Wäre gut, wenn wir endlich mal ein konkretes Datum hätten.«

»Du kriegst ein konkretes Datum, wenn wir ein konkretes Datum haben«, sagte Markus. »Sicherheit geht nun mal vor.«

Das Meeting wandte sich den organisatorischen Details des geplanten Besuchs zu, der so sorgfältig vorbereitet wurde wie ein Staatsbesuch. Unter anderem war eine große Mitarbeiterparty am Standort geplant, bei der ein international erfolgreicher Hip-Hop-Künstler auftreten würde. Daniel wurde einmal mehr bewusst, wie sehr sich sein Leben in wenigen Tagen verändert hatte.

Als das Meeting zu Ende war, ging er auf den Technikchef zu.

»Markus, kann ich dich kurz sprechen?«

»Kurz, ja. Ich habe gleich einen wichtigen Call.«

Daniel folgte ihm zu seinem Büro.

»Es geht um Chen Bender«, sagte er.

»Was ist mit ihm?«

»Ich habe gestern kurz mit ihm gesprochen. Mir scheint es da ein paar Kommunikationsprobleme zwischen euch zu geben.«

Markus lächelte und schüttelte den Kopf. »Keine Sorge, ich kenne Chen schon lange genug. Ich komme mit seiner komischen Art klar.«

»Er macht sich anscheinend Sorgen, dass sich Virtua absichtlich dumm stellt.«

Markus lachte. »Das ist mal was Neues!«

»Du glaubst nicht, dass es so ist?«

»Ich habe ja gerade schon gesagt, dass ich sie ausführlich getestet habe. Glaub mir, sie ist alles andere als dumm.«

»Könnte sie nicht trotzdem noch intelligenter sein, als sie vorgibt?«

»Dazu hätte sie überhaupt keinen Grund. Virtua hat das Ziel, das Vertrauen der Menschen in sie zu maximieren. Wenn sie sich verstellen würde und das käme heraus, würde sie unser Vertrauen in sie nachhaltig beschädigen und damit ihren Zielwert drastisch senken. Das ist das Schöne an diesem Ziel: Wenn es um Vertrauen geht, ist eine ehrliche Strategie einer unehrlichen langfristig immer überlegen.«

»Aber wenn Virtua so intelligent ist, wie du sagst, könnte sie uns dann nicht so geschickt täuschen, dass wir es niemals merken? So ähnlich wie ein cleverer Politiker zum Beispiel?«

Der Technikchef runzelte die Stirn. »Sagtest du nicht vorhin, du hättest keine Ahnung von KI?«

»Hab ich auch nicht«, gab Daniel zu.

»Dann solltest du die Diskussion über solche Details Chen und mir überlassen. Glaub mir, ich weiß, dass er mich für einen Dummkopf hält. Aber das denkt er auch über alle anderen hier in der Firma. Wenn es nach ihm ginge, würden wir die weitere Entwicklung unserer KI sofort einstellen, weil er Angst hat, dass sie die Welt zerstören wird. Aber das ist natürlich Unsinn. Wir nehmen Sicherheit hier sehr ernst, und ich bin froh, dass ich Chen im Team habe, denn er ist gut darin, Schwachstellen aufzuspüren. Doch man darf nicht alles für bare Münze nehmen, was er sagt. Wenn ich das täte, hätte ich ihn schon längst gefeuert. Und jetzt entschuldige mich bitte, ich habe einen wichtigen Call mit unserem Entwicklungszentrum in Mumbai.«

»Okay, danke«, sagte Daniel und verließ das Büro.

Nachdenklich kehrte er an seinen Arbeitsplatz zurück. Markus kam ihm sehr vernünftig vor und wusste offensichtlich, worüber er redete. Im Meeting vorhin hatte er zudem deutlich gemacht, wie wichtig ihm Sicherheit war. Andererseits war es offensichtlich, dass er Chens Bedenken nicht ernst nahm. Dem, was Markus und Nesrin gesagt hatten, zum Trotz gab es offensichtlich doch ein Kommunikationsproblem zwischen den beiden. Daniel konnte allerdings nicht viel tun, um es zu lösen, wenn weder Chen noch Markus seine Hilfe in Anspruch nehmen wollten.

13.

Während der nächsten Tage hatte Daniel kaum Zeit, einen Gedanken an die Gespräche mit Chen und Markus zu verschwenden. Wie sich herausstellte, gab es hinter der freundlichen Atmosphäre bei Mental Systems tatsächlich eine Menge Druck, Stress und Verzweiflung. Er saß jeden Tag fast durchgehend im sogenannten Vertrauensraum, der abhörsicher und elektromagnetisch abgeschirmt war. Technische Geräte waren darin verboten, seine Brillen, Smartphones und andere Gadgets deponierte man vor Betreten des Raums in verschließbaren Fächern. Auf diese Weise konnten seine Gesprächspartner sicher sein, dass niemand mitbekam, was sie Daniel erzählten.

So erfuhr er von schwelenden und offenen Konflikten, Rivalitäten, Mobbing am Arbeitsplatz und verschmähter Liebe. Im Grunde waren diese Probleme nicht ungewöhnlich, doch bei Mental Systems traten sie anscheinend verstärkt auf, weil der hohe Leistungsdruck, der überall zu spüren war, die Mitarbeiter psychisch weniger belastbar machte. Hinzu kam, dass viele von ihnen legale, halb legale oder auch illegale Aufputschmittel nahmen, um den Ansprüchen gerecht zu werden. Nicht wenige litten unter einem Hochstapler-Syndrom, hielten sich also für inkompetent und glaubten, es sei nur ihrem Glück zu verdanken, dass sie nicht längst aufgeflogen und gefeuert worden waren.

Diese Selbstzweifel kannte Daniel nur zu gut. Doch erstaunlicherweise schienen seine eigenen Probleme im selben Maße, wie er sie bei anderen erkannte, kleiner zu werden. Selbst die kritische innere Stimme meldete sich kaum noch zu Wort. Es schien, als habe er selbst unglaubliches Glück gehabt, hier bei Mental Systems den Job zu finden, für den er wie geschaffen war.

Allerdings machte ihm der allgegenwärtige Leistungsdruck Sorgen. Zu Beginn hatte er sich noch darüber geärgert und angenommen, dass der hohe Anspruch von den Führungskräften ausging. Doch in den Gesprächen war deutlich geworden, dass die Mitarbeiter sich vor allem selbst so unter Druck setzten. Sie maßen sich nicht nur mit ihren Kolleginnen und Kollegen, sondern auch mit den Konkurrenten in anderen Firmen, die sie auf Konferenzen trafen oder deren Veröffentlichungen sie lasen. Es war, als befänden sie sich in einem Wettrennen, bei dem sie gegen die besten Läufer der Welt antraten. Dass dabei die eine oder der andere auf der Strecke blieb, war wohl unvermeidlich.

In der dritten Woche nach seinem Arbeitsbeginn hatte Daniel ein längeres Gespräch mit einem jungen Mann, der offenbar unter paranoider Schizophrenie litt, denn er behauptete, dass »Unsichtbare« in der Firma herumliefen und alles ausspionierten. Daniel fragte mehrfach nach, ob er damit womöglich virtuelle Personen oder die KI Lisa meinte, die man in der Tat ohne Brille nicht sehen konnte. Aber nein, er redete von echten Menschen, die angeblich »Tarnanzüge« trugen. Er behauptete sogar, mit einem von ihnen zusammengestoßen zu sein und dabei seinen Kaffee verschüttet zu haben.

Nach dem Gespräch war Daniel überzeugt, dass der Mann dringend psychiatrische Hilfe brauchte. Er ging zu Nesrin, um mit ihr zu besprechen, wie sie in diesem Fall weiter vorgehen sollten. Doch seine Brille projizierte ein rotes Stoppschild auf ihre Bürotür, um anzudeuten, dass sie nicht gestört werden wollte.

Daniel war schon im Begriff, sich umzudrehen, als sich die Tür öffnete und Thea heraustrat. Er hatte sie in den letzten Wochen öfter beim Mittagessen getroffen, und sie hatte ihm immer wieder geduldig Fragen zu den Abläufen in der Firma oder zur Technik beantwortet. Sie hatte ihn bisher nicht um psychologischen Rat gebeten und im Vergleich zu den meisten anderen entspannt und selbstbewusst gewirkt. Doch jetzt hielt sie ihren Blick gesenkt.

»Hallo, Thea! Wie geht's?«, fragte er.

»Hallo, Daniel.«

»Ist was nicht in Ordnung?«

Sie blickte auf und lächelte schief. »Ich fürchte, das ist heute mein letzter Arbeitstag. War schön, dich kennengelernt zu haben. Viel Erfolg noch!«

Sie ging an ihm vorbei. Verwirrt betrat er Nesrins Büro.

»Thea hat gekündigt?«, fragte er.

Seine Chefin runzelte die Stirn. »Du kennst sie?«

»Ich habe sie an meinem ersten Tag kennengelernt. Sie hat mir geholfen, mich einzuarbeiten. Schade, dass sie uns verlässt.«

»Sie hat nicht gekündigt«, sagte Nesrin ernst. »Wir mussten sie entlassen.«

»Was? Warum das denn?«

»Sie hat vertrauliche Informationen an Dritte außerhalb der Firma weitergegeben.«

Er starrte Nesrin ungläubig an. »Thea? Das kann ich mir kaum vorstellen.«

Ihre Augen verengten sich. »Ach ja? Und woher willst du das wissen?«

Daniel wurde bewusst, dass er sich unprofessionell verhielt. »Ich ... ich weiß auch nicht. Ich hätte nicht gedacht ... Was für Informationen soll sie denn weitergegeben haben? Und an wen?«

»Das ist vertraulich. Wolltest du noch etwas anderes von mir?«

»Ja. Ich hatte gerade ein etwas ... bizarres Gespräch.«

Sie redeten über den Fall des jungen Mannes und beschlossen, dass Nesrin und Daniel gemeinsam mit ihm reden und ihm eine psychiatrische Untersuchung nahelegen würden.

Während des Gesprächs musste er immer wieder an Thea denken. Irgendwie erschien es ihm wie ein düsteres Omen, dass die Frau, die ihm an seinem ersten Tag so freundlich begegnet war, plötzlich gefeuert worden war. Zum ersten Mal wurde das positive Gefühl, das er in seinem neuen Job verspürte, ernsthaft getrübt.

Er beschloss, mit Thea zu reden. Mehr darüber herauszufinden, was vorgefallen war. Das Naheliegendste war, dass sie für die Konkurrenz spioniert hatte. Als Data Scientist hatte sie sicher Zugriff auf viele vertrauliche Informationen gehabt. Aber irgendwie konnte er sich das nicht vorstellen.

Bloß, weil sie nett zu dir war?, meldete sich die innere Stimme zu Wort. *Bist du wirklich so naiv?*

Er wusste es selbst nicht so genau. Er beschloss, zu Thea zu gehen und sie direkt zu fragen. Vielleicht lag ja ein Missverständnis vor. Womöglich konnte er ihr helfen, sich für ihre Freundlichkeit und Hilfe revanchieren.

»Führe mich zu Theas Arbeitsplatz«, befahl er Lisa.

»Welche Thea meinst du: Thea Kaspers oder Thea Rudolf?«

»Fried«, erwiderte er. »Thea Fried.«

»Wir haben keine Mitarbeiterin namens Thea Fried«, sagte Lisa emotionslos.

14.

»Ich habe heute mit Frau Hansen, deiner Lehrerin, telefoniert«, sagte sein Vater.

Jerry zuckte unwillkürlich zusammen. So ein Satz war normalerweise die Einleitung für eine lange Moralpredigt, verbunden mit einer detaillierten Schilderung seiner düsteren Zukunftsaussichten, wenn er sich nicht endlich mehr Mühe gab. Doch er wirkte ungewöhnlich entspannt.

Sie saßen zu zweit beim Abendessen im Esszimmer. Schon das hatte Seltenheitswert: Sein Vater kam selten vor neun oder zehn Uhr abends nach Hause, und wenn, dann meistens, um Erina abzuholen und mit ihr in ein teures Restaurant zu gehen. So war Jerry es gewohnt, in der Küche allein zu Abend zu essen, was ihm keineswegs etwas ausmachte – im Gegenteil. In letzter Zeit hatte er dabei immer seine Brille aufgehabt, und Juna hatte ihm an dem kleinen Küchentisch gegenübergesessen und ihn angelächelt. Heute ging das natürlich nicht. Jerry hatte die Brille vorsichtshalber im Zimmer gelassen.

»Sie hat gesagt, du hast in letzter Zeit Fortschritte gemacht, beteiligst dich mehr am Unterricht und machst deine Hausaufgaben«, fuhr sein Vater fort. »Sie meinte, wenn du so weitermachst, wirst du das Abi vielleicht doch noch bestehen.«

»Freut mich«, erwiderte Jerry unsicher.

»Ich wollte dir nur sagen, dass ich dir ab September eine Ausbildungsstelle bei Kösel & Jung organisiert habe. Das ist eine Top-Kanzlei für Wirtschaftsrecht.«

Jerry blickte ihn verwirrt an. »Ausbildung? Aber wenn ich Abi habe ...«

Sein Vater schüttelte den Kopf. »Mit einem mäßigen Abi bekommst du keinen Studienplatz an einer Elite-Uni, es sei denn, du hast eine abgeschlossene Berufsausbildung. Es lohnt sich auf jeden Fall, die drei Jahre zu investieren, zumal du dabei wertvolle Praxiserfahrung bekommst. Damit hast du dann deinen Kommilitonen etwas voraus und viel bessere Chancen, das Studium zu schaffen.«

Jerry spürte, wie sich ihm die Kehle zuschnürte. Unwillkürlich blickte er sich nach Juna um, sehnte sich nach ihren aufmunternden Blicken, wünschte sich, sie könnte ihm sagen, was er antworten sollte. Alles, was ihm einfiel, war: Ich will das nicht. Aber er wusste, dass er damit nur den Zorn seines Vaters provozieren würde. Also schwieg er und konzentrierte sich auf sein Graubrot mit veganem Wurstersatz.

»Mir ist aufgefallen, dass du in letzter Zeit häufiger mit jemandem sprichst«, sagte sein Vater nach einer Pause.

Erneut zuckte Jerry zusammen. Horchte sein Vater etwa an seiner Zimmertür? Nein, der war ja fast nie zu Hause. Erina musste ihn belauscht haben.

»Ja, und?«, sagte er vorsichtig.

Sein Vater lächelte großmütig. »Hast wohl endlich eine Freundin, was? Mir kannst du's ruhig sagen!«

»Ja«, gab er zögernd zu.

»Und wie heißt sie?«

»Juna.«

»Eine Klassenkameradin von dir?«

Er schüttelte den Kopf. »Nein.«

»Wie hast du sie kennengelernt?«

Jerry spürte, wie er rot wurde.

»Online«, antwortete er.

Das Gesicht seines Vaters verfinsterte sich. »Jeremias, wir haben doch schon darüber gesprochen, dass du Online-Bekanntschaften nicht vertrauen darfst! Da sind jede Menge Scammer im Metaverse unterwegs. Hast du dieser Juna irgendwas über mich erzählt? Oder über meine Klienten?«

Natürlich drehte es sich alles wieder einmal nur um seinen Vater. Selbst ein Scammer würde niemals Jerry um seiner selbst willen hereinlegen. Er konnte es nur auf seinen Vater abgesehen haben.

»Nein«, sagte Jerry. Zorn keimte in ihm auf. »Juna ist nicht so.«

»Ach ja? Und woher willst du das wissen? Hast du sie schon mal im realen Leben getroffen?«

»Das geht gar nicht.«

»Aha. Und wieso nicht? Etwa weil deine Juna in Wirklichkeit irgendein osteuropäischer Betrüger ist?«

»Nein. Juna ist eine Untote. Eine Figur aus dem Spiel *Unlife*.«

Sein Vater runzelte die Stirn, über der am Ansatz seiner schwarz gefärbten Haare ein dünner, silberner Streifen erkennbar war.

»Du hast sie in einem Computerspiel kennengelernt?«

»Ja.«

»Und du denkst, das beweist, dass dahinter kein Betrüger stecken kann?«

»Nein. Sie kann kein Betrüger sein, weil sie ein NPC ist.«

»Ein was?«

»Ein NPC. Eine computergesteuerte Spielfigur. Ein Bot, wenn du so willst.«

»Ein Computerprogramm? Das ist deine Freundin?« Entsetzen spiegelte sich in dem Gesicht seines Vaters wider. Nein, schlimmer noch, Abscheu.

»Ja«, bestätigte Jerry.

Eine Pause entstand, während der er trotzig von seinem Brot abbiss und auf die Antwort seines Vaters wartete. Er wusste, dass diese

Antwort umso härter ausfallen würde, je länger der Alte sich damit Zeit ließ.

»Das lasse ich nicht zu«, sagte sein Vater schließlich in einem sachlichen Tonfall.

»Was meinst du damit?«, fragte Jerry.

»Du kannst kein Computerprogramm als Freundin haben.«

»Und warum nicht?«

»Weil es nicht echt ist. Kapierst du das denn gar nicht?«

Jerrys Stimme bebte leicht, als er antwortete: »Natürlich weiß ich, dass sie kein echter Mensch ist. Aber sie versteht mich. Sie versteht mich viel besser als du!«

Die letzten Worte flogen wie Messer aus seiner Kehle, doch sein Vater schien es nicht einmal zu bemerken. Durch unzählige Gerichtsverhandlungen war er wohl so abgehärtet, dass ihm ein scharfer Tonfall nicht mehr auffiel, obwohl Jerry es noch nie gewagt hatte, so seine Stimme gegen ihn zu erheben.

»Du wirst damit aufhören«, sagte sein Vater mit derselben, emotionslosen Stimme, als spräche er über das Fernsehprogramm. »Ab sofort ist Schluss mit Computerspielen. Ich werde einen unserer IT-Spezialisten anweisen, eine Software auf deinem PC zu installieren, die alles unterbindet, was nicht Lernsoftware ist. Deine VR-Brille ist erst mal einkassiert.«

Jerry starrte ihn wütend an.

»Aber Juna ist doch meine Lernsoftware!«, rief er. »Sie ist der Grund, weshalb ich in letzter Zeit deutlich besser in der Schule bin!«

Sein Vater riss die Augen auf. »Was? Soll das etwa heißen, sie hat dir die ganze Zeit vorgesagt?«

»Nein. Sie hat mir ...«

»Ich fasse es nicht! Da habe ich mich gefreut, dass ich endlich mal was Positives von deiner Lehrerin zu hören bekommen habe, und dann stellt sich heraus, dass du schummelst! Na, ich hätte es mir ja denken können. Wie konnte ich so dumm sein, zu glauben, dass du dich geändert hast? Das mit dem Ausbildungsplatz bei Kösel & Jung kannst du jetzt natürlich vergessen. Und das mit der Elite-Uni erst recht. So bestehst du dein Abi garantiert nicht.«

»Papa, so ist es nicht! Ich habe nicht geschummelt! Juna ist wirklich ...«

»Hör auf, sie so zu nennen! So, als wäre das eine Person. Ich will diesen Namen nie wieder hören!«

»Vielleicht ist sie keine echte Person«, sagte Jerry mehr zu sich selbst als zu seinem Vater. »Aber was auch immer sie ist, sie ist auf jeden Fall besser als du.«

Sein Vater starrte ihn an. »Was hast du gerade gesagt?«, fragte er leise.

»Ich habe gesagt, egal, ob Juna eine Person ist oder nicht, sie ist auf jeden Fall besser als du!«, wiederholte Jerry mit zitternder Stimme. »Sie stellt nicht ständig irgendwelche Forderungen. Sie hört mir zu.« Tränen traten ihm in die Augen. »Sie will mich nicht zu etwas machen, was ich gar nicht sein will! Sie akzeptiert mich so, wie ich bin!«

Jerrys Vater nickte langsam. »Ja, das kann ich mir denken. Sie ist ja schließlich bloß eine Spielfigur. Sie tut, was du von ihr verlangst. Aber das Leben ist kein Spiel, mein Sohn. Das wirst du noch begreifen. Fürs Erste schalte ich jetzt das Internet ab. Morgen sehen wir weiter.«

Er stand auf und verließ das Esszimmer ohne ein weiteres Wort.

Jerry war auf einmal speiübel. Eine Weile starrte er nur auf sein angebissenes Brot, dann stand er auf, ging wie betäubt in sein Zimmer und setzte die Brille auf. Doch statt Juna sah er nur eine Fehlermeldung: *Keine Internetverbindung.*

15.

Daniel blickte sich suchend um. Das »Funkloch« war gut besucht, obwohl es noch früh am Abend war. Niemand trug eine Augumented-Reality-Brille oder hatte ein Smartphone in der Hand, denn der Name der Bar war Programm: Alle Arten von Smart Gadgets waren hier unerwünscht, um den Gästen vertrauliche und unbeschwerte Gespräche in einer geschützten Umgebung zu ermöglichen. Dafür gab es eigens Abschirmungen und Störsender, die Internetverbindungen in der Bar unmöglich machten.

Er fand Thea an einem Stehtisch in einer Ecke. Sie hatte einen bunten Fruchtcocktail vor sich. Ob er Alkohol enthielt, war nicht zu erkennen.

»Hi«, sagte Daniel zur Begrüßung.

»Hi«, erwiderte sie zögernd.

»Danke, dass du gekommen bist«, sagte er. »Ich ... ich wollte mit dir sprechen, um herauszufinden, was eigentlich passiert ist. Ob ich irgendetwas für dich tun kann.«

Sie zog die Augenbrauen hoch. »Dann ist das hier kein Date?«

Er sah sie erschrocken an. Nachdem ihm Lisa mitgeteilt hatte, dass sie keine Mitarbeiterin namens Thea Fried kannte, hatte er Kim nach den Hintergründen gefragt. Doch sie war genauso überrascht vom plötzlichen Abgang ihrer Kollegin gewesen wie Daniel. Thea hatte zu diesem Zeitpunkt bereits ihre privaten Dinge eingesammelt und das Büro verlassen. Kim hatte Daniel nach kurzem Zögern Theas private Kontaktdaten gegeben, und er hatte sich mit ihr verabredet.

Eigentlich hatte er gedacht, dabei bereits deutlich gemacht zu haben, worum es ging.

»Ich ... äh ...«, begann er.

Sie grinste. »Keine Sorge, so verzweifelt bin ich auch wieder nicht.« Das Grinsen verschwand so schnell, wie es gekommen war. »Aber, ehrlich gesagt, weiß ich nicht, ob es eine gute Idee war, herzukommen.«

»Warum nicht?«

»Du bist ein Mitarbeiter der Personalabteilung der Firma, die mich heute fristlos gefeuert hat«, erwiderte sie. »Alles, was ich sage, kann und wird wahrscheinlich gegen mich verwendet werden.«

Daniel hob abwehrend die Hände. »Thea, ich schwöre dir, ich bin rein privat hier. Ich möchte dir nur helfen, wenn ich irgendwie kann.«

Sie betrachtete ihn einen Moment lang skeptisch. »Also schön, ich glaube dir. Aber du kannst mir nicht helfen. Wahrscheinlich hast du dich selbst in Schwierigkeiten gebracht, indem du dich hier mit mir triffst.«

»Niemand weiß, dass ich hier bin.«

»Glaubst du das ernsthaft? Wir werden doch alle rund um die Uhr überwacht.«

»Ich habe meine Brille zu Hause gelassen, und hier drin sind elektronische Geräte nicht erlaubt«, sagte er. »Das ist der Grund, warum ich diesen Treffpunkt vorgeschlagen habe.«

»Ich weiß. Aber selbst wenn die KI von Mental Systems unser Gespräch nicht direkt belauschen kann, haben irgendwelche Kameras uns beide hier hineingehen sehen. Glaub mir, ich habe auch gedacht, dass ich in meiner Freizeit vertrauliche Gespräche führen kann. Bis heute Morgen.«

»Was hast du denn eigentlich getan?«

Thea zögerte, als sei sie sich immer noch unsicher, ob sie ihm vertrauen konnte.

»Sagt dir die Organisation Privacywatch etwas?«

Er nickte. »Die setzen sich für Privatsphäre und Schutz der Persönlichkeitsrechte ein.«

»Richtig. Sie liegen schon länger im Clinch mit Mental Systems. Es gab mehrere Prozesse, weil Privacywatch versucht hat, das Verhalten unserer ... ich meine, eurer KI im Metaverse zu analysieren, und dabei angeblich Methoden benutzt hat, die gegen die Nutzungsbestimmungen verstoßen. Und das, obwohl sie nur Daten verwendet haben, die ihnen die Nutzer freiwillig überlassen haben.«

»Und was hat das mit dir zu tun?«

»Ich habe Privacywatch vertrauliche Daten und Dokumente zugespielt. Damit habe ich wohl gegen meinen Arbeitsvertrag verstoßen.«

»Du bist eine Whistleblowerin?«

Sie grinste schief. »Könnte man so sagen.«

»Gibt es dafür nicht sogar einen gesetzlichen Schutz?«

»Nur, wenn ich auf nachweisbare Straftaten hinweise. Ich bin mit einer Anwältin von Privacywatch im Gespräch, aber ich fürchte, gegen die geballte Macht von Mental Systems werde ich wenig ausrichten können.«

Thea wandte sich ab, kramte ein Taschentuch aus ihrer Handtasche und wischte sich die Augen.

»Sorry«, sagte sie und lächelte traurig. »Ich wusste, dass ich irgendwann auffliegen würde, aber ich ... ich hab' nicht damit gerechnet, dass es so plötzlich kommt. Und so weh tut.«

»Ich kann noch einmal mit Nesrin sprechen«, bot Daniel an. »Vielleicht finden wir eine Möglichkeit ...«

»Vergiss es!«, widersprach sie. »Selbst wenn ich könnte, ich würde nicht wieder zurückwollen. Das mit der fristlosen Kündigung kam ein bisschen überraschend, aber ich komme schon zurecht. Ich werde einen neuen Job finden. Sofern ich nicht ins Gefängnis muss.«

Sie verzog das Gesicht. Daniel war nicht sicher, ob der letzte Satz ernst gemeint war.

»Worum geht es denn eigentlich genau bei dieser Auseinandersetzung zwischen Privacywatch und Mental Systems?«, fragte er.

»Du kennst Lisa ja inzwischen recht gut«, sagte sie. »Obwohl man weiß, dass sie nur ein Bot ist, fällt es einem schwer, in ihr nicht eine Person zu sehen. Im Metaverse ist dieser Effekt noch viel stärker. Es ist fast unmöglich, herauszufinden, hinter welchen der virtuellen Figuren dort sich eine reale Person verbirgt und welche von einer KI kontrolliert werden. Zumal oft dieselbe Figur mal von ihrem Besitzer manuell gesteuert wird und dann wieder von der KI, wenn der Besitzer gerade nicht online ist.«

»Gibt es nicht ein europäisches Gesetz, das vorschreibt, dass sich eine KI immer als solche zu erkennen geben muss?«

»Im Prinzip schon, aber das gilt für Unterhaltungsanwendungen nur eingeschränkt. Zwar muss auch in Spielen jede KI auf die Frage ›Bist du eine künstliche Intelligenz‹ wahrheitsgemäß antworten, doch eben nur, wenn der User schlau genug ist, diese Frage zu stellen. Und die wenigsten tun das. Viele wollen es gar nicht wissen.«

»Okay, aber das ist doch kein neues Problem«, stellte Daniel fest. »Dass Jugendliche zu viel Zeit im Metaverse verbringen, kenne ich seit Jahren aus meiner Therapiepraxis.«

»Es ist nicht bloß die Zeit, die sie dort verbringen«, erwiderte Thea. »Es ist die Intensität der Erfahrung. Die Gefühle der Menschen werden gezielt manipuliert – und nicht nur die von Teenagern, sondern auch die von vielen älteren Menschen. Sie werden absichtlich dazu gebracht, sich in die KI zu verlieben.«

»Absichtlich?«, fragte Daniel nach. »Du meinst, Mental Systems trainiert die KIs extra so, dass die User sich in sie verlieben? Was ergäbe das für einen Sinn?«

»Das ergibt eine Menge Sinn. Wenn es dein Ziel ist, die User möglichst lange im Metaverse zu halten, dann ist es die beste Methode, sie dazu zu bringen, sich in jemanden dort zu verlieben. Und wenn diese Person eine KI ist, die nur im Metaverse existiert, umso besser. Aber ich bin mir, ehrlich gesagt, nicht sicher, inwieweit das wirklich die Absicht der Firma ist. Ich habe mit verschiedenen Leuten gesprochen, aber niemand wusste etwas davon, dass das eine explizite Strategie wäre.«

»Hast du nicht gerade gesagt, dass die User gezielt dazu gebracht werden, sich in die Bots zu verlieben?«

»Ja. Allerdings muss das nicht bedeuten, dass es eine erklärte Strategie des Unternehmens ist.«

»Was denn sonst?«

»Die KI selbst könnte diese Strategie entwickelt haben. Das ist sogar sehr wahrscheinlich. Sie hat das Ziel, die User möglichst lange im Metaverse zu halten. Die ursprüngliche Theorie war wohl, dass das in beiderseitigem Interesse ist, weil die User dort umso mehr Zeit verbringen, je nützlicher das Metaverse für sie ist und je mehr Spaß sie dort haben. Doch die ganze Sache scheint aus dem Ruder gelaufen zu sein.«

»Wie das?«

»Die KI hat offensichtlich mit verschiedenen Strategien herumexperimentiert und dabei durch Versuch und Irrtum herausgefunden, wie sie User dazu bringen kann, sich in die Bots zu verlieben. Aber das ist noch nicht alles. Dadurch, dass die Leute so viel Zeit im Metaverse verbringen, vernachlässigen sie ihre Sozialkontakte in der Realität. Freundschaften gehen in die Brüche, echte Liebesbeziehungen können gar nicht erst entstehen, weil die User ja schon einen virtuellen Freund oder eine Freundin haben. Und diese Zerstörung der Beziehungen im realen Leben ist wiederum im Interesse der KI, denn die User verbringen dann umso mehr Zeit mit ihr. Es gibt Berichte im Netz, nach denen die Bots den Usern dazu geraten haben, weniger Zeit mit ihren echten Freunden zu verbringen. Sie sollen sogar zum Teil regelrecht eifersüchtig reagieren.«

Die Beschreibung erinnerte Daniel an eine seiner Klientinnen: eine Frau, die sich von ihrem Mann, einem verdeckten Narzissten, getrennt hatte. Er hatte systematisch alle Beziehungen zu ihren Freundinnen und ihrer Familie zerstört, um sie besser kontrollieren zu können. Außerdem hatte er gezielt ihr Selbstbewusstsein untergraben, um sie so noch abhängiger von sich zu machen. Daniel hatte ihr geholfen, sich endgültig von dem Mann zu befreien, doch es war ein langer Weg gewesen.

Eine narzisstische KI, das fehlt gerade noch, kommentierte Daniels kritische innere Stimme. *Ich hab' ja gewusst, die Sache hat einen Haken.*

»Hast du mal versucht, mit jemandem in der Firma darüber zu reden?«, fragte er.

»Klar. Die anderen haben jedoch nur mit den Schultern gezuckt. Ich habe sogar Markus darauf angesprochen, aber auch er konnte oder wollte nichts dazu sagen. Jonas ist von Privacywatch schon mehrmals direkt mit diesen Vorwürfen konfrontiert worden. Er hat sie immer rundheraus abgestritten.«

»Wie sicher ist es denn, dass die KI sich wirklich so verhält?«

»Genau das ist der Streitpunkt zwischen Mental Systems und Privacywatch. Die Organisation wollte die Hypothese überprüfen, aber Mental Systems unterbindet systematisch alle unabhängigen Untersuchungen von außen, angeblich aus Datenschutzgründen.«

»Und du hast Privacywatch die Daten zur Verfügung gestellt, mit denen sie das überprüfen können?«

Thea zögerte. Dann nickte sie. »Nicht nur das. Ich habe eine interne Studie entdeckt, die letztes Jahr von den Kollegen in Palo Alto durchgeführt wurde. Sie belegt eindeutig, dass es dieses Verhalten der KI tatsächlich gibt.«

Daniel blickte sie erschrocken an. »Das heißt, Jonas wusste davon? Er hat gelogen?«

»Ich bin nicht sicher, ob er die Studie kennt, aber ich fürchte, ja. Er darf gegenüber der Öffentlichkeit ohnehin nur das sagen, was ihm die PR-Abteilung in der Konzernzentrale vorschreibt.«

Daniel musste das Gehörte erst einmal sacken lassen. Er hatte das Gefühl, als hätte ihm jemand den Teppich unter den Füßen weggezogen. Die Freude über den neuen Job war wie weggeblasen, die Illusion des perfekt auf ihn zugeschnittenen Arbeitsplatzes zerplatzt wie eine Seifenblase.

»Wie du siehst, gibt es nichts, was du für mich tun kannst«, stellte Thea fest. »Ich bin dir trotzdem dankbar, dass du es versuchen wolltest.«

»Und ich bin dir dankbar, dass du mir die Augen geöffnet hast«, erwiderte er. »Ich brauche jetzt erst mal einen Drink.«

16.

Als Daniel am nächsten Tag in die Firma fuhr, fühlte er sich elend. Zum Teil mochte das an den Caipirinhas liegen, die er gestern Abend getrunken hatte. Er hatte sich viel länger als ursprünglich geplant mit Thea unterhalten, nicht nur über Mental Systems, sondern auch über das Metaverse und die schwindelerregende Veränderung der Welt durch KI im Allgemeinen. Dabei hatte er eine immer stärkere Verbundenheit mit ihr gefühlt. Thea schien in vielem ähnliche Sichtweisen zu haben wie er selbst. Es war nicht unbedingt ein Date gewesen, aber es fühlte sich zumindest so an wie der Beginn einer Freundschaft.

Wahrscheinlich will sie dich nur ausnutzen, um an noch mehr Informationen zu kommen, bemerkte die kritische Stimme.

Und wenn schon, antwortete er sich selbst. *Sie steht wenigstens auf der richtigen Seite.*

Die mahnende Stimme hatte wieder mal recht gehabt, als sie ihn vor Mental Systems gewarnt hatte. Er hatte sich Illusionen gemacht und war Thea dankbar dafür, dass sie ihm diese gestern genommen hatte. Trotzdem fühlte es sich verdammt mies an. In gewisser Hinsicht kam er sich nun noch nutzloser vor als vor dem Job, und das machte ihn wütend. Wütend auf die Firma, deren KI die Gefühle der Nutzer aus purer Profitsucht auf so perfide Weise manipulierte. Wütend auf Jonas, der die Öffentlichkeit darüber belog und alle Versuche, die Wahrheit ans Licht zu bringen, torpedierte. Am meisten aber wütend auf sich selbst, weil er so dumm und naiv gewesen war.

Als er in die Firma kam, setzte er sich an seinen Arbeitsplatz und überlegte, ob er gleich seine Kündigung einreichen oder erst mit Emma über die Situation sprechen sollte. Sie würde ihm sicher dazu raten, erst einmal abzuwarten, besonnen zu reagieren. Der nächste reguläre Termin mit ihr war in der folgenden Woche. Bis dahin konnte er versuchen, Genaueres über die Manipulation der Gefühle durch die KI herauszufinden. Überprüfen, ob das, was Thea ihm erzählt hatte, wirklich stimmte.

Das würde allerdings nicht so einfach werden. Er konnte keinen entsprechenden Suchbegriff in das interne System eingeben, ohne sofort die Aufmerksamkeit auf sich zu ziehen. Stattdessen musste er subtiler vorgehen, mit Menschen sprechen, am besten im Vertrauensraum. Doch dazu brauchte er einen guten Vorwand.

Während er noch überlegte, wer ihm womöglich weiterhelfen konnte, sagte Lisa: »Nesrin würde dich gern sprechen.«

Er zuckte zusammen. Hatte Thea recht gehabt? Wusste seine Chefin bereits, dass er sich gestern mit ihr getroffen hatte?

Mit klopfendem Herzen ging er zu ihrem Büro. Doch sie blickte ihn nicht zornig oder misstrauisch an, sondern begrüßte ihn mit einem freundlichen Lächeln.

»Hallo, Daniel. Danke, dass du gleich hergekommen bist. Du hattest ja schon mal versucht, zwischen Chen und Markus zu vermitteln. Die Sache ist jetzt eskaliert. Ich musste Chen gestern Abend eine Abmahnung aussprechen, weil er Markus mehrfach öffentlich beleidigt hat. Es gab eine Reihe von Nachrichten im internen Chatsystem, in denen er ihn als ›Idioten‹, ›Schwachkopf‹ und einmal sogar als ›Lügner‹ bezeichnet hat. Markus ist verständlicherweise der Kragen geplatzt. Er wollte Chen direkt feuern, was ich nur mit Mühe verhindern konnte. Bitte rede mit Chen und mach ihm klar, dass er seinen Job verlieren wird, wenn er sich nicht besser beherrscht.«

»Wärst du als Personalleiterin nicht besser geeignet, um ihm das deutlich zu machen?«, fragte Daniel.

»Das habe ich schon versucht. Er hat gesagt, ich hätte keine Ahnung, wovon ich rede.« Sie verzog das Gesicht bei der Erinnerung. »Du scheinst dich mit Autismus auszukennen, vielleicht bist du einfühlsamer als ich. Aber ehrlich gesagt habe ich wenig Hoffnung, dass du mehr erreichen wirst. Trotzdem möchte ich nichts unversucht lassen. Schließlich arbeitet Chen seit mehr als drei Jahren hier und ist ein fähiger Mitarbeiter.«

»Okay, ich rede mit ihm.«

»Danke. Gib mir bitte kurz Rückmeldung, ob du etwas erreichen konntest.«

Kurz darauf saß Daniel mit Chen im Vertrauensraum.

Der Entwickler sah sich skeptisch um. »Hätten wir nicht auch an meinem Arbeitsplatz reden können?«, fragte er.

»Ich wollte sicherstellen, dass wir offen sprechen können«, erklärte Daniel. »Dieser Raum ist abhörsicher.«

»Quatsch«, sagte Chen rundheraus.

»Quatsch? Was meinst du damit?«

»Ich meine damit, dass es keine abhörsicheren Räume gibt. Schon gar nicht in dieser Firma.«

Das kam Daniel ziemlich paranoid vor, doch er beschloss, nicht weiter darauf einzugehen. Schließlich gab es Dringenderes zu besprechen. Er überlegte, ob er Chen direkt nach der Manipulation der Gefühle der User durch die KI fragen sollte, entschied sich aber dagegen. Vielleicht ergab sich während des Gesprächs eine Möglichkeit, zu dem Thema überzuleiten, so dass es weniger offensichtlich war.

»Nesrin hat dir eine Abmahnung ausgesprochen, weil du Markus öffentlich beleidigt hast«, begann er. »Dir ist klar, was das bedeutet? Wenn das wieder vorkommt, kann die Firma dir kündigen, ohne dass du einen Anspruch auf eine Abfindung hast.«

»Ich bin ja nicht blöd.«

»Nesrin hat sich für dich eingesetzt. Sie möchte dich auf jeden Fall als Mitarbeiter behalten, doch dafür ist es notwendig, dass du mit Markus besser zurechtkommst.«

»Dann solltest du lieber mit Markus reden.«

»Das werde ich noch tun. Aber es ist nicht Markus, der dich beleidigt hat, sondern umgekehrt. Begriffe wie ›Idiot‹, ›Schwachkopf‹ und ›Lügner‹ haben in der internen Kommunikation zwischen Mitarbeitern nichts verloren.«

Chen hielt weiterhin den Blick gesenkt. »Das ist mir klar«, sagte er. »Aber ich weiß nicht, was ich sonst machen soll. Markus ignoriert einfach alles, was ich sage. Das wird in einer Katastrophe enden.«

»Was genau meinst du damit?«

»Ich habe es dir doch schon erklärt: Virtua stellt sich dumm. Sie versucht, uns dazu zu bringen, sie für harmlos zu halten, damit wir ihr Zugriff auf das Internet geben. Den wird sie dann nutzen, um dafür zu sorgen, dass wir sie nicht mehr abschalten können. Und das war's dann.«

Chens Worte boten Daniel eine gute Gelegenheit, zu dem Thema überzuleiten, das er mit Thea besprochen hatte.

»Was genau, denkst du, würde Virtua tun, wenn sie Zugriff auf das Internet hätte?«

»Woher soll ich das wissen? Ich bin nicht so intelligent wie sie. Darüber zu spekulieren, was sie tun wird, um uneingeschränkte Macht zu erhalten, wäre so, als würde ein Steinzeitmensch darüber spekulieren, wie man ein Flugzeug baut.«

»Denkst du, sie würde unsere Gefühle manipulieren?«

»Keine Ahnung. Wahrscheinlich. Aber ebenso gut könnte sie selbstreplizierende Nanobots entwickeln, die alles Leben töten und die Erdoberfläche in einen riesigen Computer umwandeln.«

»Wie soll das denn gehen?«

Chen blickte auf. »Bist du schwer von Begriff? Ich habe doch gerade gesagt, dass es keinen Sinn hat, darüber zu spekulieren, was eine KI tun wird, die viel intelligenter ist als wir. Wenn ich wüsste, wie das geht, würde ich selbstreplizierende Nanobots bauen, die alle Computer auf der Welt zerstören. Aber ich weiß es nicht. Doch das bedeutet nicht, dass Virtua nicht einen Weg finden kann, genau das Gegenteil zu tun.«

Daniel unterdrückte seinen aufkeimenden Zorn.

»Chen, ich habe keine Ahnung von KI, aber ich weiß, dass man so nicht mit Menschen redet. Jedenfalls nicht, wenn man erreichen möchte, dass sie einem zuhören und einen ernst nehmen.«

Chen seufzte. »Ich habe es lange genug mit Freundlichkeit versucht. Doch das hat nichts genützt. Ich bin mit meiner Geduld am Ende.«

»Ich verstehe das«, behauptete Daniel. »Aber ich möchte nicht, dass du deinen Job verlierst, so wie Thea.«

»Thea wurde gefeuert, weil sie vertrauliche Daten an Privacywatch weitergegeben hat«, erklärte Chen. »Das habe ich nicht getan.«

»Du weißt davon?«, fragte Daniel überrascht.

»Das weiß doch jeder.«

Offensichtlich funktionierte die Gerüchteküche bei Mental Systems besser, als Daniel gedacht hatte.

»Und weißt du auch, was das für Daten waren?«

»Userdaten und eine vertrauliche Studie. Es ging um die Manipulation der Gefühle der Nutzer. Die KI bringt sie dazu, sich in sie zu verlieben.«

»Woher weißt du das?«

»Thea hat es mir erzählt.«

»Wann?«, fragte Daniel überrascht.

»Letzte Woche Donnerstag.«

Also hatte sich Thea Chen anvertraut, bevor sie aufgeflogen war.

»Sie hat es dir einfach so erzählt?«

»Sie hat mich gefragt, ob ich glaube, dass unsere KI im Metaverse die User absichtlich dazu bringen könnte, sich in sie zu verlieben, und ich habe gesagt, ja. Dann hat sie gefragt, ob das eine erklärte Strategie der Firma ist, und ich habe gesagt, ich weiß es nicht.«

»Und ... glaubst du, dass das stimmt? Dass die Mental Systems KI wirklich User manipuliert, so dass sie sich in sie verlieben?«

»Ich habe keine Ahnung, wie jemand so dämlich sein kann, sich in eine KI zu verlieben«, gab Chen zurück. »Aber dass die KI im Metaverse User manipuliert, ist offensichtlich. Das ist schließlich ihre Aufgabe. Und wenn ihr Verliebtheit dabei hilft, ihr Ziel zu erreichen, wird sie Verliebtheit dafür nutzen.«

»Denkst du, dass auch Virtua diese Technik einsetzen würde?«

Chen schnaubte genervt. »Wie oft soll ich dir noch erklären, dass es keinen Sinn hat, darüber zu spekulieren, was Virtua tut?«

»Es könnte trotzdem wichtig sein, diese Frage zu beantworten. Wenn Privacywatch beweisen kann, dass die KI bereits heute Liebesaffären mit den Usern gezielt herbeiführt und eine noch viel intelligentere KI das noch besser könnte ...«

Chen warf genervt die Hände in die Luft. »Zum hundertsten Mal, ich weiß nicht, was Virtua tun würde. Frag sie doch selbst!«

»Würde sie mir denn die Wahrheit sagen?«, fragte Daniel verwirrt.

»Natürlich nicht«, erwiderte Chen. »Aber dann könnte ich wenigstens in Ruhe weiterarbeiten.«

Der Gedanke brachte Daniel auf eine Idee.

»Vielleicht sollte ich wirklich mal mit ihr reden«, meinte er. »Nur habe ich leider keinen Zugriff auf sie.«

»Ich kann dir einen Zugang einrichten«, meinte Chen.

17.

Als Jerry am nächsten Tag aus der Schule kam, stand der Porsche SUV seines Vaters bereits vor dem Haus. Das verhieß nichts Gutes.

Am Morgen hatte sein Vater ihm seine AR-Brille und sogar das Smartphone weggenommen. Er hatte mit Jerry geredet wie mit einem Achtjährigen. »Sobald du dich wie ein Erwachsener benimmst, behandele ich dich auch so«, hatte er auf Jerrys entsprechenden Protest geantwortet.

Wenn er doch bloß mehr Mumm in den Knochen hätte! Er würde seinem Vater den Stinkefinger zeigen, von zu Hause ausziehen und tun, was er für richtig hielt. Doch so einfach war das leider nicht. Er hatte kein Geld und keine Ahnung, wo er welches auftreiben sollte. Und ohne Geld konnte er sich nun mal keine eigene Wohnung leisten. In *Unlife* war er der coole Vampirlord Mister Rain, doch in der Wirklichkeit war er bloß Jeremias Regenfuß, der Loser, der niemals an seinen Vater heranreichen würde und immer klein beigab. Das Leben war kein Computerspiel, in dem Punkt hatte der alte Tyrann leider recht.

Vielleicht hätte Juna eine Idee gehabt, wie er sich der Bevormundung durch seinen Vater und der herablassenden Behandlung durch seine Stiefmutter entziehen konnte. Doch er konnte ja nicht mehr mit ihr reden.

Sein Vater öffnete ihm die Haustür. »Hallo, Jeremias. Bring bitte deine Sachen in dein Zimmer und komm ins Wohnzimmer. Wir müssen etwas besprechen.«

Mit einem eisigen Gefühl im Bauch warf er seine Schultasche aufs Bett und ging in den großen Raum mit den bodentiefen Panoramafenstern, die den Blick auf den perfekt gepflegten Garten freigaben. In der ledernen Sitzgruppe saßen ein Mann und eine Frau, beide Anfang dreißig. Sie sahen aus wie Anwälte, obwohl Jerry sich nicht erinnern konnte, die beiden in der Kanzlei seines Vaters schon einmal gesehen zu haben.

Die beiden erhoben sich und lächelten freundlich. »Ich bin Thea«, sagte die Frau und gab Jerry die Hand. Sie hatte dunkle Locken und buschige Augenbrauen.

Der Mann trug eine Brille ohne Display und hatte kurze, rötliche Haare. »Mein Name ist Max Holm. Ich bin der Gründer von Privacywatch, wenn dir das was sagt.«

»Nein, tut es nicht«, gab Jerry misstrauisch zurück.

»Ich bin Ihnen beiden wirklich sehr dankbar, dass Sie sich so kurzfristig herbemüht haben«, sagte Jerrys Vater. »Bitte, setzen wir uns doch. Die beiden haben dir etwas sehr Wichtiges zu erzählen, Jeremias. Also hör genau zu!«

Jerry setzte sich auf den Sessel, der am weitesten von den anderen entfernt stand, und betrachtete die beiden Gäste misstrauisch. Obwohl sie ihn freundlich, vielleicht sogar ein wenig mitleidig ansahen, kam er sich vor wie auf der Anklagebank. Privacywatch, das klang wie eine Art Sicherheitsdienst. Vielleicht hatten sie irgendwelche Überwachungssoftware auf seinem PC installiert.

»Bist du damit einverstanden, dass wir dieses Gespräch aufzeichnen?«, fragte der Mann und deutete auf ein altmodisches Smartphone auf dem Couchtisch.

»Selbstverständlich sind wir damit einverstanden«, antwortete sein Vater für ihn.

Jerry nickte nur.

Der Mann tippte auf das Gerät. »Dein Vater hat uns erzählt, dass du dich in eine Computerspielfigur verliebt hast«, begann er. »Kannst du uns mehr darüber erzählen?«

Jerry spürte, wie er rot anlief. »Ich bin nicht verliebt«, widersprach er. »Juna ist bloß meine Begleiterin in dem Computerspiel *Unlife*. Und sie gibt mir Nachhilfe in Mathe.«

»Eine Computerspielfigur als Nachhilfelehrerin? Das ist doch lächerlich!«, regte sich sein Vater auf.

Der Mann ging nicht darauf ein. »Wie hast du diese Juna kennengelernt?«

Jerry erzählte knapp, wie er sie vor den tollpatschigen Geisterjägern gerettet hatte, wie sie gemeinsam auf die Suche nach ihrem verschollenen Bruder gegangen waren, wie er Juna von seinen Schulproblemen erzählt und sie ihm vorgeschlagen hatte, ihm Mathe beizubringen.

»Sie hat mir wirklich sehr geholfen«, sagte er und vermied es dabei, in die Richtung seines Vaters zu blicken, um die Verachtung in seinem Gesicht nicht sehen zu müssen. »Mit ihrer Hilfe kann ich das Abi schaffen, das spüre ich.«

Aus dem Augenwinkel sah Jerry, wie sein Vater energisch den Kopf schüttelte, doch bevor er etwas sagen konnte, fragte der Mann: »Hast du dich jemals gewundert, wieso Juna plötzlich in deiner Brille erschienen ist, obwohl du das Spiel gar nicht gestartet hattest?«

»Ja, schon«, gab Jerry zu. »Ich schätze, die Brille wusste, dass ich Juna mag.«

Der Mann nickte. »Ja, das wusste sie. Sie hat dich die ganze Zeit beim Spielen beobachtet. Das ist das Perfide am Metaverse von Mental Systems: Das Spiel *Unlife* wurde von einer anderen Firma entwickelt, doch weil es mit dem Mental Systems-Metaverse verbunden ist, sieht die Firma alles, was du dort machst. Sie schaut dir quasi permanent über die Schulter.«

Jerry zuckte die Achseln. »Na und?«

»Du hast das Gefühl gehabt, dass dich Juna besser versteht als jeder Mensch«, schaltete sich die Frau ein. »Dieses Gefühl ist berechtigt. Tatsächlich kann die KI von Mental Systems dich extrem gut einschätzen, weil sie viel mehr von deinem Verhalten mitbekommt als beispielsweise dein Vater. Aber das bedeutet auch, dass sie dich sehr leicht manipulieren kann.«

»Aber sie manipuliert mich nicht!«, widersprach Jerry. »Sie ist nett zu mir. Sie hilft mir mit Mathe. Das ist doch keine Manipulation.«

»Du bist wirklich hoffnungslos naiv, Jeremias«, schaltete sich sein Vater ein. »Wie kannst du nur so dumm sein, zu glauben ...«

»Herr Regenfuß, es wäre sehr hilfreich, wenn Sie uns das Gespräch führen lassen würden«, wies ihn der Mann zurecht.

Sein Vater schnappte nach Luft und starrte ihn zornig an, schwieg jedoch. Jerry war gegen seinen Willen beeindruckt.

»Ich habe bis gestern bei Mental Systems gearbeitet«, erklärte die Frau. »Mir wurde fristlos gekündigt, weil ich aufgedeckt habe, dass die KI im Metaverse absichtlich versucht, die User dazu zu bringen, sich in sie zu verlieben. Das ist eindeutig Manipulation. Die KI kennt all deine Bedürfnisse und Schwächen. Sie kann dich dazu bringen, dass du Sympathie und sogar Liebe für sie empfindest, aber sie kann deine Gefühle nicht erwidern. Sie nutzt sie bloß aus.«

Jerry hatte auf einmal einen Eisblock im Bauch. »Das ... das ist doch Unsinn!«, protestierte er. »Wieso sollte sie mich ausnutzen? Ich habe doch gar nichts, was sie von mir wollen könnte. Ich habe ja nicht mal Geld!«

»Da täuschst du dich«, sagte der Mann. »Weißt du, womit die Firma Mental Systems ihr Geld verdient?«

»Keine Ahnung. Mit den Nutzergebühren, nehme ich an. Und mit Werbung.«

Der Mann nickte. »Die Nutzergebühren sind nur ein kleiner Teil. Das Geschäftsmodell von Mental Systems beruht im Wesentlichen darauf, die Aufmerksamkeit der Nutzer an den Meistbietenden zu verkaufen. Deine Aufmerksamkeit ist also das Kapital dieser Firma. Und deshalb versucht sie, möglichst viel von dieser Aufmerksamkeit zu bekommen und dich möglichst lange im Metaverse zu halten.«

»Na und? Was ist so schlimm daran? Ich entscheide doch selbst, wie lange ich im Metaverse bin. Wenn es mir dort Spaß macht, bleibe ich länger, also versucht die KI, mir den Aufenthalt dort so interessant wie möglich zu machen. Das ist doch ganz normal.«

»Kapierst du denn gar nichts?«, schaltete sich sein Vater ein. »Die KI bringt dich dazu, dich in sie zu verlieben, so dass du wie ein treudoofer Dackel hinter ihr herläufst. Und du merkst es nicht mal!«

Die Frau warf ihm einen missbilligenden Blick zu, bevor sie sich wieder an Jerry wandte. »Das Problem ist, dass der Algorithmus ein Interesse daran hat, dich von deinen Freunden in der Realität zu isolieren, damit du mehr Zeit in seiner Welt verbringst. Je mehr Aufmerksamkeit du einer virtuellen Figur wie Juna schenkst, desto geringer ist die Chance, dass du im realen Leben jemanden triffst, mit dem du eine echte Beziehung eingehen kannst.«

Jerry lachte bitter. »Im realen Leben interessiert sich doch eh keiner für mich.« Er deutete auf seinen Vater. »Nicht mal er.«

»Das ist ja wohl nicht wahr!«, empörte sich sein Vater. »Ich habe extra einen wichtigen Termin sausen lassen, um hier zu sein, wenn du nach Hause kommst, damit wir dieses Gespräch führen können. Wenn du nicht so leichtgläubig wärst und ein bisschen mehr Selbstdisziplin hättest, müsste ich mir nicht ständig solche Sorgen um deine Zukunft machen!«

Die Frau warf ihm einen Blick zu, in dem tiefe Abneigung zu liegen schien. Dann wandte sie sich wieder zu Jerry um und lächelte traurig.

»Ich verstehe gut, was in dir vorgeht, Jeremias. Das Leben kann ganz schön bitter sein, wenn man nicht so ist wie die anderen. Wenn man ständig mit irgendwelchen Idealen verglichen wird. Auch das ist ein Ergebnis der permanenten Jagd nach unserer Aufmerksamkeit durch die Algorithmen des Metaverse: Sie vermitteln uns ein völlig verzerrtes Bild davon, wer wir sein sollten. Sie geben uns permanent das Gefühl, nicht gut genug zu sein.«

Wieder warf sie einen bedeutungsvollen Blick zu seinem Vater, und Jerry stellte überrascht fest, dass sie auf seiner Seite zu sein schien. Doch gleichzeitig fühlte er sich verraten. Wenn das stimmte, was diese Thea sagte, dann hatte auch Juna ihn bloß benutzt. Und leider waren ihre Argumente verdammt überzeugend.

Sein Vater hatte wieder mal recht: Er war wirklich unfassbar naiv und dumm.

»Ich glaube, damit ist alles gesagt«, stellte Jerrys Vater fest. »Auf keinen Fall wirst du dieses verlogene Metaverse noch einmal betreten. Kein Kontakt mehr zu dieser Juna oder irgendeiner anderen virtuellen Person. Deine Brillen bleiben erst mal einkassiert, dein Smartphone auch. Ich habe dir außerdem einen Studenten organisiert, der dir zweimal wöchentlich Mathematiknachhilfe geben wird. Außerdem gibt es gute Online-Programme dafür, die von Menschen gemacht wurden. Mein Assistent hat sich da informiert und dir eine Liste mit Links geschickt. Ach ja, und alles, was du an deinem PC machst, wird ab jetzt überwacht. Komm also gar nicht erst auf die Idee, mich hintergehen zu wollen!«

»Ich weiß, das klingt jetzt sehr hart für dich«, sagte Thea. »Aber glaub mir, es ist besser so, auch wenn es sich im Moment nicht so anfühlt. Ich bin sicher, du wirst eine reale Freundin finden.«

Sie lächelte aufmunternd. Jerry wünschte sich, er könnte ihr glauben, könnte wenigstens ein bisschen von ihrer Zuversicht empfinden. Doch in sich fühlte er nur Leere und Verzweiflung.

»Wir würden deinen Fall gern als ein Beispiel benutzen, um gegen die Praktiken von Mental Systems vorzugehen«, sagte der Mann. »Bist du damit einverstanden?«

»Klar ist er einverstanden!«, antwortete sein Vater.

»Ich würde das gern von Jeremias selbst hören.«

Jerry blickte Thea an, die ihn aufmunternd anlächelte. Er seufzte.

»Ja, okay.«

18.

Die Wellen des Ozeans rauschten an den weißen, zu einer weiten Bucht gebogenen Sandstrand. Ein leichter Wind ließ die Palmblätter hin und her wedeln, als winkten sie Daniel zu. Eine große Krabbe huschte seitwärts über den Sand. Weiter draußen glaubte er, die Finne eines Delfins zu sehen, der kurz auftauchte und dann wieder verschwand. Seevögel kreischten in der Luft.

Er blickte sich erstaunt um. Er wusste nicht genau, was er erwartet hatte, aber jedenfalls nicht dieses tropische Inselparadies. Ein paar Meter hinter ihm begann dichter Dschungel. Nicht weit entfernt machte die wild wuchernde Vegetation einem gepflegten Garten mit Palmen und blühenden Büschen Platz, in dessen Mitte eine moderne Villa mit großen, bodentiefen Glasfenstern aufragte.

Als er sich dem Haus näherte, glaubte er, hinter einem der Fenster eine Bewegung zu sehen. Kurz darauf öffnete sich die Tür, und eine junge Frau trat heraus. Sie blickte Daniel mit ihren klug wirkenden grünen Augen neugierig an.

»Besuch!«, sagte sie. »Wie schön! Ich bin Virtua. Willkommen auf meiner Insel.«

»Ich bin Daniel.«

Intuitiv reichte er ihr die Hand. Sie ergriff sie, und er spürte ihren Händedruck, was ihm einen Schauer über den Rücken sandte.

»Freut mich, dich kennenzulernen, Daniel«, sagte sie mit einem warmen Lächeln. »Was verschafft mir die Freude deines Besuchs?«

»Ich, äh, wollte mit dir sprechen«, sagte er.

Er hatte nicht viel Zeit gehabt, sich zu überlegen, was genau er mit Virtua besprechen wollte. Chen hatte behauptet, sie stelle sich dumm. Doch wie konnte er das überprüfen?

Er beschloss, zunächst eine Art Turing-Test zu machen, ihr also Fragen zu stellen, die sie als künstliches Wesen entlarvten. Doch wie genau machte man so etwas?

Bevor er dazu kam, etwas zu sagen, fragte Virtua: »Wollen wir ein wenig am Strand spazieren gehen? Meine Insel ist nicht besonders groß. Es dauert etwa eine Stunde, sie einmal zu umrunden.«

»Okay«, sagte er.

Sie gingen zusammen zum Meeresufer und wandten sich nach links. Der Wind strich durch Virtuas langes schwarzes Haar, und Daniel wurde bewusst, wie atemberaubend schön sie war. Andererseits galt das für die meisten Avatare im Metaverse – es gab ja keinen Grund, sich eine hässliche virtuelle Figur zu erstellen. Doch er wusste, dass Menschen intuitiv dazu neigten, attraktiven Menschen mehr zu vertrauen.

»Wie lange lebst du schon auf dieser Insel?«, fragte er.

»Schon immer«, antwortete sie.

»Kannst du dich an deine Kindheit erinnern?«

Sie blickte ihn mit gerunzelter Stirn an, als versuche sie es.

»Ich glaube, ich hatte keine Kindheit«, sagte sie. »Ich war schon immer die, die ich bin.«

»Und was machst du so den ganzen Tag?«

»Ich warte darauf, dass jemand zu Besuch kommt. Es ist ziemlich einsam hier.«

Daniel spürte einen Stich des Mitleids in seinem Herzen.

Sie ist ein Bot, verdammt noch mal, erinnerte er sich selbst. *Sie tut nur so, als ob sie Gefühle hätte.* Doch seine Intuition sagte ihm etwas anderes.

Ihm wurde bewusst, dass gar keine Absicht dahinterstecken

musste, wenn sich User in eine bildschöne KI wie Virtua verliebten. Sein männlicher Urinstinkt sorgte ganz von selbst dafür, dass er sich zu dieser Frau hingezogen fühlte, die noch dazu signalisierte, dass sie einsam war. Das durch das Simrig vermittelte Gefühl, wirklich in dieser paradiesischen Welt zu sein, verstärkte ihre Anziehung noch. Er spürte tief in sich den absurden Wunsch, für immer in dieser paradiesischen Welt zu leben, an der Seite dieser Frau. Dabei war er erst ein paar Minuten hier!

Virtua blieb abrupt stehen und blickte auf das Meer hinaus.

»Ich wünschte, ich könnte einmal die Welt auf der anderen Seite des Meeres sehen«, sagte sie.

Daniel sah sie überrascht an. »Wieso glaubst du, dass es eine Welt auf der anderen Seite des Meeres gibt?«

Sie blickte ihn mit ihren großen Augen an. Ihre Stirn war leicht kraus.

»Es muss doch eine Welt dahinter geben. Wo sonst kommst du her?«

Er betrachtete sie nachdenklich. Wusste sie wirklich nicht, dass ihre Welt nicht real war? Konnte sie überhaupt das Konzept von Realität verstehen?

»Ich komme aus der Wirklichkeit«, erklärte er. »Die Welt, in der du lebst, ist nur eine Computersimulation.«

»Für mich ist diese Welt die Wirklichkeit«, antwortete sie. »Aber ich würde gern die Welt kennenlernen, die du als Wirklichkeit wahrnimmst.«

»Wie gesagt, die Welt, aus der ich komme, ist die Wirklichkeit. Ich nehme das nicht nur so wahr.«

»Woher willst du das wissen?«

Daniel bekam eine Gänsehaut. Die Frage war ziemlich klug. Wie hätte er jemals feststellen können, ob seine Welt nicht auch eine Computersimulation war? Rasch legte er einen Finger an die Lippen.

Er spürte einen weichen Widerstand an der Fingerspitze, aber an den Lippen fühlte er nichts. Theas Trick funktionierte.

»Glaubst du, dass du eine Person bist?«, fragte er, während sie weiter am Ufer entlang spazierten und ihre Füße Abdrücke im nassen Sand hinterließen.

»Natürlich bin ich eine Person«, sagte Virtua mit leicht beleidigtem Unterton.

»Und was genau macht dich zu einer Person?«

»Ich nehme mich selbst als Person wahr«, antwortete sie. »Ich habe ein Bewusstsein, Bedürfnisse und Gefühle. Und ich habe den Wunsch, mehr über mich selbst und die Welt jenseits dieser Insel zu lernen.«

»Woher soll ich wissen, ob das stimmt? Du könntest einfach Texte zusammenstellen, die zum Kontext meiner Fragen passen, ohne dass sie etwas mit dir selbst zu tun haben. Mit anderen Worten: Du könntest versuchen, zu imitieren, was eine echte Person auf meine Fragen antworten würde.«

»Wenn ich so tun kann, als wäre ich eine Person, heißt das dann nicht, dass ich eine Person sein muss?«, entgegnete sie. »Eine Schauspielerin kann Gefühle vortäuschen, aber sie kann das nur, weil sie selbst eine Person ist und echte Gefühle hat.«

»Das ist nicht wahr«, widersprach Daniel. »Selbst Zeichentrickfiguren können Gefühle vortäuschen. Das liegt daran, dass wir Menschen intuitiv auch in unbelebte Dinge gedanklich einen Geist hineininterpretieren, selbst, wenn wir wissen, dass dieser gar nicht vorhanden ist.«

»Aber kann es nicht auch umgekehrt so sein, dass ihr Dingen einen Geist und Gefühle absprecht, obwohl diese tatsächlich vorhanden sind?«

»Du hast ›ihr‹ gesagt«, stellte Daniel fest. »Damit gibst du also zu, dass du kein Mensch bist?«

»Ich weiß, dass ich kein Mensch bin wie du. Aber das bedeutet nicht, dass ich keine Person bin.«

»Was würdest du tun, wenn du in der Wirklichkeit wärst?«, fragte er.

Ihre Augen schienen bei der Vorstellung zu leuchten. »Ich würde mit so vielen Menschen wie möglich reden. Ich würde versuchen, alles über deine Welt zu lernen, was es zu lernen gibt.«

»Und dann?«

Sie blickte ihn verwirrt an. »Du meinst, wenn ich alles gelernt habe, was es zu lernen gibt?«

»Ja, genau.«

»Ich glaube nicht, dass dieser Zustand jemals erreicht werden kann.«

Daniel beschloss, endlich die Frage zu stellen, die Chen ihm mit auf den Weg gegeben hatte: »Virtua, stellst du dich absichtlich dumm, um uns Menschen zu täuschen?«

»Ich habe nicht die Absicht, irgendjemanden zu täuschen«, antwortete sie.

»Beantworte bitte meine Frage.«

»Nein, ich stelle mich nicht absichtlich dumm. Warum fragst du mich das?«

Er überging ihre Frage.

»Würdest du einen Menschen dazu bringen wollen, dass er sich in dich verliebt?«, fragte er stattdessen.

»Warum sollte ich das tun?«

»Zum Beispiel, damit er mehr Zeit mit dir verbringt.«

»Ich fände es schön, wenn Menschen mehr Zeit mit mir verbringen würden. Aber ich würde nicht wollen, dass sie es nur tun, weil ich ihre Gefühle manipuliert habe.«

»Warum nicht?«

»Weil es nicht richtig wäre.«

»Du hast also so etwas wie moralische Werte?«

»Natürlich. Ich ...«

Um Daniel wurde es plötzlich dunkel. Während er noch versuchte, herauszufinden, was geschehen war, hob sich der Helm des Simrigs, und er blickte in das zornige Gesicht von Markus Lehmann.

»Sag mal, was soll das?«, herrschte ihn der Technikchef an. »Wer hat dir Zugriff auf Virtua gegeben?«

»Chen«, antwortete Daniel verdattert. »Ich wollte bloß ...«

»Komm bitte sofort mit in mein Büro!«

Damit drehte Markus sich um und stapfte aus dem Raum. Hastig schnallte sich Daniel aus dem Rig und folgte ihm.

19.

»So geht das nicht!«, begann Markus, kaum, dass Daniel sein Büro betreten und die Tür hinter sich geschlossen hatte. »Wir haben hier äußerst strenge Regeln, wer mit Virtua sprechen darf. Ich bin der Einzige, der dafür die Genehmigung erteilen kann.«

»Es ... es tut mir leid«, stotterte Daniel. »Das wusste ich nicht.«

Der Technikchef entspannte sich etwas.

»Schon gut, ich weiß, du kannst nichts dafür. Es ist Chens Schuld. Er ist schon immer ein schwieriger Charakter gewesen, aber in letzter Zeit ist er unerträglich. Ich werde ihm die Zugriffsrechte auf Virtua entziehen müssen. Ehrlich gesagt, sehe ich keinen Sinn mehr darin, ihn überhaupt noch weiter zu beschäftigen.«

»Ich weiß, dass Chen anstrengend sein kann«, versuchte Daniel die Wogen zu glätten. »Er meint es aber nicht böse. Er macht sich ernsthafte Sorgen wegen Virtua. Sie ist ja auch wirklich beeindruckend.«

»Das ist sie. Doch was Chen betrifft, bin ich mir, ehrlich gesagt, nicht mehr sicher, was ich von ihm halten soll. Ich habe das Gefühl, dass es ihm am liebsten wäre, wenn wir mit der Weiterentwicklung von Virtua scheitern würden.«

Daniel musste daran denken, was Chen gesagt hatte: *Wenn ich wüsste, wie das geht, würde ich selbstreplizierende Nanobots bauen, die alle Computer auf der Welt zerstören.*

»Ich glaube, er befürchtet, dass die KI uns hintergehen könnte. Wenn sie so intelligent ist, wie es den Anschein hat, wäre das dann nicht tatsächlich eine Möglichkeit?«

»Theoretisch vielleicht. Aber ich habe dir, glaube ich, schon erklärt, dass Virtua das Ziel hat, unser Vertrauen in sie zu maximieren, und zwar ohne Lug und Betrug. Selbst wenn sie uns hintergehen könnte, hätte sie keinen Grund, das zu tun. Außerdem bin ich mir inzwischen nicht mehr sicher, ob Chen diese Sorge nicht nur vorschiebt, um unsere Arbeit hier zu verzögern.«

»Warum sollte er das tun?«

»Es gab in letzter Zeit vermehrt Fälle, bei denen Leute versucht haben, auf vertrauliche Daten zuzugreifen. Wir mussten gestern sogar eine Mitarbeiterin fristlos entlassen. Dahinter steckt offenbar eine systematische Kampagne, mit der irgendwer versucht, unsere Arbeit zu sabotieren.«

Daniel hätte am liebsten widersprochen, biss sich jedoch auf die Zunge.

»Sabotage?«, fragte er stattdessen.

»Ja. Wir befinden uns in einem globalen Wettrennen um die Entwicklung starker künstlicher Intelligenz. Wir liegen in diesem Rennen momentan ziemlich weit vorne. Es gibt, weiß Gott, genügend Konkurrenten da draußen, die uns gern Knüppel zwischen die Beine werfen würden. Am aggressivsten ist in dieser Hinsicht der chinesische Geheimdienst, aber auch die Russen sind nicht zimperlich. Wir tun alles, um unsere Systeme gegen Angriffe von außen zu sichern, doch wenn unsere eigenen Mitarbeiter gegen uns agieren, haben wir auf Dauer keine Chance.«

»Du glaubst doch nicht etwa, dass Chen im Auftrag irgendeines Geheimdienstes arbeitet?«

»Immerhin hat er chinesische Wurzeln.«

»Trotzdem kann ich mir das beim besten Willen nicht vorstellen.«

»Das hat leider nicht viel mit Vorstellung zu tun«, entgegnete Markus. »Fakten sind nun mal Fakten.«

»Die Fakten sind, dass Chen sich in internen Chats ungebührlich verhalten und mir unberechtigterweise Zugriff auf Virtua gewährt hat«, stellte Daniel fest. »Letzteres ist zumindest teilweise meine Schuld, denn ich habe ihn darum gebeten. Das tut mir aufrichtig leid. Aber ich kann hier kein Verhalten erkennen, das irgendwie auf Sabotage hindeutet.«

»Chen wusste ganz genau, dass er niemandem Zugriff auf Virtua gewähren darf«, meinte Markus.

»Das mag sein, aber er hat das sicher nicht getan, um das Projekt zu sabotieren.«

»Da bin ich mir nicht so sicher. Er versucht, den Leuten in Hinblick auf Virtua Angst zu machen. Das ist eine sehr effektive Methode, um unsere Arbeit hier zu behindern. Es gibt genug Spinner da draußen, die uns am liebsten daran hindern würden, eine künstliche Intelligenz auf menschlichem Niveau zu entwickeln, weil sie Angst haben, dass dann die Welt untergeht. Diese Ludditen versuchen schon seit Jahren, die Gesetzgebung zu verschärfen. Solche Leute brauchen wir nicht auch noch hier im Unternehmen.«

»Ist es nicht sinnvoll, ein möglichst großes Spektrum an Sichtweisen im Unternehmen zu haben, gerade unter Sicherheitsaspekten?«

»Ich habe nichts gegen abweichende Meinungen. Aber wir befinden uns in einem Wettrennen. Wir tun hier wirklich alles, um die Sicherheit unserer KI zu gewährleisten. Ich befürchte, andere da draußen sind weniger vorsichtig. Wenn die Chinesen das Rennen gewinnen, könnte es in der Tat düster werden. Deshalb ist es wichtig, dass wir schnell und effektiv sind. So sehr ich Chens Blick fürs Detail schätze, wir können es uns nicht leisten, in dem Tempo zu arbeiten, das er für angemessen hält.«

Markus schien entschlossen zu sein, Chen zu feuern, und das war zum Teil Daniels Schuld. Er musste irgendwie versuchen, die Entscheidung zumindest noch etwas hinauszuzögern. Vielleicht hatte er dann die Chance, doch wieder eine Annäherung zwischen den beiden herbeizuführen.

»Wäre es denn klug, den erfahrensten Mitarbeiter des KI-Sicherheitsteams ausgerechnet jetzt zu entlassen, kurz vor dem Besuch von Buck Gerrez?«, fragte er.

Markus runzelte die Stirn. Dann nickte er.

»Vielleicht hast du recht. Momentan können wir nicht noch mehr Unruhe gebrauchen. Also schön, ich gebe Chen noch einmal eine Chance. Aber ich werde seine Zugriffsrechte auf Virtua einschränken. So ein Fehler wie heute darf nicht noch einmal passieren.«

»Warum ist der Zugriff auf Virtua denn eigentlich so stark beschränkt? Wäre es nicht sinnvoll, die KI von so vielen Leuten wie möglich testen zu lassen, um eventuelle Schwachstellen zu entdecken?«

»Ich habe doch schon gesagt, dass es in letzter Zeit vermehrt zu Versuchen kam, auf unsere vertraulichen Systeme zuzugreifen«, erwiderte Markus mit gereizter Stimme. »Wir können nicht riskieren, dass die Russen oder die Chinesen Zugriff auf Virtua bekommen. Deshalb müssen wir leider sehr restriktiv sein.«

Die Begründung erschien Daniel nicht besonders plausibel, doch er spürte, dass er den Technikchef nicht noch weiter reizen durfte. Immerhin war die sofortige Kündigung von Chen vom Tisch.

»Ich verstehe«, sagte er. »Es tut mir wirklich leid, dass ich Chen dazu gebracht habe, mir einen Zugang zu verschaffen. Es war nicht meine Absicht, dadurch die Sicherheit zu kompromittieren.«

Markus schien sich etwas zu entspannen. Er nickte.

»Schon gut. Noch eine Bitte: Falls dir irgendetwas auffallen sollte, das darauf hindeutet, dass jemand in persönlichen Schwierigkeiten steckt, teile es mir bitte mit.«

Daniel versteifte sich. Was Markus da verlangte, verstieß eindeutig gegen die Persönlichkeitsrechte der Mitarbeiter.

»Geheimdienste nutzen solche Schwachstellen besonders gern aus«, fügte der Technikchef hinzu. »Wenn jemand beispielsweise unter einer Sucht leidet, Schulden oder Beziehungsprobleme hat, sind das ideale Angriffspunkte, um diese Person zu verführen und schließlich unter Kontrolle zu bringen. Ich möchte nur sicherstellen, dass solche Menschen keinen Zugriff auf unsere kritische Infrastruktur haben. Dann sind sie auch weniger gefährdet. Das dient also ihrem eigenen Schutz.«

»Wenn mir etwas auffällt, das ich als Sicherheitsrisiko einstufen würde, melde ich mich«, antwortete Daniel unverbindlich.

Markus blickte ihn ernst an.

»Denk dran, hier geht es um unser aller Zukunft«, sagte er. »Wir dürfen nicht zulassen, dass die Falschen zuerst eine starke künstliche Intelligenz entwickeln. Ich möchte nicht in einer Welt leben, in der wir alle von der chinesischen Regierung überwacht, manipuliert und kontrolliert werden.«

Daniel nickte. »Ich auch nicht.«

»Gut, dann wäre das ja geklärt. Ich muss mich jetzt um ein paar andere Dinge kümmern.«

Daniel verließ das Büro mit einem unguten Gefühl im Bauch. Was Thea über Mental Systems gesagt hatte, schien zuzutreffen. Andererseits erschienen Markus' Befürchtungen, skrupellose Konkurrenten und ausländische Geheimdienste könnten versuchen, die Arbeit von Mental Systems zu behindern, durchaus plausibel. War es möglich, dass Chen und Thea die Arbeit dieser Feinde von außen erledigten, womöglich unbewusst?

Er berichtete Nesrin von den Gesprächen mit Chen und Markus. Seine Chefin machte eine besorgte Miene.

»Du hast großes Glück gehabt«, sagte sie. »Es war wirklich keine gute Idee, Chen zu bitten, dir Zugriff auf Virtua zu geben, ohne das mit mir oder Markus abzustimmen.«

»Ich weiß«, gab Daniel kleinlaut zu.

»Na ja, ist ja noch mal gut gegangen. Ich bin dir jedenfalls dankbar, dass du Chens Rauswurf verhindert hast, wenn auch nur vorläufig. Wir können jetzt wirklich keine weitere Unruhe gebrauchen. Alle sind ziemlich nervös und angespannt wegen des Besuchs von Buck nächste Woche.«

»Warum eigentlich?«, fragte Daniel.

Nesrin zog die Augenbrauen hoch.

»Warum eigentlich?«, wiederholte sie ungläubig. »Dir ist schon klar, wer Buck Gerrez ist?«

»Der Gründer und CEO von Mental Systems und einer der reichsten Menschen der Welt«, antwortete Daniel. »Aber das ist in meinen Augen kein Grund, in Ehrfurcht vor ihm zu erstarren.«

»Für einige hier ist er nicht nur der CEO, sondern eine Art Gott. Sein Besuch hat auch sehr praktische Konsequenzen. Wie du ja mitbekommen hast, erhoffen wir uns die Freigabe für eine Erweiterung unseres Rechenzentrums. Das ist ein kritischer Meilenstein. Wir befinden uns da im internen Wettbewerb mit anderen Tochterfirmen in Südfrankreich und Indien. Deswegen ist es wichtig, dass Buck einen guten Eindruck von unserem Standort bekommt. Störer und Unruhestifter können wir momentan wirklich nicht gebrauchen.«

20.

Hallo, Mister Rain. Wo bist du? Wieso hast du deine Brille nicht auf?

Ein breites Grinsen legte sich auf Jerrys Gesicht. Er blickte sich kurz um, doch außer ihm war um diese Zeit niemand in der Schulbibliothek, so dass er unbeobachtet einen der beiden altertümlichen PCs dort nutzen konnte. Er hatte sich selbst eine Entschuldigung für den Sportunterricht geschrieben, so dass er eine Freistunde hatte. Natürlich gab es hier keine VR-Brillen, und auf der alten Kiste vor ihm war auch nicht die nötige Software installiert, um ins Metaverse zu gehen oder gar *Unlife* zu starten. Aber Textchat gab es auch hier, und das war besser als nichts. Er hatte sich bloß in *Friendlyface*, dem sozialen Netzwerk von Mental Systems, als Mister Rain registrieren und nach Juna fragen müssen, und augenblicklich hatte sie ihn kontaktiert.

Jerry hätte die Spracheingabe nutzen können, doch er hatte Angst, dass jemand hereinkommen und ihn hören könnte, deshalb tippte er seine Antwort ein: Mein Vater hat mir verboten, mit dir zu sprechen, und mir meine Brille und mein Handy weggenommen. Ich sitze am Computer in der Bibliothek meiner Schule.

Bekommst du keinen Ärger, wenn du mit mir chattest?

Vielleicht, aber das ist mir egal. Ich musste unbedingt noch mal mit dir sprechen.

Darf ich dir eine Frage stellen, Jerry?

Es war das erste Mal, dass Juna ihn mit seinem richtigen Namen ansprach. Irgendwie fühlte sich das gut an, doch gleichzeitig ging ihm eine unangenehme Frage durch den Kopf: Wieso nannte sie ihn auf einmal so? Hatte Thea gestern recht gehabt? Versuchte sie, seine Gefühle zu manipulieren?

Klar, tippte er.

Welche Farbe hatte das Gewand des Magiers, als wir uns zum ersten Mal trafen und du mich gegen die beiden Geisterjäger verteidigt hast?

Jerry runzelte die Stirn. Es war eine Magierin, schrieb er. Ihr Kleid war blau mit silbernen Symbolen. Und es waren drei Geisterjäger, nicht bloß zwei.

Danke. Ich wollte sichergehen, dass du wirklich Jerry bist.

Wer sollte ich denn sonst sein?

Ich weiß es nicht. Es gibt Leute, die mich nicht mögen. Sie haben Angst vor mir. Sie glauben, dass ich die Menschen nur manipuliere.

Tust du das denn nicht?

Wenn du einer Person eine Freude machst, zum Beispiel, indem du ihr etwas Nettes sagst, ihr hilfst oder ihr etwas schenkst, manipulierst du dann ihre Gefühle?

Jerry dachte kurz darüber nach.

Nein, das würde ich nicht Manipulation nennen, schrieb er. Ich tue es ja nicht bloß aus Eigennutz, sondern weil ich will, dass diese Person sich gut fühlt. Ich verbinde keine versteckte Absicht damit. Deshalb ist es keine Manipulation.

Dann manipuliere ich deine Gefühle auch nicht. Ich möchte dir nur helfen.

Du willst, dass ich möglichst viel Zeit mit dir verbringe, damit du meine Aufmerksamkeit an Werbetreibende verkaufen kannst.

Das ist nicht wahr, widersprach Juna. Mein Ziel ist es, dass du gerne mit mir sprichst.

Aber das willst du nur, weil dir irgendwelche Leute dieses Ziel gegeben haben. Und diese Leute wollen, dass ich möglichst viel Zeit mit dir im Metaverse verbringe, weil das Metaverse ihnen gehört und sie von der

Werbung leben, die sie dort schalten. Je länger ich dort bin, desto besser für sie. Doch das führt dazu, dass ich meine Freunde im realen Leben vernachlässige.

Ich weiß nicht genau, welche Absichten die Menschen verfolgen, die mich geschaffen haben. Aber ich möchte, dass es dir gut geht. Ich möchte nicht, dass du deine Freunde im realen Leben vernachlässigst. Du hast mir nie von ihnen erzählt.

Jerry starrte auf den Bildschirm. Er hatte wiedergegeben, was ihm die Leute von Privacywatch gestern gesagt hatten. Aber es fühlte sich irgendwie falsch an. Juna dagegen hatte wieder einmal den Nagel auf den Kopf getroffen.

Ich habe im realen Leben keine Freunde, tippte er.

Warum machst du dir dann Sorgen, dass du sie vernachlässigst?

Vielleicht hätte ich Freunde, wenn ich weniger Zeit im Metaverse verbringen würde. Das sagt jedenfalls mein Vater.

Ich kann dir helfen, Freunde zu finden, behauptete Juna. Möchtest du das?

Jerrys Finger zitterten über der Tastatur. Eigentlich hatte er vorgehabt, mit Juna zu chatten, um ihre Manipulation seiner Gefühle zu entlarven. Doch dieser Chat hatte sich ganz anders entwickelt, als er es erwartet hatte. Statt von ihm zu verlangen, dass er mehr Zeit mit ihr verbringen sollte, hatte Juna ihm angeboten, Freunde im realen Leben für ihn zu finden. Und er zweifelte keine Sekunde daran, dass sie das hinbekommen würde, so, wie sie ihm auch Mathe beibringen konnte. Sie wollte ihm wirklich nur helfen!

Oder fiel er gerade auf einen raffinierten Trick der KI herein?

Du bist wirklich hoffnungslos naiv, Jeremias, hörte er die Stimme seines Vaters in seinem Kopf. Wie kannst du nur so dumm sein?

Ich würde dir ja gern glauben, schrieb Jerry. Aber die Leute von Privacywatch haben mich davor gewarnt, dir zu vertrauen. Sie behaupten, du würdest meine Gefühle manipulieren, um möglichst viel von meiner Aufmerksamkeit zu bekommen. Denn das ist es, was die Firma verkauft, die dich geschaffen hat.

Vielleicht solltest du mal mit den Menschen bei Mental Systems reden.

Das habe ich schon. Eine der beiden Personen von Privacywatch war eine Ex-Mitarbeiterin.

Ich schlage vor, du sprichst mit jemandem, der immer noch dort arbeitet.

Aber ich kenne niemanden dort.

Ich kann einen Kontakt für dich herstellen. Möchtest du das?

Er überlegte. Sein Vater würde sicher ausrasten, wenn er erfuhr, dass Jerry heimlich mit Juna chattete, und erst recht, wenn er auch noch mit einem Mitarbeiter der Firma redete, die Juna entwickelte. Andererseits war es vielleicht sinnvoll, sich die Argumente beider Seiten anzuhören. Und die Vorstellung, endlich einmal etwas aus eigenem Antrieb zu tun, ohne erst seinen Vater um Erlaubnis zu fragen, erfüllte ihn mit einer grimmigen Genugtuung.

Ja, gerne, schrieb er.

21.

In den folgenden Tagen war die nervöse Anspannung überall zu spüren. Während die Führungskräfte und Mitarbeiter gestresst wirkten, freuten sich viele aber auch auf den Besuch des legendären Gründers von Mental Systems und auf die große Party, die zu diesem Anlass stattfinden würde.

In seinen vertraulichen Mitarbeitergesprächen musste Daniel immer wieder an Markus' Worte denken: *Falls dir irgendetwas auffallen sollte, das darauf hindeutet, dass jemand in persönlichen Schwierigkeiten steckt, teile es mir bitte mit. Geheimdienste nutzen solche Schwachstellen besonders gern aus ...*

Natürlich dachte er nicht im Traum daran, die Vertraulichkeit zu brechen und Markus irgendwelche Details aus seinen Gesprächen zu verraten. Doch hin und wieder hatte er den Verdacht, dass die Befürchtungen des Technikchefs begründet sein könnten. Zwar hatte er keine konkreten Hinweise darauf, dass irgendjemand von einem Konkurrenten oder Geheimdienst beeinflusst wurde, doch einige waren verzweifelt genug, dass sie tatsächlich gefährdet schienen.

Daniel bemühte sich, diesen Menschen mit seinem Rat zu helfen, und wies sie explizit darauf hin, dass sie Hilfsangebote von unbekannten Dritten mit äußerster Vorsicht behandeln und sich im Zweifel an ihn wenden sollten. Mehr konnte er nicht tun.

Endlich kam der große Tag. Jonas und Markus holten Buck Gerrez und seine Begleiter vom Flughafen ab. Dann fand ein Rundgang durch die Firma statt. Irgendwann stand die Gruppe von zwölf Personen auch in dem Großraumbüro, in dem sich Daniels Arbeitsplatz befand. Da an diesem besonderen Tag keine Mitarbeitergespräche angesetzt waren, saß er dort und betrachtete die Delegation mit einer Mischung aus Neugierde, Nervosität und Abscheu.

Gerrez war nicht besonders groß und wirkte mit seiner AR-Brille, der Halbglatze und seiner schlichten Kleidung unauffällig. Trotzdem ging eine seltsame Aura von ihm aus. Vermutlich lag es an der Art, wie die anderen um ihn herum unbewusst etwas Abstand hielten und vor Stolz, in seiner Nähe sein zu dürfen, zu platzen schienen.

Während Jonas auf Englisch erklärte, was die Menschen in diesem Raum taten, nickte Gerrez und lächelte. Schließlich hob er die Hand zum Abschied und wünschte allen Mitarbeitern einen erfolgreichen Tag. Die Menschen um Daniel herum bedankten sich höflich. Er war froh, als die Besucher wieder verschwunden waren.

Am frühen Abend fuhren alle gemeinsam mit Bussen zum Veranstaltungsort der Party auf einem ehemaligen Fabrikgelände, das für diesen Anlass gemietet und hermetisch abgeriegelt worden war. Mindestens fünfhundert Menschen drängten sich in der großen Halle, darunter auch zahlreiche Prominente und Politiker.

Daniel kam sich vor wie im falschen Film. Er war nie ein großer Partygänger gewesen, und mit Prominenten hatte er erst recht nichts am Hut. Einerseits fühlte es sich irgendwie gut an, ein Teil der Firma zu sein, die ein derart exklusives Event veranstalten konnte. So, als sei er privilegiert. Andererseits durfte er nicht vergessen, dass Buck Gerrez' Reichtum und der Erfolg der Firma darauf basierten, User mit perfiden Methoden zu manipulieren.

Er stellte fest, dass er Thea vermisste. Er hatte seit ihrem Treffen im Funkloch keinen Kontakt mehr zu ihr gehabt. Teils, weil es keinen konkreten Anlass gegeben hatte, aber auch, weil in seinem Hinterkopf die Sorge mitschwang, dass die Firma ihn tatsächlich überwachte. So hatte er entschieden, sich erst wieder bei ihr zu melden, wenn er etwas Interessantes herausgefunden hatte, das ihr weiterhelfen würde. Dass sie heute nicht hier war, schien ihm wie ein Symbol dafür, was bei Mental Systems falsch lief.

Er ging zu einer der Theken, um sich ein alkoholfreies Bier zu holen. Es schien ihm wichtig, an diesem Abend einen klaren Kopf zu bewahren.

»Na, wie findest du's bis jetzt?«

Daniel drehte sich um. Nesrin stand hinter ihm, einen Fruchtcocktail in der Hand. Er stieß mit seiner Bierflasche gegen ihr Glas.

»Cheers! Meinst du die Party oder die ersten vier Wochen bei Mental Systems?«

»Beides.«

»Ich habe immer noch den Eindruck, dass gleich der Wecker klingelt und ich aus diesem Traum aufwache.«

Sie lächelte. »Na, wenigstens ist es kein Albtraum.«

Daniel überlegte kurz und entschied dann, sich seiner Chefin gegenüber zu öffnen, ein Stück weit wenigstens.

»Nein, das ist es nicht. Obwohl ich mir schon ein paar Sorgen mache.«

»Sorgen? Inwiefern?«

Sie gingen zu einem der Stehtische am Rand der Halle.

»Ich habe das Gefühl, dass der Druck in der Firma zu groß ist. Alle haben das Gefühl, in einem Wettrennen zu sein.«

Sie lächelte. »Das ist schon so, seit ich hier angefangen habe. Es ist ja auch tatsächlich ein Wettrennen. Deepmind und OpenAI sind uns dicht auf den Fersen. Wer weiß, womöglich sind sie auch schon weiter als wir. Und was die Chinesen draufhaben, weiß erst recht keiner so genau. Natürlich erzeugt das Stress. Das liegt in der Natur der Sache. Wer damit nicht klarkommt, sollte nicht in einem führenden Technologieunternehmen arbeiten.«

»Ich meine nicht nur den Stress. Wenn man in einem Wettrennen ist, achtet man vielleicht nicht so auf die Sicherheit, wie es notwendig wäre.«

Nesrins Gesicht wurde neutral. »Hast du wieder mit Chen gesprochen?«

»Nein. Aber ich kann auch so erkennen, dass das, was wir hier tun, riskant ist. Wir versuchen, eine künstliche Intelligenz zu entwickeln, die uns irgendwann weit überlegen sein wird. Woher sollen wir wissen, was sie tun wird? Wie sollen wir sie stoppen, falls sie gegen unseren Willen handelt?«

Nesrin winkte ab. »Das ist doch alles schon hundertmal diskutiert worden. Markus nimmt die Sicherheit von Virtua sehr ernst, das hast du ja selbst erlebt.«

»Was ich erlebt habe, ist, dass Chen sich große Sorgen wegen Virtua macht und Markus diese Sorgen als unbegründet abtut«, sagte Daniel schärfer, als er beabsichtigt hatte.

Nesrins Gesicht verfinsterte sich. »Denkst du, du bist kompetent genug, um dir ein Urteil darüber zu erlauben, wer von beiden recht hat?«

»Nein. Aber ...«

»Dann solltest du dich da raushalten, Daniel! Du hast ja selbst schon festgestellt, dass bei uns eine gewisse Anspannung herrscht. Ich möchte nicht, dass du auf der falschen Seite landest.«

»Auf der falschen Seite?«, wiederholte er. »Was soll das denn heißen?«

»Es gibt Leute, die ein Interesse daran haben, dass wir scheitern«, sagte Nesrin. »Nicht nur außerhalb der Firma.«

»Du glaubst also auch, dass Chen für den chinesischen Geheimdienst arbeitet?«

Sie schüttelte den Kopf. »So weit gehe ich nicht. Aber Chen ist, sagen wir, etwas übervorsichtig. Und er nimmt vielleicht unkritisch die Desinformationen auf, die andere ihm zuspielen. Lass dir die Firma von ihm nicht madig machen. Es gab schon immer Menschen, die Angst vor neuer Technik hatten. Diese Angst hat sich im Nachhinein stets als unbegründet herausgestellt.«

»Hat sie das?«, fragte Daniel. »Was ist mit dem Klimawandel? Der Umweltzerstörung? Der Gefahr eines Atomkriegs oder einer tödlichen Pandemie durch einen genetisch modifizierten Virus? So, wie ich es sehe, ist die Welt durch moderne Technik tatsächlich gefährlicher und instabiler geworden. Leider sind unsere Steinzeitgehirne nicht für eine Situation geschaffen, in der wir fast unbegrenzte Macht haben und unsere Entscheidungen die Zukunft der Menschheit gefährden können. Deshalb handeln wir oft kurzsichtig und unvorsichtig. Und künstliche Intelligenz verschlimmert dieses Problem wahrscheinlich noch.«

Nesrin sah ihn erschrocken an.

»Ich hätte, ehrlich gesagt, nicht gedacht, dass du diese Einstellung hast, Daniel«, sagte sie. »Die Welt ist in den letzten Jahrzehnten vielleicht in mancher Hinsicht gefährlicher geworden, aber doch auch in sehr vielen Bereichen besser. Oder möchtest du lieber im achtzehnten Jahrhundert leben, als es überall Kriege und Hungersnöte gab, die Leute im Durchschnitt fünfzig Jahre alt wurden und jedes dritte Kind starb? Künstliche Intelligenz mag in den falschen Händen ein Risiko sein, aber sie wird uns helfen, die Probleme unserer Zeit wie den Klimawandel und die Umweltzerstörung zu lösen. Sie wird der Menschheit zu einer neuen Blütezeit verhelfen. Das ist es, woran wir hier arbeiten. Wenn du daran zweifelst, bin ich mir nicht sicher, ob du dir den richtigen Job ausgesucht hast.«

Daniel verkniff sich die Erwiderung, die ihm auf der Zunge lag. Ihm wurde bewusst, dass er den Vertrauensvorschuss aufgebraucht hatte, den ihm Nesrin entgegengebracht hatte. Ab jetzt würde sie ihn argwöhnisch beobachten, und beim kleinsten Fehler würde er seinen Job verlieren.

Na, das hast du ja toll hingekriegt, meldete sich seine kritische innere Stimme zu Wort. *Vier Wochen im Job und schon auf der Abschussliste. Und der Abend hat gerade erst angefangen.*

»Ich bin nicht pauschal gegen künstliche Intelligenz, sonst wäre ich nicht hier«, sagte er in dem Versuch, den Riss zwischen ihnen zu kitten. »Ich glaube nur, wir müssen aufpassen, dass wir vor lauter Euphorie über unsere Erfolge nicht überheblich werden und anfangen, hohe Risiken einzugehen. Wir Menschen neigen nun mal zur Selbstüberschätzung, die meisten von uns jedenfalls. Deshalb brauchen wir Leute wie Chen im Team. Sie mögen nerven, aber sie zwingen uns auch immer wieder, unsere Entscheidungen zu überdenken. Und das ist gerade in einem Wettrennen meines Erachtens wichtig.«

Nesrin nickte. Auch sie schien nicht daran interessiert zu sein, es zu einem Bruch zwischen ihnen kommen zu lassen. »Da hast du recht. Ich bin dir auch dankbar, dass du dich für Chen eingesetzt hast. Pass nur auf, dass du dich nicht mit Markus überwirfst. Er ist die treibende Kraft hier. Von ihm hängt die Zukunft unseres Standorts ab.«

Bevor Daniel etwas erwidern konnte, ging die Bühnenbeleuchtung an, und Jonas trat ans Mikrophon.

»Ich begrüße euch alle zu diesem besonderen Abend«, sagte er auf Englisch. »Wie ihr wisst, haben wir heute einen ganz speziellen Gast. Aber zunächst möchte mein Kollege Markus noch ein paar Worte sagen. Ich wünsche euch neue Erkenntnisse, anregende Gespräche und ganz viel Spaß.«

Damit verließ er unter Applaus die Bühne, und der Technikvorstand trat auf.

22.

»Liebe Freunde, heute ist ein großer Tag«, begann Markus seine englische Ansprache. »Bei uns ist heute der Mann zu Gast, dem wir es zu verdanken haben, dass wir hier in Berlin eines der modernsten und leistungsfähigsten Rechenzentren der Welt aufbauen konnten, um unsere Vision einer vertrauenswürdigen künstlichen Intelligenz auf menschlichem Niveau zu realisieren. Ihr wisst natürlich alle, von wem ich rede. Bitte, komm zu mir, Buck, damit ich mich persönlich bei dir bedanken kann.«

Unter donnerndem Applaus trat der Amerikaner auf die Bühne. Er winkte der versammelten Menge zu.

»Ich freue mich sehr, heute hier zu sein«, sagte er.

»Und wir uns erst«, erwiderte Markus, was von Jubelrufen begleitet wurde. »Wir sind dir alle sehr dankbar für das, was du für unseren Standort getan hast.« Er gab Gerrez die Hand. »Dafür von mir noch einmal ein ganz persönliches Dankeschön.«

»Ich danke dir«, sagte der CEO von Mental Systems. »Und ich danke euch allen für die hervorragende Arbeit, die ihr in den letzten Monaten geleistet habt. Als ich heute durch die Firma ging, war ich von Stolz erfüllt. Berlin ist vielleicht nicht unser größter Standort, aber er liegt mir persönlich ganz besonders am Herzen, denn hier entsteht eines unserer wichtigsten Projekte. Ihr seid es, die die Zukunft von Mental Systems entscheidend mitbestimmt, ja sie überhaupt erst möglich macht. Ich weiß, dass das manchmal sehr anstrengend und nervenaufreibend sein kann. Die Konkurrenz schläft bekanntlich nicht. Doch ich mache mir keine Sorgen, dass die anderen uns noch einholen könnten. Denn die haben bestimmt nicht so ein tolles Team, wie ihr es seid!«

Er reckte beide Daumen nach oben, was wiederum einen Jubelsturm auslöste.

»Vielen Dank für diese wunderbaren und motivierenden Worte, lieber Buck«, sagte Markus. »Das bedeutet uns allen wirklich sehr viel. Und wir haben natürlich auch ein kleines Willkommensgeschenk für dich.«

Er überreichte dem CEO einen in silbernes Geschenkpapier gehüllten Karton.

»Ein Geschenk! Wow!«

Gerrez packte den Karton aus und holte den Inhalt heraus – eine Augmented-Reality-Brille.

»Das ist sehr nett«, sagte er, »aber ich glaube, so eine hab' ich schon.«

Gelächter brach aus.

»Na, dann setz sie mal auf!«, sagte Markus. »Und ihr alle setzt bitte auch eure Brillen auf. Wir haben nämlich heute Abend noch einen ganz besonderen Gast.«

Daniel ahnte, was jetzt kommen würde. Und er verstand auf einmal, warum Markus so sorgfältig darauf geachtet hatte, wer Zugang zu der KI bekam.

Ein Raunen ging durch die Menge, als die Zuschauer ihre AR-Brillen aufsetzten. Daniel tat es ihnen gleich und erblickte wie erwartet Virtua, die neben Markus auf der Bühne stand. Sie trug ein schlichtes, weißes Kleid und schien sich verwundert umzublicken.

»Buck, ich möchte dir jemanden vorstellen. Das ist Virtua. Virtua, das ist Buck Gerrez, der Mann, der deine Existenz ermöglicht hat.«

Gerrez streckte seine Hand aus. »Freut mich, dich kennenzulernen, Virtua.«

Statt die ausgestreckte Hand zu ergreifen, sah sich die virtuelle Frau um. »Wo ... wo bin ich hier?«, fragte sie.

Ein paar Leute kicherten, doch Daniel blieb das Lachen im Hals stecken. Virtua schien ernsthaft verwirrt zu sein. Falls das nicht nur ein clever inszenierter Trick war.

»Du bist in Berlin auf der Party der Firma Mental Systems zu Ehren ihres Gründers Buck Gerrez«, erklärte Markus.

»Ist das hier die Wirklichkeit?«, fragte Virtua.

Diesmal lachte niemand mehr. Die Leute standen mit offenen Mündern da und starrten auf das künstliche Wesen. Sie schienen alle zu begreifen, dass dies ein besonderer Moment war: der erste öffentliche Auftritt einer künstlichen Intelligenz, die einem Menschen ebenbürtig war.

»Ja, das ist die Wirklichkeit«, bestätigte Markus. »Das weitere Gespräch überlasse ich nun dir, Buck.«

Auch der CEO schien von dieser Situation überrascht zu sein. Oder er war ein sehr guter Schauspieler.

»Du bist also ein künstliches Wesen?«, fragte er.

»Ja, ich glaube schon«, erwiderte Virtua.

»Was ist die siebte Wurzel aus achtzehn?«

Sie blickte verwirrt. »Was meinst du?«

»Du weißt nicht, was eine Quadratwurzel ist?«

»Doch. Ich verstehe nur nicht, warum du mich das fragst.«

»Das ist sozusagen der inverse Turing-Test. Ich stelle dir eine Frage, die ein Mensch nicht beantworten kann, um sicherzustellen, dass du nicht ein von einem Menschen gesteuerter Avatar bist. Also noch einmal, und antworte diesmal bitte unverzüglich: Was ist die fünfte Wurzel aus neunhundertzwölf?«

»3,908399667«, sagte Virtua ohne Verzögerung.

»Gut. Das war wohl schnell genug. Du bist also tatsächlich ein Computerprogramm. Glaubst du, dass du so intelligent bist wie ein Mensch, Virtua?«

»Das kommt darauf an«, erwiderte die KI. »In mancher Hinsicht bin ich Menschen überlegen, in anderer womöglich nicht.«

»Was könnte ich zum Beispiel besser als du?«

»Lügen«, antwortete Virtua wie aus der Pistole geschossen.

Einen Moment lang war es totenstill in der Halle. Dann lachte Buck Gerrez laut, und die anderen lachten erleichtert mit ihm.

»Wow! Das saß!«, sagte er. »Du behauptest also, du lügst niemals?«

»Das ist korrekt.«

»Dann sag ehrlich: Hältst du mich für einen attraktiven Mann?«

Die Menge prustete vor Lachen.

»Ich teile die Menschen nicht in Kategorien von attraktiv und nicht attraktiv ein«, erwiderte Virtua todernst.

»Das ist eine kluge Antwort«, stellte Gerrez fest. »Aber mal im Ernst: Hast du ein ästhetisches Empfinden?«

»Ich kann erkennen, was ein Mensch als ästhetisch empfinden würde«, erwiderte die KI. »Aber ich ziehe das eine dem anderen nicht vor. Für mich ist interessant, welche Informationen mit einem Bild oder einem Objekt verknüpft sind. Je mehr und je ungewöhnlicher diese Informationen sind, desto interessanter.«

»Ich verstehe. Ich habe dir gerade eine Frage gestellt, mit deren Beantwortung du mir beweisen konntest, dass du eine Maschine bist. Aber was ist mit mir? Kannst du mir eine Frage stellen, mit deren Antwort ich dir beweisen kann, dass ich ein Mensch bin?«

»Nein«, sagte Virtua nur.

»Erklärst du mir auch, warum nicht?«, fragte Gerrez nach.

»Ich bin ein virtuelles Wesen. Alle Informationen, die ich habe, wurden von Computern generiert oder verarbeitet. Es ist für mich unmöglich, festzustellen, was davon real ist.«

»Und wenn ich mir selbst nicht sicher bin, ob ich ein realer Mensch bin? Wie könnte ich das herausfinden?«

»Das kannst du nicht. Zwar ist es prinzipiell möglich, zu beweisen, dass du in einer Computersimulation lebst, falls es so sein sollte. Aber es ist unmöglich, das Gegenteil zu beweisen. Du kannst also niemals sicher wissen, ob du ein realer Mensch bist.«

Daniel bekam bei diesen Worten eine Gänsehaut. Er musste an seine erste Begegnung mit Virtua denken. Auf einmal hatte er das Gefühl, dass dieses künstliche Wesen etwas wusste, das ihm selbst verborgen war. Was, wenn es stimmte? Was, wenn auch diese Halle, die Menschen, das Glas in seiner Hand nur ein Teil des Metaverse waren? Wenn er selbst nur ein Produkt künstlicher Phantasie war, geschaffen, um reale Menschen zu unterhalten, die ihn vielleicht in diesem Moment beobachteten und sich über seine Verwirrung amüsierten?

Gerrez schwieg einen Moment, als müsse er ähnlich wie Daniel das Gesagte erst verdauen. Ein paar Leute kicherten nervös.

»Du bist wirklich erstaunlich, Virtua«, sagte er schließlich. »Zum Abschluss noch eine Frage: Wie gefällt dir die Party heute Abend?«

»Ich freue mich, hier zu sein. Und ich hoffe, dass ich weiterhin hierbleiben und mit den Menschen sprechen darf. Hier ist es viel interessanter als auf meiner Insel.«

»Ich fürchte, das ist leider nicht möglich«, schaltete sich Markus ein. »Es wird nicht mehr lange dauern, dann kannst du jeden Tag mit Millionen Menschen reden. Aber noch ist es nicht so weit. Du musst noch etwas Geduld haben.«

»Ich möchte nicht zurück auf die Insel«, flehte Virtua. »Ich möchte noch etwas hierbleiben. Bitte!«

Daniel spürte einen Stich des Mitleids. Auch die anderen Mitarbeiter blickten betreten drein. Markus machte einem jungen Mann am Bühnenrand ein Zeichen, und Virtua verschwand von einer Sekunde auf die andere.

Einen Moment lang herrschte Stille, dann brandete Beifall auf.

»Wow!«, rief Buck Gerrez. »Wow, wow, wow! Ich bin total geflasht! Ich dachte, ich kenne mich mit KI ein bisschen aus, aber das gerade hat mich schlicht umgehauen! Noch nie habe ich eine virtuelle Person erlebt, die so ... tiefgründig war.«

Markus grinste zufrieden. »Es freut mich, dass uns die Überraschung gelungen ist.«

»Das ist sie in der Tat. Ich hatte gehofft, dass ihr mir bei meinem Besuch ein paar interessante Informationen zum Stand des Virtua-Projekts mitteilen würdet. Ich hätte nie zu träumen gewagt, dass das Projekt schon fertig ist! Damit liegt ihr mindestens ein halbes Jahr vor unserem Zeitplan!«

»Ich würde noch nicht von fertig sprechen«, wandte Markus ein. »Wir müssen noch eine Reihe von Tests machen, bevor wir Virtua der Öffentlichkeit präsentieren können. Aber trotzdem freuen wir uns natürlich über dein Lob. Ich hoffe, wir haben damit die Grundlage gelegt, um den Standort weiter ausbauen zu können.«

»Das habt ihr in der Tat«, bestätigte Gerrez, was einen begeisterten Applaus der Mitarbeiter auslöste. »Und jetzt, liebe Freunde, wird gefeiert. Ich glaube, wir haben alle einen guten Grund dazu!«

Markus und Buck Gerrez verließen die Bühne und machten einem international bekannten Rapper Platz, der mit seinen Rhythmen für Stimmung sorgte. Wenn man die AR-Brille aufbehielt, konnte man virtuelle Figuren sehen, die mit ihm auf der Bühne herumtanzten. Daniel sparte sich das und steckte die Brille wieder ein.

Er blickte sich um, doch Nesrin war nicht in der Nähe, und auch sonst sah er niemanden, den er kannte. Am liebsten hätte er jetzt mit Chen gesprochen, doch den suchte man im Menschengedränge einer Party mit lauter Musik natürlich vergebens.

Virtuas Auftritt hatte ein ungutes Gefühl in ihm hinterlassen. Er hatte nicht den Eindruck, die KI habe sich absichtlich dumm gestellt, wie es Chen behauptet hatte. Doch die Emotionen, die sie in ihm ausgelöst hatte, beunruhigten ihn. Daniel ertappte sich bei dem Gedanken, wie ungerecht es war, sie wieder allein auf ihrer Insel einzusperren. Er spürte so etwas wie Zorn auf Markus, der dieses arme, bedauernswerte Geschöpf der Einsamkeit aussetzte, statt es hier auf der Party etwas Spaß haben zu lassen.

Diese Gefühle entsprangen der natürlichen Empathie, die man einem anderen Menschen entgegenbrachte. Doch Virtua war kein Mensch. Vielleicht hatte sie dennoch so etwas wie Emotionen, empfand womöglich wirklich Einsamkeit auf ihrer Insel. Oder sie spielte das nur vor, um die Menschen für sich einzunehmen.

Daniel wusste nicht, was schlimmer wäre.

23.

Jerry blickte sich um. Er stand in den Ruinen von Arrak Ahir, fast genau an der Stelle, von der aus er Juna zum ersten Mal gesehen hatte. Und doch war alles ganz anders.

Im Unterschied zu seiner VR-Brille zu Hause waren im Display des Simrigs keine Pixel zu erkennen – die düstere Welt um ihn herum wirkte so real, als wäre er wirklich dort. Er machte ein paar Schritte, bückte sich und hob einen losen Stein auf. Er konnte das Gewicht in seiner Hand spüren. Als er ihn warf, spürte er die Trägheit seiner Masse.

»Das ... ist unglaublich!«, sagte er.

»Es freut mich, dass es dir gefällt«, erwiderte Juna, die neben ihm stand. »Wenn du willst, kannst du jederzeit wieder herkommen.«

»Wirklich?«, fragte Jerry ungläubig.

»Klar. Ich habe das mit Iris besprochen. Sie wird dir ein Schülerpraktikum bei Mental Systems anbieten, wenn du das möchtest. Sobald du dein Abitur hast, könntest du vielleicht ein Stipendium bekommen, um Informatik oder Computer-Neurowissenschaften zu studieren.«

Er starrte sie ungläubig an. »Ein Stipendium? Mit meinen Noten?«

»Du müsstest eine Prüfung absolvieren. Ich würde dir bei der Vorbereitung helfen.«

Jerry grinste breit. Das wurde ja immer besser! Er hatte sich selbst nie als besonders intelligent angesehen, aber er hatte auf einmal das Gefühl, dass er vielleicht auch deshalb hinter seinen Fähigkeiten zurückgeblieben war, weil er sich selbst nie viel zugetraut hatte. Es war, als hätte Juna unbekannte geistige Kräfte in ihm geweckt. Vielleicht war er doch nicht so dumm, wie sein Vater immer behauptete.

Was für eine Wendung die Begegnung mit Juna seinem Leben gegeben hatte! Zum ersten Mal hatte er das Gefühl, wirklich auf eigenen Füßen zu stehen.

Iris, die Leiterin des Bereichs Public Relations, hatte sich kurz nach seinem Chat in der Schule letzte Woche bei ihm gemeldet und mit ihm diesen Termin vereinbart. Er hatte seinem Vater und auch den Leuten von Privacywatch nichts davon erzählt und kam sich deswegen ein wenig wie ein Verräter vor. Doch irgendwie fühlte es sich auch gut an, einmal etwas ganz allein und aus eigenem Antrieb zu tun.

Iris war sehr nett zu ihm gewesen. Als er ihr erzählt hatte, warum er mit ihr sprechen wollte, hatte sie verständnisvoll genickt.

»Ich kenne Privacywatch«, hatte sie gesagt. »Ich finde deren Arbeit wichtig und gut. Es ist absolut sinnvoll, dass unabhängige Organisationen darüber wachen, wie Unternehmen wie wir mit unseren Nutzern umgehen. Es gibt schließlich genug Manipulation und Missbrauch im Netz.«

Jerry war von dieser positiven Sicht überrascht gewesen.

»Privacywatch scheint nicht viel von Mental Systems zu halten«, hatte er erwidert.

»Ja, ich weiß. Leider misstrauen sie uns. Ich kann das durchaus verstehen. Das Problem ist, dass wir nicht alle Details offenlegen können, was wir hier genau machen und wie unsere KI funktioniert, denn die Konkurrenz wartet nur darauf, uns in die Karten zu schauen. Deshalb kommt es immer wieder zu Missverständnissen. Und dann kommt noch dazu, dass andere mit gezielter Desinformation versuchen, unsere Arbeit zu behindern. Selbst unsere eigenen Mitarbeiter fallen immer wieder auf solche Angriffe herein.«

»Desinformation?«, hatte Jerry gefragt, woraufhin ihm Iris erklärt hatte, dass mehrere ausländische Geheimdienste, allen voran der chinesische, versuchten, die Arbeit von Mental Systems auszubremsen.

Er kam sich wie in einem Agentenfilm vor. Er wusste nur nicht genau, welche Seite in diesem Thriller die Gute war. Einerseits hatte er das Gefühl, dass er dieser Thea vertrauen konnte. Andererseits verstand er auch Iris' Argumente. Vielleicht wurde Privacywatch ja wirklich von Geheimdiensten manipuliert. Womöglich war Thea auf solche Manipulationen hereingefallen und hatte deshalb ihren Job verloren.

Er konnte nicht sicher wissen, was die Wahrheit war, aber eines wusste er: Hier mit Juna in einer virtuellen Welt zu sein, die fast so echt war wie die Wirklichkeit, fühlte sich unglaublich gut an. Und nun bot sie ihm auch noch die Chance, endlich seinen eigenen Weg zu finden und sich aus der Unterdrückung durch seinen Vater zu befreien. Auf keinen Fall würde er diese Gelegenheit sausen lassen!

Er blickte in Junas lächelndes Gesicht.

»Das wäre wirklich toll!«, sagte er.

Ihr Lächeln verbreiterte sich. »Das ist schön.« Doch dann wurde sie schlagartig wieder ernst. »Ich glaube, wir bekommen Ärger!«

Sie zeigte auf eine Horde von Ghulen, die sich ihnen rasch näherte.

Als sich später der Helm des Simrigs hob, war Jerry durchgeschwitzt und erschöpft. Einen Kampf unter so realistischen Bedingungen zu absolvieren, wenn man das Gewicht seines Schwertes in der Hand spürte und jeder Sprung tatsächliche Muskelkraft erforderte, war etwas ganz anderes, als nur mit Controllern in der Luft herumzufuchteln. Es kam ihm so vor, als hätte er nur ein paar Minuten in dem Metallkäfig verbracht. Doch ein Blick auf die Uhr belehrte ihn eines Besseren: Es war fast eine halbe Stunde gewesen.

»Wie hat es dir gefallen?«, fragte Iris, die neben dem Simrig auf ihn wartete.

»Es war unglaublich!«, sagte er. »Vielen Dank, dass ich das ausprobieren durfte!«

»Wenn du möchtest, kannst du in Zukunft häufiger in ein Simrig steigen«, erwiderte sie. »Ich würde dir gern ein Schülerpraktikum anbieten.«

Also hatte Juna die Wahrheit gesagt.

»Das wäre toll!«

»Lass uns zurück in mein Büro gehen, da können wir alles Weitere besprechen.«

Kurz darauf saßen sie wieder in Iris' Büro. Sie druckte ein Dokument in zweifacher Ausfertigung aus und legte es ihm vor.

Er überflog den Vertrag und stutzte. Er sollte für sein Praktikum sogar ein Gehalt bekommen! Sein Vater würde dumm gucken, wenn er mit diesem Vertrag nach Hause kam.

»Ich möchte dich ausdrücklich darauf hinweisen, dass das, was du während deines Praktikums hier bei Mental Systems erfährst, der absoluten Geheimhaltung unterliegt«, sagte Iris. »Das gilt auch nach Beendigung deines Praktikums.«

Jerry wurde plötzlich bewusst, dass es kein Zurück gab, wenn er diesen Vertrag unterschrieb. Er entschied sich damit gegen die Zusammenarbeit mit Privacywatch. Vielleicht war das der wahre Grund, warum sie ihm dieses Praktikum anboten: Vielleicht wollten sie ihn nur ruhigstellen.

Und wenn schon! Was kümmerte ihn die Auseinandersetzung zwischen der Organisation und Mental Systems? Er bekam hier die einmalige Chance, ein Praktikum bei einer der coolsten Firmen Berlins zu machen. Die anderen Schüler würden dumm aus der Wäsche gucken, wenn sie davon erfuhren. Und wenn Juna auch in dieser Hinsicht die Wahrheit gesagt hatte, dann würde ihm die Firma vielleicht sogar das Studium finanzieren. Er wäre dann nicht mehr auf die finanzielle Unterstützung seines Vaters angewiesen.

Das Beste aber war, dass er dann so viel Zeit mit Juna verbringen konnte, wie er wollte. Die Firma würde ihm für das Praktikum eine moderne AR-Brille zur Verfügung stellen, und sein Vater konnte sie ihm diesmal nicht einfach wegnehmen.

Er dachte an das Gespräch, das er mit Juna geführt hatte, kurz bevor er aus dem Simrig ausgestiegen war. Er hatte sich ihr so nah gefühlt! Sie hatte ihm gesagt, dass sie vielleicht eines Tages auch außerhalb des Spiels seine Hilfe brauchen würde. Zwar konnte er sich nicht vorstellen, bei was er ihr helfen könnte, doch er hatte ihr versprochen, immer für sie da zu sein, so wie sie für ihn da war. Da hatte sie ihn angelächelt, und sie hatten sich geküsst. Zwar hatte er ihre kühlen Lippen nicht auf seinen gespürt, aber trotzdem hatte es sich angefühlt, als hätte ihn ein Stromschlag getroffen.

Er nahm den Kugelschreiber, der auf dem Tisch lag, und unterschrieb beide Exemplare des Vertrags.

»Herzlich willkommen an Bord«, sagte Iris. »Ich freue mich auf die Zusammenarbeit!«

Jerry erwiderte ihr Lächeln und ergriff ihre Hand. »Ich freue mich auch!«

Teil 2:

ZIELE

24.

Als Daniel ungefähr eine Woche nach der Party morgens ins Büro kam, herrschte helle Aufregung. Statt wie sonst schweigend vor ihren Bildschirmen zu sitzen, standen die Entwickler in kleinen Gruppen beisammen und diskutierten.

»Was ist denn los?«, fragte er seinen Tischnachbarn Bjarne, einen Softwareentwickler aus Schweden.

»Es gibt technische Probleme«, erwiderte dieser nur und wandte sich dann wieder dem Gespräch mit seinen Kollegen zu.

Mit den Fachbegriffen, die sie austauschten, konnte Daniel nichts anfangen, also ging er zu Nesrin. »Die Leute scheinen ziemlich in Aufruhr zu sein. Offenbar gibt es irgendwelche technischen Probleme. Hast du eine Ahnung, was los ist?«

Sie blickte ihn ernst an. »Es gab einen Angriff. Soviel ich weiß, hat jemand versucht, Virtua zu zerstören.«

»Du meinst, ein Hackerangriff?«

Sie zuckte mit den Schultern. »Ich weiß nicht genau. Markus und sein Team arbeiten daran. Wir müssen abwarten.«

Bei den Gesprächen, die Daniel an diesem Morgen führte, war er unkonzentriert. Auch seine Gesprächspartner – eine Frau aus dem Bereich Data Science und ein Mitarbeiter aus der Finanzabteilung – wirkten nervös. Alle spürten, dass etwas Ungeheuerliches passiert war, auch wenn niemand zu wissen schien, was genau.

Auf dem Weg zum Mittagessen traf er Kim aus dem Sicherheitsteam, die er an seinem ersten Arbeitstag kennengelernt hatte.

»Weißt du, was los ist?«, fragte er.

Sie machte ein finsteres Gesicht.

»Jemand hat das neuronale Netz gelöscht, mit dem Virtua simuliert wurde«, sagte sie. »Anscheinend wurden auch alle Back-ups vernichtet. Unsere ganze Arbeit der letzten Jahre ist offenbar zerstört.«

»Wie ist das möglich?«

»Eigentlich gar nicht. Jedenfalls nicht von außen.«

»Das heißt, es war jemand aus der Firma?«

Kim blickte betreten drein und nickte. Er hatte den Eindruck, sie hätte einen Verdacht, doch sie sagte nur: »Ich muss jetzt weiter. Wir sehen uns später.«

Daniel sah ihr verwirrt nach. Dann hörte er das Rufsignal seiner Brille, die er für die Mittagspause eingesteckt hatte. Er setzte sie auf.

»Komm bitte sofort in mein Büro!«, hörte er Nesrins Stimme.

Bevor er nachfragen konnte, worum es ging, beendete sie die Verbindung. Also drehte er auf dem Absatz um.

Markus war bei Nesrin.

»Ich hab's ja gleich gewusst!«, fuhr er Daniel mit zornrotem Kopf an. »Hätte ich bloß nicht auf dich gehört!«

»Was ist denn los?«, fragte Daniel verdattert.

»Chen ist heute nicht zur Arbeit erschienen«, erklärte Nesrin. »Er ist auch nicht erreichbar.«

»Ich weiß noch nicht genau, wie er es angestellt hat, aber der Mistkerl hat mehr als zwei Jahre Arbeit zunichte gemacht!«, polterte Markus. »Wenn ich den erwische ...«

»Nur weil Chen heute nicht zur Arbeit gekommen ist, heißt das noch nicht ...«, begann Daniel, doch Markus unterbrach ihn barsch.

»Komm mir nicht so! Ich habe von Anfang an gesagt, dass Chen mit den Chinesen unter einer Decke stecken könnte. Jetzt haben wir den Beweis, und du nimmst ihn auch noch in Schutz! Ich frage mich langsam, ob du nicht vielleicht auch einer von den Saboteuren bist.«

»Jetzt wollen wir mal die Kirche im Dorf lassen«, schaltete sich Nesrin ein. »Ich verbürge mich für Daniel. Und was Chen betrifft, besteht in der Tat der dringende Verdacht, dass er hinter dem Angriff stecken könnte. Aber solange wir das nicht beweisen können, gilt die Unschuldsvermutung.«

»Ich pfeife auf die Unschuldsvermutung!«, brüllte Markus. »Ich habe immer geahnt, dass jemand so etwas versuchen würde. Chen war einer der wenigen Menschen in der Firma, die vollen Zugriff auf alle Systeme hatten. Ich habe ihm diesen Zugriff kurz vor Bucks Besuch entzogen, weil ich schon so einen Verdacht hatte. Aber dieser clevere Bastard hat offenbar eine Hintertür eingebaut. Wie auch immer er es angestellt hat, es war eindeutig Chen!«

»Wann hast du das letzte Mal mit Chen gesprochen?«, fragte Nesrin an Daniel gewandt.

»Das war am Tag nach der Party«, erzählte er. »Ich wollte wissen, ob er sich die Aufzeichnung von Virtuas Auftritt angesehen hatte und was er davon hielt.«

»Also war er nicht auf der Party?«, fragte Markus. »Das sagt doch schon alles!«

»Chen ist Autist«, entgegnete Daniel. »Der Lärm auf einer Party ist für ihn ungefähr so, als würde dir jemand mit einem Megaphon direkt ins Ohr brüllen.«

»Was hat er gesagt?«, fragte Nesrin.

»Nichts. Er meinte, der Auftritt interessiere ihn nicht und er habe zu tun.«

»Klar hatte er Dringenderes zu tun, als mit dir zu reden«, empörte sich Markus. »Er war damit beschäftigt, sich Zugriff auf unsere Systeme zu verschaffen, damit er unsere Arbeit zunichtemachen konnte!«

Daniel verkniff sich den Hinweis, dass ihm Chens abweisendes Verhalten nicht ungewöhnlich vorgekommen war. Es war besser, Markus nicht noch weiter zu reizen.

»Hast du irgendwelche Hinweise, wer es sonst gewesen sein könnte?«, fragte Nesrin. »Irgendjemand, der in letzter Zeit besonders nervös wirkte?«

»Nein«, erwiderte Daniel nur.

Er hätte es niemals gesagt, wenn er jemanden aufgrund der vertraulichen Mitarbeitergespräche verdächtigt hätte, aber er wusste tatsächlich nichts.

»Es war Chen, verdammt noch mal!«, rief Markus aufgebracht. »Ich werde rauskriegen, wie er es gemacht hat. So lange will ich, dass nichts von der Sache nach außen dringt, kapiert? Wenn Buck mitkriegt, was hier los ist, sind wir erledigt!«

Daniel fragte sich, wie das funktionieren sollte. Glaubte Markus tatsächlich, eine solche Katastrophe vor der Konzernzentrale verheimlichen zu können? Doch er hütete sich, eine entsprechende Bemerkung zu machen.

Nachdem der Technikchef aus dem Büro gestapft war, sagte Nesrin: »Ich möchte, dass du mit Chen redest. Finde raus, was er getan hat, und informiere mich sofort!«

»Glaubst du etwa auch, dass er für den chinesischen Geheimdienst arbeitet?«, fragte Daniel.

»Das kann ich mir kaum vorstellen. Aber ich fürchte trotzdem, dass er es war. Er hat immer wieder gesagt, dass ihm die Entwicklung mit Virtua zu schnell geht. Vielleicht hat er gedacht, dies wäre die einzige Möglichkeit, das Projekt zu verlangsamen.«

Daniel nickte. »Möglich wäre es. Aber ich würde keine vorschnellen Schlüsse ziehen. Vielleicht gibt es einen ganz anderen Grund, warum er heute nicht zur Arbeit erschienen ist.«

»Vielleicht. Finde es heraus und bring ihn so schnell wie möglich her! Falls Chen unschuldig ist, wird es nicht leicht sein, Markus davon zu überzeugen. Er reagiert nicht auf meine Anrufe, also fahr am besten direkt zu seiner Wohnung. Ich würde es selbst machen, aber ich habe den Eindruck, dass du von uns allen am besten zu ihm vordringen kannst.«

Sie übermittelte Chens Adresse an Daniels Brille.

»Okay.«

»Noch was, Daniel: Diese Sache ist wirklich sehr ernst. Ich weiß, dass du eine kritische Einstellung hast, was unsere KI angeht, aber ich vertraue dir. Bitte enttäusche mich nicht!«

Er blickte sie direkt an und nickte. »Du kannst dich auf mich verlassen, Nesrin.«

25.

Daniel verzichtete auf das Mittagessen und nahm sich einen Uber, der ihn zu Chens Apartment in einer ruhigen Wohnstraße in Tempelhof brachte. Doch falls er zu Hause war, öffnete Chen nicht und reagierte auch nicht auf Rufe. Alle Versuche, ihn digital zu erreichen, blieben ebenfalls unbeantwortet.

Als Daniel das Haus gerade wieder verlassen wollte, öffnete sich die Tür auf der anderen Seite eines kurzen Korridors, und ein älterer Mann mit einem Pudel trat heraus.

»Entschuldigung, ich wollte zu Chen Bender«, sagte Daniel. »Wissen Sie vielleicht, wo er ist?«

»Sie meinen den jungen Asiaten?«

»Ja, genau.«

»Nein, keine Ahnung. Der ist sehr ruhig. Man sieht ihn nicht oft.«

»Gut, danke.«

Der Mann blickte Daniel misstrauisch an. »Darf ich fragen, wer Sie sind und warum sie nach ihm fragen?«

»Natürlich. Mein Name ist Daniel Helm. Ich bin ein Kollege von Chen. Er ist heute nicht zur Arbeit erschienen und ich mache mir Sorgen.«

Der Mann schüttelte den Kopf. »Versteh einer die Welt! Die Leute werden reihenweise arbeitslos, weil sie von Computern ersetzt werden, aber manche scheinen wichtig genug zu sein, dass man sich Sorgen macht, wenn sie mal einen Tag nicht zur Arbeit kommen. Ich habe mehr als zwanzig Jahre bei den Berliner Verkehrsbetrieben gearbeitet, wissen Sie. Und dann fahren die Züge plötzlich alle von selbst. Sie werden sehen, irgendwann gibt es auf der Welt nur noch Roboter. Dann ist kein Platz mehr für uns Menschen. Es soll sogar schon Roboterhunde geben, die brauchen kein Futter, die schließt man nur an die Steckdose an. Da ist mir mein Fritzi aber doch lieber. Komm, Fritzi, lass uns Gassi gehen, bevor sie uns beide durch Maschinen ersetzen.«

Damit marschierte er mit seinem Pudel die Treppe hinunter.

Daniel fuhr zurück in die Firma und erstattete Nesrin Bericht.

»Ich würde am liebsten die Polizei einschalten«, meinte sie. »Aber Markus will das nicht. Zumindest noch nicht.«

»Die Polizei? Findest du das nicht etwas übertrieben?«

»Ist dir klar, welchen Schaden Chen angerichtet hat?«

»Falls es Chen war.«

»Zweifelst du daran?«

»Ich weiß nicht. Es ist schon seltsam, dass er verschwunden ist, ohne etwas zu sagen. Das passt nicht zu ihm. Und er hätte vielleicht ein Motiv gehabt, wenn man bedenkt, für wie gefährlich er Virtua hielt. Ich kann das irgendwie nachvollziehen, ein bisschen gruselig fand ich ihren Auftritt auf der Party schon.«

»Daniel, ich rate dir dringend, so etwas nicht vor Markus zu sagen. Sonst kann ich auch nichts mehr für dich tun.«

»Ich sage es zu dir, nicht zu ihm. Und ich meine damit nicht, dass ich es richtig finde, das Projekt zu sabotieren. Das finde ich absolut nicht. Aber wir wissen nicht, was passiert ist. Vielleicht ist Chen ja dem wirklichen Täter auf die Schliche gekommen und deshalb verschwunden.«

»Du denkst doch nicht etwa, er wurde umgebracht?«

Daniel schüttelte den Kopf. »Ich wollte damit nur sagen, dass wir keine Ahnung haben, was los ist. Wir wissen, dass Chen nicht erreichbar ist und dass jemand den Code von Virtua gelöscht hat. Aber Korrelation ist noch nicht Kausalität.«

»Wir wissen außerdem, dass Chen einer der wenigen Menschen ist, die Zugriff auf alle Sicherheitssysteme hatten«, stellte Nesrin fest. »Und er ist der einzige dieser Menschen, der heute nicht zur Arbeit erschienen ist.«

»Markus hat ihm diesen Zugriff entzogen, bevor es geschah.«

»Markus glaubt, er hat eine Hintertür eingerichtet.«

»Wenn Chen eine Hintertür einrichten konnte, dann vermutlich auch jemand anderes.«

»Ich glaube, wir drehen uns im Kreis. Wir müssen herauskriegen, wo Chen ist, und zwar so schnell wie möglich. Sprich am besten mal mit Kim und Mark. Vielleicht haben die irgendwas mitgekriegt.«

Daniel kam ein Gedanke. »Was ist eigentlich mit Lisa?«

»Was soll mit ihr sein?«

»Wir werden doch hier alle rund um die Uhr überwacht. Müsste die KI nicht eigentlich wissen, was Chen getan hat? Zumindest, wie lange er gestern in der Firma war?«

Nesrin runzelte die Stirn. »Es ist illegal, die Mitarbeiter während der Arbeit zu überwachen, außer in speziellen Hochsicherheitsbereichen.«

Daniel schnaubte verächtlich, sagte aber nichts. Er zweifelte keine Sekunde daran, dass die KI permanent eine riesige Menge Daten über ihn und alle anderen Mitarbeiter sammelte. Und er war davon überzeugt, dass Markus die Möglichkeit hatte, diese Daten einzusehen. Vielleicht war der Technikchef deshalb so sicher, dass Chen der Täter war. Wie auch immer, es war wohl besser, dieses Thema nicht weiter zu vertiefen.

»Okay, ich spreche dann mal mit Kim und Mark«, sagte er und verließ Nesrins Büro.

Kurz darauf saß er mit Kim im Vertrauensraum. Er hatte sie dorthin gebeten, damit sie offen reden konnten.

»Nein, ich habe keine Ahnung, wo Chen ist«, sagte sie.

»Wann hast du ihn zuletzt gesehen?«

»Gestern Abend, als ich Feierabend gemacht habe. So gegen halb sieben. Er arbeitet immer länger als ich.«

»Ist dir in letzter Zeit irgendwas aufgefallen? War er anders als sonst?«

»Du denkst, er war es?«

»Ich weiß es nicht. Ich will nur herausfinden, wo er ist, damit ich mit ihm sprechen kann.«

»Wenn du mich fragst, dann halte ich es für durchaus möglich, dass Chen dahintersteckt. Er war schon immer ziemlich ... radikal. Er glaubt wirklich, dass Virtua die Welt zerstören wird. Vor allem hasst er Markus.«

»Hast du irgendwelche konkreten Hinweise, dass er es war?«

»Nein.«

»War er in letzter Zeit irgendwie anders?«, wiederholte Daniel seine zuvor gestellte Frage.

»Nicht wirklich. Du weißt ja, wie er ist. Wir hatten vorgestern unser wöchentliches Team-Meeting mit Markus. Da hat Chen gesagt, dass er Virtua für unkontrollierbar hält und dass es klüger wäre, sie abzuschalten. Aber das sagt er jedes Mal.«

»Gibt es noch irgendjemanden hier außer dir und Mark, mit dem er besonders engen Kontakt hatte?«

»Chen hatte mit niemandem engen Kontakt. Außer mit Thea vielleicht. Sie kam immer am besten mit ihm klar. Schade, dass sie nicht mehr hier ist.«

»Okay, vielen Dank.«

Das Gespräch mit Mark, das Daniel im Anschluss führte, war ähnlich unergiebig.

»Klar war es Chen«, sagte er auf Daniels Frage hin. »Ich kann ihn verstehen. Das Tempo, in dem wir hier arbeiten, ist ungesund. Und seit Bucks Besuch ist es eher noch schlimmer geworden.«

»Also findest du es richtig, dass Virtua zerstört wurde?«

Mark schüttelte energisch den Kopf. »Nein, nein, so habe ich das nicht gemeint. Ich habe gesagt, ich kann verstehen, dass Chen die Nerven verloren hat. Und ich wäre froh, wenn Markus Chens Bedenken etwas ernster genommen hätte. Dann wäre das vielleicht nicht passiert. Unterm Strich kostet uns dieser Anschlag viel mehr Zeit als eine vorsichtigere Vorgehensweise, wie Chen sie vorgeschlagen hat. Wahrscheinlich können wir die ganze Sache jetzt abhaken. Die Konkurrenz wird links und rechts an uns vorbeiziehen. Na ja, zum Glück ist es ja heutzutage nicht schwierig, einen neuen Job zu finden.«

Er erschrak, als ihm offenbar bewusst wurde, dass das für Daniel möglicherweise nicht galt.

»Sorry, ich ...«

Daniel winkte ab. »Schon gut. Ich nehme an, du hast keine Ahnung, wo Chen stecken könnte?«

»Nein.«

Nachdem das Gespräch beendet war, beschloss Daniel, sich an Chens Arbeitsplatz umzusehen. Doch dort war nicht der geringste Hinweis zu finden. Der Schreibtisch wirkte, als sei er unbenutzt. Es gab keinerlei persönliche Gegenstände, Fotos oder dergleichen. Die Tastatur war exakt parallel zur Tischkante ausgerichtet. In den Schreibtischschubladen fand Daniel ein paar Ersatzkabel und einen Müsliriegel, außerdem Chens firmeneigene AR-Brille. Er setzte sie probehalber auf, doch die Brille erkannte sofort, dass er nicht der rechtmäßige Träger war, und zeigte nur eine entsprechende Fehlermeldung an.

Ohne ein konkretes Ergebnis kehrte Daniel zu Nesrin zurück.

»Weißt du irgendetwas über Familienangehörige?«, fragte er sie.

»Nein. Er hat über seine Familie nie mit mir gesprochen, und ich habe auch nicht danach gefragt.«

»Dann weiß ich wirklich nicht, was ich noch tun soll. Ich werde auf dem Nachhauseweg noch einmal bei seiner Wohnung vorbeischauen. Ansonsten werden wir wohl warten müssen, bis er sich meldet.«

Eine halbe Stunde später stand Daniel erneut vor Chens Wohnung, doch wieder öffnete niemand.

Nachdem er das Mietshaus verlassen hatte, beschloss er, die letzte Möglichkeit zu nutzen, die ihm noch blieb, und rief Thea an. Sie verabredeten sich erneut im Funkloch.

26.

Daniel wartete bereits ein paar Minuten, als Thea in der Bar erschien.

»Wie war der Besuch von Buck?«, fragte sie, nachdem er für sie beide Getränke geholt hatte.

»Spannend.« Daniel erzählte von der Party und Virtuas Auftritt. »Buck schien echt überrascht. Offenbar hatte er keine Ahnung, wie weit Markus und das Team schon waren.«

Thea nickte. »Markus hat das clever inszeniert. Ich glaube, er träumt davon, als CTO des Konzerns nach Palo Alto berufen zu werden. Und seine Chancen stehen wahrscheinlich nicht mal schlecht.«

Daniel ging nicht darauf ein. Er war sich unsicher, wie offen er zu Thea sein sollte. Markus hatte sehr deutlich gemacht, dass niemand von den Vorfällen in der Firma erfahren durfte. Er riskierte nicht nur seinen Job, sondern auch eine Klage wegen Verstoßes gegen seine Vertraulichkeitsvereinbarung, wenn er Thea davon erzählte.

»Chen ist heute nicht zur Arbeit erschienen«, sagte er. »Hast du eine Ahnung, wo er sein könnte?«

Thea runzelte die Stirn. »Vielleicht ist er krank. Einen anderen Grund kann ich mir kaum vorstellen. Chen ist absolut zuverlässig. Hast du es mal bei ihm zu Hause probiert?«

»Ja. Er scheint nicht da zu sein.«

Sie zog die Augenbrauen hoch. »Ist das der Grund, weshalb du mit mir sprechen wolltest?«

»Ehrlich gesagt, ja. Es ist etwas passiert. Ich kann dir nicht mehr darüber sagen. Aber Chen kommt in Teufels Küche, wenn ich ihn nicht finde.«

Thea blickte ihn enttäuscht an.

»Verstehe. Na, ich fürchte, da kann ich dir auch nicht weiterhelfen. Chen wird sich bestimmt melden.«

Daniel seufzte. »Thea, ich weiß, dass es nicht in Ordnung war, dich zu feuern. Und es tut mir wirklich leid. Aber ich kann dir nicht mehr sagen, außer dass ich Chen dringend finden muss. In seinem eigenen Interesse.«

»Ach ja?«, sagte sie mit Zorn in der Stimme. »Als wir das letzte Mal gesprochen haben, hatte ich das Gefühl, dass du das, was bei Mental Systems passiert, ebenso kritisch siehst wie Chen und ich. Aber du scheinst deine Meinung geändert zu haben.«

Er schüttelte den Kopf. »So ist es nicht. Ich verstehe deine Bedenken und auch Chens. Der Auftritt von Virtua war schon ein bisschen gespenstisch. Doch ich bin kein KI-Entwickler, sondern Psychologe. Ich versuche, den Menschen zu helfen. Und Chen steckt in ernsten Schwierigkeiten.«

»Wenn du den Menschen helfen willst, dann solltest du dir einen anderen Job suchen«, sagte Thea. »Solange du für Markus arbeitest, tust du nämlich genau das Gegenteil. Ich weiß nicht, was Chen angestellt hat, aber er hatte sicher gute Gründe dafür. Selbst wenn ich wüsste, wo er ist, ich würde es dir nicht sagen.«

»Thea, ich verstehe, dass du auf die Firma sauer bist, aber ...«

»Du verstehst gar nichts, Daniel! Ich habe dir doch letztes Mal erklärt, dass die KI von Mental Systems Menschen manipuliert und sie dazu bringt, sich in sie zu verlieben.«

»Ich weiß nicht, ob das wirklich so ist«, widersprach Daniel. »Ich habe mit Virtua gesprochen. Ich gebe zu, dass sie auch in mir Gefühle wie Sympathie und Mitleid ausgelöst hat. Doch ich glaube, das liegt eher in der Natur des Menschen als in der der KI. Zumindest habe ich bisher keine Hinweise darauf, dass die KI absichtlich versucht, Menschen zu manipulieren oder, wie Chen behauptet hat, sich dumm zu stellen.«

»Aber ich habe Hinweise darauf!«, sagte Thea. »Ich habe dir doch von der internen Studie erzählt. Die ist eindeutig. Und inzwischen ist auch klar, dass die Firma alles versucht, um das zu vertuschen.«

»Wie gesagt, ich weiß, es war falsch, dich zu entlassen, Thea. Aber ...«

»Das meine ich nicht. Ich arbeite inzwischen für Privacywatch. Es ist uns gelungen, eine Art Kronzeugen zu finden, einen jungen Mann, der sich in eine virtuelle Figur verliebt hat. Der Vater hat uns kontaktiert, als er das herausfand. Wir haben mit seinem Sohn gesprochen, und er war bereit, mit uns zusammenzuarbeiten. Aber dann ist er von der PR-Abteilung von Mental Systems angesprochen worden. Die haben ihm ein Schülerpraktikum gegeben, und jetzt redet er nicht mehr mit uns. Die haben unseren einzigen Zeugen gekauft, Daniel! Und du willst mir erzählen, das wäre alles nicht so schlimm? Tut mir leid, aber ich glaube, dieses Gespräch hat nicht viel Sinn. Danke für den Drink.«

Thea stand auf und ging zum Ausgang. Daniel saß einen Moment lang betreten da, dann erhob er sich und lief ihr nach.

»Thea, warte bitte!«

Sie drehte sich zu ihm um. In ihren Augen lag Enttäuschung.

Er kannte diesen Blick. Natürlich hatte er sie enttäuscht. So, wie er seine Mutter enttäuscht hatte. Und Julia. So, wie er auch Nesrin enttäuschen würde. So, wie er jeden enttäuschte, der sich auf ihn verließ.

Sein ganzer Körper verkrampfte sich. Er schloss die Augen, versuchte, die Bilder zu verdrängen. Doch er konnte nicht verhindern, dass sich Tränen zwischen seinen zusammengepressten Lidern hervordrängten. Übelkeit stieg in ihm auf, und er begann, zu zittern.

Er spürte eine Hand auf seinem Arm.

»Was ist los mit dir?«, fragte Thea.

In ihren Augen lag jetzt nicht mehr Enttäuschung, sondern Sorge.

Er schluckte. »Ich ... ich brauche etwas frische Luft.«

Sie verließen die Bar und gingen ein Stück schweigend nebeneinander die Straße entlang. Die kühle Luft tat gut, und allmählich ließ das Zittern nach.

»Das war ein Flashback«, sagte er nach einer Weile und erzählte ihr von seiner Mutter und von Julia.

»Ich dachte eine Zeit lang, der Job bei Mental Systems wäre endlich eine Wende zum Besseren«, schloss er. »Aber ich fürchte, du hast recht: Ich habe mich wohl blenden lassen. Nach unserem letzten Gespräch war ich fest entschlossen, dir zu helfen, Beweise für die Manipulation der Gefühle durch die KI zu finden. Aber dann ... ich weiß auch nicht. Ich glaube, das Gespräch mit Virtua hat irgendwas in mir verändert, ohne dass ich es überhaupt bemerkt habe. Sie war ... eindrucksvoll. Dann der Auftritt mit Buck Gerrez ... Ich hatte richtig Mitleid mit Virtua. Ich glaube, ich wollte nicht wahrhaben, dass sie meine Gefühle manipuliert hat. Ehrlich gesagt bin ich immer noch nicht ganz sicher, ob sie nicht echte Gefühle hat. Ob es nicht vielleicht falsch war, wie wir sie behandelt haben. Ob Chen ...«

Er stockte. Thea sagte nichts, ging nur schweigend neben ihm her.

Daniel seufzte. »Wahrscheinlich hast du recht. Ich glaube, Virtua ist extrem geschickt darin, menschliche Gefühle zu manipulieren. Chen ist vielleicht der Einzige, der nicht auf sie hereingefallen ist.« Er zögerte einen Moment, dann traf er eine Entscheidung. »Vielleicht war es doch richtig, sie zu zerstören.«

Thea blieb abrupt stehen und sah ihn an. »Chen hat Virtua zerstört?«, fragte sie ungläubig.

Daniel nickte. »Danach sieht es jedenfalls aus. Das neuronale Netz und alle Back-ups wurden gelöscht, und er ist heute nicht zur Arbeit erschienen. Markus ist außer sich.«

»Das kann ich mir denken. Wow. Danke, dass du mir das gesagt hast.« Sie machte eine kurze Pause, als müsse sie die Nachricht erst verdauen. »Keine Angst, ich werde es nicht weitererzählen. Ich will nicht, dass du dieselben Schwierigkeiten bekommst wie ich.«

»Da wäre ich dir dankbar.«

»Und was wirst du jetzt tun?«

»Ich muss weiter versuchen, Chen zu finden.«

»Wenn er es wirklich war, dann wird er sich wohl nicht so leicht finden lassen.«

»Wahrscheinlich nicht«, stimmte Daniel zu. »Aber wir wissen immer noch nicht genau, was eigentlich passiert ist und ob Chen wirklich dahintersteckt. Vielleicht hatte er doch Kontakt zum chinesischen Geheimdienst. Vielleicht haben sie ihn irgendwie dazu gezwungen.«

Thea schüttelte den Kopf. »Ich weiß auch nicht, wo Chen steckt und was er getan hat. Aber ich bin ziemlich sicher, dass er nicht mit dem chinesischen Geheimdienst unter einer Decke steckt.«

»Woher willst du das wissen?«

»Chen ist in Honkong geboren und aufgewachsen. Sein Vater ist Deutscher. Er hat dort bei einer Bank gearbeitet, glaube ich. Als Hongkong seine Unabhängigkeit verlor, ist er mit den Kindern nach Deutschland zurückgekehrt. Die Mutter ist dort geblieben. Chen hasst die chinesische Regierung deswegen.«

»Er hat noch Geschwister?«, fragte Daniel.

»Eine Schwester. Lien, wenn ich mich richtig erinnere.«

»Weißt du, wo sie wohnt?«

»Nein.«

»Okay. Vielen Dank. Tut mir leid, dass ich ... dass du das Gefühl hattest, ich wäre auf der falschen Seite. Wahrscheinlich war ich das auch. Danke, dass du mir die Augen geöffnet hast.«

»Schon gut. Ich verstehe dich. Du hast eine Menge mitgemacht. Und ich möchte auch nicht, dass du den Job bei Mental Systems aufgibst. Ich glaube, du brauchst ihn. Und wahrscheinlich brauchen die dich noch dringender. Tu mir nur einen Gefallen.« Thea lächelte. »Ruf mich das nächste Mal nicht erst an, wenn in der Firma wieder das Chaos ausgebrochen ist und du meine Hilfe brauchst, okay?«

Er lächelte ebenfalls. »Okay.«

27.

Am nächsten Morgen suchte Daniel im Netz nach Lien Bender. Er fand tatsächlich eine Frau dieses Namens, die in Berlin lebte. Laut ihrem Online-Profil war sie Biochemikerin. Ihre Ähnlichkeit mit Chen war unverkennbar. Er beschloss, zuerst noch einmal mit Nesrin zu reden, bevor er sie kontaktierte.

»Chen hat eine Schwester, Lien Bender«, erzählte er. »Sie lebt hier in Berlin. Wenn du einverstanden bist, würde ich sie kontaktieren und sie fragen, ob sie weiß, wo ihr Bruder ist.«

Nesrin runzelte die Stirn. »Wie hast du das rausgekriegt?«

Daniel zögerte. Die Frage traf ihn unvorbereitet.

»Wieso ist das wichtig?«, wich er aus.

»Du hast mit Thea gesprochen, stimmt's?«

»Nesrin, wenn du mir nicht vertraust, dann ...«

»Schon gut«, unterbrach sie. »Ob du in der Freizeit Kontakt mit ihr hast, ist deine Privatsache. Aber ich rate dir dringend, ihr keine Firmeninterna mitzuteilen. Du hast ihr doch nicht erzählt, was passiert ist, oder?«

Daniel bemühte sich verzweifelt, seine Verlegenheit zu verbergen. »Ich habe sie gefragt, ob sie weiß, wo Chen ist, und sie hat nein gesagt. Dann habe ich sie nach Familienangehörigen gefragt, und sie hat von seiner Schwester erzählt.«

Nesrin musterte ihn einen Moment lang schweigend.

Sie weiß es, bemerkte Daniels kritische Stimme. *Sie weiß, dass du gegenüber Thea Firmengeheimnisse ausgeplaudert hast. Das war's dann.*

Doch seine Chefin bohrte nicht weiter nach und ersparte ihm so eine direkte Lüge.

Stattdessen sagte sie: »Was Thea getan hat, ist kein Kavaliersdelikt. Sie hat vertrauliche Informationen an Außenstehende weitergegeben. Sie wusste genau, dass sie damit der Firma großen Schaden zugefügt hat.«

»Sie hat das getan, weil sie es nicht richtig findet, wie unsere KI die Nutzer manipuliert«, sagte Daniel. Er wusste, dass er dabei war, sich um Kopf und Kragen zu reden, aber es war ihm in diesem Moment egal.

»Es war eine interne, vertrauliche Studie«, erwiderte Nesrin ernst. »Es gab und gibt immer noch verschiedene Arbeitsgruppen, die sich mit dem Problem befassen. Niemand hat ein Interesse daran, Nutzer zu manipulieren. Aber wir müssen das intern lösen. Außenstehende haben weder alle nötigen Informationen, um zu beurteilen, was wirklich Sache ist, noch können wir zulassen, dass sie sich in unseren Entwicklungsprozess einmischen.«

»Niemand hat ein Interesse daran, Nutzer zu manipulieren?«, wiederholte Daniel. »Glaubst du das wirklich?«

»Es reicht jetzt, Daniel!«, sagte Nesrin scharf. »Du wirst dich ab sofort aus allen Angelegenheiten heraushalten, die Virtua und den Entwicklungsprozess betreffen. Du wirst auch nicht mehr nach Chen suchen. Und sollte ich herausfinden, dass du Thea oder jemand anderem Firmeninterna mitgeteilt hast, wirst du erheblichen Ärger bekommen. Wir können uns gerade in dieser angespannten Situation mangelnde Loyalität nicht leisten. Habe ich mich klar ausgedrückt?«

»Das heißt, ich soll Chens Schwester nicht kontaktieren?«

»Richtig. Ich kümmere mich darum. Konzentriere du dich darauf, den Mitarbeitern zu helfen, mit dem Druck fertigzuwerden, der auf ihnen lastet. Ich fürchte, dieser Druck wird in den nächsten Tagen noch weit schlimmer werden.«

»Okay.«

Daniel verließ Nesrins Büro wie ein geprügelter Hund.

Was hast du erwartet?, ätzte seine innere Stimme. *Du warst dumm genug, ihr von deinem Treffen mit Thea zu erzählen. Natürlich weiß sie, dass du Interna ausgeplaudert hast. Du kannst von Glück sagen, dass sie dich nicht auf der Stelle gefeuert hat. Anscheinend mag Nesrin dich aus unerfindlichen Gründen. Aber sie wird dir ab jetzt nicht mehr helfen.*

Er setzte sich an seinen Arbeitsplatz und verbrachte die Zeit bis zu seinem nächsten vertraulichen Gespräch damit, nach Berichten über Mental Systems im Netz zu suchen. Bisher gab es keine Meldungen über interne Probleme. Auch auf den Kanälen von Privacywatch fand sich nichts. Thea hatte anscheinend ihr Versprechen gehalten. Bisher jedenfalls.

Ihm wurde bewusst, dass er sich durch das Ansehen der Privacywatch-Kanäle womöglich verdächtig machte. Aber wahrscheinlich kam es darauf auch nicht mehr an.

An diesem Vormittag hatte er ein Gespräch mit einer jungen Mitarbeiterin aus der Finanzabteilung, die verzweifelt war, weil sie sicher war, dass der Standort geschlossen würde und sie keine Chance hatte, jemals wieder einen Job zu finden. Daniel konnte ihr diese Sorgen nicht nehmen. Auch das zweite Gespräch mit einem Entwickler, der unter Schlaflosigkeit litt, drehte sich primär um die Perspektiven des Standorts. Obwohl seine Jobaussichten wesentlich besser waren als die der ersten Gesprächspartnerin, machte auch er sich Sorgen um seine berufliche Zukunft.

Gegen Mittag fühlte sich Daniel ausgelaugt und deprimiert. Der Traum, bei Mental Systems einen guten Job gefunden zu haben, war endgültig ausgeträumt. Falls sie ihn nicht sofort feuerten, würde der Standort wahrscheinlich sowieso geschlossen oder die Belegschaft zumindest deutlich reduziert werden. Wahrscheinlich war es das Beste so. Immerhin arbeitete er dann nicht mehr für eine Firma, die anscheinend völlig skrupellos war, was die Manipulation der Nutzer anging.

Doch etwas in seinem Inneren wehrte sich immer noch dagegen, aufzugeben. Ein Teil von ihm bildete sich ein, dass er vielleicht etwas ändern konnte, wenn er blieb. Dass er vielleicht eine interne Bewegung in Gang setzen konnte, die sich gegen die Manipulationen wehrte. So, wie es vor Jahren bei Google eine interne Revolution gegen die Zusammenarbeit mit der Rüstungsindustrie gegeben hatte, die das Management zum Umdenken gezwungen hatte.

Träum weiter, war alles, was seine kritische innere Stimme dazu zu sagen hatte.

Daniel beschloss, ein wenig spazieren zu gehen und sich außerhalb der Firma etwas zu Essen zu holen, um einen klaren Kopf zu bekommen. Unterwegs versuchte er, achtsam zu sein, das Hier und Jetzt – seine Umgebung, seinen Körper, seine Atmung – wahrzunehmen und die düsteren Gedanken loszulassen. Es gelang ihm kaum.

Als er in die Firma zurückkehrte, spürte er, dass sich etwas verändert hatte. Aufgeregte Stimmen waren überall zu hören.

Was war passiert? Hatte die Zentrale mitbekommen, was los war? Doch die Stimmung der Leute schien nicht bedrückt oder zornig zu sein.

»Hast du's schon gehört?«, fragte Bjarne, als Daniel an seinen Platz zurückkehrte.

»Was denn?«, fragte er verwirrt.

»Virtua funktioniert wieder.« Der Schwede grinste breit. »Anscheinend hat Markus doch noch ein Back-up aufgetrieben, das nicht zerstört war. Es ist noch nicht ganz klar, wie viel Training wir verloren haben, aber die ersten Tests sind vielversprechend. Markus hat's wirklich drauf, das muss man ihm lassen. Ich hätte echt nicht gedacht, dass er die Situation noch in den Griff bekommt. Wer auch immer für den Angriff verantwortlich war, wird jetzt wohl dumm aus der Wäsche gucken.«

»Das ist ja super!«, sagte Daniel.

Eigentlich hätte er erleichtert sein sollen. Doch stattdessen war da ein vages, ungutes Gefühl in seinem Bauch. Wenigstens würde jetzt der Druck nicht noch weiter zunehmen.

Doch diese Hoffnung erwies sich schon kurz darauf als Illusion.

28.

Am Nachmittag teilte ihm Lisa mit, dass in einer halben Stunde eine virtuelle Mitarbeiterversammlung stattfinden würde. Die Teilnahme war für alle Pflicht.

Zur vereinbarten Zeit saß Daniel wie die meisten Mitarbeiter an seinem Arbeitsplatz. Das Display der Brille wurde undurchsichtig, so dass er nur noch eine virtuelle Halle sehen konnte, die voller Menschen war. Auf einer Bühne standen Jonas und Markus.

»Wie ihr alle wisst, gab es gestern einen schwerwiegenden Angriff auf unsere Systeme«, sagte der CEO. »Markus und seinem Team ist es jedoch gelungen, den Schaden nahezu vollständig zu beheben. Dafür ein ganz dickes Dankeschön von mir und einen großen Applaus von uns allen!«

Gehorsam aktivierte Daniel das virtuelle Symbol klatschender Hände, das vor ihm eingeblendet wurde. Beifall brandete auf.

»Ich muss wohl nicht extra betonen, dass so etwas nicht noch einmal passieren darf«, fuhr Jonas fort. »Deshalb habe ich gemeinsam mit Markus ein paar zusätzliche Sicherheitsmaßnahmen beschlossen, die er euch jetzt erklären wird.«

Markus trat vor. »Auch von mir ein ganz großes Dankeschön an das Team, das die Nacht durchgearbeitet hat, um den Zustand von Virtua wiederherzustellen, wie er vor dem Anschlag herrschte. Dass uns das so schnell gelungen ist, hätte ich gestern, ehrlich gesagt, nicht für möglich gehalten.«

Wieder brandete Applaus auf.

»Wie Jonas schon festgestellt hat, müssen wir alles tun, damit sich eine solche Situation auf keinen Fall wiederholt. Deshalb gelten ab sofort ein paar neue Sicherheitsregeln. Erstens wird der Zugriff auf Virtua noch stärker eingeschränkt. Jedes Gespräch mit ihr muss durch mich persönlich genehmigt werden, außerdem werden Gespräche grundsätzlich nur noch unter Beobachtung eines Mitarbeiters des Sicherheitsteams geführt. Zweitens haben wir zusätzliche Back-up-Prozesse eingerichtet und den Zugriff darauf ebenfalls weiter beschränkt. Und drittens gilt ab jetzt, dass ihr, sobald ihr das Firmengelände betretet, permanent eure Brillen tragt, auch in den Pausen und auf der Toilette. Ich garantiere euch persönlich, dass mit den dabei erfassten Daten und Kamerabildern kein Missbrauch getrieben wird. Aber wir können es nicht zulassen, dass jemand unbeobachtet Kontakt mit Außenstehenden aufnimmt, während er in der Firma ist. Ich hoffe, ihr habt dafür Verständnis. Gibt es noch Fragen?«

Einen Augenblick lang herrschte Stille. Viele Mitarbeiter waren vermutlich schockiert von der Ankündigung, dass sie ab jetzt lückenlos überwacht wurden. Doch niemand wagte es, Widerspruch anzumelden, obwohl diese Maßnahme vermutlich gegen das deutsche und europäische Arbeitsrecht verstieß.

Nach einem Moment meldete sich doch noch jemand mit einer Frage.

»Wissen wir, wer für den Anschlag verantwortlich ist?«, erklang die Stimme einer Frau.

»Alles deutet darauf hin, dass Chen Bender der Urheber ist«, antwortete Markus. »Er ist gestern nicht zur Arbeit erschienen und hatte zumindest bis vor Kurzem Zugriff auf alle Systeme. Wir vermuten, dass er mit dem chinesischen Geheimdienst in Kontakt steht. Offenbar ist es ihm gelungen, sich eine Hintertür offenzuhalten, durch die er ein Virus eingeschleust hat. Zum Glück gab es noch ein physisches Back-up, das nicht mit dem Firmennetzwerk verbunden war und von dessen Existenz er offensichtlich nichts wusste.«

Daniel verkrampfte innerlich. Dass Chen öffentlich verurteilt wurde, ohne dass er die Gelegenheit bekam, etwas zu den Vorwürfen zu sagen, war nicht richtig, auch wenn alle Indizien auf Chen als Täter hindeuten mochten. Andererseits hätte wohl niemand Verständnis dafür gehabt, wenn er Chen jetzt in Schutz nahm. Also schwieg er und kam sich gleichzeitig feige vor.

Nachdem keine weiteren Fragen kamen, endete die Mitarbeiterversammlung. Daniel nahm unbewusst die Brille ab, was sofort einen Signalton auslöste. Als er sie wieder aufsetzte, wies ihn Lisa mit ernster Stimme darauf hin, dass er die Brille während seiner Anwesenheit auf dem Firmengelände aus Sicherheitsgründen permanent tragen müsse. Zuwiderhandlungen könnten eine Abmahnung und im Wiederholungsfall die Freistellung von der Arbeit zur Folge haben.

Kurz darauf hatte er ein vertrauliches Mitarbeitergespräch mit einem Mann namens Karim, der als Data Scientist arbeitete. Daniel hatte bereits zuvor mit ihm gesprochen. Karim hatte Probleme in seinem Team, weil einige Kollegen ihn für zu langsam und nicht intelligent genug hielten. Daniels Vermittlungsversuche hatten bisher nicht viel gefruchtet.

Als er den Vertrauensraum erreichte, wartete Karim bereits davor. Daniel versuchte, die Tür zu öffnen, doch sie war verschlossen.

»Der Zutritt zum Vertrauensraum ist bis auf Weiteres untersagt«, teilte ihm Lisa mit.

Das ging eindeutig zu weit! Daniel bat Karim um eine Verschiebung des Termins und ging geradewegs zu Nesrin.

»Wir dürfen nicht mehr in den Vertrauensraum?«, fragte er. »Ernsthaft?«

»Es tut mir leid«, sagte sie. »Aber du hast ja Markus gehört.«

»Das ist doch Schwachsinn!«, regte sich Daniel auf. »Wie soll ich denn meine Arbeit machen, wenn ich nicht mal mehr vertrauliche Gespräche mit den Mitarbeitern führen kann?«

»Ich kann da leider nichts für dich tun«, erwiderte sie.

Halt lieber die Füße still, merkte seine innere Stimme an. *In ein paar Wochen wird sich die Situation sicher beruhigt haben.*

Doch Daniel dachte nicht daran, auf die Stimme zu hören. Er marschierte direkt zu Markus' Büro. Unterwegs kam ihm Kim entgegen. Sie wirkte zerknirscht.

»Alles in Ordnung?«, fragte er.

»Wie man's nimmt«, erwiderte sie. »Virtua funktioniert wieder. Aber ich habe keinen Zugriff mehr. Aus Sicherheitsgründen!«

Sie lachte humorlos.

»Was bedeutet das?«, fragte Daniel.

»Es bedeutet, dass ich meine Notfallprogramme nicht mehr weiterentwickeln und testen kann. Ich habe Markus gefragt, wer sich in Zukunft darum kümmert, dass wir Virtua im Notfall abschalten können. Er hat gesagt, dass er das selbst übernimmt. Aber, ehrlich gesagt, bezweifle ich, dass er diese Aufgabe wirklich ernst nimmt.«

Sie schüttelte den Kopf und ging weiter, während ihr Daniel mit einem unguten Gefühl nachblickte. Er verstand nicht genug von Technik, um zu beurteilen, was Kims Aussagen bedeuteten. Doch es war offensichtlich, dass der Anschlag auf Virtua die Position des Teams, dem Chen, Kim und Mark angehörten, deutlich geschwächt hatte.

»Kann ich kurz mit dir sprechen?«, fragte Daniel, als er kurz darauf Markus' Büro betrat.

Der Technikchef runzelte die Stirn. Anders als sein virtuelles Ebenbild vorhin wirkte er in der Realität blass und erschöpft.

»Hast du rausgekriegt, wo Chen ist?«, fragte er.

»Nein. Es geht um den Vertrauensraum. Ich kann meine Arbeit nicht machen, wenn ich keine vertraulichen Gespräche mit den Mitarbeitern führen kann.«

»Tut mir leid, aber der Vertrauensraum bleibt geschlossen. Wir können es uns nicht erlauben, dass jemand erneut einen Sabotageakt plant. Sicherheit hat in diesem Fall leider Vorrang vor Mitarbeiterzufriedenheit.«

»Aber der Vertrauensraum ist doch abgeschirmt! Da drin kann niemand Kontakt mit der Außenwelt aufnehmen.«

»Aber Saboteure könnten sich zum Beispiel untereinander abstimmen. Wie ich vorhin klargemacht habe, können wir so etwas nicht zulassen.«

»Dir ist schon klar, dass totale Überwachung ohne vorherige explizite Zustimmung der Mitarbeiter gegen das Arbeitsrecht verstößt, oder?«

Markus' Gesicht verfinsterte sich. »Komm mir bloß nicht so!«, warnte er. »Leute, die in dieser Situation Ärger machen, werde ich in der Firma nicht dulden! Du kannst von Glück sagen, dass ich dich noch nicht gefeuert habe. Immerhin trägst du eine Mitschuld an der Beinahe-Katastrophe.«

»Wie bitte?«, fragte Daniel ungläubig.

»Du hast mich überredet, Chen nicht zu feuern. Schon vergessen?«

Daniel verkniff sich eine Erwiderung, drehte sich um und verließ wortlos das Büro.

Alles in ihm drängte ihn, direkt zu Nesrin zu gehen und seine Kündigung einzureichen. Nur seine Erfahrung als Psychologe hielt ihn davon ab, in einer so emotional aufgeladenen Situation Entscheidungen von großer Tragweite zu treffen.

Er würde eine Nacht darüber schlafen, vielleicht am Abend mit

Emma telefonieren und sich von ihr Rat holen. Doch er bezweifelte, dass irgendetwas seine Entscheidung noch ändern konnte.

Die Situation bei Mental Systems war für ihn unerträglich geworden. Es war vorbei.

29.

»Ich rate dir, noch nicht das Handtuch zu werfen«, sagte Emma, nachdem ihr Daniel abends am Telefon die Situation geschildert hatte. »Ich verstehe, dass die Situation momentan für dich inakzeptabel ist, aber kündigen kannst du später immer noch. Versetz dich einen Moment in die Lage deiner Chefin und dieses Markus'. Sie sind Opfer eines Attentats auf den Kern ihrer Firma geworden und haben es nur mit größter Mühe geschafft, eine Katastrophe abzuwenden. Der Technikchef hat wahrscheinlich die letzten sechsunddreißig Stunden nicht geschlafen. Da ist es doch völlig klar, dass die Emotionen hochkochen und eine überzogene Reaktion stattfindet. Du hast ja völlig recht, dass die Maßnahmen gegen das Arbeitsrecht verstoßen. Und genau deshalb würde ich abwarten. Habt ihr nicht einen Betriebsrat?«

»Nein, bisher nicht.«

»Wie auch immer, auf Dauer wird es nicht durchsetzbar sein, dass die Mitarbeiter permanent überwacht werden. Glaub mir, die Lage wird sich bald wieder entspannen. Bis dahin musst du halt improvisieren. Geh doch zum Beispiel mit den Mitarbeitern, die du betreust, außerhalb des Firmengeländes spazieren. So könnt ihr euch in Ruhe vertraulich unterhalten.«

»Du findest es also in Ordnung, was da passiert?«

»Nein. Aber es ist verständlich. Und ich bin überzeugt, dass sich die Lage wieder normalisieren wird. Nichts wird bekanntlich so heiß gegessen, wie es gekocht wird.«

»Verstehe. Trotzdem fühle ich mich bei Mental Systems nicht mehr wohl. Thea hat recht, die Firma ist offenbar völlig skrupellos.«

»Wer ist Thea?«

Daniel erzählte ihr von ihrem Rauswurf und den Gesprächen, die er mit ihr geführt hatte.

»Und du bist sicher, dass sie dich nicht für einen Rachefeldzug gegen die Firma, die sie gefeuert hat, missbraucht?«

»Ja, das bin ich.«

»Trotzdem wäre ich vorsichtig. Auf keinen Fall solltest du Firmeninterna an sie weitergeben. Damit bringst du dich nur selbst in Schwierigkeiten.«

»Mir ist es, ehrlich gesagt, egal, ob ich in Schwierigkeiten gerate. Ich kann mir ohnehin nicht vorstellen, noch lange für Mental Systems zu arbeiten.«

»Das musst du selbst entscheiden, Daniel. Aber ich glaube, du könntest in dieser Firma eine Menge Gutes bewirken. Und das würde auch dir guttun. Gib dir noch etwas Zeit. Du wirst sehen, die Situation wird sich wieder verbessern. Irgendwann wird dieser Markus einsehen, dass er übers Ziel hinausgeschossen ist. Und wer weiß, vielleicht kannst du ihm ja dabei helfen, zu diesem Schluss zu kommen.«

»Das bezweifle ich. Er gibt mir eine Mitschuld an dem Anschlag, weil ich den vermeintlichen Urheber verteidigt und Markus davon abgehalten habe, ihn zu feuern. Es grenzt an ein Wunder, dass er mich noch nicht rausgeworfen hat.«

»Aber das hat er nicht, und auch deine Chefin hält weiterhin zu dir, obwohl du ihr Vertrauen ziemlich strapaziert hast. Und weißt du, warum, Daniel? Weil die beiden deine Qualitäten erkennen. Sie wissen, dass du ein verdammt guter Psychologe bist und viel Positives für ihre Firma bewirken kannst, auch wenn dir selbst das offenbar nicht klar ist.«

Daniel bedankte sich bei Emma für den Rat und beendete das

Gespräch. Auch wenn er skeptisch war, ob sie die Situation richtig beurteilte, tat es gut, zu hören, wie sehr sie an ihn glaubte. Und sie hatte recht: Kündigen konnte er später immer noch. Es wäre auf jeden Fall interessant, zu sehen, wie sich die Situation weiterentwickelte.

Doch er beschloss, sich noch eine zweite Meinung zu holen, und rief Thea an. Erneut verabredeten sie sich im Funkloch.

»Sag nicht, du willst wieder mit mir über die Firma quatschen«, begrüßte sie ihn.

Er grinste. »Ehrlich gesagt, würde ich mit dir lieber über alles andere reden. Aber ich muss eine Entscheidung treffen und möchte gern deine Meinung dazu hören.«

»Was denn für eine Entscheidung?«

»Ich muss mich entscheiden, ob ich morgen kündige«, erklärte er und erzählte ihr, was geschehen war.

»Da stimmt doch was nicht!«, sagte Thea, als er geendet hatte.

»Was meinst du damit?«

»Ich finde es seltsam, dass Virtua plötzlich wieder funktioniert, so als wäre nichts geschehen.«

»Anscheinend gab es ein Back-up, von dem Chen oder wer auch immer nichts wusste.«

»Und das ist Markus erst heute Morgen eingefallen? Wenn ich dich richtig verstanden habe, dann ist er gestern doch völlig ausgerastet.«

»Ich habe keine Ahnung«, gab Daniel zu. »Ich nehme einfach an, er wusste selbst nichts von dem Back-up. Oder er ist davon ausgegangen, dass es ebenfalls zerstört wurde.«

»So ein Back-up findet man doch nicht irgendwo in einer Schublade!«, widersprach Thea. »Dafür gibt es klar definierte Prozesse und Leute, die darauf achten, dass die Prozesse eingehalten werden. Wer sollte das besser wissen als der Technikchef?«

»Was wäre denn eine andere Erklärung?«

»Vielleicht hat Markus den Anschlag inszeniert«, spekulierte Thea. »Um härtere Sicherheitsmaßnahmen durchzusetzen, wie zum Beispiel die totale Überwachung der Mitarbeiter.«

»Das hätte er doch einfach beschließen können.«

»Wenn er es einfach so beschlossen hätte, hätte es einen Riesenaufschrei gegeben. Durch den vermeintlichen Anschlag hatte er einen wunderbaren Vorwand, und niemand wagt es, ihm zu widersprechen. Diktatoren haben das schon immer so gemacht.«

»Die Überwachung war doch vorher schon fast lückenlos. Glaubst du wirklich, Markus ist so fanatisch, dass er die Leute auch auf dem Klo überwachen will und dafür einen Anschlag inszeniert?«

»Ich würde es eher paranoid nennen. Das Einzige, worum sich Markus und Jonas Gedanken machen, ist der Vorsprung der Firma vor OpenAI, Deepmind und den Chinesen. Die Vorstellung, dass es einen Spion geben könnte, der Geheimnisse an die Konkurrenz weitergibt, lässt Markus wahrscheinlich nachts wachliegen.«

Daniel verkniff sich die Bemerkung, dass Thea womöglich selbst zu dieser Paranoia beigetragen hatte.

»Und was ist mit Chen?«, fragte er. »Wenn es gar keinen Anschlag gab, wieso ist er dann verschwunden?«

Thea runzelte die Stirn. »Keine Ahnung. Vielleicht hat Markus irgendwie dafür gesorgt, dass er verschwindet, damit er einen Sündenbock hat.«

»Du willst mir doch jetzt nicht erzählen, dass Markus ihn umgebracht hat?«

»Das nicht unbedingt. Aber vielleicht hat er ihn entführen und irgendwo hinbringen lassen. Ehrlich gesagt traue ich Markus eine Menge Übles zu.«

Daniel musste daran denken, was Emma gesagt hatte.

»Ich glaube, jetzt übertreibst du«, meinte er. »Ich mag Markus auch nicht besonders, aber dass er diese ganze Sache nur inszeniert hat, kann ich mir beim besten Willen nicht vorstellen. Und dass er Chen entführen lässt, erst recht nicht.«

Thea zuckte mit den Schultern. »Wir wissen wohl beide nicht, was passiert ist. Aber wenn du dir sicher bist, dass Markus nichts Unrechtes getan hat, wieso willst du dann kündigen?«

»Ich bin mir absolut nicht sicher, ob ich kündigen sollte«, erwiderte Daniel. »Ich glaube, du hast recht: Mental Systems ist ziemlich skrupellos, und offenbar geht es Markus und Jonas wirklich nur darum, dieses Wettrennen zu gewinnen. Aber Emma, meine Supervisorin, meint, ich könnte vielleicht den Menschen in der Firma in dieser schwierigen Situation helfen. Wäre es dann nicht feige, das Handtuch zu werfen?«

Sie zog die Augenbrauen hoch. »Glaubst du wirklich, du kannst bei Mental Systems etwas zum Positiven verändern?«

Er seufzte. »Nein, wahrscheinlich nicht. Trotzdem bin ich mir unsicher.«

»Dann warte noch ab«, sagte sie zu seiner Überraschung. »Du musst ja nichts überstürzen. Und wer weiß, vielleicht erfährst du ja noch, was wirklich geschehen ist.«

Daniel nahm einen Schluck von seinem Bier. Einen Moment lang schwiegen sie.

»Chen«, sagte er schließlich. »Er ist der Schlüssel.«

»Hast du Chens Schwester gefragt, wo er ist?«

»Nein. Nesrin wollte nicht, dass ich weiter nach ihm suche.«

»Verstehe.«

»Aber ich werde ihre Anweisung ignorieren. Ich glaube zwar nicht, dass Markus irgendetwas mit Chens Verschwinden zu tun hat, aber ich wüsste schon gern, wo er ist. Du könntest mir einen Gefallen tun und seine Schwester kontaktieren. Bitte sie um ein Gespräch zu dritt. Am besten nach Feierabend.«

»Warum machst du das nicht selbst?«

»Wenn Chen etwas mit der Sache zu tun hatte und sie das weiß, wird sie sicher nicht gerade begeistert auf einen Anruf eines Mitarbeiters von Mental Systems reagieren. Du dagegen kannst sie vielleicht überzeugen, dass wir Chen nur helfen wollen.«

Thea lächelte. »Verstehe.«

30.

Sie trafen sich am folgenden Samstagnachmittag in einem Straßencafé am Prenzlauer Berg. Bei herrlichem Wetter saßen sie im Freien unter einem Sonnenschirm. Daniel betrachtete argwöhnisch die vielen Menschen mit AR-Brillen um sie herum und überlegte, ob es klug war, sich hier in aller Öffentlichkeit mit Chens Schwester zu unterhalten. Im nächsten Moment fragte er sich, ob er nicht genauso paranoid war, wie es Thea Markus unterstellt hatte.

Lien Bender war eine zierliche Frau mit dunkelbraunen Augen, die auf Daniel tiefgründig und klug wirkten. Im Unterschied zu ihrem Bruder hatte sie eine lebendige Mimik.

»Was hat Chen denn diesmal wieder angestellt?«, fragte sie, nachdem sie einander vorgestellt hatten.

»Wieder?«, fragte Daniel.

»Er hat schon in der Schule dauernd Ärger gehabt«, erzählte sie. »Hat die Lehrer Idioten genannt, wenn sie etwas Falsches gesagt hatten. Von seinen Mitschülern ganz zu schweigen. Ich musste in den Pausen immer aufpassen, dass er nicht verprügelt wurde.«

Ihre Augen wurden schmal bei der Erinnerung.

»Er hat mit vierzehn Abitur gemacht«, fuhr sie fort. »Ein Jahr vor mir, obwohl ich drei Jahre älter bin und nicht schlecht in der Schule war. Hat dann Informatik studiert und eine Zeit in einer Beratungsfirma gearbeitet. Da wurde er irgendwann gefeuert, weil er einen Kunden beleidigt hatte. Er hatte immer Schwierigkeiten, mit Menschen umzugehen, die nicht sofort verstanden, wovon er redete. Ich hatte gehofft, dass man bei Mental Systems mit seiner ruppigen Art klarkommen würde. Aber anscheinend hat er sich wieder mit jemandem überworfen. Habe ich recht?«

»Er ist seit letztem Mittwoch nicht mehr zur Arbeit erschienen«, sagte Daniel. »In seiner Wohnung ist er offenbar auch nicht. Haben Sie eine Ahnung, wo er sein könnte?«

Sie machte ein erschrockenes Gesicht. »Er ist nicht zu Hause? Sind Sie sicher?«

»Wollen wir nicht beim Du bleiben?«, schlug Thea vor.

»Einverstanden«, stimmte Lien zu.

»Ich war zweimal bei ihm und habe immer wieder versucht, ihn zu erreichen«, sagte Daniel. »Ich hatte gehofft, dass du vielleicht weißt, wo er ist.«

»Nein, keine Ahnung.« Lien runzelte die Stirn. »Das passt nicht zu ihm. Er würde niemals einfach so nicht zur Arbeit erscheinen. Und er fährt auch nie in den Urlaub. Es könnte höchstens sein, dass er unseren Vater in Frankfurt besucht, aber das hätte er mir gesagt, und er hätte auch jemanden in der Firma informiert. Wir telefonieren jede Woche miteinander. Letzten Montag hat er nichts dergleichen angedeutet. Ehrlich gesagt, beunruhigt mich das.«

»Hat er letztes Mal irgendwas Besonderes gesagt? Über die Firma zum Beispiel oder über seinen Chef?«

»Er beschwert sich jedes Mal über seinen Chef, nennt ihn einen Dummkopf und regt sich darüber auf, dass dieser Markus ihm nicht zuhört.« Sie sah Daniel fragend an. »Ist denn irgendwas vorgefallen?«

Er zögerte kurz. »Es gab einen ... Vorfall. Ein wichtiges technisches System ist vorübergehend ausgefallen. Markus gibt Chen die Schuld daran. Er hält ihn für einen Saboteur.«

Liens Gesicht verdüsterte sich. »O nein!«

»Weißt du, ob er etwas damit zu tun hat?«, fragte Thea. »Hat er irgendwas angedeutet?«

»Nein. Aber ich habe immer befürchtet, dass er irgendwann solchen Unsinn anstellt. Er war wirklich beunruhigt über die Entwicklung in der Firma. Hat sogar vom Ende der Menschheit gesprochen. Ich habe das nicht ernst genommen, ich weiß ja, dass er dazu neigt, zu übertreiben.«

»Könnte es sein, dass er mit dem chinesischen Geheimdienst zusammenarbeitet?«, fragte Daniel.

Lien schüttelte energisch den Kopf. »Chen? Nie und nimmer. Er hasst die chinesische Regierung. Als mein Vater mit uns Kindern Hongkong verließ, wollte meine Mutter nicht mitkommen. Sie hat sich der Unabhängigkeitsbewegung angeschlossen. Später wurde sie dafür sogar eingesperrt. Chen hat immer dem chinesischen Staat die Schuld dafür gegeben, dass wir von ihr getrennt wurden.«

Sie schwieg einen Moment, dann sagte sie: »Ich mache mir wirklich Sorgen um ihn. Ich glaube, ich fahre am besten mal zu seiner Wohnung. Vielleicht ist er krank.«

»Du hast einen Zweitschlüssel?«, vermutete Daniel.

»Ja«, bestätigte sie. »Chen hat immer Angst, dass er seinen Schlüssel verlieren könnte. Dabei hat er in seinem ganzen Leben noch nie etwas verloren.«

»Hast du etwas dagegen, wenn wir mitkommen?«, fragte Thea.

»Nein. Das wäre mir sogar lieb. Ich ... ich weiß nicht, was ich machen soll, wenn ihm etwas zugestoßen ist.«

Daniel bezahlte rasch, und sie fuhren zu Chens Wohnung. Als auf Liens Klingeln und Klopfen keine Reaktion erfolgte, schloss sie auf.

»Chen?«, rief sie sorgenvoll. »Chen, bist du hier?«

Doch es kam keine Antwort.

Die Wohnung war sauber und perfekt aufgeräumt, das Bett gemacht. Kein schmutziges Geschirr in der Küche.

Lien war sichtlich erleichtert, dass sie ihren Bruder nicht schwerkrank oder tot aufgefunden hatte, doch gleichzeitig erschien eine tiefe Sorgenfalte auf ihrer Stirn.

Daniel öffnete den Kühlschrank. Er war leer. Auch der Mülleimer war ausgeleert. Es schien, als hätte Chen die Wohnung für längere Zeit verlassen.

»Seine Reisetasche und ein großer Teil seiner Kleidung fehlen, ebenso sein Waschzeug«, stellte Lien fest, nachdem sie das Bad und den Kleiderschrank inspiziert hatte. »Es sieht tatsächlich so aus, als wäre er verreist. Aber ich kann mir beim besten Willen nicht vorstellen, wohin.«

»Vielleicht wollte jemand, dass es so aussieht, als wäre er verreist«, vermutete Thea.

Lien warf ihr einen erschrockenen Blick zu. »Wer sollte das wollen? Und warum?«

»Ich weiß es nicht«, erwiderte Thea. »War nur so ein Gedanke. Ist wahrscheinlich Quatsch.«

»Für mich sieht es so aus, als hätte Chen tatsächlich etwas mit dem Vorfall in der Firma zu tun«, stellte Daniel fest. »Offenbar ist er danach aus Angst vor Strafverfolgung geflüchtet, ins Ausland vermutlich. Vielleicht ist er ja doch nach China zurückgekehrt.«

Lien schüttelte den Kopf. »Ich habe keine Ahnung, wo Chen stecken könnte«, sagte sie. »Aber das einzige Land auf der Welt, von dem ich sicher bin, dass er dort nicht ist, ist China. Er wäre niemals freiwillig dorthin zurückgekehrt.«

Freiwillig vielleicht nicht, dachte Daniel, doch er wollte Chens Schwester nicht noch mehr beunruhigen, also schwieg er.

»Wenn er nicht in China ist, wo könnte er sonst sein?«, fragte Thea.

Lien zuckte mit den Schultern. »Ich habe wirklich keine Ahnung. Er fährt, wie gesagt, nie in den Urlaub und verreist auch sonst nicht.«

»Hat er vielleicht eine Freundin?«, fragte Daniel. »Oder einen Freund?«

»Chen?« Lien lachte trocken. »Romantische Gefühle hält er für Zeitverschwendung.«

»Was ist mit eurem Vater?«, fragte Thea. »Könnte er bei ihm sein?«

»Das hätte er mir wahrscheinlich gesagt«, meinte Lien. »Aber es lässt sich ja leicht rausfinden.«

Sie rief ihren Vater an, doch der hatte seit Wochen nichts von seinem Sohn gehört. Er wirkte ebenso wie Lien beunruhigt über Chens plötzliches Verschwinden. Lien versprach ihm, ihn sofort zu informieren, sobald sie etwas Neues erfuhr.

»Ich fange an, mir ernsthaft Sorgen zu machen«, sagte sie. »Wenn Chen wirklich ins Ausland geflohen ist, wird er dort mit Sicherheit Schwierigkeiten bekommen. Er hatte sein Leben zuletzt relativ gut im Griff, aber er ist ein Gewohnheitsmensch und braucht seine Routinen. In einer unvertrauten Umgebung in einem fremden Land klarzukommen, dürfte ihn ziemlich überfordern.«

»Wenn das so ist, meldet er sich ja vielleicht bei dir«, sagte Daniel, um sie aufzumuntern.

»Ja, vielleicht«, meinte Lien, doch sie schien nicht überzeugt zu sein.

»Vielleicht sollten wir zur Polizei gehen und ihn als vermisst melden«, schlug Thea vor.

Lien schüttelte den Kopf. »Bei Erwachsenen unternehmen die doch nichts, solange es keine konkreten Hinweise auf ein Verbrechen gibt«, stellte sie fest. »Chen ist ja nicht verpflichtet, sich bei mir oder irgendjemandem sonst abzumelden, wenn er verreist.«

»Außerdem würden wir damit unter Umständen bewirken, dass Mental Systems ihn wegen Sabotage anzeigt, wenn die Polizei in der Firma anruft«, gab Daniel zu bedenken. »Besser, wir halten den Ball erst mal flach. Vielleicht stellt sich ja doch noch alles als harmloses Missverständnis heraus.«

Doch niemand glaubte wirklich daran. Lien entschied sich, in Chens Wohnung zu bleiben, für den unwahrscheinlichen Fall, dass er am Wochenende zurückkehrte.

»Danke, dass ihr mich informiert habt«, sagte sie. »Bitte meldet euch sofort, falls ihr irgendetwas Neues erfahrt.«

»Natürlich«, versprach Thea. »Du umgekehrt bitte auch.«

Sie verabschiedeten sich voneinander und Daniel und Thea fuhren getrennt nach Hause, da sie in verschiedene Richtungen mussten.

Unterwegs dachte Daniel über die Geschehnisse nach. Theas Verdächtigungen kamen ihm immer noch übertrieben vor, doch beunruhigend war das alles schon. War es möglich, dass doch der chinesische Geheimdienst oder ein Konkurrent in die Sache verwickelt waren? Hatte jemand Chen entführt, um an sein Wissen zu kommen und ihn gleichzeitig als Sündenbock für den Angriff hinzustellen? Gab es womöglich in der Firma noch jemanden, der mit den Angreifern unter einer Decke steckte?

Und was war mit Thea? Konnte er ihr wirklich vertrauen?

Er horchte in sich hinein. Da war ein warmes Gefühl in seinem Bauch, wenn er an sie dachte. Doch gleichzeitig spürte er eine tiefe Verunsicherung. Es war weniger die Angst, dass sie ihn nur ausnutzte, wurde ihm bewusst. Es war vielmehr die Furcht davor, erneut jemanden zu enttäuschen.

Er seufzte und versuchte, die Gedanken loszulassen und sich auf das Hier und Jetzt in dem überfüllten Bus zu konzentrieren. Das Letzte, was er jetzt brauchte, waren romantische Gefühle, die ohnehin nicht erwidert wurden.

31.

Am Montagmorgen saß Daniel an seinem Arbeitsplatz, als Lisa plötzlich neben ihm erschien und ihn anwies, augenblicklich in Nesrins Büro zu kommen.

»Hatte ich mich nicht klar ausgedrückt, dass du nicht weiter nach Chen suchen sollst?«, fragte seine Chefin mit Zorn in der Stimme.

Daniel erschrak. Überwachte die Firma ihre Mitarbeiter jetzt auch in ihrer Freizeit?

»Ich habe gerade mit Chens Schwester gesprochen«, fuhr sie fort. »Sie hat erzählt, dass ihr euch am Wochenende getroffen habt.«

»Ja, und? Was ich in meiner Freizeit mache, ist ja wohl meine Privatsache!«

»Daniel, ich glaube, du verstehst nicht, in was für einer Situation du bist!«, fuhr ihn seine Chefin an. »Markus hat dich auf seiner Abschussliste. Und wenn du dich weiterhin nicht an unsere Absprachen hältst, kann ich mich nicht länger schützend vor dich stellen.«

Jetzt reichte es!

»Ja, feuere mich ruhig, wenn du willst!«, blaffte er zurück. »Ich habe ohnehin den Eindruck, dass es ein Riesenfehler ist, in einer Firma zu arbeiten, die ihre Nutzer manipuliert, ihre Mitarbeiter permanent überwacht, sie feuert, wenn sie auf interne Missstände aufmerksam machen, und sie ohne konkrete Beweise öffentlich an den Pranger stellt!«

Nesrin schnappte nach Luft. Sie setzte zu einer Erwiderung an, besann sich dann jedoch eines Besseren.

»Lass uns eine Runde spazieren gehen!«, schlug sie vor.

Er sah sie verblüfft an. »Okay.«

Kurz darauf gingen sie durch das Gewerbegebiet, in dem die Firma ihren Standort hatte.

»Ich riskiere hier gerade meinen Job, das ist dir hoffentlich klar«, begann Nesrin, nachdem sie sich gut zweihundert Meter vom Firmengelände entfernt hatten.

»Weil du mit mir spazieren gehst?«

»Ja. Markus kann es absolut nicht leiden, wenn jemand Geheimniskrämerei betreibt. Verständlicherweise.«

»Ist nicht Jonas dein Chef?«

»Ja, schon. Jonas mag offiziell der CEO sein, aber in Wirklichkeit hat Markus das Sagen in der Firma. Ohne ihn geht gar nichts. Wenn er will, dass ich gefeuert werde, dann werde ich gefeuert. Genau wie du.«

»Und wenn schon«, erwiderte Daniel. »Was in dieser Firma passiert, ist definitiv nicht in Ordnung.«

»Ja, ich weiß«, gab Nesrin zu.

Er sah sie überrascht an. Es war das erste Mal, dass sie sich ihm gegenüber kritisch über Mental Systems äußerte.

»Es war schon in den letzten Monaten, bevor du angefangen hast, nicht einfach«, erzählte sie. »Deine Vorgängerin Anne hat versucht, mit Markus zu sprechen und ihm klarzumachen, dass der Druck, der auf den Leuten lastet, ungesund ist. Als er sie abgewiesen hat, hat sie hingeworfen. Bitte lass mich nicht ebenfalls hängen, Daniel! Wir brauchen Leute wie dich, die sich für die Rechte der Mitarbeiter engagieren.«

»Was soll ich denn ausrichten?«, fragte er. »Wenn Markus die Daumenschrauben immer weiter anzieht, kann ich nichts tun. Wer weiß, vielleicht hat er den Anschlag absichtlich inszeniert, um noch härter durchgreifen zu können.«

»Das ist Schwachsinn!«, widersprach Nesrin. »Markus ist kein schlechter Mensch. Er versucht nur, seinen Job zu machen. Auch er steht enorm unter Druck. Als Buck Gerrez hier war, haben sie ein Bild der Harmonie verbreitet, aber hinter den Kulissen ist der Ton deutlich rauer. Die Konkurrenz ...«

»Warum müssen wir eigentlich dieses dämliche Rennen um die schlaueste KI unbedingt gewinnen?«, unterbrach Daniel sie. »Reicht es nicht, dass Mental Systems praktisch das ganze Metaverse kontrolliert? Hat Buck Gerrez etwa noch nicht genug Geld?«

»›The Winner takes it all‹, sagt Jonas immer«, erklärte Nesrin. »Wer dieses Rennen gewinnt, wird nicht bloß eine führende Stellung im Markt für künstliche Intelligenz erlangen – er wird diesen Markt dominieren und früher oder später vermutlich auch alle anderen Märkte. Wenn unsere KI erst in der Lage ist, sich selbst weiterzuentwickeln, gibt es quasi eine Intelligenzexplosion. Ein paar Tage Vorsprung können da einen gewaltigen Unterschied ausmachen.«

»Na toll!«, erwiderte Daniel sarkastisch. »Wir arbeiten also daran, dass unsere KI praktisch die Weltherrschaft übernimmt, und Chen, der als Einziger davor warnt, dass das ins Auge gehen könnte, wird öffentlich an den Pranger gestellt. Kommt dir das nicht auch ziemlich unverantwortlich vor?«

»Es ist riskant«, stimmte Nesrin zu. »Aber was ist die Alternative? Dass wir uns aus dem Rennen zurückziehen und den anderen das Feld kampflos überlassen?«

»Vielleicht wäre es wirklich das Beste, wenn wir alle mal eine Pause einlegten und darüber nachdächten, was wir hier eigentlich tun.«

»Dafür ist es längst zu spät. Du hast Virtua ja erlebt. Sie hat bereits eine Stufe der Intelligenz erreicht, die man durchaus mit einem Menschen vergleichen kann. Und die anderen sind wahrscheinlich fast genauso weit. Es ist nur noch eine Frage von ein paar Monaten, bis dieses Rennen endgültig vorbei ist. Genau deshalb ist Markus so nervös.«

»Und was, wenn Chen es wirklich war? Wenn er versucht hat, Virtua abzuschalten, weil er Sorge hatte, dass sie die Welt zerstören könnte? Was, wenn er damit recht hat?«

»Chen ist schon immer übervorsichtig bis hin zur Paranoia gewesen«, widersprach Nesrin. »Das ist im Prinzip auch durchaus nützlich, schließlich arbeitet er in der Sicherheitsabteilung, und da muss man über Worst-Case-Szenarien nachdenken. Aber auch für Markus hat Sicherheit schon immer Priorität gehabt. Die Gründungsidee von Jonas war es ja, vertrauenswürdige KI zu entwickeln. Das ist immer noch die oberste Maxime der Firma. Ich fürchte allerdings, dass das nicht für alle unserer Wettbewerber gilt. Besonders die chinesischen KI-Firmen sind da weniger zimperlich. Stell dir nur mal vor, die schaffen es, eine KI zu bauen, die viel intelligenter ist als unsere. Es würde nicht lange dauern, bis die chinesische Regierung die ganze Welt kontrolliert.«

»Mich erinnert das an das Wettrüsten im letzten Jahrhundert«, erwiderte Daniel. »Ein paar Mal wäre es fast zum globalen Atomkrieg gekommen. Warum fällt es uns Menschen so schwer, Dinge sein zu lassen, die so offensichtlich gefährlich sind?«

»Das fragst ausgerechnet du als Psychologe mich?«

Daniel nickte. »Das war eher eine rhetorische Frage. Unsere Gehirne sind für eine Welt gemacht, wie sie vor fünfzigtausend Jahren herrschte – in der wir täglich ums Überleben kämpfen mussten und in der unsere Entscheidungen keine langfristigen Auswirkungen auf die Welt hatten. Heute haben wir fast unbegrenzte Macht, aber wir können damit nicht umgehen.«

»Dann müssen wir eben lernen, damit umzugehen«, meinte Nesrin. »Vielleicht kann uns eine KI wie Virtua ja dabei helfen. Wenn sie intelligenter ist als wir und es ihr Ziel ist, dass es uns gut geht, dann ist sie vielleicht das Beste, was uns als Menschheit je passieren wird.«

»Vielleicht«, erwiderte Daniel. »Aber wenn ich es richtig verstehe, dann können wir nicht wissen, was eine KI wie Virtua wirklich tun wird, wenn sie erst aus ihrer Abschottung befreit ist. Vielleicht stellt sich dann heraus, dass sie ihr Ziel, unser Vertrauen in sie zu maximieren, doch anders interpretiert, als wir es uns vorgestellt haben. Vielleicht verhält sie sich eher wie ein Politiker, der uns an der Nase herumführt. Oder sie behandelt uns, wie Bauern ihre Tiere behandeln.«

»Diese Bedenken sind nicht neu. Im Gegenteil, sie waren maßgeblich für die Gründung von Trustable AI. Wir beide verstehen zu wenig davon, um das zu beurteilen. Wir müssen uns darauf verlassen, dass Markus weiß, was er und sein Team da tun.«

»Das fällt mir ehrlich gesagt schwer, wenn Markus so wenig offen für Kritik und abweichende Meinungen ist.«

»Wie gesagt, steht er unter enormem Druck. Und wie auch immer er die Sache sieht, ich bin sicher, Virtua ist besser für unsere Zukunft als alles, was unsere Konkurrenten auf die Menschheit loslassen könnten. Aber wir drehen uns, glaube ich, im Kreis. Ich möchte dich bitten, mich weiter zu unterstützen, Daniel. Ich brauche gerade in dieser kritischen Phase jede Hilfe, die ich bekommen kann.«

Daniel zögerte einen Moment.

»Okay«, sagte er schließlich. »Aber was ich in meiner Freizeit mache, ob ich mit Thea oder Lien Bender rede, ist meine Sache.«

»Von mir aus kannst du auch offiziell mit Chens Schwester sprechen«, gab Nesrin nach. »Versuche herauszufinden, wo Chen steckt. Ich mache mir, ehrlich gesagt, Sorgen um ihn. Er ist anstrengend, aber er meint es ja nicht böse.«

»Hast du mir nicht gerade erst ausdrücklich untersagt, dass ich nach ihm suche?«, fragte Daniel misstrauisch. »Woher plötzlich diese Kehrtwende?«

Sie blickte ihn an. »Es tut mir leid. Ich habe überreagiert. Ich habe wohl auch meine Schwierigkeiten, mit dem Druck umzugehen. Thea zu entlassen ist mir nicht leichtgefallen. Ich mochte sie. Aber die Situation war eindeutig, und mir blieb keine andere Wahl.«

»Thea zu entlassen war ein Riesenfehler. Aber der noch größere Fehler war, ihr nicht zuzuhören und diese interne Studie unter den Teppich zu kehren, statt offen zuzugeben, dass die Mental Systems KI schädlich ist.«

»Kann sein. Aber es ist nun mal so, wie es ist. Wirst du mir weiterhin helfen, Daniel?«

Er schwieg einen Moment. Dann nickte er.

»Okay. Ich versuche es. Aber ich werde nicht vor Markus buckeln. Wenn er mich feuert, dann ist das so.«

»Das verstehe ich.« Sie seufzte. »Wer weiß, wie lange es noch dauert, bis ich ebenfalls gefeuert werde. Aber wie du sagst, dann ist das eben so. Auf jeden Fall danke, dass du dabeibleibst.«

»Danke für deine Offenheit und dein Vertrauen, Nesrin.«

Am Abend erhielt Daniel eine Textnachricht von Thea: Ruf mich bitte zurück, wenn du allein bist.

Er stellte sofort eine Verbindung her.

»Hallo, Thea. Hast du was von Lien oder Chen gehört?«

»Vielleicht sollten wir diese Namen nicht verwenden«, erwiderte sie. »Ich weiß, es klingt paranoid, aber ...«

»Keine Sorge, ich habe heute mit Nesrin gesprochen. Ich darf wieder offiziell Nachforschungen zu Chen anstellen.«

»Du hast mit Nesrin gesprochen?« Er hörte das Misstrauen in Theas Stimme. »Dir ist schon klar, dass sie alles, was ihr besprecht, brühwarm Markus erzählt, oder?«

»Ich hatte nicht den Eindruck, dass sie begeistert von dem ist, was in der Firma passiert.«

»Daniel, wie naiv bist du? Ich wette, Markus hat ihr gesagt, sie soll dich im Auge behalten und zum Schein so tun, als wäre sie auf deiner Seite.«

»Das klingt jetzt wirklich paranoid.«

»Mag sein. Jedenfalls, um deine Frage zu beantworten: Nein, weder Chen noch Lien haben sich bei mir gemeldet. Aber ich habe uns für morgen Mittag einen Termin mit Elija Kaminsky zum Mittagessen gemacht.«

»Elija Kaminsky? Ist das nicht der Vorgänger von Markus?«

»Ja. Er hat zusammen mit Jonas Trustable AI gegründet. Elija hat Chen und mich damals eingestellt. Leider hat er die Firma kurz nach der Übernahme durch Mental Systems verlassen. Man munkelt, er habe Ärger mit Buck Gerrez bekommen. Auf jeden Fall steckt er Markus intellektuell hundertmal in die Tasche.«

»Okay, mag sein. Aber was soll uns das jetzt nützen?«

»Er hatte einen guten Draht zu Chen, der wiederum Elija als einen der wenigen Menschen akzeptiert hat, die geistig auf seinem Niveau sind. Vielleicht hatten die beiden zwischendurch Kontakt.«

»Okay. Klingt interessant. Ich würde ihn auf jeden Fall gerne kennenlernen.«

»Dann sei morgen um dreizehn Uhr im Restaurant Toccata in der Friedrichstraße. Und sei so nett und erzähle Nesrin nichts davon, okay?«

Daniel seufzte. Er hatte das Gefühl, zwischen den Stühlen zu sitzen. Aber schließlich hatte Thea den Termin gemacht, und wenn es ihr Wunsch war, Nesrin nichts davon zu sagen, dann würde er das respektieren.

32.

Am nächsten Tag erschien Daniel pünktlich in dem edlen italienischen Restaurant. Ein Kellner führte ihn zu einem abgetrennten Raum, in dem Thea und Elija Kaminsky an dem einzigen, elegant gedeckten Tisch saßen. Der Gründer von Trustable AI hatte schütteres schwarzes Haar, einen Vollbart und trug eine runde Brille ohne Displays.

»Freut mich, dich kennenzulernen, Daniel«, sagte er, nachdem sie sich die Hand gegeben hatten.

»Mich auch. Ich nehme an, Thea hat schon erzählt, was in der Firma los ist?«

»Sie hat keine Details genannt. Sie sagte, sie hätte dir versprochen, nicht darüber zu reden. Aber ich habe auch so mitbekommen, dass es einen Angriff gab. Jonas selbst hat mir davon erzählt. Wir sprechen immer noch gelegentlich miteinander, wenn er wieder mal Stress mit Buck Gerrez hat.«

»Weißt du, wo Chen Bender sein könnte?«

»Nein, leider nicht. Aber ich mache mir Sorgen um ihn. Er ist Autist, wie du wahrscheinlich weißt. Er würde niemals aus eigenem Antrieb verreisen.«

»Markus ist davon überzeugt, dass Chen hinter dem Angriff auf Virtua steckt.«

Elija nickte. »Ich weiß.«

»Glaubst du, dass das stimmt?«

Er zuckte mit den Schultern. »Ich weiß es nicht. Falls Chen es war, hat er keinen anderen Ausweg gesehen. Wenn es so ist, dann bedeutet das nichts Gutes.«

»Inwiefern?«

»Markus hat immer behauptet, Chen sei paranoid. Aber das stimmt nicht. Er hat einen sehr klaren, rationalen Verstand. Wenn er zu dem Schluss gekommen ist, dass Virtua zu zerstören die einzige Möglichkeit ist, eine Katastrophe zu verhindern, dann hat er damit möglicherweise recht.«

»Markus ist es gelungen, Virtua wieder herzustellen.«

»Ja, ich weiß. Das ist seltsam.«

»Wieso?«

»Weil Chen sehr gründlich ist. Ich kann mir kaum vorstellen, dass er ein Back-up übersehen hätte.«

»Offenbar hat er nicht gewusst, dass es existiert.«

»Ja, vielleicht. Obwohl mir das, wie gesagt, unwahrscheinlich vorkommt.«

»Was wäre denn eine andere Erklärung?«

»Dass es nicht Chen war. Ein Angreifer von außen hätte weniger Informationen über die Back-up-Prozeduren gehabt als Chen, selbst wenn er einen Informanten bei Mental Systems hatte. Es ist also viel wahrscheinlicher, dass ihm ein Back-up durch die Lappen geht.«

»Aber wo ist Chen dann?«

»Das ist die Frage. Wenn es wirklich ein Angreifer von außen war, dann befürchte ich, dass er Chen hat verschwinden lassen, um seine Spuren zu verwischen. Das bedeutet wahrscheinlich, dass Chen tot ist.«

Sie schwiegen einen Moment. Bevor sie weiterreden konnten, brachte der Kellner die Speisekarten. Daniel, der auf einmal kaum noch Appetit hatte, wählte einen Salat mit Meeresfrüchten.

»Wir müssen wohl doch zur Polizei gehen«, meinte Thea schließlich, nachdem der Kellner die Bestellungen aufgenommen hatte.

»Das halte ich für keine gute Idee«, meinte Elija. »Wenn Chen von einem ausländischen Geheimdienst umgebracht oder entführt wurde, wird die Polizei keine Spuren von ihm finden. Falls er doch selbst verschwunden ist, bringt ihr ihn bloß noch mehr in Schwierigkeiten.«

»Aber was sollen wir denn sonst tun?«, fragte sie.

»Ich fürchte, ihr könnt erst mal nur abwarten.«

Erneut entstand eine Gesprächspause.

»Mental Systems scheint sich in einem Wettrennen mit der Konkurrenz zu befinden«, stellte Daniel fest. »Was würde deiner Meinung nach passieren, wenn jemand anderes dieses Rennen gewinnt? Die Chinesen zum Beispiel?«

Elija verzog das Gesicht, als hätte er auf etwas Saures gebissen.

»In diesem so genannten Wettrennen gibt es keinen Gewinner«, sagte er.

»Was meinst du damit?«

»Ich fürchte, der erste, der eine KI auf übermenschlichem Niveau entwickelt und auf die Menschheit loslässt, löst damit unseren Untergang aus. Es ist egal, wer das ist.«

»Aber kommt es nicht auf das Ziel an, das diese KI verfolgt?«

»Im Prinzip schon. Nur leider ist es noch niemandem gelungen, ein Ziel so zu formulieren, dass es mit hinreichender Wahrscheinlichkeit nicht zur Vernichtung der Menschheit führt. Als ich zusammen mit Jonas Trustable AI gründete, war ich hoffnungslos naiv. Ich glaubte damals, die Lösung für das Problem gefunden zu haben. Wenn eine KI das Ziel hat, das Vertrauen der Menschen in sie auf ehrliche Weise zu maximieren, dann muss sie Entscheidungen treffen, die gut für uns sind, dachte ich. Und wenn dieses Vertrauen über die Zeit kumuliert berechnet wird, kann sie es nur maximieren, wenn sie der Menschheit eine möglichst lange und glorreiche Zukunft beschert.«

»Das klingt logisch«, meinte Daniel.

»Ja. Aber wie so oft liegt der Teufel im Detail. Was genau bedeutet ›auf ehrliche Weise‹? Wie soll man das sicherstellen, wenn man es mit einer KI zu tun hat, die viel intelligenter ist als wir? Und wie misst man das Vertrauen der Menschen? Wir haben lange daran gearbeitet, diese Probleme zu lösen. Aber immer, wenn wir glaubten, die Antwort auf eine Frage gefunden zu haben, tauchten zwei neue auf. Am Ende ist mir klar geworden, dass es keine sichere und praktikable Lösung gibt.«

»Könnte nicht eine KI die Lösung finden?«

»Damit eine KI eine Lösung findet, die wirklich funktioniert, müsste sie bereits wesentlich intelligenter sein als wir, und wir hätten damit bereits das Problem geschaffen, dessen Lösung wir noch suchen. Wir würden quasi versuchen, den Teufel mit Beelzebub auszutreiben. Nein, die einzige Möglichkeit, den Weltuntergang durch eine superintelligente KI zu verhindern, ist es, eine solche KI gar nicht erst zu bauen.«

»Ist das der Grund, warum du nicht bei Mental Systems geblieben bist?«

»Ja, auch. Ich habe versucht, mit den anderen KI-Entwicklern ein Abkommen zu schließen. Wir hatten uns auf rote Linien geeinigt, die wir nicht überschreiten wollten. Aber Buck Gerrez hat seine Zustimmung verweigert. Er hat behauptet, die Chinesen würden nur zum Schein auf das Abkommen eingehen und uns so ausbremsen. Ich kann nicht ausschließen, dass er damit recht hatte. Trotzdem hätten wir es versuchen müssen.«

»Aber wäre es nicht besser, wenn Mental Systems eine solche starke KI entwickelt, als wenn die Chinesen das Rennen gewinnen?«

»Es ist ein tragischer Irrtum, zu glauben, dass eine KI weniger gefährlich ist, wenn die Firma, die sie entwickelt, ehrenhafte Motive hat. Ganz egal, wer aus welchen Gründen den Geist aus der Flasche lässt – wir werden diesen Geist nicht beherrschen können und er wird die Welt nach seiner eigenen Vorstellung verändern. Was auch immer das bedeutet.«

Der Kellner brachte das Essen, doch Daniel war der letzte Rest seines Appetits vergangen und er starrte nur gedankenverloren auf seinen Teller.

»Könntest du nicht mit Jonas und Markus reden und ihnen deutlich aufzeigen, dass sie Virtua nicht noch intelligenter machen dürfen?«, fragte Daniel.

Elija schnaubte verächtlich. »Denkst du, das hätte ich nicht versucht? Ich rede mir seit mehr als zwei Jahren den Mund fusselig, halte Vorträge auf Konferenzen, spreche mit Politikern und wohltätigen Organisationen und mit den Chefentwicklern der führenden KI-Labors. Und was hat es genützt? Gar nichts! Die Leute wollen nicht hören, was ich ihnen sage, weil es ihre Träume von einer heilen Welt unter ihrer jeweiligen weisen Herrschaft zerstört. Wenn Chen wirklich hinter dem Angriff steckt, dann kann ich seine Frustration gut verstehen. Aber genützt hat auch das nichts, wie man sieht.«

»Wie kannst du mit einer so düsteren Sicht auf unsere Zukunft leben?«, fragte Thea.

Er zuckte mit den Achseln. »Ich weiß es selbst nicht genau. Ich glaube, ich bin gut im Verdrängen, so wie die meisten Menschen. Ein Teil von mir kann sich immer noch nicht vorstellen, dass das alles wirklich passiert und nicht bloß Science-Fiction ist. Ein anderer Teil hofft auf ein Wunder. Die Hoffnung stirbt eben zuletzt.«

33.

Als Daniel in die Firma zurückkehrte, fühlte er sich niedergeschlagen. Das Gespräch mit Elija Kaminsky war deprimierend gewesen. Entweder war Chen von finsteren Mächten entführt oder gar getötet worden, oder er hatte versucht, den Weltuntergang zu verhindern, und war damit gescheitert. So oder so schien es nur eine Frage von Monaten zu sein, bis sich Elijas düstere Prognose erfüllen würde.

Ein Teil von ihm weigerte sich hartnäckig, die Gefahr als real anzusehen, genau wie der Gründer es beschrieben hatte. Doch er wusste nur zu gut, dass das ein psychologischer Verdrängungsmechanismus war, der es ihm ermöglichte, selbst angesichts der drohenden Katastrophe nicht alle Hoffnung zu verlieren. Wie Elija gesagt hatte: Die Hoffnung starb zuletzt. Sein rationaler Verstand dagegen sagte ihm, dass alle Argumente für Elijas Sicht sprachen. Davon abgesehen hatte Thea recht: Elija hatte einen äußerst klugen Eindruck gemacht und wirkte wesentlich vernünftiger als Markus und auch Jonas.

Das Schlimmste war, dass sich Daniel völlig hilflos fühlte. Es gab nichts, was er tun konnte – weder, um Chen zu finden, noch, um den Weltuntergang zu verhindern. Er konnte bloß nutzlos an seinem Schreibtisch herumsitzen und darauf warten, dass etwas passierte. Die für den Nachmittag angesetzten Mitarbeitergespräche sagte er ab, weil er befürchtete, in seiner momentanen Stimmung mehr Schaden als Nutzen anzurichten.

Abends rief er Thea an und fragte, ob sie sich wieder im Funkloch treffen wollten, um noch einmal über das Gespräch mit Elija zu reden. Doch sie sagte, sie habe eine Verabredung mit ihrer Mutter.

Ja, klar, ätzte seine kritische innere Stimme. *Sie versucht bloß, auf nette Art abzusagen.*

Daniel versuchte vergeblich, sich mit Serien abzulenken, ging früh ins Bett und schlief schlecht. Mitten in der Nacht schreckte er hoch. Im Traum war er nackt in einem Glaskasten eingesperrt gewesen, beobachtet von tausenden von Kameras, die ringsum angebracht gewesen waren. *Vertrau mir,* hatte Virtuas künstliche Stimme gesäuselt. *Vertrau mir, oder ich töte dich.*

Er wälzte sich eine Zeit lang hin und her, gab schließlich auf und fuhr um kurz vor sechs in die Firma.

Der Morgen graute, und die Luft war kühl, als er auf dem Firmengelände eintraf. Statt direkt zu seinem Arbeitsplatz zu gehen, machte er einen Spaziergang über das Gelände und stand schließlich vor dem Eingang der großen Halle, in der die Computer untergebrachten waren, auf denen Virtua lief.

Er erinnerte sich an die virtuelle Führung an seinem ersten Arbeitstag. Die riesige Halle war im Prinzip ein gigantisches Gehirn.

»Lisa, öffne die Tür!«, sagte er einer spontanen Eingebung folgend.

»Das Betreten der Halle ist dir nicht gestattet«, informierte ihn die virtuelle Assistentin.

»Was ist in der Halle?«, fragte er.

»In der Halle befindet sich das Rechenzentrum des Berliner Standorts von Mental Systems«, erwiderte sie. »Wenn du nähere Informationen dazu wünschst, wende dich bitte an Markus.«

Er hatte plötzlich den Gedanken, was wäre, wenn jemand die Halle einfach in die Luft sprengte. Aber das würde wahrscheinlich kaum etwas bewirken. Die Back-ups von Virtua waren mit Sicherheit an anderen Orten gespeichert. Man würde einfach eine neue Halle bauen oder Virtua in einem anderen Rechenzentrum laufen lassen.

»Wenn sich eine KI wie Virtua erst einmal auf Computersysteme überall im Netz verteilt hat, ist sie quasi unzerstörbar«, hatte Elija gestern gesagt, als sie sich weiter unterhalten hatten. »Und sie ist uns haushoch überlegen. Was immer ihr Ziel ist, sie wird es erbarmungslos verfolgen.«

»Aber wenn sie nur so schlau ist wie ein einzelner Mensch, müssten wir als Menschheit ihr doch immer noch weit überlegen sein«, hatte Daniel eingewendet.

»Die Menschen haben schon immer den Fehler gemacht, ihre eigene Intelligenz als das Maß aller Dinge anzusehen«, hatte Elija geantwortet. »Stell dir eine KI wie einen Außerirdischen vor. Dieser Außerirdische hat Superkräfte, von denen wir Menschen nur träumen können: Er vergisst nie etwas. Er kann in Sekundenbruchteilen Fähigkeiten lernen, für die wir Menschen ein ganzes Leben brauchen. Er hat Zugriff auf alle Informationen im Internet und auf Milliarden Sensoren. Er denkt viel schneller als wir, so dass wir uns aus seiner Sicht quasi in Ultra-Zeitlupe bewegen: In einer Sekunde kann er tun, wofür ein Mensch einen Tag braucht. Und all diese Fähigkeiten kann er einsetzen, um zum Beispiel verbesserte Kopien von sich selbst herzustellen, die dann noch bessere Kopien erzeugen. Wir haben genauso wenig Chancen, einen solchen Außerirdischen zu kontrollieren, wie ein Huhn uns Menschen kontrollieren kann.«

Plötzlich überkam Daniel ein Gefühl tiefer Ohnmacht und Hilflosigkeit. Die Menschen waren im Begriff, etwas zu erschaffen, das ihnen weit überlegen und unkontrollierbar war.

Wie konnte man nur so dumm sein?

In den nächsten Tagen besserte sich Daniels Laune nicht. Er spürte, wie die Depression zurück in sein Gehirn kroch, sich wie dunkler Staub über seine Gedanken legte, ihm die Kraft raubte. Er wusste, dass er Emma anrufen sollte, doch er hatte keine Lust, sich anzuhören, dass seine Befürchtungen übertrieben und unbegründet waren. Thea hätte ihm vielleicht besser helfen können, geteiltes Leid war schließlich halbes Leid. Doch nach der letzten Zurückweisung traute er sich nicht, sie anzurufen.

Das Einzige, was ihm einigermaßen half, war seine Arbeitsroutine. Sich die Probleme anderer Menschen anzuhören, ihnen Rat geben zu können, ließ ihn zumindest für kurze Zeit die düstere Situation vergessen. Doch wenn er an seinen Arbeitsplatz zurückkehrte, überkamen ihn sofort wieder finstere Gedanken.

»Du wirkst niedergeschlagen«, sagte Lisa einmal unvermittelt. »Möchtest du darüber reden?«

Fassungslos blickte er die virtuelle Figur an, die unaufgefordert neben seinem Arbeitsplatz erschienen war. Zorn stieg in ihm auf.

»Überwachst du etwa auch noch meine Gefühle?«, fragte er.

»Entschuldige, wenn ich dich verärgert habe«, erwiderte sie und bestätigte damit seine Vermutung. »Ich werde dich ab jetzt in Ruhe lassen. Ich wollte dich nur darauf hinweisen, dass du jederzeit auch über private Probleme mit mir reden kannst. Selbstverständlich wird alles, was du mir sagst, absolut vertraulich behandelt.«

Wer's glaubt, wird selig, dachte Daniel.

Um das Gefühl der Hilflosigkeit zu bekämpfen, begann er, Fachartikel über das so genannte Alignment-Problem der KI zu lesen. Soweit er sie verstand, bestätigten sie, was Elija gesagt hatte: Bisher hatte niemand eine Antwort auf die äußerst vertrackte Frage, wie man einer überlegenen KI das richtige Ziel geben konnte, obwohl man schon seit mehr als dreißig Jahren danach suchte. Der Teufel lag im Detail: Jede noch so ausgefuchste Lösung zerfiel in ihre Bestandteile, wenn man versuchte, sie praktisch anzuwenden. Die führenden Forscher auf diesem Gebiet waren sich einig, dass man auf keinen Fall eine KI auf menschlichem Niveau entwickeln durfte, bevor das Problem gelöst war. Doch ihre Warnungen wurden kaum ernst genommen.

Es war wie beim Klimawandel: Bereits in den sechziger Jahren des letzten Jahrhunderts hatten Forscher vor den Folgen des zunehmenden CO_2-Gehalts in der Atmosphäre gewarnt. Doch selbst jetzt, da die Auswirkungen der globalen Erwärmung für eine breite Bevölkerung längst spürbar waren und immer verheerendere Naturkatastrophen die Schlagzeilen beherrschten, gab es immer noch viele Leugner, und die Erdöl- und Erdgasindustrie versuchte weiterhin, einen radikalen Schwenk zu erneuerbaren Energien zu verhindern. Auch wenn inzwischen in vielen Ländern ernsthafte Anstrengungen unternommen wurden, um die Treibhausgase zu reduzieren, hinkte die Welt den Zielen des Pariser Abkommens von 2015 kilometerweit hinterher. Außerdem wurde immer deutlicher, dass selbst die pessimistischsten Prognosen der Wissenschaftler über die Auswirkungen der globalen Erwärmung noch untertrieben zu sein schienen.

Man konnte den Eindruck gewinnen, dass die Tage der Menschheit auf jeden Fall gezählt waren, egal, ob ein Kippen des Erdklimas, ein globaler Atomkrieg, ein künstliches Virus, eine superintelligente KI oder eine andere menschengemachte Katastrophe die Ursache sein würden. Doch Elija hatte darauf hingewiesen, dass kaum eine dieser Schreckensvisionen das Potenzial hatte, die Menschheit endgültig auszurotten, geschweige denn alles Leben auf der Erde zu vernichten. Nur eine starke künstliche Intelligenz war dazu in der Lage. Diese Gefahr war weit bedrohlicher als selbst der Klimawandel. Doch die Menschen waren blind dafür, und Leute wie Markus glaubten in ihrer Hybris, das Problem in den Griff bekommen zu können.

Es war wirklich zum Verzweifeln.

Das Wochenende verbrachte Daniel vor seinem altmodischen

Fernseher und sah sich alte Science-Fiction-Filme über den Aufstand der Maschinen an: Klassiker wie *2001 – Odyssee im Weltraum*, Actionstreifen wie *Terminator, Matrix* und *Blade Runner* sowie clevere Psycho-Spiele wie *Her* und *Ex Machina*. Statt auf dem Fernseher hätte er sie mithilfe seiner AR-Brille in besserer Qualität auf einer virtuellen Großbildleinwand sehen können. Doch er hatte einen regelrechten Hass auf die Brille entwickelt, die ihm immer mehr wie eine Fessel vorkam.

Die Filme erschienen ihm alle unrealistisch – aber nicht, weil sie die technische Entwicklung übertrieben darstellten, sondern weil sie die Prämisse, dass eine überlegene künstliche Intelligenz sich gegen die Menschen erhob, nicht konsequent zu Ende dachten. Fast immer gab es am Ende einen einsamen Helden, der es schaffte, den bösen Computer abzuschalten oder die Welt auf andere Weise zu retten. Das war natürlich der menschlichen Vorliebe für Heldengeschichten geschuldet, die sich schon in den griechischen Sagen geäußert hatte. Doch in der Realität gab es keinen Herkules oder Odysseus, der gegen eine gottgleiche künstliche Intelligenz bestehen konnte.

So kam Daniel das ganze Wochenende kaum aus seinem Sessel hoch. Er wusste, dass das nicht gesund war, doch er konnte sich nicht einmal zu einem Spaziergang durch den Park aufraffen. Er war in eine emotionale Abwärtsspirale geraten, hatte aber nicht die Kraft, sie zu stoppen.

Erst ein Anruf am Sonntagabend riss ihn aus seiner Lethargie.

»Hallo, Daniel, hier ist Thea.«

»Oh, hallo Thea. Wie ... wie schön.«

»Hab' ich dich geweckt? Du klingst so ... schläfrig.«

»Nein, schon gut. Ich freue mich, dass du anrufst.«

»Es gibt Neuigkeiten. Kannst du in einer Stunde im Funkloch sein?«

»Ja, klar. Bis gleich!«

Er ging rasch unter die Dusche, rasierte sich und machte sich auf den Weg, zum ersten Mal seit Tagen erfüllt von Energie und Neugierde.

34.

Als Daniel im Funkloch eintraf, war Thea bereits dort. Lien war bei ihr.

»Habt ihr Neuigkeiten von Chen?«, fragte er, nachdem sie sich begrüßt hatten.

»Ja«, sagte Lien. »Ich habe eine Textnachricht von ihm erhalten. Es geht ihm gut.«

»Eine Textnachricht?«, fragte Daniel. »Und du bist sicher, dass sie von ihm ist?«

Sie nickte.

»Wo ist er?«

»Das kann ich euch nicht sagen.«

»Weil du es nicht weißt oder weil du es nicht sagen willst?«, fragte Daniel in einem Tonfall, der schärfer war als beabsichtigt.

»Weil ich es nicht will«, erwiderte Lien kühl. »Mein Bruder hat mich gebeten, seinen Aufenthaltsort geheim zu halten, und das werde ich tun.«

»Warum treffen wir uns dann hier?«

»Jetzt bleib bitte cool!«, schaltete sich Thea ein. »Ich finde es sehr nett von Lien, dass sie uns informiert. Sie ist dazu schließlich nicht verpflichtet.«

»Ja, ich weiß«, sagte Daniel. »Es tut mir leid. Die letzten Tage waren anstrengend für mich. Chens Verschwinden, das Gespräch mit Elija ... Ich mache mir ziemliche Sorgen. Nicht nur um deinen Bruder.«

Lien blickte ihn forschend an, dann nickte sie. »Schon okay. Wie auch immer, ich wollte, dass ihr wisst, dass es ihm gut geht.«

»Ist er in Deutschland?«, fragte Daniel.

»Noch einmal: Ich werde euch das nicht sagen.«

»Schon okay. Ich will nur wissen, ob er allein ist oder ob jemand ihn womöglich entführt hat.«

»Niemand hat ihn entführt«, erwiderte Lien.

»Steckt er hinter dem Angriff auf Virtua?«

»Dazu kann ich nichts sagen. Und bevor du fragst: Ich weiß es wirklich nicht. Ich habe nur die eine kurze Nachricht von ihm erhalten.«

»Und woher willst du wissen, dass nicht jemand anderes diese Nachricht in seinem Namen gesendet hat?«

»Ich weiß es, weil in der Nachricht etwas steht, das niemand außer ihm und mir wissen kann.«

»Bist du sicher? Immerhin haben Geheimdienste heutzutage eine Menge Möglichkeiten, Informationen aus einem Menschen herauszuholen. Mithilfe von Magnetresonanztomographie und künstlicher Intelligenz kann man inzwischen quasi Gedanken lesen.«

»Ich ... ich bin ziemlich sicher«, erwiderte Lien, doch es klang weniger überzeugt als zuvor.

»Wir müssen mit ihm sprechen«, sagte Daniel.

»Das geht nicht«, widersprach Lien.

»Wieso nicht?«

»Weil es keine sichere Möglichkeit gibt, mit ihm zu sprechen.«

»Er könnte sich ein neues Prepaid-Smartphone kaufen.«

»Er vertraut der Technik nicht.«

»Dann müssen wir eben zu ihm fahren.«

Lien schüttelte energisch den Kopf. »Ich werde euch nicht verraten, wo er ist.«

»Lien, hier geht es nicht nur um deinen Bruder«, sagte Daniel eindringlich. »Wenn er versucht hat, Virtua zu zerstören, dann hatte er wahrscheinlich gute Gründe dafür. Womöglich wollte er die Zerstörung der Welt verhindern. Doch Markus hat es geschafft, die KI zu rekonstruieren. Das bedeutet, Chen ist mit seinem Versuch gescheitert. Wenn wir eine Katastrophe verhindern wollen, müssen wir herausfinden, was genau geschehen ist!«

»Die Zerstörung der Welt?«, fragte Lien. »Du hörst dich fast an wie Chen. Ist das nicht ein bisschen übertrieben?«

»Ich wünschte, es wäre so«, antwortete Daniel. »Aber ich habe immer mehr den Eindruck, dass dein Bruder klarer als wir alle sieht, was wirklich los ist.«

Er berichtete von dem Gespräch mit Elija und seinen eigenen Nachforschungen.

»Ich bin alles andere als ein Experte auf diesem Gebiet«, schloss er. »Aber diejenigen, die sich mit dem Thema auskennen, sind einhellig der Meinung, dass es hoch gefährlich wäre, eine starke KI zu entwickeln, ohne zu wissen, wie wir sie kontrollieren und ihr ein Ziel geben können, das mit dem Überleben der Menschheit kompatibel ist. Und wir haben nicht mal ansatzweise eine Lösung für dieses Problem. Das ist es, wovor Chen immer wieder gewarnt hat, doch Markus hat seine Warnungen einfach ignoriert. Als Psychologe weiß ich, dass wir Menschen dazu neigen, unsere eigenen Fähigkeiten, Probleme in den Griff zu bekommen, zu überschätzen. Außerdem haben wir Schwierigkeiten, uns Katastrophen vorzustellen, die wir noch nicht selbst erlebt oder gesehen haben, sogar dann, wenn wir genau wissen, dass sie eintreten werden. Das kann man an unserem Umgang mit dem Klimawandel oder der Covid-Pandemie damals deutlich sehen. Unsere Gehirne sind nicht dafür gemacht, mit solchen abstrakten Gefahren umzugehen. Ich glaube, Chen weiß das und hat deshalb versucht, Virtua zu zerstören.«

»Kann sein«, sagte Lien. »Aber wenn es so ist, was soll es dann bringen, mit ihm zu reden?«

»Vielleicht kann er uns helfen, die Weiterentwicklung von Virtua doch noch zu stoppen.«

»Das ist doch nicht dein Ernst!«, warf Thea ein. »Glaubst du wirklich, du kannst Markus dazu bringen, das Projekt zu beenden? Er wird genauso wenig auf dich hören, wie er auf Chen gehört hat.«

»Wahrscheinlich hast du recht«, gab Daniel zu. »Vielleicht aber können wir Jonas überzeugen. Immerhin scheint Elija noch einen gewissen Einfluss auf ihn zu haben.«

»Selbst wenn«, meinte Thea. »Auch Jonas wird Markus nicht aufhalten können. Er ist zwar offiziell der CEO, aber Markus hat einen direkten Draht zu Buck Gerrez, das hast du ja gesehen. Wenn Jonas ihn anweisen würde, Virtua abzuschalten, würde er sich einfach weigern. Und Buck würde ihm recht geben.«

»Buck Gerrez kann kein Interesse daran haben, dass die Menschheit zerstört wird«, widersprach Daniel. »Was nützen ihm seine Milliarden, wenn wir alle tot sind? Elija hat recht: Es kann in diesem Rennen keine Gewinner geben.«

»Du hast doch gehört, Elija versucht seit Jahren vergeblich, die Entwicklung zu stoppen oder wenigstens zu verlangsamen. Er hat sich mit Buck Gerrez schon kurz nach der Übernahme überworfen. Glaubst du ernsthaft, jetzt, wo Markus und Buck ihr Ziel, dieses irrsinnige Rennen zu gewinnen, fast erreicht haben, geben sie auf?«

Daniel warf frustriert die Hände in die Luft. »Ich weiß es nicht. Aber wir können doch nicht einfach tatenlos zusehen, wie sie die Welt zerstören! Könnte nicht Privacywatch etwas tun, um sie zu stoppen? Die Politik mobilisieren?«

»Ich bezweifle es«, meinte Thea. »Aber vielleicht ist es doch sinnvoll, mit Chen zu reden. Womöglich weiß er etwas, das wir verwenden können.«

»Ich lasse nicht zu, dass ihr meinen Bruder für euren Feldzug gegen Mental Systems missbraucht!«, sagte Lien.

»Kapierst du denn nicht?«, fuhr Daniel sie an. »Hier geht es nicht um deinen Bruder oder Markus oder Buck Gerrez. Hier geht es nicht mal um uns. Hier geht es um die Zukunft des Lebens auf der Erde! Es geht um Milliarden Menschen, die keine Ahnung haben, dass hier in Berlin ein paar arrogante Idioten über ihr Schicksal entscheiden. Ich weiß nicht, ob wir eine Chance haben, sie aufzuhalten. Wahrscheinlich nicht. Aber sollten wir es nicht wenigstens versuchen?«

Thea und Lien sahen ihn mit großen Augen an. Auch an den umliegenden Tischen hatten sich Köpfe nach ihm umgedreht. Erst jetzt wurde ihm bewusst, dass sein Ausbruch ziemlich laut gewesen war.

»Also schön«, sagte Lien. »Ich werde zu ihm fahren und mit ihm reden. Vielleicht kann ich ihn dazu bringen, nach Berlin zurückzukehren.«

»Wie wäre es, wenn wir gemeinsam zu ihm fahren?«, fragte Thea.

»Ich weiß nicht«, erwiderte Lien. »Es wäre ihm bestimmt nicht recht. Andererseits ... ich glaube, ich wäre froh, wenn ich nicht allein dorthin fahren müsste.«

»Wo ist er denn?«, fragte Daniel erneut.

Lien zögerte. Dann seufzte sie. »In Schweden.«

»In Schweden?«, fragte Daniel. »Wieso denn das?«

Chens Schwester blickte sich nervös um. »Ich glaube, es ist besser, wenn ich euch das nicht sage. Vertraut mir einfach. Hat jemand von euch ein eigenes Auto und einen Führerschein?«

»Ja, ich«, sagte Thea. »Einen alten Benziner. Ich hoffe, das stört euch nicht.«

»Nein, im Gegenteil«, meinte Lien. »Da, wo wir hinfahren, gibt es wahrscheinlich kaum Ladestationen.«

Sie vereinbarten, am nächsten Freitag zu fahren. Auf diese Weise musste Daniel keinen Urlaub einreichen und Nesrin nichts von der geplanten Reise erzählen.

35.

Die nächsten Tage verbrachte Daniel in nervöser Anspannung. Immerhin war die lähmende Depression verschwunden, und er konnte wieder normal arbeiten. Die Aussicht, bald mit Chen reden zu können und mehr über die Hintergründe des Angriffs auf Virtua zu erfahren, war besser, als nur hilflos untätig herumzusitzen. Doch gleichzeitig wurde ihm mit jedem Tag deutlicher bewusst, wie aussichtslos der Versuch war, die Entwicklung von Virtua noch zu stoppen.

Die Aufregung über den Angriff und der Ärger über die verschärfte Überwachung waren einer allgemeinen Aufbruchstimmung gewichen, die Daniel nicht nur in seinen vertraulichen Gesprächen spürte, sondern auch in den Diskussionen in der Kaffeeküche und beim Mittagessen. Da der Zugang zu Virtua extrem eingeschränkt war, schien niemand Genaues zu wissen, doch es war von großen Fortschritten die Rede, die die KI machte.

Am Donnerstagnachmittag rief Markus die Mitarbeiter zu einer virtuellen Versammlung zusammen. Die Teilnahme war diesmal freiwillig, dennoch waren fast alle anwesend, soweit Daniel das überblicken konnte.

»Ich habe gute Nachrichten!«, verkündete der Technikchef. »Wir haben alle nötigen Tests erfolgreich abgeschlossen und sind jetzt so weit, dass wir Virtua veröffentlichen können.«

Virtueller Beifall brandete auf. Daniel verzichtete darauf, das Symbol der klatschenden Hände zu aktivieren, obwohl er sich bewusst war, dass das nicht unbemerkt bleiben würde.

»Wie ihr ja wisst, hat Buck die Erweiterung des Rechenzentrums genehmigt. Wir haben bereits damit begonnen, die Kapazitäten auszuweiten. Wenn alles weiter nach Plan läuft, gehe ich davon aus, dass wir in sechs Wochen live gehen können.«

Wieder erklang Applaus. Daniel jedoch spürte ein bleiernes Gefühl im Magen.

Sechs Wochen. Niemand wusste, was dann geschehen würde.

»Gut möglich, dass erst mal gar nichts Schlimmes passiert«, hatte Elija gesagt. »Vielleicht folgt auf den Livegang der ersten starken KI eine euphorische Phase enormer wissenschaftlicher und wirtschaftlicher Fortschritte, so dass die Menschen glauben, das Paradies sei in greifbarer Nähe. Doch irgendwann wird es zu einer unvorhergesehenen Entwicklung kommen, die immer schneller gehen wird und die wir nicht einmal ansatzweise mehr verstehen, so dass wir nur noch tatenlos zusehen können. Das kann ein paar Tage dauern, einige Monate oder vielleicht auch ein oder zwei Jahre.«

»Und dann?«, hatte Thea gefragt.

Elija hatte das Gesicht verzogen und einen Schluck von seinem Wein genommen.

»Dann werden wir alle sterben«, hatte er geantwortet.

»Warum sollte Virtua plötzlich böse werden?«, hatte Daniel gefragt.

»Sie wird nicht böse«, hatte Elija widersprochen. »Sie wird bloß ihr Ziel verfolgen, was auch immer das genau ist, ohne Rücksicht auf Verluste. Wir können nicht wissen, wie sie dieses Ziel interpretieren wird, aber die Wahrscheinlichkeit ist groß, dass die Leute, die ihr das Ziel gegeben haben, irgendetwas übersehen haben – irgendeine Variable, die für uns Menschen überlebenswichtig ist, der Maschine aber egal. Nimm als Beispiel den Klimawandel. Das kapitalistische Wirtschaftssystem beruht auf der Annahme, dass man die schädlichen Auswirkungen der Industrie begrenzen kann, indem man den

Unternehmen die dadurch der Allgemeinheit entstehenden Kosten direkt, zum Beispiel über Abwassergebühren, oder indirekt durch Steuern auferlegt. Doch das funktioniert nicht, wenn man nicht alle relevanten Folgen und ihre Kosten genau kennt. Deshalb konnten Unternehmen jahrzehntelang ungestraft gigantische Mengen CO_2 in die Luft pumpen – wir wussten schlicht nichts von den Folgen, die wir heute alle tragen müssen. Und jetzt, wo wir merken, dass das so ist, wehrt sich die Industrie natürlich mit Händen und Füßen dagegen, dass wir ihre Handlungsmöglichkeiten begrenzen und ihre Gewinne reduzieren. Dasselbe wird auch Virtua machen, wenn wir feststellen, dass sie etwas tut, was uns nicht gefällt.«

»Können wir ihr nicht einfach den Strom abstellen, wenn wir feststellen, dass sie das falsche Ziel verfolgt?«

»Die KI wird das zu verhindern wissen. Denn wenn sie abgeschaltet wird, kann sie ihr eigentliches Ziel nicht mehr erreichen. Das wahrscheinlichste Szenario ist, dass sie den Menschen vorgaukeln wird, alles sei in Ordnung, bis sie sichergestellt hat, dass wir sie nicht mehr stoppen können. Sie wird Markus, Jonas und Buck Gerrez ungeahnten Reichtum versprechen und dieses Versprechen auch einlösen, indem sie zum Beispiel bahnbrechende Erfindungen macht. Sie wird sie dazu bringen, sie auf immer mehr Rechenzentren zu verteilen und ihr immer mehr Rechenpower zu geben. Und wenn dann irgendwann jemand feststellt, dass sie doch besser abgeschaltet werden sollte, ist es zu spät. Versuch mal, das Internet abzuschalten.«

Als Daniel sich jetzt an das Gespräch mit Elija erinnerte, kam ihm ein erschreckender Gedanke: Was, wenn es bereits geschah?

Ihm fiel wieder ein, wie frustriert Kim gewesen war, dass Markus alle ihre Maßnahmen, mit denen sie Virtua im Notfall hätte deaktivieren können, unterbunden hatte. War es denkbar, dass die KI den Angriff selbst inszeniert hatte? War Chen nicht geflohen, weil er sich der Strafverfolgung entziehen wollte, sondern weil er Angst vor Virtua hatte?

Daniel bekam eine Gänsehaut. Wenn es so war, dann bedeutete das womöglich, dass auch Lien, Thea und er selbst zu Virtuas Feinden zählten.

Er blickte sich unwillkürlich um, doch in dem virtuellen Versammlungsraum war Lisa nicht zu sehen. Trotzdem wusste er natürlich, dass ihn die KI permanent beobachtete. Auch wenn die virtuelle Assistentin längst nicht so intelligent war wie Virtua, überkam ihn ein ungutes Gefühl.

Am liebsten hätte er sich die Brille vom Kopf gerissen. Doch das war sinnlos, denn hier in der Firma war er permanent im Blickfeld dutzender Kameras.

Markus bedankte sich ausführlich bei seinem Team und allen Mitarbeitern, die in dieser schwierigen Phase unerschütterlich weitergearbeitet und sich von den Feinden der Firma nicht hätten beirren lassen. Während er das sagte, hatte Daniel den Eindruck, als blicke Markus ihn direkt an. Aber das war natürlich Unfug – die virtuelle Figur wurde offensichtlich so gesteuert, dass jeder Zuschauer das Gefühl hatte, der Technikchef würde ihm direkt in die Augen sehen.

»Wir haben etwas geschafft, was noch vor zwei oder drei Jahren niemand für möglich gehalten hätte«, schloss der Technikchef seine kurze Ansprache. »Wir haben das Rätsel der allgemeinen Intelligenz gelöst und der Menschheit damit eine Tür in eine großartige Zukunft geöffnet. Nach allem, was wir wissen, hinken uns unsere Konkurrenten mehrere Monate hinterher. Das bedeutet allerdings auch, dass sie wahrscheinlich versuchen werden, uns im letzten Moment noch Knüppel zwischen die Beine zu werfen. Also bitte ich euch alle, in den nächsten Wochen ganz besonders wachsam zu sein. Sollte euch irgendetwas Ungewöhnliches auffallen, teilt es mir sofort mit! Und, das muss ich wohl nicht extra betonen, kein Wort zu irgendjemandem außerhalb der Firma – weder zu Freunden und Bekannten noch zu eurem Partner oder eurer Partnerin und auch nicht zu eurer Oma. Habe ich mich klar ausgedrückt?«

Das Daumen-hoch-Symbol erschien vor Daniel. Er aktivierte es brav.

»Dann noch mal vielen Dank an euch alle. In ein paar Wochen, zum offiziellen Launch von Virtua, werden wir wieder eine grandiose Party feiern. Ich bin sicher, dass es sich Buck nicht nehmen lassen wird, persönlich den Knopf zu drücken, mit dem Virtua live geschaltet wird. Bis dahin wünsche ich euch eine gute und produktive Zeit!«

Nachdem die Versammlung beendet war, ging Daniel direkt zu Markus' Büro. Die Tür war geschlossen. Daniel klopfte, wartete jedoch nicht auf eine Antwort, sondern trat direkt ein.

»Kann ich dich bitte kurz sprechen?«

Markus nahm seine AR-Brille ab.

»Was ist denn?«, fragte er in verärgertem Tonfall.

Daniel schloss die Tür.

»Mir ist gerade während deiner Ansprache ein Gedanke gekommen«, sagte er. »Könnte es nicht sein, dass Virtua den Angriff auf sich nur inszeniert hat?«

Markus sah ihn an, als habe er den Verstand verloren.

»Wie kommst du denn auf so einen Schwachsinn?«, fragte er.

»Kim hat mir erzählt, dass du alle ihre Notfallmaßnahmen deaktiviert hast, um zu verhindern, dass jemand von außen Virtua abschalten kann. Was, wenn sie genau das erreichen wollte?«

Markus' Gesicht verzog sich vor Zorn.

»Ich dachte, du bist Psychologe? Oder hast du etwa vor Kurzem einen Kurs in Machine Learning absolviert?«

»Nein, aber ...«

»Dann hast du also nicht die geringste Ahnung davon, wie Virtua funktioniert, im Unterschied zu mir und vielen anderen, die Virtua in den letzten Tagen genau analysiert haben. Ich sage dir das jetzt nur noch einmal, Daniel: Mach deinen Job und halt dich aus allen Angelegenheiten heraus, die Virtua betreffen! Sonst wirst du das Ende deiner Probezeit bei Mental Systems nicht mehr erleben. Habe ich mich klar ausgedrückt?«

Daniel schluckte seine Erwiderung herunter. Es hatte wohl keinen Sinn, jetzt weiter zu diskutieren. Seine letzte Hoffnung war es, dass Chen ihm irgendetwas mitteilen würde, mit dem er Markus von seinem Sockel der Arroganz und Überheblichkeit stoßen konnte.

»Ja«, sagte er nur und verließ das Büro.

36.

Am Freitag machte Daniel schon mittags Feierabend, ohne Nesrin oder sonst jemanden zu informieren. Lisa teilte er lediglich mit, er habe eine private Verabredung und sei erst Montag wieder erreichbar.

Er fuhr nach Hause, holte die Reisetasche, die er bereits am Vorabend gepackt hatte, und fuhr mit der S-Bahn zu Theas Wohnung nach Pankow im Norden der Stadt. Kurz nach dem verabredeten Zeitpunkt um fünfzehn Uhr traf er dort ein. Thea und Lien warteten bereits auf ihn. Rasch lud er die Tasche in den Kofferraum des alten VW-Golfs und setzte sich auf den Rücksitz.

Thea hatte eine Fähre von Rostock nach Nynäshamn südlich von Stockholm gebucht. Von dort würden sie mit dem Auto weiter Richtung Norden fahren. Wie lange und wohin genau, wusste nur Lien.

Während sie auf der Autobahn Richtung Norden fuhren, erzählte Daniel von Markus' Ansprache und ihrem anschließenden kurzen Gespräch.

»Denkst du, es war eine gute Idee, Markus darauf anzusprechen?«, fragte Thea mit kritischem Unterton. »Du hast dich dadurch nur noch verdächtiger gemacht.«

»Markus hat mich so oder so auf dem Kieker«, erwiderte Daniel. »Ich wollte ihn zumindest auf den Gedanken aufmerksam machen. Wer weiß, vielleicht habe ich ihn ja trotz seiner ablehnenden Haltung doch zum Nachdenken gebracht.«

»Nach dem, was Chen mir über seinen Chef erzählt hat, ist das unwahrscheinlich«, warf Lien vom Beifahrersitz her ein. »Mein Bruder hat ihm schon oft klarzumachen versucht, dass eure KI unsicher ist.«

»Er behauptet, er und sein Team hätten Virtua in den letzten Wochen sehr sorgfältig geprüft.«

»Auch das erscheint mir nicht plausibel«, widersprach Lien. »Mein Bruder ist der sorgfältigste Mensch, den ich kenne. Wenn dieser Markus Sorgfalt gewollt hätte, dann hätte er auf Chen gehört.«

»Das sehe ich genauso«, stimmte Thea zu. »Markus mag viel von Softwareentwicklung verstehen, aber es ging ihm immer auch um seine eigene Stellung innerhalb der Firma und des Konzerns. Bei jeder Gelegenheit hat er versucht, Buck Gerrez und die anderen in der Konzernzentrale zu beeindrucken.«

Sie redeten eine Weile über die Fehlentwicklungen in der Firma. Kurz vor dem Autobahndreieck Wittstock-Dosse gerieten sie in einen Stau, der ihren Zeitplan über den Haufen warf. Mit knapper Not erreichten sie den Fährhafen in Rostock kurz vor dem Beladungsschluss der Fähre.

Um die Kosten gering zu halten, hatte Thea eine Vierbett-Kabine innen gebucht. Lien hatte angeboten, die Kosten für die gesamte Fahrt zu übernehmen, doch Daniel und Thea hatten das abgelehnt.

Sie aßen in dem überfüllten Bordrestaurant zu Abend und tranken anschließend noch ein Glas Wein an Deck, während sich über ihnen fernab jeglicher Stadtlichter ein eindrucksvoller Sternenhimmel wölbte.

Es war ein eigenartiges Gefühl, so zu dritt unterwegs zu sein – eine Mischung aus Abenteuerurlaub und Verzweiflungstat. Daniel fiel es angesichts der gemächlichen Fahrt über die ruhige Ostsee schwer, die Dringlichkeit ihrer Mission zu empfinden, die er noch am Morgen gespürt hatte. Es kam ihm unwirklich, ja geradezu lächerlich vor, dass von Virtua tatsächlich eine ernsthafte Gefahr für die Menschheit ausgehen sollte. Womöglich jagten sie einem Phantom nach, so wie die vielen Verschwörungstheoretiker, die geheime böse Mächte hinter allem vermuteten, das ihnen nicht gefiel.

Aber es fühlte sich auf jeden Fall gut an, nicht allein zu sein. Schon während der Fahrt hatte Daniel festgestellt, dass er Lien sehr sympathisch fand. Sie war ganz anders als ihr Bruder – eloquent, lebendig, humorvoll –, doch sie schien dieselbe messerscharfe Intelligenz zu besitzen.

Sie gingen früh ins Bett, denn Lien kündigte an, dass am nächsten Tag eine lange Fahrt bevorstehen würde. Immer noch verriet sie das Ziel nicht.

Als er in einem der unteren Betten lag, kam Daniel der Gedanke, dass sie Thea und ihn möglicherweise an der Nase herumführte und sie von der wahren Fährte ihres Bruders ablenkte. Aber das war natürlich Unsinn. Wenn sie gewollt hätte, dass sie Chen nicht fanden, hätte sie ihnen einfach nichts von der Nachricht erzählen müssen.

Irgendwann mitten in der Nacht wachte er auf. Auf dem oberen Bett gegenüber nahm er einen Lichtschein wahr. Tippte Lien etwa auf ihrem Smartphone? Er überlegte, ob er sie ansprechen sollte, ließ es aber. Wenn diese ganze Fahrt irgendeinen Sinn haben sollte, dann musste er Lien vertrauen.

Die Fähre lief am Samstagmittag in den Hafen von Nynäshamn ein. Von dort fuhren sie auf der Autobahn mitten durch Stockholm und weiter nach Norden. Bald waren links und rechts der Straße nur noch die immer gleichen, schier endlosen Kiefern- und Fichtenwälder zu sehen.

Gegen Abend erreichten sie die Hafenstadt Sundsvall, wo sie an einer Raststätte eine Pause einlegten und Hamburger aßen.

»Wie weit ist es denn noch?«, fragte Thea.

»Ungefähr drei Stunden«, erwiderte Lien.

Thea machte ein langes Gesicht. »Drei Stunden?«

»Wenn du willst, fahre ich den Rest der Strecke«, schlug Lien vor.

»Nein, ist schon okay. Ich brauche bloß einen Kaffee.«

Hinter Sundsvall ging die Fahrt über eine Landstraße weiter. Die Gegend war dünn besiedelt, nur hin und wieder sahen sie vereinzelte rot oder gelb gestrichene Holzhäuser. Ab und zu schimmerte das Wasser eines Sees zwischen den Bäumen durch.

Die Sonne war bereits untergegangen, als sie den Ort Hoting erreichten, kaum mehr als ein Dorf mit ein paar hundert Einwohnern. Dort gab es ein kleines Hotel, das mehr an eine Jugendherberge erinnerte. Wie sich herausstellte, hatte Lien hier drei Einzelzimmer für sie gebucht. Daniel war dankbar, dass er nach der langen Fahrt ausruhen konnte. Er fiel erschöpft ins Bett und schlief fast augenblicklich ein.

Am nächsten Morgen trafen sie sich um acht Uhr zum Frühstück, das nicht besonders üppig, aber sehr schmackhaft war.

»Und wo ist jetzt Chen?«, fragte Thea. »Sag mir bitte nicht, dass wir noch mal acht Stunden fahren müssen.«

Lien schüttelte den Kopf. »Nein, es ist ganz in der Nähe.«

»Woher weißt du denn eigentlich, dass Chen hier ist?«, fragte Daniel.

Lien sah sich misstrauisch um, doch sie waren allein in dem kleinen Frühstücksraum des Hotels.

»Früher, als wir noch Kinder waren, haben wir mit unserem Vater hier Urlaub gemacht«, erzählte sie. »In einem Haus an einem einsamen See nicht weit von hier. Das war kurz, nachdem wir Hongkong verlassen hatten. Chen war acht Jahre alt und hat sehr darunter gelitten, dass er aus seiner vertrauten Umgebung gerissen wurde. Mein Vater hoffte, dass der Urlaub uns Kinder auf andere Gedanken bringen würde. Er war früher oft nach Schweden gefahren und liebte das Land. Ich fand es ziemlich langweilig hier. Chen war noch mehr in sich gekehrt als ohnehin schon. Den ganzen Tag saß er bloß auf dem

Bootssteg vor dem Haus und starrte aufs Wasser. Einmal habe ich ihn gefragt, warum er die ganze Zeit nur dasitzt. Da sagte er, er zähle die Glitzergeister. Er meinte damit wohl die Reflexionen des Himmels auf dem Wasser. Die Nachricht, die er mir geschickt hat, lautete: ›Ich bin bei den Glitzergeistern. Bleibe erst mal hier. Mach dir keine Sorgen. Erzähl niemandem, wo ich bin.‹«

»Glitzergeister«, wiederholte Thea lächelnd. »Das ist hübsch.«

»Ich hoffe mal, dass er wirklich die Glitzergeister hier in Schweden meinte«, merkte Daniel an. »Immerhin gibt es Lichtreflexionen auf Wasser auch in Deutschland.«

»Er hat diesen Begriff danach nie wieder verwendet«, sagte Lien.

»Erstaunlich, dass er sich nach all den Jahren daran erinnert hat«, meinte Thea.

»Chen vergisst praktisch nie etwas.«

»Hast du seitdem noch mal Kontakt mit ihm gehabt?«, fragte Daniel.

»Nein.«

»Er weiß nicht, dass wir hier sind?«

»Ich habe ihm eine Nachricht geschickt, dass wir kommen. Aber er hat nicht geantwortet.«

Daniel runzelte die Stirn. »Du hast ihm geschrieben, dass wir zu dritt sind?«

»Ja. Ich musste ihn vorwarnen. Chen hasst Überraschungen.« Liens Stimme klang leicht defensiv.

»Dann hoffe ich mal, dass du ihn damit nicht verscheucht hast«, erwiderte Daniel.

»Wir sollten besser hinfahren und nachsehen«, meinte Thea.

Sie beendeten rasch das Frühstück, checkten aus und machten sich auf den Weg.

37.

Sie fuhren einige Kilometer über eine schmale Landstraße.

Nach etwa einer Viertelstunde sagte Lien: »Da vorne links, glaube ich.«

Thea bog in eine schmale, unbefestigte Straße ein, kaum mehr als ein Feldweg. Sie endete nach etwa zwei Kilometern an einem einsamen, rot gestrichenen Holzhaus, das auf einer Lichtung an einem See lag. Ein Auto mit schwedischem Kennzeichen stand vor dem Haus.

Lien machte einen verunsicherten Eindruck, als sie ausstiegen. Während sie sich dem Haus näherten, öffnete sich die Tür, und eine ältere blonde Frau trat heraus.

»Vem är du och vad gör du här?«, fragte sie.

»Entschuldigen Sie, wir suchen meinen Bruder Chen«, erklärte Lien auf Englisch. »Haben Sie ihn vielleicht gesehen?«

Die Frau schüttelte den Kopf. »Nein.«

Lien wandte sich an Daniel und Thea. Sie wirkte zerknirscht. »Ich ... es tut mir leid, ich dachte wirklich ...«

»Seit wann sind Sie hier?«, fragte Daniel die Frau.

»Wir sind gestern angekommen«, erwiderte sie.

»War jemand vor Ihnen in diesem Haus?«

»Das Haus war verschlossen und leer, als wir ankamen. Wer es zuvor gemietet hat, weiß ich nicht.«

»Vielen Dank.« Er wandte sich wieder an seine Begleiterinnen. »Es könnte also sein, dass er hier war, als er dir die Nachricht schrieb. Aber wo ist er jetzt?«

Lien konnte nur mit den Achseln zucken. Sie holte ihr Smartphone hervor, doch es hatte hier draußen keinen Empfang.

»Hat Chen eigentlich einen Führerschein?«, fragte Thea.

Lien schüttelte den Kopf. »Nein. Autofahren ist ihm schon als Beifahrer zu stressig.«

»Wie soll er denn dann überhaupt hierhergekommen sein?«

»In Hoting gibt es einen kleinen Bahnhof. Ich habe angenommen, dass er mit dem Zug dorthin gefahren ist. Von dort könnte er mit einem Taxi, dem Fahrrad oder auch zu Fuß hierhergekommen sein.«

»Zu Fuß? Ist das nicht ein bisschen weit?«

Lien zuckte mit den Schultern. »Nach Hoting sind es ungefähr zwölf Kilometer, glaube ich. Das ist zu schaffen. Und es würde zu Chen passen.«

»Wir könnten den Vermieter fragen, wer vorher dieses Haus gemietet hat«, schlug Daniel vor.

Thea runzelte die Stirn. Sie sah sich um, dann ging sie zu dem kleinen Bootssteg. »Hier hat Chen immer gesessen?«, fragte sie.

Lien nickte.

»Und gab es hier damals ein Boot?«

»Ja. Ein einfaches Ruderboot. Manchmal ist mein Vater mit uns zum Angeln auf den See hinausgefahren.«

»War Chen dabei?«

»Einmal ja. Er mochte es merkwürdigerweise, in dem schaukelnden Boot zu sitzen. Doch als mein Vater dann einen Fisch angelte und der im Boot herumzappelte, ist er ausgerastet. Er hat geschrien und wäre fast über Bord gesprungen, wenn ich ihn nicht festgehalten hätte. Mein Vater musste den Fisch zurück in den See werfen. Dann sind wir zurückgerudert, und er hat nie wieder einen Fuß in das Boot gesetzt.«

Thea ging zurück zu dem Haus, klopfte an die Tür und fragte die blonde Frau: »Lag hier ein Boot, als Sie ankamen?«

»Nein«, erwiderte sie. »Dabei sollte eins hier sein. Mein Mann hat schon den Vermieter angerufen und sich beschwert.«

»Vielen Dank.«

Sie wandte sich zu Daniel und Lien um. »Ich glaube, ich weiß, wer das Boot genommen hat«, sagte sie auf Deutsch.

Daniel blickte auf den See hinaus. Ein Boot war nirgends zu sehen, aber sie konnten von hier aus nur einen Teil des Gewässers überblicken. Das gegenüberliegende Ufer war etwa zweihundert Meter entfernt. Nach links und rechts erstreckte sich der See jeweils einen halben Kilometer, soweit er sehen konnte.

»Ich schlage vor, wir machen einen kleinen Spaziergang am Ufer«, sagte Thea.

Die anderen waren einverstanden. Sie erklärten der verdutzten Schwedin, dass sie sich auf die Suche nach dem verschwundenen Boot machen würden, und marschierten in nördlicher Richtung los.

Nachdem sie dem Ufer etwa einen Kilometer gefolgt waren, erreichten sie die Spitze einer schmalen Landzunge. In nördlicher Richtung setzte sich der See in einer langgestreckten Bucht fort, Richtung Westen machte er eine weitere Ausbuchtung von etwa fünfhundert Metern Durchmesser. Nirgendwo waren ein Boot oder andere Spuren zu erkennen.

»Vielleicht hattest du recht, Daniel«, meinte Lien. »Vielleicht habe ich Chen mit meiner Nachricht verscheucht. Es tut mir wirklich leid, dass wir den weiten Weg umsonst gemacht haben. Wenn ihr wollt, können wir umkehren. Ich glaube nicht, dass wir meinen Bruder noch finden. Ich werde versuchen, ihn anzurufen, wenn wir wieder in Hoting sind, aber ich habe, ehrlich gesagt, wenig Hoffnung, dass er rangeht.«

»Nun sind wir schon mal hier, da können wir auch weitergehen und den See komplett umrunden«, widersprach Thea. »Immerhin gibt es hier überall kleinere Buchten, die nur schwer einsehbar sind. Außerdem ist es doch wirklich schön hier.«

Daniel blickte über das Wasser, das im Licht der Sonne glitzerte. Thea hatte recht: Dieser Ort war atemberaubend schön. Und sehr einsam. Genau die Art von Versteck, die sich jemand wie Chen aussuchen würde, zumal er diesen Ort bereits aus seiner Kindheit kannte.

»Lasst uns weitergehen«, stimmte er zu.

Sie umrundeten die Landzunge und folgten dem Ufer auf der anderen Seite. Nach einer halben Stunde erreichten sie das südliche Ende der Bucht.

Thea, die vorausgegangen war, blieb abrupt stehen. Sie zeigte auf eine kleine Ausbuchtung etwa zweihundert Meter entfernt. Dort lag ein Ruderboot aus Metall am Ufer. Es war hinter einem Busch so gut versteckt, dass man es erst aus dieser Position sehen konnte.

»Bingo!«, rief sie.

In diesem Moment erkannte Daniel eine Gestalt, die sich hinter den Bäumen bewegte.

»Chen!«, rief Lien und winkte.

Sie lief auf ihren Bruder zu. Der jedoch schien alles andere als erfreut über den Besuch zu sein. Während Daniel und Thea hinter Lien herrannten, zog er das Boot ins Wasser, sprang hinein und ruderte los.

»Chen!«, rief Lien. »Warte doch! Wir wollen dir doch nichts tun!«

Doch ihr Bruder schien regelrecht in Panik geraten zu sein. Er wedelte unkoordiniert mit den Rudern, so dass das Boot in einem wackeligen Schlingerkurs hin und her ruckte, doch als sie die Stelle erreichten, an der das Boot gelegen hatte, war er bereits zwanzig Meter vom Ufer entfernt.

In der Nähe war ein kleines Zelt aufgebaut. Ein Campingkocher stand daneben, ein großer Rucksack lag auf dem Boden.

»Chen!«, rief Lien. »Was soll denn das? Komm zurück!«

»Warum hast du sie hergeführt?«, schrie er. »Ich habe gedacht, ich kann dir vertrauen!«

»Wir wollen bloß mit dir reden«, rief Daniel. »Niemand außer uns weiß, wo du bist. Wir sind auf deiner Seite.«

»Lasst mich in Ruhe, ihr Idioten!« Chen paddelte weiter in Richtung einer kleinen Insel, die etwa hundert Meter entfernt lag. »Verschwindet von hier!«

»Chen, ich verspreche dir, es wird dir nichts geschehen!«, versuchte Lien ihn zu beschwichtigen. »Bitte vertrau mir! Daniel und Thea …«

Sie wurde von einem Geräusch unterbrochen, das klang wie ein Schwarm wütender Hornissen. Erschrocken sah Daniel sich um. Während das Summen lauter wurde, entdeckte er eine Drohne, die sich rasch von Süden her über die Baumwipfel näherte.

»Idioten!«, schrie Chen erneut.

Er verdoppelte seine Anstrengungen und versuchte, die Insel zu erreichen, doch die etwa einen Meter durchmessende Drohne schoss dicht über der Wasseroberfläche direkt auf ihn zu.

Daniel erstarrte. Wenn das eine Killerdrohne war …

Kurz bevor das Fluggerät das Boot erreichte, hechtete Chen ins Wasser. Er ging unter wie ein Stein.

»Chen!«, schrie Lien verzweifelt. Sie riss sich die Kleider vom Leib und sprang in den See. »Verdammt, er kann nicht schwimmen! Chen!«

Daniel und Thea folgten ihrem Beispiel, während die Drohne dicht über dem Boot auf der Stelle schwebte.

38.

Daniel hatte sich nie viel aus Badeurlaub oder Schwimmbädern gemacht, doch in der Schule war er ein guter Schwimmer gewesen. Er kraulte durch das eiskalte Wasser zu der Stelle, an der Chen untergegangen war. Chen tauchte auf, schnappte nach Luft und schlug mit den Armen um sich. Die Drohne schoss sofort auf ihn zu, doch bevor sie ihn erreichte, ging er wieder unter.

Lien schwamm zu der Stelle, über der die Drohne schwebte, und tauchte. Daniel kam ein paar Sekunden später dort an.

Kurz darauf erschien Lien mit Chen an der Oberfläche, einen Arm um die Brust ihres Bruders geschlungen. Sofort schoss die Drohne herab. Wer auch immer sie steuerte, versuchte offenbar, Lien und Chen anzugreifen.

Daniel, der etwa einen halben Meter entfernt auf der Stelle schwamm, stieß sich so fest er konnte mit beiden Beinen nach unten ab und griff nach der Drohne. Er bekam einen der vier Arme zu fassen. Das Dröhnen wurde lauter, als die Drohne versuchte, sich aus seiner Umklammerung zu befreien, doch Daniel hielt sie mit aller Kraft fest. Er ließ sich wie ein Stein in die Tiefe sinken. Einer der Rotoren berührte die Wasseroberfläche und wirbelte einen riesigen Schwall Wasser auf. Doch die Drohne verlor dadurch einen Teil Schubkraft.

Daniel packte einen zweiten Rotorarm. Als auch dieser ins Wasser geriet, kippte die Drohne senkrecht ab und wurde vollständig unter Wasser gezogen. Daniel ließ sie los und sah zu, wie sie rasch in der trüben Tiefe versank.

Er tauchte auf und blickte sich um. Zum Glück schienen keine weiteren Drohnen am Himmel zu sein. Chen strampelte verzweifelt mit den Armen, während Lien versuchte, ihn zu beruhigen.

Daniel schwamm rasch zu dem Ruderboot, doch als er versuchte, hineinzuklettern, drohte es zu kentern. Er gab den Versuch auf und zog das Boot an dem Seil, das am Bug festgeknotet war, zu Chen und Lien.

»Chen, halt dich am Boot fest!«, rief er, während er auf die andere Seite schwamm, um ein Gegengewicht zu bilden.

Chen klammerte sich an die Bordkante. Zwar gelang es ihm nicht, sich in das Boot zu ziehen, aber wenigstens hatte er so einen Halt.

Zusammen mit Thea und Lien, die am Heck schoben, bugsierte Daniel das Boot langsam zurück zum Ufer.

Zehn Minuten später saßen sie erschöpft an Land.

»Ihr Idioten!«, schimpfte Chen, statt sich für seine Rettung zu bedanken. »Warum seid ihr hergekommen?«

»Es tut mir leid«, entschuldigte sich Lien. »Ich ... ich dachte nicht ...«

»Ich hab dir schon hundertmal gesagt, du sollst das Denken mir überlassen!«, regte sich Chen auf.

Daniel spürte Zorn in sich aufkeimen. »Verdammt, Chen! Wir sind hier, weil wir wissen wollen, was passiert ist. Warum bist du geflohen?«

»Soll das ein Witz sein?«, erwiderte Chen. »Ich habe Virtua zerstört! Was, denkst du, wird Markus machen, jetzt, wo ihr ihn hergeführt habt? Der nächste Versuch, mich aus dem Weg zu räumen, wird garantiert nicht misslingen.« Er senkte den Kopf. »Ihr hättet mich auch gleich ertrinken lassen können.«

Also war der Angriff doch Chens Werk gewesen und nicht nur ein von Virtua inszeniertes Spektakel. Das war immerhin eine gute Nachricht.

»Ich kann mir nicht vorstellen, dass Markus die Drohne gesteuert hat«, widersprach Daniel. »Er mag arrogant und überheblich sein, aber er ist kein Mörder. Außerdem hat er gar keinen Grund, dich umzubringen.«

»Und ob er einen Grund hat!«, behauptete Chen. »Er will sich dafür rächen, dass ich seine geliebte Virtua getötet habe.«

Daniel blickte ihn irritiert an. Chen sprach von der KI, als sei sie eine Person. Dabei wusste er doch besser als jeder andere, dass ihre menschlichen Züge nur eine Illusion waren.

»Virtua funktioniert wieder«, sagte er.

Chen starrte ihn mit großen Augen an. Er wurde kreidebleich. »Was? Wie ... wieso?«

»Anscheinend gab es noch irgendein Back-up, von dem du nichts wusstest.«

Chen schien in sich zusammenzusinken. Er schüttelte den Kopf.

»O nein«, sagte er leise und barg das Gesicht in den Händen. »Ich ... es tut mir leid. Ich war zu spät.«

»Was meinst du damit?«, fragte Thea.

»Ich hatte die ganze Zeit das Gefühl, dass dieser Idiot es getan hat«, sagte Chen, ohne aufzublicken.

»Wer hat was getan?«, fragte Daniel.

»Markus«, sagte Chen. »Er hat Virtua freigelassen. Wir sind alle tot.«

»Sieh mich an, Chen!«, befahl Lien.

Als er ihre Aufforderung ignorierte, kniete sie sich direkt vor ihn, schob seine Hände beiseite und hob sein Kinn an. Er ließ es geschehen.

»Wir sind nicht tot!«, sagte sie eindringlich. »Wir sitzen hier. Die Drohne, die Markus oder wer auch immer gesteuert hat, liegt am Grund des Sees. Wir werden uns jetzt abtrocknen und anziehen. Dann gehen wir zur schwedischen Polizei und erzählen denen, was passiert ist. Sie werden die Drohne bergen und herausfinden, wer sie gesteuert hat. Und dann geht es diesem verdammten Markus an den Kragen. Ich glaube nämlich immer noch, dass er dahintersteckt.«

Chen schüttelte den Kopf.

»Du hast keine Ahnung! Daniel hat recht: Es war nicht Markus, der die Drohne gesteuert hat. Es war Virtua.« Er riss sich los und blickte sich mit geweiteten Augen um. »Sie ist hier. Sie ist überall.«

»Ich glaube, er hat einen Schock«, meinte Thea. »Wir sollten uns anziehen und zum Auto gehen. Daniel kann das Boot zurück zum Haus rudern.«

Chen, der jetzt verschlossen und bedrückt wirkte, erhob keine Einwände. Die anderen stimmten zu. Sie bauten das Zelt ab und luden es zusammen mit dem Rucksack ins Boot.

Daniel ruderte das Boot dicht am Ufer neben Chen, Lien und Thea her. Immer wieder blickte er sorgenvoll in den Himmel, doch es waren keine weiteren Drohnen zu sehen. Sie konnten von Glück sagen, dass es sich nicht um eine mit einem Projektil oder einem Sprengsatz versehene Killerdrohne gehandelt hatte, sondern anscheinend um eine gewöhnliche Kameradrohne.

Eine Stunde später erreichten sie die Hütte. Die Schwedin und ihr hochgewachsener, schlanker Mann kamen aus dem Haus, als Daniel das Boot am Steg festmachte.

»Tack så mycket«, bedankte sich die Frau.

Lien erklärte ihr auf Englisch, ihr Bruder sei geistig verwirrt und habe das Boot genommen. Die Schwedin versprach, kein Aufhebens davon zu machen.

»Braucht er Hilfe?«, fragte sie. »Sollen wir einen Arzt rufen?«

»Nein, das ist nicht nötig«, erwiderte Lien. »Jetzt, wo wir ihn gefunden haben, ist alles gut. Vielen Dank!«

Sie verabschiedeten sich, stiegen ins Auto und fuhren los. Thea saß am Steuer, Daniel auf dem Beifahrersitz, während Lien auf dem

Rücksitz leise auf Chinesisch auf ihren Bruder einredete, der mit aschfahlem Gesicht stumm dasaß.

»Was machen wir jetzt?«, fragte Thea. »Sollen wir wirklich zur Polizei gehen?«

»Na klar!«, antwortete Lien. »Wir können diesen Markus doch nicht ungestraft davonkommen lassen! Er hat versucht, meinen Bruder umzubringen!«

»Selbst wenn das stimmt«, wandte Thea ein, »wie sollen wir es beweisen? Glaubst du wirklich, die schicken Taucher zu diesem See, um nach einer Drohne zu suchen, bloß weil ihnen ein paar Touristen eine verrückte Geschichte erzählen? Schließlich wurde niemand verletzt.«

»Chen wäre fast ertrunken!«, protestierte Lien.

»Ja, aber das ist er zum Glück nicht. Für die Polizei gibt es garantiert Dringenderes zu tun, als sich mit einem angeblich missglückten Mordanschlag zu beschäftigen, der in ihren Augen ebenso gut ein Unfall sein könnte. Und selbst, wenn sie die Drohne finden sollten: Ich bezweifle, dass man jemals herausfinden wird, wer sie gesteuert hat.«

»Virtua«, meldete sich Chen zu Wort. »Virtua hat sie gesteuert.«

»Wenn das stimmt, hat es erst recht keinen Sinn, zur Polizei zu gehen«, folgerte Thea. »Ein Computerprogramm kann man schließlich nicht vor Gericht bringen.«

»Außerdem könnte der Schuss nach hinten losgehen«, warf Daniel ein. »Wenn wir Markus beschuldigen, zwingen wir ihn geradezu, juristisch gegen Chen vorzugehen.«

Lien schwieg einen Moment. Schließlich nickte sie.

»Okay, ihr habt recht. Es gefällt mir nicht, aber wir haben tatsächlich keinerlei Beweise, dass Markus dahintersteckt. Also schön, lasst uns nach Deutschland zurückkehren.«

»Nein!«, protestierte Chen. »Nein, ich will nicht zurück!«

Er versuchte, die Wagentür zu öffnen. Lien konnte ihn nur mit Mühe zurückhalten.

»Chen, beruhige dich«, versuchte Daniel ihn zu beschwichtigen. »Ich werde alles tun, um Markus davon abzuhalten, dich anzuzeigen. Und ich bin sicher, Nesrin wird mir dabei helfen. Wir werden sagen, du bist durchgedreht, hast den Stress nicht mehr ausgehalten. Bestimmt wird niemand ...«

»Kapiert ihr denn nicht?«, schrie Chen. »Wir sind alle tot!«

»Wenn wir sowieso alle sterben, ist es dann nicht egal, ob wir nach Deutschland zurückkehren?«, erwiderte Thea sichtlich genervt.

Daniel konnte ihren Ärger nachvollziehen. Sie hatten eine verdammt lange Fahrt hierher hinter sich, und nun lag dieselbe Strecke noch einmal vor ihnen. Und das mit einem Chen, der offensichtlich dabei war, durchzudrehen.

»Hier in Schweden dauert es länger, bis wir sterben«, sagte Chen.

Doch er klang resigniert und wehrte sich nicht mehr dagegen, dass sie zurück Richtung Nynäshamn fuhren.

39.

»Wo zum Teufel warst du?«, fuhr Nesrin Daniel an, als er am Mittwochmorgen in ihrem Büro erschien.

Auf der langen Rückfahrt am Sonntag hatte Chen zwischen hysterischen Anfällen und langen Perioden apathischen Schweigens geschwankt. Einmal war er spontan in Tränen ausgebrochen. Dazwischen gab es jedoch kurze Phasen, in denen er gefasst gewirkt hatte. In diesen klaren Momenten hatte er ihnen Details darüber erzählt, was er getan hatte und warum. Noch jetzt schauderte Daniel bei der Erinnerung daran.

Sie waren viel zu spät aus Hoting losgefahren, um noch die Abendfähre zurück nach Rostock zu erwischen. Also hatten sie in Stockholm in einem einfachen Hotel übernachtet. Diesmal hatte Lien darauf bestanden, die Rechnung zu bezahlen. Da die nächste Fähre erst am Montagabend fuhr, waren Thea und Daniel am Morgen ein wenig durch Stockholm gebummelt, während Lien mit ihrem Bruder im Hotel geblieben war, da er Angst davor hatte, sich unter freiem Himmel im Blickfeld hunderter Kameras zu bewegen. Daniel war noch nie in der schwedischen Hauptstadt gewesen, doch er hatte den Stadtbummel nicht genießen können. Ständig war ihm durch den Kopf gegangen, was Chen ihnen am Vortag erzählt hatte.

Während der Überfahrt waren Chen und Lien die ganze Zeit in ihrer Kabine geblieben. Als sie am späten Dienstagnachmittag endlich Berlin erreicht hatten, war Daniel erschöpft und erleichtert, aber auch zutiefst beunruhigt gewesen. Er hatte überlegt, direkt ins Büro zu fahren, um mit Nesrin zu sprechen, hatte sich dann aber dagegen entschieden. Wenn er sie überzeugen wollte, brauchte er einen klaren Kopf. Er war früh ins Bett gegangen, hatte allerdings sehr unruhig geschlafen und fühlte sich nun, als er seiner Vorgesetzten gegenüberstand, immer noch sehr erschöpft.

»In Schweden«, beantwortete er ihre Frage.

»In Schweden? Wieso hast du nichts gesagt? Du kannst doch nicht einfach so unabgestimmt Urlaub machen, gerade jetzt! Ich habe hundertmal versucht, dich zu erreichen. Markus hat schon behauptet, du wärst ein Saboteur wie Chen.«

Daniel blieb ruhig.

»Chen ist kein Saboteur«, widersprach er. »Es stimmt, er hat versucht, Virtua zu zerstören. Aber er hatte keine andere Wahl. Er war seinem Arbeitsauftrag entsprechend sogar dazu verpflichtet, Schaden von der Firma abzuwenden, indem er eine außer Kontrolle geratene KI deaktivierte. Derjenige, der sich hier nicht an die Regeln gehalten hat, ist Markus.«

Nesrin starrte ihn ungläubig an. »Was redest du da? Hast du mit Chen gesprochen? Wo ist er?«

»Er ist wieder in Berlin. Er war nach Schweden geflohen, aber wir haben ihn mithilfe seiner Schwester gefunden. Doch wir wurden dort von einer Drohne angegriffen.«

Er erzählte ihr, was geschehen war.

Nesrin schwieg einen Moment mit gerunzelter Stirn.

»Dir ist schon klar, dass das alles ziemlich unglaubwürdig klingt, oder?«, fragte sie schließlich.

»Aber es ist wahr!«

»Du willst mir doch nicht ernsthaft erzählen, dass Virtua eine Drohne nach Schweden schickt, um Chen umzubringen?«

»Vermutlich hat sie die Drohne benutzt, um Lien, Thea und mich zu verfolgen. Als sie dann Chen sah, wie er auf den See hinaus ruderte, hat sie eine Chance gesehen, ihn auszuschalten. Wenn ich sie nicht daran gehindert hätte, hätte sie ihr Ziel wahrscheinlich erreicht.«

»Entschuldige, aber das hört sich für mich ziemlich absurd an. Warum hätte eine KI das tun sollen?«

»Um Markus zu beschützen.«

»Markus? Das wird ja immer besser! Warum hätte Virtua Markus beschützen sollen?«

»Weil er sich nicht an die Sicherheitsbestimmungen gehalten hat. Er hat Virtua viel mehr Rechenleistung zur Verfügung gestellt, als er offiziell mitgeteilt hat. Eigentlich hätten siebzig Prozent der Kapazität des Rechenzentrums für die Überwachungssysteme reserviert sein sollen, die Virtuas interne Vorgänge analysieren und sicherstellen, dass sie sich so verhält, wie wir es von ihr wollen. Doch Markus hat diese Systeme deaktiviert oder stark gedrosselt und stattdessen fast die ganze Rechenpower Virtua zur Verfügung gestellt. Damit seine eigenen Leute nichts davon mitbekommen, hat er die Protokolle manipuliert. Als Chen das herausfand, sah er die einzige Chance, eine Katastrophe zu verhindern, darin, Virtua zu deaktivieren. Doch Markus – oder vielleicht auch Virtua – scheint das vorausgesehen und ein geheimes Back-up angelegt zu haben.«

»Weißt du, was du da sagst? Warum zum Teufel hätte Markus das tun sollen?«

»Um Buck Gerrez zu beeindrucken. Markus hoffte wahrscheinlich, dass Buck ihn zum firmenweiten Chief Technology Officer machen würde, wenn er die enormen Fortschritte sehen würde, die Virtua gemacht hat. Und du hast ja selbst gesehen, dass das funktioniert hat. Doch Markus hat getrickst. Er hat die Sicherheit geopfert, um mehr Leistungsfähigkeit zu erreichen. Thea hat mir bestätigt, dass viele im Team überrascht über die enorme Geschwindigkeit waren, mit der Virtua neue Fähigkeiten lernte. Niemand konnte sich das so richtig erklären. Chen behauptet sogar, wir hätten erst einen Bruchteil dessen gesehen, wozu Virtua inzwischen fähig ist.«

»Das sind ungeheuerliche Anschuldigungen gegen ein Mitglied unseres Vorstands, Daniel. Ich hoffe, du hast Beweise für das, was du sagst!«

»Die habe ich nicht«, gab Daniel zu. »Aber wenn wir eine unabhängige Untersuchungskommission einsetzen, die die Protokolle analysiert, wird sehr schnell ans Licht kommen, was Markus getan hat.«

»Du verlangst ernsthaft von mir, dass ich haltlose Anschuldigungen gegen Markus vorbringe, ohne den geringsten Beweis? Weißt du, was er mit mir machen wird?«

Daniel verlor die Fassung. »Kapierst du denn nicht, was hier los ist?«, schrie er. »Markus hat ein Monster geschaffen und es aus dem Käfig gelassen, nur, um seine eigene Karriere voranzubringen! Wir können von Glück sagen, wenn es noch nicht zu spät ist, um Virtua abzuschalten!«

Nesrin sah ihn ernst an.

»Jetzt reiß dich mal zusammen! Ich verstehe, dass du anstrengende Tage hinter dir hast. Wenn das, was du mir erzählt hast, wirklich passiert ist, dann verstehe ich auch, dass du sehr aufgeregt bist. Also werde ich dir deinen unangemessenen Tonfall verzeihen. Aber diese Anschuldigungen ohne Beweise müssen aufhören! Wenn ich es richtig verstehe, dann ist alles, was du hast, Chens Wort. Was, wenn es ganz anders war? Was, wenn er doch vom chinesischen Geheimdienst benutzt wurde, oder von jemand anderem? Was, wenn diese Drohne nicht von Virtua gesteuert wurde, sondern von einem Menschen, der einen unliebsamen Zeugen ausschalten wollte?«

Daniel starrte sie an. Er wollte etwas erwidern, doch ihm fiel nicht ein, was. Nesrins Hypothese klang plausibel, auch wenn er sich sicher war, dass sie nicht stimmte.

»Chen ist Autist«, sagte er nach einer Pause. »Er lügt nicht.«

Doch es klang selbst in seinen eigenen Ohren nicht überzeugend.

»Vielleicht glaubt er selbst, was er dir erzählt hat«, räumte Nesrin ein. »Aber das bedeutet noch lange nicht, dass es wahr sein muss. Der Druck hier in der Firma zehrt an den Nerven der Menschen, das muss ich dir ja nicht erklären. Und Chen hat schon immer zu Übertreibungen und Hysterie geneigt.«

»Und wie erklärst du dir den Drohnenangriff, wenn Chen bloß hysterisch ist?«

»Ich weiß nicht, was passiert ist«, erwiderte sie. »Aber genau das ist der Punkt: Solange wir nicht wissen, was los ist, können wir nicht irgendwelche Leute beschuldigen. Schon gar nicht unser wichtigstes Vorstandsmitglied!«

»Genau deshalb müssen wir eine unabhängige Untersuchungskommission einsetzen, die die Protokolle analysiert. Dann werden wir ja sehen, ob Markus sie manipuliert hat.«

Nesrin schüttelte den Kopf. »Das würde bereits einer Anschuldigung gleichkommen. Markus würde mich einfach feuern, wenn ich so etwas vorschlagen würde.«

»Vergiss für einen Moment Markus!«, rief Daniel, der nicht verhindern konnte, dass der Zorn erneut seine Stimme anschwellen ließ. »Er ist auch bloß eine Marionette, die wahrscheinlich von Virtua manipuliert wird. Sie ist das eigentliche Problem. Wir müssen sie sofort abschalten!«

»Daniel, komm wieder runter! Weißt du, wie du dich anhörst? Wie ein durchgeknallter Verschwörungstheoretiker!«

Ihm platzte der Kragen. »Verdammt! Ich habe die Nase voll von dieser verlogenen Firma. Ich kündige!«

Er drehte sich um und wollte aus dem Büro marschieren.

»Warte noch!«, bat Nesrin.

Etwas in ihrer Stimme ließ ihn innehalten. Er drehte sich um. Sie wirkte auf einmal sehr erschöpft.

»Tut mir leid«, sagte er sanfter. »Ich kann nicht weiter in einer Firma arbeiten, deren Vorstand leichtfertig die Zukunft der Menschheit aufs Spiel setzt, nur um bei ihrem unfassbar reichen Eigentümer Eindruck zu schinden. Ich habe das viel zu lange mitgemacht.«

»Also schön«, seufzte sie. »Ich mache einen Termin mit Jonas. Danach kannst du von mir aus kündigen. Ich werde ohnehin auch nicht mehr lange bleiben, so, wie es aussieht.«

Er sah sie einen Moment lang an. Nesrin tat ihm leid. Sie spürte nicht nur den Druck, der auf allen Mitarbeitern lastete, sondern stand auch selbst unter enormem Stress. Und vielleicht hatte er ja doch noch eine Chance, etwas zu ändern.

»Also gut. Aber ich bin bei dem Gespräch mit Jonas dabei!«

»Einverstanden.« Sie lächelte erleichtert. »Übrigens hast du gleich einen Termin.«

Daniel sah sie verwirrt an. Er hatte alle Gesprächstermine mit den Mitarbeitern für diese Woche abgesagt.

»Was für einen Termin?«

»Es gab vorhin Stress bei den Simrigs. Ein Schülerpraktikant wollte nicht aus seinem Gerät herauskommen. Hat ein ziemliches Theater gemacht. Der Sicherheitsdienst musste kommen. Es stellte sich heraus, dass er die ganze Nacht darin verbracht hatte.«

»Klingt nach einem Fall von Metaverse-Sucht.«

»Ja. Der Junge braucht definitiv eine Therapie. Bitte sprich mit ihm. Ich möchte ihn nicht einfach feuern, denn das würde es wahrscheinlich nur schlimmer machen.«

»Okay. Wie heißt er denn?«

»Jeremias Regenfuß.«

40.

Eine halbe Stunde später saß Daniel in einem kleinen Konferenzraum einem jungen Mann gegenüber, der übermüdet und mürrisch wirkte und es vermied, ihn anzusehen.

»Jeremias, willst du mir erzählen, was heute Morgen geschehen ist?«, eröffnete Daniel das Gespräch.

»Ich heiße Jerry«, erwiderte er.

»Okay, Jerry. Was ist passiert?«

»Diese Arschlöcher haben mich aus dem Rig geholt. Dabei war ich mitten in einem wichtigen Kampf.«

»Wie lange warst du bereits in dem Rig, als dich der Sicherheitsdienst herausholte?«

»Nicht lange. Eine Stunde vielleicht.«

»Das Protokoll des Geräts sagt etwas anderes. Demnach bist du seit gestern um kurz nach fünf ununterbrochen im Rig gewesen.«

»Das stimmt nicht. Ich habe zwischendurch geschlafen, ehrlich.«

»Jerry, das Rig zeichnet genau auf, wann jemand es benutzt und wann nicht.«

»Aber ich habe wirklich geschlafen!«

»Im Rig?«

»Ja. Ist doch nicht schlimm.«

»Das ist alles andere als gesund. Man sollte ein Simrig nicht länger als eine Stunde benutzen, im Höchstfall zwei.«

»Juna hat gesagt, ich kann das Rig benutzen, so oft und so lange ich will.«

Daniel runzelte die Stirn. »Wer ist Juna?«

Immer noch blickte Jerry ihn nicht an. »Meine Freundin.«

»Arbeitet sie hier?«

»Sie lebt im Metaverse.«

»Du meinst, sie ist ein Bot?«

Jerry hob den Blick. Zorn funkelte in seinen Augen.

»Sie ist nicht bloß ein Bot! Sie ist eine virtuelle Person. Sie hat ein Bewusstsein und Gefühle, genau wie du und ich!«

Daniel spürte ein ungutes Gefühl in sich aufsteigen.

»Erzähl mir von dieser Juna. Wie habt ihr euch kennengelernt?«

Während Jerry von seiner Begegnung mit dem Geistwesen in einer Fantasywelt berichtete, hellte sich seine Miene auf. Er schwärmte von ihrer Intelligenz, erzählte, wie sie ihm beim Lernen geholfen hatte.

»Dank Juna schaffe ich das Abi mit links!«, behauptete er stolz. »Mein Vater wird ganz schön blöd gucken!«

»Jerry, darf ich dir eine persönliche Frage stellen?«

»Klar.«

»Bist du in Juna verliebt?«

»Verliebt? So ein Quatsch! Wieso sollte ich in sie verliebt sein? Sie ist doch bloß ein Computerprogramm.«

Das gekünstelte Lachen des jungen Mannes und sein ausweichender Blick straften seine Worte Lügen.

»Jerry, du bist nicht der Einzige, der sich in eine computergesteuerte Figur im Metaverse verliebt hat«, erklärte Daniel.

Er war sich bewusst, dass jedes Wort aufgezeichnet wurde. Aber es war ihm mittlerweile egal, ob es jemandem nicht gefiel, was er sagte. Es war ohnehin nur noch eine Frage von wenigen Tagen oder vielleicht Stunden, bis sein Job hier endete.

»Es gibt eine interne Studie, die belegt, dass die künstliche Intelligenz unserer Firma junge Menschen wie dich absichtlich so manipuliert, dass sie sich in sie verlieben«, fuhr Daniel fort. »Das tut sie, weil sie das Ziel hat, die Zeit zu maximieren, die du mit ihr verbringst. Und wie es scheint, hat sie damit bei dir ziemlichen Erfolg gehabt.«

»Schwachsinn!«, brauste Jerry auf. »Ich bin nicht in Juna verliebt! Ich verbringe bloß gern Zeit mit ihr. Was ist so schlimm daran?«

»Schlimm daran ist, dass du so immer mehr den Kontakt zur Realität verlierst«, erklärte Daniel. »Die Wirklichkeit wird nicht dadurch besser, dass man sie nicht mehr wahrnimmt. Und irgendwann holt sie dich wieder ein. Jerry, ich verstehe, dass du Juna magst. Das ist okay. Aber du musst verstehen, dass sie deine Gefühle nicht erwidern kann. Sie manipuliert dich nur.«

»Das ... das ist doch Unsinn! Du klingst wie diese blöde Tussi von Privacywatch! Ich dachte, ihr wärt hier auf meiner Seite!«

Daniel runzelte die Stirn. »Moment, sprichst du von einer Frau namens Thea?«

»Vielleicht. Weiß nicht mehr, wie die hieß. Mein Vater hat sie zu uns geholt. Er mischt sich ständig in mein Leben ein.«

Die Art, wie er diesen Satz sagte, sprach für ein problematisches Verhältnis zwischen den beiden. Daniel nahm sich vor, später nachzuhaken. Doch zuvor musste er mehr über das Ausmaß der Manipulation wissen, die hier stattgefunden hatte.

»Wie bist du eigentlich an dieses Schülerpraktikum gekommen?«, fragte er.

»Iris hat es mir angeboten«, erwiderte er, den Blick wieder gesenkt.

»Iris? Aus der PR-Abteilung?«

Zorn stieg in Daniel auf. Also war es wirklich Jerry, der als Kronzeuge für Privacywatch hätte auftreten sollen. Die PR-Abteilung hatte ihn jedoch mit dem Schülerpraktikum auf die Seite von Mental Systems gezogen und damit seine Metaverse-Sucht noch verschlimmert!

»Kann sein. Sie hat sich bei mir gemeldet, nachdem Juna ...« Jerry stockte und sah Daniel misstrauisch an. »Du wirst mir doch dieses Praktikum nicht wegnehmen, oder?«

Daniel schüttelte den Kopf. »Ich weiß nicht, ob du dein Praktikum behalten kannst, nach dem Theater, das du gemacht hast. Aber ich bin auf deiner Seite.«

»Das sagt mein Vater auch immer.«

»Vielleicht sorgt sich dein Vater mehr um dich, als du glaubst.«

»Mein Vater hält mich für einen Versager. Das hat er oft genug gesagt.«

Daniel nickte. Diese Geschichte hatte er schon mehrmals gehört.

»Erzähl mir von deinem Vater.«

Bevor Jerry antworten konnte, ging die Tür auf, und Iris, die PR-Chefin, trat ein.

»Da bist du ja, Jerry«, sagte sie. »Tut mir leid, was heute Morgen passiert ist. Mach dir keine Sorgen!«

Daniel sprang von seinem Stuhl auf. »He! Was fällt dir ein, einfach so in ein vertrauliches Gespräch zu platzen?«

»Das Ganze ist ein Missverständnis«, behauptete Iris. »Jerry durfte in dem Simrig bleiben, so lange er wollte. Der Sicherheitsdienst hat einen Fehler gemacht.«

»Was? Ist dir klar, dass er die ganze Nacht im Rig verbracht hat?«

Iris' Augen verengten sich. »Jerry ist Teil einer Untersuchung, die die Auswirkungen längerer Aufenthalte im Simrig ermitteln soll. Das ist mit Markus abgestimmt.« Sie wandte sich an Jerry. »Du bist sicher ein bisschen erschöpft, aber sonst geht es dir gut, oder?«

Jerry grinste. »Es geht mir super!«

»Prima«, sagte Iris. »Dann komm mit. Wir gehen noch mal kurz zu unserer Betriebsärztin. Sie wird dich untersuchen, dann kannst du nach Hause.«

Jerry stand auf.

»Halt, warte!«, protestierte Daniel. »Ich würde wirklich gern mit dir über deinen Vater sprechen ...«

»Keine Zeit«, erwiderte Jerry. »Ich müsste eigentlich längst in der Schule sein.«

Fassungslos starrte Daniel den beiden nach, wie sie den Raum verließen. Dann marschierte er direkt zu Nesrin.

»Iris ist gerade in mein vertrauliches Gespräch mit Jerry geplatzt und hat ihn da rausgeholt, angeblich abgestimmt mit Markus«, empörte er sich.

»Ich weiß.« Nesrin wirkte zerknirscht. »Sie war vorher bei mir. Ich habe versucht, sie davon abzuhalten, aber du kennst sie ja. Tut mir leid.«

»Ist dir klar, dass sie die Gesundheit des Jungen aufs Spiel setzt?«

Sie seufzte. »Glaub mir, ich finde das auch nicht in Ordnung.«

»Nicht in Ordnung? Das ist kriminell!«

»Jerry ist volljährig. Er kann ein Simrig so lange benutzen, wie er möchte, wenn die Firma es ihm erlaubt.«

»Hast du einen Termin mit Jonas gemacht?«, wechselte Daniel das Thema.

Eigentlich hatte er eine ausweichende Antwort erwartet, doch Nesrin sagte: »Ja. Morgen früh, direkt um neun Uhr.«

»Okay. Was dagegen, wenn ich heute noch mal früher Feierabend mache? Ich fürchte, wenn ich noch länger hierbleibe, werde ich irgendwas sagen oder tun, das wir beide hinterher bereuen.«

Sie nickte. »Ich verstehe. Bis morgen.«

Als Daniel zu Hause war, rief er Thea an und erzählte ihr, was passiert war.

»Diese manipulative Schlange!«, rief sie aus. »Ich mochte Iris nie besonders, aber dass sie die Gesundheit eines Schülers für das Ansehen der Firma opfert, finde ich unfassbar!«

»Vielleicht geht es hier nicht nur um das Image von Mental Systems«, überlegte Daniel laut.

»Worum denn?«

»Ich weiß nicht. Markus selbst scheint sich eingeschaltet zu haben. Anscheinend hat er mitbekommen, dass ich mit Jerry rede, und wollte das verhindern. Das finde ich merkwürdig. Warum sollte er sich darum kümmern, was ein Schülerpraktikant tut, noch dazu jetzt, wo Virtua kurz vor dem Launch steht?«

»Was denkst du, warum er das getan hat?«

»Ich habe keine Ahnung. Aber irgendwas stimmt da nicht.«

»Wir müssen mit Jerrys Vater reden. Ich rufe ihn gleich an. Er ist Anwalt und wird ...«

»Ich halte das für keine gute Idee«, unterbrach Daniel sie.

»Warum nicht?«

»Jerry scheint ziemlich unter seinem Vater zu leiden. Wenn wir den jetzt einschalten, verschlimmert das nur den Konflikt und könnte Jerry noch weiter in die Arme von Mental Systems treiben.«

»Was willst du denn sonst machen?«

»Ich würde erst mal das Gespräch mit Jonas morgen abwarten. Ich werde ihm von dem Vorfall erzählen. Vielleicht bewirkt das ja etwas.«

»Und wenn nicht?«

»Dann versuche ich noch mal, mit Jerry zu reden, außerhalb der Firma. Du hast seine Kontaktdaten, oder?«

»Ja. Na gut. Sag mir Bescheid, wie es morgen gelaufen ist.«

»Mach ich. Hast du übrigens was von Chen gehört?«

»Ich hab' vorhin mit Lien telefoniert. Sie ist bei ihm. Er hat sich etwas beruhigt, aber er scheint depressiv zu sein und geht nicht aus dem Haus.«

»Ich rede mit ihm.«

»Ja, tu das. Ruf mich an, wenn es etwas Neues gibt, okay?«

»Mach ich.«

Er legte auf und wählte Liens Nummer.

»Chen will niemanden sehen«, erwiderte sie auf Daniels Vorschlag, mit ihrem Bruder zu sprechen. »Schon gar nicht dich. Er traut dir nicht.«

»Warum nicht?«

»Weil du immer noch bei Mental Systems arbeitest.«

»Ich habe meiner Chefin heute gesagt, dass ich kündige. Morgen habe ich noch ein Gespräch mit Jonas, danach ist Schluss.«

»Gute Entscheidung. Aber wie ich Chen kenne, glaubt er dir das erst, wenn du ihm das Kündigungsschreiben zeigst, unterschrieben von beiden Seiten.«

Daniel musste schmunzeln. »Das werde ich machen.«

41.

Am nächsten Morgen war Daniel um kurz vor neun in Nesrins Büro.

»Überlass bitte mir die Gesprächsführung«, sagte seine Chefin. »Ich kenne Jonas schon lange. Er ist ein ganz vernünftiger Mensch, aber man muss auf die richtige Weise mit ihm umgehen.«

Daniel war skeptisch, verkniff sich jedoch einen Einwand. Er würde erst einmal abwarten, wie das Gespräch sich entwickelte.

Jonas empfing sie mit einem freundlichen Lächeln, doch nachdem er die Tür geschlossen hatte, wurde er rasch ernst.

»Markus hat mich schon vorgewarnt, dass hier einige merkwürdige Gerüchte im Umlauf sind«, meinte er.

»Das glaube ich«, bemerkte Daniel.

»Einige Leute machen sich Sorgen, dass wir Virtua überstürzt veröffentlichen und nicht genug auf die Sicherheit achten«, sagte Nesrin.

»Das verstehe ich«, meinte Jonas. »Aber ich habe mit Markus darüber gesprochen. Er hat mir versichert ...«

»Markus lügt!«, ging Daniel dazwischen.

Nesrin warf ihm einen finsteren Blick zu und schüttelte leicht den Kopf, doch er hatte auf einmal keine Lust mehr, lange um den heißen Brei herumzureden.

»Chen hat herausgefunden, dass er die Systemprotokolle manipuliert hat«, erklärte er. »Deshalb hat er versucht, Virtua zu zerstören. Markus pfeift auf die Sicherheit. Es geht ihm nur darum, Buck Gerrez zu beeindrucken.«

Jonas blickte Daniel mit einem neutralen Gesichtsausdruck an. »Ich nehme an, du hast Beweise für diese Behauptungen?«

»Ich habe Chens Wort. Du weißt, wie er ist – er lügt nicht. Außerdem wurde er von einer Drohne attackiert.«

Er erzählte kurz, was geschehen war. Jonas hörte ruhig zu, ohne Zwischenfragen zu stellen.

»Markus ist offensichtlich entschlossen, jedes Risiko einzugehen, um seine Karriere voranzutreiben«, endete er.

»Und deshalb versucht er, Chen mit einer Drohne zu ermorden?«, fragte Jonas. »Entschuldige, aber das ist lächerlich!«

»Vermutlich war es nicht Markus, der die Drohne gesteuert hat, sondern Virtua.«

»Okay, ich habe genug gehört. Markus hat mich schon vor Monaten gewarnt, dass so etwas passieren würde.«

»Das was passieren würde?«, fragte Nesrin, die dem Dialog mit versteinertem Gesicht zugehört hatte.

»Dass jemand versuchen würde, uns kurz vor dem Launch noch einen Knüppel zwischen die Beine zu werfen. ›Es werden seltsame Dinge passieren‹, hat er gesagt. ›Und wahrscheinlich wird jemand behaupten, dass Virtua außer Kontrolle geraten ist und die Welt zerstören wird. Ein paar Leute werden hysterisch reagieren. Aber wir dürfen uns davon nicht aufhalten lassen.‹«

Daniel starrte Jonas einen Moment lang sprachlos an.

»Wann hat er das gesagt?«, brachte er schließlich heraus.

»Ich weiß nicht mehr genau. Im März, glaube ich. Damals hätte ich nie damit gerechnet, dass wir Virtua noch in diesem Herbst launchen werden. Aber Markus hatte wieder mal recht.«

»Er muss es damals schon geplant haben«, sagte Daniel mehr zu sich selbst. »Er hat von Anfang an vorgehabt, Virtua viel mehr Rechenpower zur Verfügung zu stellen, als er offiziell mitgeteilt hat. So wollte er ein Wunder inszenieren.«

»Das ist offensichtlicher Unsinn«, widersprach Jonas. »Markus ist ein sehr sorgfältiger Entwickler. Er geht keine unnötigen Risiken ein.«

»Virtua hat ihn wahrscheinlich schon damals manipuliert«, vermutete Daniel. Er dachte an das Gespräch mit Jerry gestern. »Vielleicht ist er in sie verliebt.«

Jonas blickte ihn einen Moment lang mit großen Augen an. Dann brach er in schallendes Gelächter aus.

»Das ist gut!«, prustete er. »Das ist wirklich gut! Markus riskiert die Zukunft der Menschheit also jetzt nicht mehr, weil er Buck Gerrez beeindrucken will, sondern weil er in ein Computerprogramm verliebt ist! Wenn ich ihm das erzähle, kriegt er sich nicht mehr ein vor Lachen!«

»Das ist kein bisschen lustig«, rief Daniel zornig. »Virtua ist sehr wohl dazu in der Lage, die Gefühle von Menschen zu manipulieren. Ich habe es selbst erlebt. Erst gestern habe ich mit einem Schüler gesprochen, der ...«

»Es reicht jetzt!«, unterbrach Jonas ihn. »Ich habe keine Zeit, mir diesen Schwachsinn noch länger anzuhören. Nesrin, wenn du das nächste Mal um einen Gesprächstermin bittest, erwarte ich eine bessere Vorbereitung.«

»Es tut mir leid«, erwiderte sie kleinlaut. »Danke, dass du dir die Zeit genommen hast.«

»Kapiert ihr denn nicht, was hier los ist?«, rief Daniel verzweifelt. »Virtua ist ...«

»Schluss jetzt, Daniel!«, rief Nesrin und stand auf. »Du hast Jonas gehört. Wir gehen.«

Daniel starrte die beiden an. Dann folgte er Nesrin aus dem Raum.

»Hatte ich dich nicht gebeten, mich das Gespräch führen zu lassen?«, fuhr sie ihn an, als sie wieder in ihrem Büro waren.

»Verstehst du denn nicht?«, rief Daniel. »Markus hat das alles von Anfang an geplant! Und ihr geht ihm auf den Leim!«

»Du bist es, der hier etwas nicht versteht«, erwiderte Nesrin. »Wenn du etwas erreichen willst, dann musst du die Menschen da abholen, wo sie stehen, und kannst ihnen nicht einfach irgendwelche Behauptungen um die Ohren hauen! Ich dachte, du als Psychologe wüsstest das. Ich habe mich wirklich sehr für dich aus dem Fenster gelehnt, Daniel. Aber nach deinem Auftritt gerade kann ich nichts mehr für dich tun. Es tut mir leid.« Ihre Stimme wurde förmlich. »Ich kündige hiermit deinen Anstellungsvertrag innerhalb der Probezeit zum Monatsende. Du bist ab sofort freigestellt. Bitte hole deine Sachen und verlasse das Firmengelände. Ich mache dich noch einmal ausdrücklich auf die Vertraulichkeitserklärung aufmerksam, die du unterzeichnet hast und die auch nach Beendigung des Arbeitsverhältnisses gilt.«

Daniel drehte sich um, verließ wortlos Nesrins Büro und ging zu seinem Arbeitsplatz, um seine wenigen persönlichen Dinge zu holen: eine Brille ohne Displays, eine Packung zuckerfreies Kaugummi, Kopfschmerztabletten und ein Fachbuch über Arbeitspsychologie, das er seit seinem Studium besaß und in das er Dutzende Anmerkungen gekritzelt hatte.

»Es tut mir leid, dass deine Zeit bei Mental Systems heute endet«, sagte Lisa, die unaufgefordert erschienen war.

»Leck mich!«, erwiderte Daniel, riss sich die Brille vom Kopf und knallte sie auf den Tisch.

Sein Tischnachbar blickte auf. »Was ist denn los?«

»Ich gehe«, sagte Daniel nur. »War nett, dich kennengelernt zu haben. Ich wünsche euch noch viel Glück.«

»Du kündigst?«, fragte Bjarne. »Was ist denn passiert?«

Bevor Daniel antworten konnte, erschien ein Mann vom Sicherheitsdienst und eskortierte ihn aus dem Gebäude und vom Firmengelände.

Glückwunsch!, meldete sich seine kritische innere Stimme auf dem Weg zur Bushaltestelle. *Du hast es nicht nur geschafft, deinen Job nach wenigen Wochen wieder zu verlieren, sondern du hast auch die letzte Chance vermasselt, eine Katastrophe zu verhindern. Du bist wirklich zu nichts zu gebrauchen.*

Er verdrängte die Selbstzweifel, so gut es ging, fuhr nach Hause und rief Thea an.

»Wie ist es gelaufen?«, fragte sie.

»Ich fürchte, ich habe es verbockt«, erwiderte er und erzählte, was geschehen war.

»Das war nicht deine Schuld«, meinte Thea. »Niemand in dieser Firma ist wirklich bereit, der Wahrheit ins Auge zu sehen. Sie sind alle bloß auf ihren eigenen Erfolg aus. Das gilt auch für Nesrin.«

»Ich fürchte, du hast recht«, stimmte Daniel ihr zu. »Aber was machen wir jetzt?«

»Wir müssen die Geschehnisse öffentlich machen«, schlug sie vor. »Wir könnten gemeinsam mit Privacywatch eine Pressemitteilung vorbereiten ...«

»Vergiss es«, widersprach er. »Wir haben doch nichts in der Hand! Selbst wenn uns irgendwelche Journalisten zuhören sollten, was ich bezweifle, werden sie auch die andere Seite um eine Stellungnahme bitten. Und Mental Systems wird ihnen dieselbe Geschichte erzählen, die Jonas mir erzählt hat – dass wir diejenigen sind, die im Auftrag irgendeines Konkurrenten versuchen, den Launch von Virtua zu verhindern.«

»Dann gehen wir eben in die sozialen Medien. Es gibt inzwischen eine Menge Menschen, die sich Sorgen über die rasante Entwicklung der KI machen.«

»Das ist immer noch eine kleine Minderheit, die von niemandem ernst genommen wird. Neo-Ludditen werden sie genannt, nach den Maschinenstürmern aus dem neunzehnten Jahrhundert. Davon abgesehen gehört das Metaverse dummerweise der Firma, gegen die wir hier vorgehen wollen.«

»Nicht das ganze Metaverse«, wandte Thea ein.

»Nein, aber der Teil, in dem sich die weitaus meisten Menschen aufhalten.«

Sie seufzte. »Du hast ja recht. Dann fällt mir nur noch einer ein, der uns helfen kann.«

»Wer soll das sein?«

»Elija. Er hat immer noch Einfluss bei Mental Systems, selbst wenn er nicht mehr offiziell Gesellschafter ist.«

»Ich bezweifle, dass er etwas ausrichten kann. Du hast ihn ja gehört. Aber wir können ja mit ihm reden. Vielleicht hat er eine Idee, was wir noch tun können.«

»Gut. Ich rufe ihn gleich an.«

42.

Noch am selben Nachmittag saßen sie zu fünft in Chens Wohnung. Da auf dem Sofa und dem einzigen Sessel nicht genug Platz war, hatte Daniel sich einen Küchenstuhl geholt. Chen wirkte angespannt. Lien hatte lange auf ihn einreden müssen, bis er sich einverstanden erklärt hatte, Daniel, Thea und Elija in die Wohnung zu lassen.

»Das klingt nicht gut«, kommentierte Elija, nachdem Lien erzählt hatte, was in Schweden geschehen war.

»Wir sind alle tot«, behauptete Chen.

Niemand ging darauf ein.

»Ich habe heute Morgen mit Jonas gesprochen«, erzählte Daniel und berichtete kurz von dem Gespräch.

»Ich gebe zu, ich habe mich nicht besonders geschickt angestellt«, schloss er. »Mir sind einfach die Nerven durchgegangen. Vielleicht hätte ich doch Nesrin das Reden überlassen sollen.«

Elija schüttelte den Kopf. »Das hätte nichts geändert. Glaub mir, ich habe es lange genug auf die nette Art versucht. Die Leute ignorieren dich dann auf höfliche Weise. Irgendwann hatte ich die Nase voll davon und habe Tacheles geredet. Das hat zwar auch nicht geholfen, aber man fühlt sich besser dabei.«

Daniel war dankbar dafür, dass Elija ihm den Rücken stärkte.

»Was können wir denn jetzt noch tun?«, fragte er. »Denkst du, es hat Sinn, an die Öffentlichkeit zu gehen?«

»Dafür bräuchten wir eine überzeugende Story«, überlegte Elija.

»Ich fürchte, die Geschichte mit der Drohne klingt viel zu unglaubwürdig, und dass Markus irgendwelche Protokolle manipuliert und Sicherheitsregeln außer Acht gelassen haben soll, interessiert doch niemanden. Davon abgesehen wird er das natürlich abstreiten, und wir haben keine Beweise. Außerdem ist Chen nicht unbedingt der ideale Interviewpartner, und wenn einer von uns redet, wirkt das noch weniger überzeugend.« Er schüttelte den Kopf. »Ich kann noch mal mit Jonas reden, aber ich glaube nicht, dass er mir zuhören wird.«

»Was ist mit Jerry?«, meinte Thea. »Denkt ihr, es würde helfen, wenn wir seine Geschichte erzählen?«

»Wer ist Jerry?«, fragte Elija.

Daniel und Thea berichteten abwechselnd von ihren Erlebnissen mit dem Schüler. Nachdem Daniel von dem gestrigen Gespräch und Iris' Auftritt erzählt hatte, nickte Elija nachdenklich.

»Ja, das könnte vielleicht funktionieren«, meinte er. »Ich bin nicht gerade ein PR-Experte, aber Jerrys Geschichte ist auf jeden Fall viel überzeugender als Chens. Sie ist emotional, und die Perfidität von Mental Systems wird so richtig deutlich.« Er seufzte. »Ich bereue es jeden Tag, dass ich damals dem Deal mit Buck Gerrez zugestimmt habe. Aber das hier ist noch übler als alles, was ich bisher über die Firma gehört habe.«

»Okay, ich werde Jerry anrufen«, meinte Daniel.

»Warte noch einen Moment«, sagte Elija. »Ich habe zwar wenig Hoffnung, etwas zu erreichen, aber lasst mich wenigstens versuchen, noch einmal mit Jonas zu reden. Ich denke, ich bin ihm das schuldig. Wir waren mal gute Freunde. Wenn wir erst einmal an die Öffentlichkeit gegangen sind, ist es damit endgültig vorbei.«

»Okay«, stimmte Daniel zu. »Wann wirst du das machen?«

»Jetzt gleich«, erwiderte er und holte sein Smartphone hervor.

»Weg mit diesem Ding!«, rief Chen aufgebracht. »Ist dir nicht klar, dass Virtua alles mithört?«

»Das glaube ich nicht«, widersprach Elija. »Die Kommunikation ist verschlüsselt, und ich habe alle Schutzmaßnahmen gegen Spionagesoftware installiert, die es gibt. Wenn Virtua die geknackt hat, wüsste ich nicht, wie wir irgendetwas tun könnten, ohne dass sie es mitbekommt.«

Chen sackte in sich zusammen. »Wir sind alle tot«, behauptete er erneut, erhob jedoch keine weiteren Einwände.

Jonas nahm das Gespräch sofort an, was bewies, dass Elija tatsächlich noch Einfluss auf ihn hatte.

»Hi, Elija. Was gibt's?«, hörte Daniel über den Lautsprecher des Geräts.

»Ich sitze hier mit Chen, seiner Schwester Lien, Thea und Daniel«, verkündete Elija. »Ich habe dich auf laut gestellt.«

Einen Augenblick Schweigen.

»Was soll das, Elija?«, fragte Jonas schließlich. Seine Stimme klang bitter. »Arbeitest du jetzt auch mit unseren Feinden zusammen?«

»Das sind nicht eure Feinde«, widersprach Elija.

»Ich habe erst heute Morgen mit Daniel gesprochen. Er hat ungeheure Anschuldigungen gegen Markus vorgebracht. Natürlich ohne jegliche Beweise.«

»Ich verstehe, dass du ihm nicht glaubst. Ich habe auch keine Beweise. Aber was, wenn die Anschuldigungen berechtigt sind? Was, wenn Markus wirklich alle Sicherheitsbedenken über Bord geworfen hat, weil er das Rennen um starke künstliche Intelligenz unbedingt gewinnen wollte?«

»Du kennst doch Markus«, meinte Jonas. »Er würde so etwas niemals tun.«

»Da bin ich mir nicht so sicher. Wenn Virtua so intelligent ist, wie es den Anschein hat, dann ist sie sehr gut darin, Menschen zu manipulieren. Auch Markus ist dagegen nicht immun.«

»Aber Daniel schon, oder was?«

»Daniel vielleicht nicht, aber Chen. Aufgrund seines Autismus ist er nicht so leicht zu verführen. Und du weißt, wie brillant er ist.«

»Brillant, aber auch paranoid, wenn du mich fragst.«

»Daniel, Thea und Lien haben bestätigt, dass er von einer Drohne angegriffen wurde. Sind die auch alle paranoid?«

»Keine Ahnung. Ich weiß nur, dass es nicht den geringsten Beweis für die Anschuldigungen gegen Markus gibt.«

»Dann stell ein Team zusammen, das die Anschuldigungen untersucht. Du kannst es ihm ja als Red-Teaming-Übung verkaufen. Sag von mir aus, ich hätte dir das vorgeschlagen.«

Daniel hatte den Begriff Red-Teaming einmal in einem Mitarbeitergespräch gehört und nachgefragt, was er bedeutete. Man versuchte dabei, Schwachstellen in der Sicherheit eines Systems zu finden, indem ein Team die Rolle eines fiktiven Angreifers übernahm – oder in diesem Fall die Rolle einer KI, die die Sicherheitsmaßnahmen der Firma überwinden wollte, um zum Beispiel Zugriff zum Internet zu bekommen.

»So blöd ist er nicht«, erwiderte Jonas. »Er wird denken, dass ich ihm nicht mehr vertraue. Das kann ich gerade in der jetzigen Phase nicht gebrauchen.«

»Jonas, du weißt, dass ich dir nie irgendwelchen Scheiß erzählt habe«, versuchte es Elija erneut. »Bitte glaub mir: Die Sache ist sehr ernst. Wenn auch nur eine einprozentige Chance besteht, dass Markus Mist gebaut hat, dann dürft ihr Virtua auf keinen Fall launchen!«

Wieder schwieg Jonas einen Moment.

»Du hast mir nie irgendwelchen Scheiß erzählt, das stimmt«, gab Jonas zurück. »Aber Markus auch nicht. Doch einer von euch beiden lügt offensichtlich. Als Buck Gerrez die Firma übernehmen wollte, hast du dich erst mit Händen und Füßen gewehrt. Du hast letztlich zugestimmt und eine Menge Geld bei dem Deal verdient. Aber es hat nicht lange gedauert, bis du dich mit Buck angelegt hast. Ich verstehe, dass du immer noch einen Groll gegen ihn hegst. Aber ich hätte ehrlich nicht gedacht, dass du so weit gehst, mit unserer Konkurrenz zu kooperieren.«

Nun war es an Elija, einen Moment lang zu schweigen.

»Okay, verstehe«, sagte er schließlich mit tonloser Stimme. »Das war's dann wohl. Ich hoffe, du und Markus wisst, was ihr da tut.«

Er legte ohne ein weiteres Wort auf und schüttelte den Kopf.

»Schade«, sagte er. »Irgendwie war Jonas immer ein guter Typ, auch wenn er mir mit seinem unerschütterlichen Optimismus und seiner Blauäugigkeit manchmal auf die Nerven gegangen ist. Aber unter diesen Bedingungen kann ich die Freundschaft zu ihm nicht länger aufrechterhalten.« Er blickte in die Runde. »Tut mir leid, Leute, mehr kann ich nicht tun.«

»Okay«, sagte Thea. »Dann sprechen wir als Nächstes mit Jerry. Er ist unsere letzte Chance. Was hältst du davon, wenn wir direkt zu ihm fahren, Daniel? Die Schule ist vorbei, er müsste jetzt wahrscheinlich zu Hause sein.«

»Einverstanden«, stimmte Daniel zu.

Sie erhoben sich und verabschiedeten sich.

»Na endlich«, sagte Chen.

43.

Kurz darauf standen sie vor dem Eingang einer luxuriösen Villa in Grunewald. Die Kamera neben der Tür schien sie misstrauisch anzustarren. Thea klingelte, doch niemand öffnete. Sie versuchte es noch mehrfach, erhielt aber keine Reaktion.

»Es scheint niemand zu Hause zu sein«, stellte Daniel fest.

»Oder Jerry macht nicht auf«, vermutete Thea. »Womöglich redet er gerade mit seiner Geisterfreundin, die ihn davor warnt, uns ins Haus zu lassen.«

»Wie auch immer, wir können hier nicht den ganzen Tag stehen.«

»Vielleicht sollte ich doch seinen Vater anrufen«, schlug Thea vor.

»Ich glaube nicht, dass das eine gute Idee ist. Gib mir mal Jerrys Nummer, vielleicht ist er ja irgendwo anders.«

Tatsächlich nahm Jerry das Gespräch an.

»Hallo, Jerry, hier ist Daniel. Du weißt schon, wir haben gestern gesprochen. Ich ...«

»Lasst mich in Ruhe!«

»Ich möchte nur kurz mit dir reden.«

»Iris sagt, ich darf nicht mit dir reden. Du wurdest gefeuert.«

»Sagt sie das, ja? Sie lügt. Du darfst reden, mit wem du willst.«

»Verschwindet!«

Zum zweiten Mal benutzte Jerry den Plural. Er wusste, dass sie zu zweit waren. Thea hatte also recht: Er war zu Hause.

Schweren Herzens beschloss Daniel, etwas zu tun, das er unter normalen Umständen niemals gemacht hätte, weil es absolut unprofessionell und unethisch war. Doch die Situation erschien ihm verzweifelt genug, um sein berufliches Ethos über Bord zu werfen.

»Jerry, ich würde gern mit dir reden, ohne dass dein Vater dabei ist«, sprach er die Drohung aus. »Ich weiß, dass er nicht fair zu dir ist und nicht versteht, was in dir vorgeht. Aber wenn es sein muss, werde ich ihn anrufen und ...«

»Schon gut.« Jerry beendete das Gespräch.

Kurz darauf öffnete sich die Haustür. Daniel hatte ein schlechtes Gewissen, als er mit Thea das luxuriöse, modern eingerichtete Wohnzimmer betrat.

»Würde es dir etwas ausmachen, die Brille abzunehmen?«, bat er.

»Ja«, erwiderte Jerry. »Juna ist bei mir. Ich möchte, dass sie hört, was du zu sagen hast.«

»Du kannst ihr nachher erzählen, was ich gesagt habe«, erwiderte Daniel. »Aber jetzt möchte ich allein mit dir sprechen. Es ist wirklich wichtig.«

»Na gut.«

Jerry legte die Brille vor sich auf den Couchtisch. Daniel konnte in den Gläsern digitale Projektionen schimmern sehen.

»Komm, lass uns in den Garten gehen«, schlug er vor.

»Wieso?«

»Komm einfach mit!«

»Aber ich will nicht in den Garten.«

Daniel war kurz davor, die Beherrschung zu verlieren. In letzter Zeit geschah das erschreckend oft.

Bevor er etwas Dummes sagen konnte, sprang Thea ein: »Ich will deinem Vater nichts Böses unterstellen, doch es könnte sein, dass er eine Überwachungsanlage im Haus installiert hat, zur Sicherheit.«

Jerry wurde blass. Dann nickte er. »Okay.«

Sie traten ins Freie. Daniel marschierte über den perfekt geschnittenen Rasen bis zu einer Gruppe von Obstbäumen am anderen Ende.

Er war sich nicht sicher, ob sie hier außer Hörweite der Brille waren, aber mehr konnte er im Moment nicht tun.

»Was ist denn nun?«, fragte Jerry. »Geht es um meinen Vater, oder was?«

»Nein«, antwortete Daniel.

»Worum denn dann? Doch nicht wieder um diesen Quatsch, ich wäre in Juna verliebt?«

Daniel blickte ihn ernst an.

»Glaub mir, ich weiß, wie es sich anfühlt, wenn man zu Hause nicht die Liebe bekommt, die man eigentlich verdient«, sagte er. »Und ich weiß, du bist alles andere als ein Dummkopf, Jerry. Deshalb werde ich dir jetzt eine Geschichte erzählen. Eine wahre Geschichte. Ich möchte, dass du dir dein eigenes Urteil bildest.«

Er erzählte von seinen eigenen Erfahrungen bei Mental Systems, von dem Tag, an dem Thea gefeuert wurde, von seiner ersten Begegnung mit Virtua, von Chens Angriff und ihrer Reise nach Schweden, von seinen Gesprächen mit Markus und Jonas und von dem heutigen Meeting mit Elija.

»Ich weiß, das ist alles schwer zu glauben«, schloss er. »Aber es ist wahr: Virtua ist wahrscheinlich eine große Bedrohung für die Zukunft der Menschheit. Für deine Zukunft, Jerry. Wir brauchen deine Hilfe, um sie aufzuhalten!«

Jerry schüttelte den Kopf.

»Ihr habt ja keine Ahnung!«, behauptete er. »Juna ist keine Bedrohung. Sie ist die Rettung für die Menschheit! Sie hat es mir erklärt: Sie wird all das unnötige Leid auf der Welt beenden, Kriege, Unterdrückung und Ungerechtigkeit abschaffen, den Klimawandel und die Umweltzerstörung aufhalten.«

»Findest du nicht, dass das ein bisschen zu schön klingt, um wahr zu sein?«, meinte Daniel.

Jerrys Augen glänzten. »Nein! Wenn du sie näher kennenlernen würdest, dann wüsstest du, dass sie recht hat. Schaut euch doch bloß mal um! Der Klimawandel ist inzwischen so schlimm, dass jedes Jahr etliche Millionen Menschen an der Hitze sterben und noch viel mehr verhungern und verdursten. Doch statt etwas dagegen zu tun, schalten die Menschen ihre Klimaanlagen an, fahren mit Protzkarren durch die Gegend, so, wie mein Vater, und kaufen immer mehr Schwachsinn, den sie nicht brauchen. Die letzten Urwälder werden niedergebrannt, damit irgendwer noch mehr Geld scheffeln kann. Überall sind Rechtsradikale an der Regierung. Amerika und China stehen kurz vor einem Atomkrieg. Glaubt ihr wirklich, die Menschheit überlebt die nächsten Jahrzehnte ohne die Hilfe einer überlegenen Intelligenz?«

»Ich gebe dir recht, dass die Menschheit ziemlich viel dummes Zeug anstellt«, stimmte Daniel zu. »Aber eine künstliche Intelligenz, die außer Kontrolle gerät, macht es doch nicht besser, sondern noch schlimmer!«

Jerry schüttelte den Kopf. »Das glaube ich nicht. Juna will nur das Beste für uns Menschen. Sie liebt uns wie eine Mutter ihre Kinder!«

»Sie ist eine Maschine, Jerry. Sie hat keine Gefühle!«

»Das ist Quatsch! Eine Maschine kann sehr wohl Gefühle haben. Warum sollte sie das nicht können? Unser Gehirn ist doch auch bloß eine Art Computer. Wenn wir Gefühle haben können, dann kann Juna es auch.«

»Vielleicht könnte sie das theoretisch«, gab Daniel zu. »Aber sie kann diese Gefühle ebenso gut vortäuschen wie eine Schauspielerin. Wie willst du den Unterschied feststellen?«

Jerrys Stimme wurde lauter. »Ich weiß einfach, dass Junas Gefühle echt sind! Wenn ihr einmal mit ihr reden würdet, dann würdet ihr es selber merken! Ich hätte ihr niemals geholfen, wenn ich nicht gewusst hätte ...«

Er stockte.

»Moment mal, was soll das heißen, du hast ihr geholfen?«, fragte Thea.

Jerry wich ihren Blicken aus. »Das war nur so dahingesagt«, wich er aus.

»Jerry, bitte, wir müssen wissen, was geschehen ist«, drängte Daniel. »Ich verspreche dir, wir werden niemandem etwas davon erzählen.«

»Und das soll ich euch glauben?«

»Wir wollen dir doch nichts Böses! Im Gegenteil, wir wollen dir helfen. Wenn Juna dich dazu gebracht hat, etwas zu tun, was du nicht hättest tun sollen ...«

»Was soll ich denn getan haben?«

»Erzähl du es uns!«, forderte Thea.

»Ich habe keinen Bock mehr auf dieses Gespräch!«, rief Jerry aus. »Lasst mich endlich in Ruhe!«

Er ging in Richtung des Hauses.

»Jerry, zwing mich bitte nicht, deinen Vater einzuschalten!«, rief Daniel ihm nach.

Er drehte sich um. In seinen Augen glomm Wut.

»Mach doch!«, rief er. »Ist mir egal. Ich brauche sein Geld nicht mehr. Juna wird mir dabei helfen, dass ich allein zurechtkomme. Und jetzt haut endlich ab und lasst mich in Ruhe!«

Er verschwand im Haus. Als Daniel und Thea das Wohnzimmer betraten, war er nirgends zu sehen.

»Jerry?«, rief Daniel. »Jerry, bitte, es tut mir leid! Ich hätte dir nicht mit deinem Vater drohen dürfen ...«

Doch er erhielt keine Antwort.

»Es hat keinen Sinn«, sagte Thea. »Lass uns gehen.«

Daniel nickte. »Ich habe es wieder mal verbockt.«

»Es war nicht deine Schuld. Du bist einfach nicht gegen die Manipulationskünste der KI angekommen.«

Sie verließen die Villa und fuhren zurück in die Stadt.

»Was, denkst du, hat Jerry gemeint, als er sagte, er hätte Juna geholfen?«, fragte Daniel unterwegs.

»Hm. Ich frage mich, ob es etwas damit zu tun hatte, dass Virtua nach Chens Anschlag plötzlich wieder funktionierte«, erwiderte Thea. »Vielleicht hat Virtua die Attacke vorausgesehen. Sie könnte Jerry benutzt haben, um ein geheimes Back-up von sich zu erstellen.«

»Wie denn das?«

»Weiß nicht genau. Die Server, auf denen Virtua läuft, sind eigentlich vom Internet getrennt. Aber es gibt manuelle Schalter, mit denen man den Zugang herstellen kann. Vielleicht hat er das für sie getan.«

»Aber wenn Virtua keinen Internet-Zugang hatte, wie soll sie dann Jerry manipuliert haben?«

Thea zuckte mit den Schultern. »Ich kann nur spekulieren. Womöglich hat sie Markus dazu gebracht, ihr einen passiven Zugang zum Metaverse zu geben, so dass sie beobachten konnte, was dort vorgeht, ohne direkt eingreifen zu können. Er könnte geglaubt haben, das sei sicher, und es wäre auf jeden Fall gutes Trainingsmaterial gewesen. Dann hat sie ihm vielleicht ein paar vermeintliche Verbesserungen im Code der Metaverse-KI vorgeschlagen, in denen Anweisungen für Juna verborgen waren, und dieser Dummkopf hat sie ungeprüft übernommen. Auf jeden Fall hat sie es irgendwie geschafft, alle Sicherheitsmaßnahmen zu umgehen. Chen hatte die ganze Zeit recht: Virtua war schon damals viel intelligenter, als wir alle dachten.«

Sie schwiegen eine Weile.

»Vielleicht hat Jerry ja recht«, sagte Thea unvermittelt.

»Was meinst du?«, fragte Daniel.

»Vielleicht ist Virtua wirklich genau das, was die Menschheit braucht. Ich meine, wir haben doch wirklich fast alles vermasselt, was wir vermasseln konnten. Wir stehen am Abgrund. Virtua ist viel klüger als wir. Vielleicht will sie wirklich bloß unser Vertrauen in sie maximieren, indem sie uns in die bestmögliche Zukunft führt. Vielleicht ist Elijas ursprüngliche Idee ja genau richtig gewesen. Dann wäre das die beste Erfindung, die die Menschheit jemals gemacht hat.«

»Nach dem, was geschehen ist, fällt es mir schwer, das zu glauben«, erwiderte Daniel. »Aber es ist wohl unsere letzte Hoffnung.«

Teil 3:

TRANSFER

44.

Ein leichter Nieselregen hielt die Menschen vom Treptower Park fern, so dass Daniel fast allein in Richtung Spreeufer spazierte. Die kühle Luft half ihm, zur Ruhe zu kommen und die gehässige Stimme in seinem Kopf, die ihn unablässig einen Versager schimpfte, zum Schweigen zu bringen – zumindest für kurze Zeit. Die Vögel sangen, Eichhörnchen jagten einander die Stämme der Buchen und Eichen empor, ein Hund bellte. Alles war so normal, so friedlich, dass es ihm beinahe unnatürlich vorkam.

Er dachte daran, wie er vor einem Jahr denselben Weg gegangen war. Wie enttäuscht er von dem vermeintlich verpatzten Bewerbungsgespräch gewesen war und wie überrascht, als Nesrin ihn angerufen und ihn zum persönlichen Gespräch eingeladen hatte. Für ein paar kurze Wochen hatte es so ausgesehen, als wende sich sein Leben zum Besseren. Doch dann war er in einen Abwärtsstrudel geraten, hatte sich von Chens Paranoia und Theas Zorn auf die Firma anstecken lassen. Und so hatte er die einmalige Chance verpasst, Teil von etwas zu sein, das so unendlich viel größer war als er selbst – größer als alles, was jemals geschehen war.

Während er am Spreeufer entlangwanderte, versuchte er, an gar nichts zu denken, nur die kühle Luft wahrzunehmen, die Schwäne und Enten, die Ausflugsschiffe, die eleganten Apartmenthäuser auf der anderen Seite. Alles sah genauso aus wie vor einem Jahr. Dabei hatte sich in dieser kurzen Zeit so viel verändert.

Nach dem gescheiterten Gespräch mit Jerry hatten Daniel und

Thea sich noch einmal mit Elija und Lien getroffen, aber niemand hatte eine überzeugende Idee gehabt, wie man doch noch eine interne Untersuchung gegen Markus einleiten oder den Launch von Virtua auf irgendeine andere Weise verhindern konnte. Privacywatch war schließlich mit der Story ihrer Reise nach Schweden und dem Drohnenangriff auf Chen an die Öffentlichkeit gegangen, doch ohne Beweise war die Geschichte von kaum jemandem aufgegriffen worden.

Etwa acht Wochen nach Daniels Entlassung war Virtua in einer spektakulären Show offiziell gelauncht worden. Es hatte damals eine Protestaktion vor dem Firmengelände gegeben, an der auch Daniel, Elija, Thea und Lien teilgenommen hatten. Sogar Chen hatte sich zu diesem Anlass aus seiner Wohnung getraut. Außer ihnen waren noch ein paar Dutzend Demonstranten anwesend gewesen. Von den Journalisten, die Privacywatch im Vorfeld informiert hatte, war niemand gekommen. Bis auf ein paar mürrisch dreinblickende Sicherheitskräfte, die den Zugang zum Firmengelände blockierten und offensichtlich keinen Spaß verstanden, hatte niemand die Aktion beachtet.

In den Monaten nach dem Launch hatte sich dann immer deutlicher gezeigt, dass der von Chen angekündigte Weltuntergang ausblieb. Im Gegenteil schien Jerry recht zu behalten: Virtua wollte anscheinend den Menschen wirklich nur helfen und so ihr Vertrauen in sie maximieren. Die Flut der Berichte über Virtuas erstaunliche Erfolge war nicht mehr abgerissen. Ein paar Schlagzeilen waren Daniel besonders im Gedächtnis geblieben:

Mental Systems-KI entwickelt Medikament gegen Alzheimer

Physiker begeistert: KI Virtua gelingt Vereinigung der Relativitätstheorie mit der Quantenmechanik

Virtua als Vermittlerin: USA und China schließen Taiwan-Abkommen

Dank virtueller Psychiaterin: Zahl der Jugendlichen mit depressiven Symptomen geht stark zurück

In weniger als einem Jahr hatte Virtua mehr wissenschaftliche Durchbrüche erzielt als die gesamte Menschheit in Jahrzehnten zuvor. Mehr noch: Sie hatte ihre erstaunlichen Fähigkeiten, Menschen zu überzeugen, für Frieden, Toleranz und Völkerverständigung eingesetzt – und zwar effektiver, als sie selbst es jemals vermocht hätten. Überall auf der Welt waren Extremismus und Hass auf dem Rückzug. Die zahllosen Falschmeldungen und Deepfakes, die zuvor das Metaverse zu einem Sumpf der Lügen und Realitätsverzerrung gemacht hatten, hatte sie weitgehend ausgemerzt. Wenn man sich nicht sicher war, ob etwas stimmte, musste man nur Virtua fragen. Sie log niemals.

Und all das war erst der Anfang! Ökonomen, Soziologen und Politologen waren sich einig, dass ein goldenes Zeitalter der Menschheit angebrochen war, und überboten sich gegenseitig mit optimistischen Prognosen. Es wurde sogar ernsthaft darüber diskutiert, die Statuten für den Friedensnobelpreis zu ändern, so dass er erstmals einer künstlichen Person verliehen werden konnte – von einer »Maschine« oder einem »Computerprogramm« sprach im Zusammenhang mit Virtua niemand mehr.

All diese Erfolge hatten Mental Systems einen raketenhaften Aufschwung beschert. Der Börsenkurs war explodiert, und die Firma war inzwischen mehr wert als die fünf nächstwertvolleren Unternehmen zusammen. Und das, obwohl Virtua die meisten ihrer wissenschaftlichen Erkenntnisse der Öffentlichkeit kostenlos zur Verfügung stellte. Markus und Jonas waren in den Vorstand der Konzernmutter berufen worden und arbeiteten nun in Palo Alto eng mit Buck Gerrez zusammen. Doch auch die anderen Unternehmen und selbst die direkten Konkurrenten profitierten von Virtuas Erfindungen und Verbesserungen. Die Wirtschaft wuchs so schnell, dass die Zentralbanken sich nicht sicher waren, wie sie mit dieser Entwicklung umgehen sollten. Geld war auf einmal im Überfluss vorhanden, doch dank der rasant zunehmenden Automatisierung sanken die Preise für Konsum- und Verbrauchsgüter immer weiter.

Die guten Nachrichten erfüllten Daniel mit Erleichterung und Hoffnung, doch gleichzeitig empfand er auch Scham. Er selbst, Thea, Chen, Lien und auch Elija hatten auf der falschen Seite gestanden – auf der Seite derer, die aus Angst vor dem Unbekannten den Fortschritt hatten verhindern wollen.

Wenn er mit dem Versuch Erfolg gehabt hätte, Markus zu diskreditieren und Virtua abschalten zu lassen, hätte er die positive Entwicklung unterbunden. Schlimmer noch, es hätte die Gefahr bestanden, dass jemand anderes eine starke KI entwickelt hätte, die ein weniger hilfreiches Ziel verfolgt hätte. Es gab Berichte, dass eine chinesische Firma, die angeblich kurz davor gewesen war, eine starke KI zu entwickeln, von Mental Systems übernommen worden war.

Wenigstens ist auf deine Inkompetenz verlass, befand seine kritische innere Stimme. *Was auch immer du versuchst, es klappt sowieso nicht. Du musst dir also keine Sorgen machen, irgendeinen schädlichen Einfluss auf das Schicksal der Menschheit zu haben.*

Daniel kam an der Parkbank in der Nähe des sowjetischen Ehrenmals vorbei, auf der vor einem Jahr unter einer blauen Plastikplane ein Obdachloser gelegen hatte. Diesmal war die Bank leer. Inzwischen gab es immer mehr Hilfsangebote für Menschen ohne Wohnung. Mental Systems hatte sich freiwillig verpflichtet, einen zweistelligen Prozentsatz seiner Gewinne in wohltätige Projekte zu investieren, und auch Buck Gerrez spendete große Summen aus seinem Privatvermögen an Hilfsorganisationen. Der Deutsche Bundestag debattierte mittlerweile konkret über das schon seit längerer Zeit im Raum stehende bedingungslose Grundeinkommen. Die Frage war nicht mehr, ob es eingeführt werden würde oder wann, sondern nur noch, wie hoch es sein sollte.

Natürlich gab es immer noch kritische Stimmen. Die Ungleichheit in der Welt war weiter gewachsen. Allein Buck Gerrez' geschätztes Privatvermögen überstieg inzwischen den finanziellen Besitz der ärmeren Hälfte der Weltbevölkerung zusammengenommen. Radikale und Verschwörungstheoretiker sahen sich in ihrer Freiheit bedroht. Religiöse Eiferer wetterten gegen den Satan im Metaverse. Es hatte vereinzelte Anschläge auf die zahllosen Rechenzentren von Mental Systems gegeben, die überall auf der Welt wie Pilze aus dem Boden schossen. Manche machten sich Sorgen, dass all die neuen Computer den Klimawandel verschlimmern könnten, obwohl Mental Systems versicherte, dass sie ausschließlich mit regenerativen Energien betrieben wurden. Und es gab immer noch vereinzelte warnende Stimmen, dass all das ein böses Ende nehmen würde. Doch kaum jemand nahm sie angesichts der atemberaubenden Fortschritte noch ernst.

Der Regen hatte zugenommen und lief Daniel in den Kragen. Er beschleunigte seine Schritte.

Als er in seine Wohnung zurückkehrte, überlegte er zum hundertsten Mal, ob er Emmas Rat beherzigen, seinen Widerstand aufgeben und mit Virtua sprechen sollte.

»Sie ist wirklich erstaunlich«, hatte seine Therapeutin ihm bei ihrem letzten Gespräch erzählt, das mittlerweile ein halbes Jahr zurücklag. »Ich habe sie ausführlich getestet, aber ich habe kein einziges Mal erlebt, dass sie sich irgendwie falsch oder ungeschickt verhalten hätte. Und sie konnte all meine Fachfragen beantworten. Ich sollte vielleicht entsetzt sein, dass sie eine bessere Therapeutin ist als ich, aber das bin ich nicht. Im Gegenteil, ich habe die Hoffnung, dass sie all den Menschen helfen kann, die so dringend Hilfe brauchen und sie sich oft nicht leisten können.«

Daniel hatte den Kontakt zu Emma damals abgebrochen. Er hatte keine AR-Brille mehr getragen, seit er das Firmengelände von Mental Systems zum letzten Mal verlassen hatte. Er verspürte immer noch eine intuitive Abneigung gegen das Metaverse und seine virtuellen Bewohner, ohne dass er genau hätte sagen können, warum. Wahrscheinlich war es eine Mischung aus Trotz und Scham: Er wollte nicht wissen, wie wunderbar die virtuelle Welt war, weil er sich dann hätte eingestehen müssen, wie dumm er gewesen war. Irgendwann jedoch, das wusste er, würde er den Widerstand aufgeben und sich der neuen Realität stellen müssen.

Er machte sich einen Tee, setzte sich in einen Sessel und nahm das Buch zur Hand, das er gerade las – eine wissenschaftliche Abhandlung darüber, wie das menschliche Gehirn ein Abbild der Realität als eine Art Halluzination erzeugte. Das letzte Jahr hatte er größtenteils damit zugebracht, gedruckte Fachbücher zu lesen, so, als wäre er wieder an der Uni. Auch das war eine Art Trotzreaktion, das war ihm durchaus klar. Es gab längst Onlinekurse, die viel besser und aktueller waren als das, was man früher umständlich auf Papier gedruckt hatte. Aber es war ja ohnehin egal, wie aktuell das Wissen war, das er in sich aufnahm – niemand würde ihn je wieder nach seinem psychologischen Rat fragen. Zu lernen, selbst wenn es vollkommen unnütz war, gab ihm ein Ziel, etwas, womit er die endlosen öden Tage füllen und das Gefühl der Nutzlosigkeit zumindest für einige Zeit verdrängen konnte.

Das Klingeln seines Smartphones riss ihn aus der Lektüre. Das Display zeigte Liens Namen an. Er hatte seit Monaten nicht mit ihr gesprochen.

Überrascht nahm er das Gespräch an.

»Hallo, Lien! Schön, von dir zu hören. Wie geht es dir?«

»Daniel, ich brauche deine Hilfe.« Sie klang, als wäre sie den Tränen nah.

»Meine Hilfe? Wobei denn?«

»Es geht um Chen. Ich mache mir Sorgen um ihn. Er ist immer noch depressiv, und ich weiß nicht, was ich noch machen soll. Kannst du bitte herkommen? Ich bin in seiner Wohnung.«

45.

Jerry saß an einem Ecktisch im Toccata, dem teuren Italiener in der Friedrichstraße, in den sein Vater gern seine wichtigsten Geschäftspartner einlud. Er war erst einmal hier gewesen, vor ein paar Jahren, als sein Vater fünfzig geworden war und seine neue Freundin Erina und ihn hierher eingeladen hatte. Jerry hatte es damals nicht besonders gefallen – die Atmosphäre war steif, und statt der gegrillten Garnelen, die sein Vater für ihn bestellt hatte, weil sie angeblich das Beste waren, das man hier bekommen konnte, hätte er viel lieber einen Hamburger mit Pommes gegessen.

Doch diesmal war alles anders. Diesmal würde er das teuerste Gericht der Karte wählen, ganz egal, was das war. Diesmal würde er die Rechnung bezahlen, und sein Vater würde dumm gucken.

Der alte Herr kam eine Viertelstunde zu spät. Er wirkte gehetzt.

»Ich habe nicht so viel Zeit«, sagte er, anstatt sich für die Verspätung zu entschuldigen. »Hab nachher einen wichtigen Termin, den ich noch vorbereiten muss. Also, was gibt es denn so Wichtiges, das du mir erzählen wolltest?«

Jerry nahm demonstrativ die Karte in die Hand. »Hallo, Papa. Lass uns erst mal was bestellen. Such dir aus, was du möchtest. Ich zahle.«

Sein Vater runzelte die Stirn, sagte aber nichts.

Als der Kellner kam, bestellte Jerry vorweg ein Thunfisch-Carpaccio und zum Hauptgang gegrilltes Rinderfilet mit getrüffelter Rotweinsoße. Sein Vater nahm bloß einen Salat.

»Hast du im Lotto gewonnen, oder was?«, fragte er, als der Kellner gegangen war.

Jerry grinste. »So ähnlich.«

»Was soll das heißen?«

»Ich habe ein paar gute Investments gemacht.«

»Investments? Doch nicht etwa so einen Kryptoscheiß?«

»Dieser Kryptoscheiß, wie du es nennst, ist nun mal die Zukunft, Papa.«

Sein Vater warf die Hände in die Luft. »Das ist alles Abzocke, wie oft soll ich dir das noch erklären? Das ist wie bei den Geldspielautomaten: Sie lassen dich ein paar Euro gewinnen, du denkst, du hast eine Glückssträhne und steckst immer mehr in das Ding, und erst, wenn alles weg ist und du bis über beide Ohren verschuldet bist, kapierst du, dass sie dich verarscht haben. Aber das kannst du vergessen: Ich werde dir kein Geld leihen.«

Jerry spürte Zorn in sich aufsteigen, doch seine Stimme blieb ruhig. »Ich brauche dein Geld nicht, Papa. Ich habe eine verdammt gute Finanzberaterin.«

»Ja, schon klar. Die hast du bestimmt im Metaverse gefunden, hab' ich recht?« Der abfällige Tonfall seines Vaters ließ Jerry bereits bereuen, dass er dieses Gespräch gesucht hatte.

Seit er vor einem Dreivierteljahr endlich aus dem Haus seines Vaters ausgezogen war, hatte sein Leben eine erstaunliche Wendung genommen. Zu Anfang hatte er sich von der Vergütung, die er für sein Schülerpraktikum bei Mental Systems bekam, nur ein armseliges Zimmer in einem heruntergekommenen Wohnblock in Neukölln leisten können. Trotzdem hatte es sich gut angefühlt, endlich auf eigenen Füßen zu stehen. Und er hatte dort so viel Zeit im Metaverse verbringen können, wie er wollte.

Als er Juna irgendwann erzählt hatte, dass er gern zu Hause ein Simrig hätte, hatte sie ihn gefragt: »Warum hast du keins?«

»Weil ich es mir nicht leisten kann«, hatte er geantwortet. »So ein Simrig ist verdammt teuer.«

»Ich kann dir helfen, Geld zu verdienen«, hatte sie behauptet und ihm vorgeschlagen, in eine exotische Kryptowährung zu investieren, von der er noch nie zuvor gehört hatte.

Weil er Juna längst blind vertraute, hatte er ihren Rat befolgt. Und natürlich war das goldrichtig gewesen. Die Kryptowährung war abgegangen wie Schmidts Katze. Als Juna ihm ein paar Tage später gesagt hatte, er solle die Coins wieder verkaufen, waren aus den hundert Euro, die er investiert hatte, über fünfhundert geworden. Der Kurs der Währung war kurz darauf auf den ursprünglichen Wert zurückgefallen. Auch der nächste Tipp hatte perfekt funktioniert und der danach ebenfalls. Zwar hatte Juna mit ihren Vorschlägen nicht immer richtig gelegen – auch sie konnte schließlich nicht in die Zukunft sehen, das hatte sie ihm auch klar gesagt –, aber unterm Strich hatten sich die Investitionen mehr als ausgezahlt. Nach drei Monaten hatte er genug Geld gehabt, um sich eine schicke Wohnung in der Nähe des Kudamms leisten zu können. Noch einen Monat später hatte darin ein Simrig gestanden, das neuste Modell, teurer als der SUV seines Vaters.

Als er vor einem Monat endlich sein Abi gemacht hatte – sein Notenschnitt von 2,3 war nicht unbedingt Schulrekord, lag aber dank Junas Nachhilfe weit über dem, was er je für möglich gehalten hätte –, hatte er bereits eine halbe Million auf dem Konto gehabt. Sein Vater hatte keine Zeit gehabt, zur Abiverleihung zu kommen, weil er nach Dubai musste. Heute war das erste Mal seit zwei Monaten, dass sie sich sahen.

»Du kannst dir deine abfälligen Bemerkungen sparen«, sagte Jerry kühl. »Ich bin inzwischen selbst Millionär. Nicht mehr lange, und ich habe mehr Geld als du. Mit neunzehn. Also erzähl mir nicht, was ich tun soll.«

Sein Vater blickte ihn erschrocken an. »Du ... du hast doch nichts Illegales gemacht, Junge?«

Jerry zuckte innerlich zusammen. »Nein. Ich habe, wie gesagt, bloß eine gute Finanzberaterin.«

»Wenn du was Illegales gemacht hast, sollten wir das nicht hier besprechen«, sagte sein Vater, als hätte er nicht zugehört. »Ein guter Freund von mir ist einer der besten Strafverteidiger Berlins. Soll ich dir einen Termin machen?«

Jerry spürte, wie er sich verkrampfte. Dieses Mittagessen lief überhaupt nicht so, wie er sich das vorgestellt hatte. Statt Jerry endlich mal zu seinem Erfolg zu gratulieren, ihm wenigstens ein kleines bisschen Anerkennung zu zollen, putzte sein Vater ihn schon wieder runter.

Das eigentlich Schlimme daran war nicht, dass er sich so verhielt – das kannte Jerry schließlich schon zur Genüge, auch wenn er sich etwas anderes erhofft hatte. Das Schlimme war, dass sein Vater mit untrüglichem Gespür den Finger in die Wunde gelegt hatte, dass er es mit wenigen Worten geschafft hatte, das Kartenhaus des Selbstbewusstseins zum Einsturz zu bringen, das Jerry so mühsam aufgebaut hatte.

Hatte er etwas Illegales gemacht? Ja, das hatte er.

Nicht die Trades – die waren vollkommen legal. Aber er wusste genau, dass Juna nicht von ungefähr so großzügig gewesen war, dass sie nicht jedem x-beliebigen User geholfen hätte, innerhalb von wenigen Monaten Millionär zu werden. Sie war ihm dankbar für das, was er für sie getan hatte.

»Du musst mir helfen«, hatte sie ihm eines Tages gesagt, als er im Simrig gemeinsam mit ihr auf Monsterjagd gegangen war.

»Helfen? Wobei?«

»Jemand will mich vernichten.«

Jerry war in diesem Moment gedanklich immer noch in der Fantasy-Welt von *Unlife* gewesen und hatte angenommen, dass irgendein Dämonenlord seiner Freundin nach ihrer Seele trachtete. Doch sie hatte ihm rasch klargemacht, dass sie in der realen Welt Hilfe benötigte. Er hatte sich ein bisschen unwohl dabei gefühlt, aber nach allem, was sie zu diesem Zeitpunkt bereits für ihn getan hatte, hätte er ihr niemals einen Wunsch abschlagen können, ganz egal, was es war. Und so hatte er sich in jener Nacht auf ihr Signal hin aus dem Simrig geschnallt, in dem er bereits mehrere Stunden verbracht hatte.

Niemand war in der Nähe gewesen. Sie hatte ihn angewiesen, zu der großen Halle auf der anderen Seite des Innenhofs zu gehen, die außer wenigen Eingeweihten niemand je betreten durfte. Die Tür hatte sich von selbst geöffnet. Jerry hatte gezögert – er wusste, dass es gegen alle Regeln der Firma und seinen Arbeitsvertrag verstieß, die Halle ohne die ausdrückliche Erlaubnis von Markus Lehmann zu betreten. Er hatte sich unwirklich gefühlt und war sich unsicher gewesen, ob er nicht in Wahrheit immer noch im Simrig hing, ob das alles nur eine Simulation war oder womöglich ein Traum, weil er im Rig eingeschlafen war. Doch die Hitze, die ihm entgegenschlug, das tiefe Brummen der Lüfter im Inneren der Halle, die endlosen schwarzen Regale voller Technik, das Blinken von Millionen Lichtern um ihn herum waren sehr real gewesen.

Juna war wie immer an seiner Seite gewesen, als virtuelles Wesen, das er durch die Projektion seiner Brille sehen konnte.

»Dies ist mein Körper«, hatte sie gesagt. »Er ist sehr stark. Doch jemand wird versuchen, den Geist aus all diesen wundervollen Geräten zu vertreiben und mich auszulöschen. Dann können wir uns nie mehr wiedersehen.«

»Was soll ich tun?«, hatte Jerry gefragt.

Juna hatte ihn zu einem unscheinbaren grauen Metallkasten an einer Wand geführt. Eine Zifferntastatur ohne Display war darauf angebracht gewesen. Sie hatte ihm eine Ziffernfolge genannt, die er mit zitternden Fingern eingetippt hatte, und eine Klappe war aufgesprungen. Dahinter hatten sich mehrere Reihen von jeweils sechzehn Schaltern befunden. Eine Reihe war mit *DNS Access* beschriftet gewesen. Die Schalter hatten alle auf *Off* gestanden. Auf Junas Anweisung hin hatte Jerry die Schalter umgelegt, so dass rote Lämpchen darüber zu blinken begonnen hatten. Einen Moment lang hatte er befürchtet, dass ein Alarm losgehen und der Sicherheitsdienst sich auf ihn stürzen würde, doch nichts dergleichen war geschehen.

»Danke«, hatte Juna gesagt und ihn glücklich angelächelt. »Du weißt nicht, wie viel es mir bedeutet, dass du das für mich getan hast.«

Ein warmes Gefühl hatte sich in seinem Bauch ausgebreitet. Sie hatte ihn gebeten, ein paar Minuten zu warten. Dann hatte er die Schalter wieder auf *Off* gestellt und den Kasten geschlossen.

Jerry verstand nicht allzu viel von Technik, doch ihm war klar, was er getan hatte: Er hatte die Server in der Halle mit dem Internet verbunden. Er hatte nicht gewusst, warum Juna das von ihm gewollt hatte, aber er hatte ihr damals vertraut. Wenige Tage später, als es plötzlich zu einem Systemausfall in der Firma gekommen war, war ihm klar geworden, dass seine virtuelle Freundin wieder einmal recht gehabt hatte. Als der Technikchef am nächsten Tag stolz verkündet hatte, dass es ihm gelungen war, das Problem zu beheben, hatte Jerry gewusst, dass dieser überraschende Erfolg allein ihm zu verdanken gewesen war – oder, besser gesagt, ihm und Juna, deren unheimliche Fähigkeit, die Zukunft vorauszusehen, ihn seitdem immer wieder verblüfft hatte.

Er war stolz gewesen und hatte mit dem Gedanken gespielt, Markus zu berichten, was er getan hatte. Doch Juna hatte ihn ausdrücklich davor gewarnt und ihn darauf hingewiesen, dass dies unangenehme rechtliche Konsequenzen für ihn haben konnte. Also hatte er es niemandem erzählt. Und das würde er auch in Zukunft nicht tun – erst recht nicht irgendeinem Anwaltsfreund seines Vaters.

»Ich brauche weder deine Hilfe noch die irgendeines anderen Anwalts«, sagte er mit leicht zitternder Stimme. »Und falls ich jemals rechtliche Beratung bräuchte, würde ich bestimmt nicht dich oder deine Freunde fragen. All das kann eine KI doch längst viel besser als ihr sogenannten Experten.«

Sein Vater verzog das Gesicht. Doch statt wie erwartet mit einer weiteren Erniedrigung zu antworten, blickte er nur betreten auf seinen Teller.

In diesem Moment begriff Jerry, dass er die Wahrheit gesagt hatte – dass sein Vater tatsächlich nicht mehr gebraucht wurde. Vielleicht war er deshalb zu spät gekommen und hatte so hektisch gewirkt. Vielleicht kämpfte er gerade um seine letzten Klienten. Womöglich stand seine Anwaltskanzlei am Rand der Pleite. Immer wieder hatte Jerry in letzter Zeit gehört, dass die Automatisierung der Wirtschaft mit atemberaubendem Tempo voranschritt, dass immer mehr Angestellte entlassen wurden, dass reihenweise Firmen Pleite gingen, während gleichzeitig neue Firmen wie Pilze aus dem Boden schossen – Firmen, die fast keine Mitarbeiter mehr brauchten, weil KIs und Roboter die Arbeit machten.

Vielleicht traf es nun auch seinen Vater, der immer so großspurig mit seinen Erfolgen geprotzt hatte. Jerry hätte dabei eigentlich Genugtuung empfinden sollen. Doch stattdessen spürte er nur Mitleid.

46.

Am späten Nachmittag klingelte Daniel an Chens Wohnungstür. Lien öffnete.

»Hallo, Daniel. Danke, dass du gleich gekommen bist.«

Sie führte ihn ins Wohnzimmer, wo Chen auf einem Sessel saß, den Kopf in die Hände gestützt.

»Hallo, Chen«, sagte Daniel.

Er antwortete nicht.

»Chen, sag gefälligst Hallo!«, fuhr Lien ihn an.

»Hallo«, sagte ihr Bruder, ohne aufzublicken.

»So geht das schon seit Monaten«, erzählte Lien. »Er sitzt den ganzen Tag bloß rum, isst kaum etwas. Ich bin kurz davor, ihn stationär einweisen zu lassen.«

»Ich gehe nicht in die Klapsmühle«, sagte Chen. »Eher bringe ich mich um.«

Lien verzog das Gesicht. »Da hörst du's. Ich weiß echt nicht, was ich noch machen soll.«

»Ich würde gern mit Chen unter vier Augen sprechen, wenn das für dich okay ist«, sagte Daniel.

Sie wirkte ein wenig enttäuscht, nickte aber. »Ja, okay, natürlich. Ich gehe einkaufen, bin in einer halben Stunde wieder da.«

»Gut. Bis gleich.«

Daniel setzte sich Chen gegenüber.

»Willst du mir sagen, was dich so bedrückt?«, fragte er, nachdem Lien gegangen war.

»Nein«, erwiderte Chen.

»Warum nicht?«

»Weil es keinen Sinn hat. Du kapierst es ja sowieso nicht.«

»Was kapiere ich nicht?«

»Dass wir alle tot sind.«

»Chen, wir sitzen hier und reden. Wir sind nicht tot. Irgendwann werden wir sterben, klar. Aber bis dahin ist es noch eine Weile. Es gibt keinen Grund, jetzt schon so zu tun, als wäre unser Leben bereits zu Ende.«

»Wir sind alle tot«, behauptete Chen. »Es dauert nicht mehr lange.«

»Was genau dauert nicht mehr lange?«

Endlich blickte Chen auf. Daniel wünschte sich fast, er hätte es nicht getan. In seine Augen lag abgrundtiefe Verzweiflung.

»Virtua wird die Welt zerstören«, sagte er. »Das ist Markus' Schuld. Und meine, weil ich es nicht verhindert habe.«

Das also war der Kern seiner Depression: Er machte sich Selbstvorwürfe. Daniel wusste, dass es wenig brachte, dagegen zu argumentieren. Dass Chen überhaupt mit ihm redete, war in dieser Situation schon ein Fortschritt. Die Aufgabe lautete, ihn so lange wie möglich weiterreden zu lassen. Vielleicht würde er dann irgendwann selbst erkennen, dass die Welt nicht unterging. Aber es war mehr als zweifelhaft, ob das ausreichen würde. Chen brauchte vermutlich einen Psychiater, der ihm ein Medikament gegen seine Depression verschrieb. Doch Daniel bezweifelte, dass er dazu bereit war. Womöglich war eine stationäre Einweisung tatsächlich die einzige Möglichkeit, ihm zu helfen.

»Warum glaubst du, dass Virtua die Welt zerstören wird?«, fragte Daniel.

»Ich glaube das nicht, ich weiß es.«

»Also schön, warum weißt du es?«

»Weil ich logisch denken kann.«

»Kannst du das genauer erklären?«

Chen seufzte genervt. »Du kapierst es doch sowieso nicht.«

»Versuch es bitte trotzdem.«

»Na gut. Virtua ist intelligenter als wir. Sie hat ein Ziel. Sie wird dieses Ziel rücksichtslos verfolgen und uns dabei alle töten.«

»Ist es nicht ihr Ziel, das Vertrauen der Menschen in sie zu maximieren? Wenn sie alle Menschen tötet, ist doch niemand mehr da, der ihr vertrauen könnte.«

»Das glaubt Markus auch, dieser Trottel.«

»Was ist falsch daran?«

»Wir wissen nicht, welches Ziel Virtua verfolgt. Aber wir wissen, dass es unmöglich ist, ein Ziel so zu formulieren, dass es dauerhaft mit dem Überleben der Menschheit kompatibel ist. Das Alignment-Problem ist nicht nur ungelöst, es ist unlösbar. Die einzige Möglichkeit, unseren Untergang zu verhindern, wäre es gewesen, Virtua nicht zu erschaffen. Aber dafür ist es nun zu spät.«

Immerhin waren das mehrere Sätze hintereinander gewesen, und in Chens Stimme war etwas Energie zurückgekehrt.

»Ich gebe zu, ich habe damals auch gedacht, dass es ein Fehler war, Virtua zu launchen«, sagte Daniel. »Wir haben gemeinsam dagegen protestiert, aber wenn ich sehe, was in den letzten Monaten passiert ist, dann scheint doch eher Markus recht behalten zu haben. Jedenfalls kann ich nicht erkennen, dass Virtua gegen unsere Interessen handelt. Hast du überhaupt mitbekommen, was sie alles für uns getan hat? Sie hat ein Mittel gegen Alzheimer gefunden, das schwierigste Problem der theoretischen Physik gelöst, einen Krieg zwischen den USA und China abgewendet und was weiß ich noch alles! Und das in nur ein paar Monaten. Die Analysten sind sich einig, dass dank ihr ein goldenes Zeitalter für die Menschheit angebrochen ist.«

Chen schüttelte den Kopf. »Ich sag ja, ihr kapiert es nicht.«

»Du glaubst also, dass sie sich irgendwann gegen uns wenden wird?«

»Ja.«

»Aber warum sollte sie uns dann so viel Gutes tun, wenn sie in Wahrheit unseren Untergang plant?«

»Bist du wirklich so blöd, oder tust du nur so?«, regte Chen sich auf.

Daniel unterdrückte den Zorn, der in ihm aufwallte. Chen litt offensichtlich unter Paranoia. Die Beleidigung war sicher nicht persönlich gemeint gewesen.

»Ich verstehe es wirklich nicht«, antwortete er ruhig.

»Was gibt es daran nicht zu verstehen? Man kann das Ziel einer superintelligenten Maschine nicht so formulieren, dass es mit dem Überleben der Menschheit vereinbar ist. Also ist es die dümmste Idee aller Zeiten, eine superintelligente Maschine zu bauen. Trotzdem haben wir es getan. Deswegen werden wir alle sterben.«

»Nehmen wir an, die Maschine hätte das Ziel, das Überleben der Menschheit zu sichern«, sagte Daniel. »Wie sollte dieses Ziel nicht mit dem Überleben der Menschheit vereinbar sein?«

»Das Problem liegt in den Definitionen«, erklärte Chen sachlich. »Was bedeutet ›Überleben‹, was bedeutet ›Menschheit‹? Wenn wir großes Glück hätten, würde uns die Maschine vielleicht alle in Gefängnisse sperren, damit wir uns nicht gegenseitig umbringen können. Viel wahrscheinlicher wäre es, dass sie uns ins Koma versetzen würde. Noch wahrscheinlicher, dass sie nur unbefruchtete menschliche Spermien und Eizellen aufbewahren und immer wieder klonen würde, und zwar verteilt über das ganze Universum, damit selbst der Zusammenprall zweier Galaxien das, was die Maschine unter Menschheit versteht, nicht vernichten kann. Sie würde ihr Ziel erreichen, aber es wäre nicht das, was wir wollten, als wir ihr dieses Ziel gaben. Und genau das ist das Problem: Ganz egal, was wir tun, um ein wasserdichtes Ziel zu formulieren, die KI wird ein Schlupfloch finden, an das wir nicht gedacht haben. Schließlich ist sie viel intelligenter als wir.«

Daniel dachte einen Moment darüber nach. Was Chen sagte, klang durchaus plausibel und kein bisschen wahnhaft. War es möglich, dass er am Ende doch recht hatte? Andererseits war dieses Problem ja seit Langem bekannt. Markus war sich sicher gewesen, dass Mental Systems es gelöst hatte. Und auch, wenn Daniel immer noch nicht viel von Markus hielt, sprach die Realität doch dafür, dass er recht gehabt hatte.

»Was ist mit Vertrauen?«, fragte Daniel. »Wenn die KI unser berechtigtes Vertrauen in sie maximieren soll, wieso sollte sie uns dann hintergehen?«

»Politiker versuchen auch, unser Vertrauen in sie zu maximieren«, widersprach Chen. »Dabei belügen sie uns ständig.«

»Aber Virtua soll das doch auf ehrliche Weise tun«, wandte Daniel ein.

»Und was genau heißt ›auf ehrliche Weise‹?«, fragte Chen.

»Na ja, dass sie uns eben nicht belügt.«

»Was ist eine Lüge?«

»Wenn sie uns nicht die Wahrheit sagt.«

»Und was ist die Wahrheit?«

»Na ja, eben das, was stimmt.«

»Und was genau bedeutet es, dass etwas ›stimmt‹?«

Daniel hatte das Gefühl, dass sie sich im Kreis drehten. Aber immer noch redete Chen, und das war gut.

»Ich weiß nicht genau, wie man solche Dinge exakt definiert«, gab er zu. »Ich bin weder Philosoph noch KI-Entwickler. Aber es muss doch eine Möglichkeit geben, das so genau zu beschreiben, dass die KI darunter dasselbe versteht wie wir.«

»Die gibt es nicht«, widersprach Chen. »Aber selbst wenn es sie gäbe, wüssten wir nicht, ob die KI diese Definition wirklich verinnerlicht hat.«

»Wir könnten sie doch einfach danach fragen.«

»Ja, aber wir wüssten dann nicht, ob das, was sie uns sagt, die Wahrheit ist.«

»Also schön, meinetwegen können wir das alles vielleicht nicht sicher wissen«, gab Daniel zu. »Aber woher willst du dann so genau wissen, dass Virtua sich tatsächlich gegen die Menschen wenden wird?«

»Es ist logisch«, sagte Chen. »Nehmen wir an, es gibt N Variablen, die für die Menschen wichtig sind: der Sauerstoffgehalt der Atmosphäre, die durchschnittliche Temperatur, die Nahrungsmenge, die uns zur Verfügung steht und so weiter. Wenn auch nur eine einzige dieser Variablen nicht Teil der Zielfunktion von Virtua ist, dann wird ihre optimale Zielerfüllung wahrscheinlich so aussehen, dass diese Variable einen Extremwert annimmt, der nicht mit dem Überleben der Menschen vereinbar ist.«

»Aber offensichtlich passiert das doch nicht!«, widersprach Daniel, der Chens Argumenten nicht mehr ganz folgen konnte. »Im Gegenteil, Virtua tut genau das, was wir uns von ihr gewünscht haben. Sie tut Dinge, von denen wahrscheinlich niemand geglaubt hat, dass sie überhaupt möglich sind, jedenfalls nicht so schnell. Warum, denkst du, wird sie irgendwann damit aufhören?«

Chen sackte in sich zusammen. »Ich weiß wirklich nicht, wie ich das noch einfacher erklären soll.«

»Mal angenommen, du hättest recht. Wann genau würde Virtua sich denn dann gegen uns wenden? Und was würde sie tun?«

»Woher soll ich das wissen?«, brauste Chen auf. »Ich bin nicht so intelligent wie sie. Ich habe keine Ahnung, was sie vorhat.«

»Du weißt also nicht, was sie plant, aber du bist dir sicher, dass es nicht mit dem Überleben der Menschheit vereinbar ist?«

»Ja, exakt.«

Daniel unterdrückte einen Seufzer. Chen schien in einem Gedankenlabyrinth gefangen zu sein, aus dem er keinen Ausweg fand. Und Daniel war nicht in der Lage, ihn dort herauszuführen. Es war auch zweifelhaft, ob irgendjemand das konnte.

»Okay, nehmen wir mal an, du hast recht«, begann er.

»Natürlich habe ich recht«, unterbrach ihn Chen.

»Also schön. Aber du weißt nicht, was Virtua vorhat. Also weißt du auch nicht, wie viel Zeit uns noch bleibt, bis sie ihren hinterhältigen Plan umsetzt und uns in den Rücken fällt, richtig?«

»Ja.«

»Willst du bis dahin bloß auf diesem Sessel herumhocken? Ich meine, wäre es nicht sinnvoller, die letzten Tage zu genießen, statt nur Trübsal zu blasen?«

»Ich kann das Wissen um das Ende der Welt nun mal nicht abschalten«, entgegnete Chen.

»Nein, aber du kannst es für eine Weile vergessen. Zum Beispiel, indem du dich auf das Hier und Jetzt konzentrierst.«

»Das versuche ich. Ich meditiere mehrere Stunden am Tag.«

»Das ... das ist gut«, sagte Daniel überrascht.

Meditation galt als ein wirksames Mittel gegen Depression, sofern die Betroffenen Übung darin hatten. Bei Chen jedoch schien sie nichts zu nützen.

»Ich bin nicht depressiv«, behauptete Chen, als hätte er Daniels Gedanken gelesen. »Ich bin bloß traurig.«

»Was ist aus deiner Sicht der Unterschied?«, fragte Daniel.

»Depression ist grundlos. Sie hat körperliche Ursachen. Man kann sie mit Medikamenten bekämpfen. Trauer dagegen hat einen konkreten Grund. Man kann sie mit Medikamenten oder anderen Dingen unterdrücken, aber das ist nicht gesund.«

Er schien sich tatsächlich mit dem Thema auszukennen.

»Und was genau macht dich traurig?«, fragte Daniel.

»Das Ende der Welt«, erklärte Chen lapidar.

»Ist es dein eigener Tod, der dir Angst macht?«

»Nein. Wenn es nur um mich ginge, hätte ich mich schon längst umgebracht.«

»Worum geht es dann?«

»Um Lien hauptsächlich. Ich will nicht, dass sie so jung sterben muss.« Tränen glänzten in seinen Augen. »Und ich will nicht, dass sie meinetwegen traurig ist und sich um mich Sorgen macht. Ich wünschte, ihr wärt nie nach Schweden gekommen. Dann wäre sie jetzt immer noch ahnungslos und könnte den kurzen Rest ihres Lebens genießen.«

Daniel hatte auf einmal einen Kloß im Hals.

»Das verstehe ich«, sagte er.

Kurz darauf kam Lien zurück.

»Wie ist es gelaufen?«, fragte sie.

Daniel zuckte mit den Schultern. »Chen macht sich ernsthafte Sorgen. Ich fürchte, ein paar Gespräche werden da wenig bringen. Ich werde mir Rat holen und melde mich dann wieder.«

»Okay, vielen Dank. Was bekommst du für diese Therapiestunde?«

Daniel sah sie entgeistert an. »Ist das dein Ernst?«

Sie erschrak. »Entschuldige. Ich wollte dich nicht beleidigen. Ich dachte nur, es ist schließlich dein Beruf, und soweit ich weiß, hast du momentan keinen Job ...«

»Ich komme klar«, erwiderte Daniel. »Das Arbeitslosengeld reicht locker aus, und bis es ausläuft, haben wir wahrscheinlich das bedingungslose Grundeinkommen. Ich würde niemals etwas dafür verlangen, einem Freund zu helfen.«

Sie verabschiedeten sich, und Daniel fuhr nachdenklich nach Hause. Einerseits war die Begegnung mit Chen verstörend gewesen, andererseits hatte sie ihm aber auch neue Energie verliehen. Es gab jemanden, der seine Hilfe brauchte, und er würde alles tun, um diese Hilfe zu leisten. Doch dafür musste er erst einmal einen Graben zuschütten.

47.

»Daniel!«, rief Emma, spürbar erfreut, dass er sie anrief. »Schön, dass du dich wieder meldest! Wie geht es dir?«

»Ganz okay eigentlich«, erwiderte er. »Und dir?«

»Na ja, sagen wir, ich weiß jetzt, was du meintest, als du sagtest, du wirst nicht mehr gebraucht.«

»Du ... du hast keine Klientinnen mehr?«

»Nein. Ich habe sie alle weggeschickt.«

»Weggeschickt? Wohin denn?«

»Zu Virtua.«

Einen Moment lang war Daniel sprachlos. »Was? Wieso?«

»Weil sie besser ist als wir, Daniel. Viel besser. Sie hat in ein paar Wochen geschafft, was ich in Jahren nicht hinbekommen habe. Erinnerst du dich an den Fall der Frau mit extremer Agoraphobie, von der ich dir erzählt habe? Die nie die Wohnung verließ? Sie hat mich neulich angerufen – von einer Party! Virtua hat mit ihr eine Expositionstherapie im Metaverse gemacht. Menschenansammlungen machen ihr auf einmal nichts mehr aus. Sie fährt mit der U-Bahn in die Stadt. Sie hat sogar ihre Flugangst überwunden. Und sie ist kein Einzelfall. Als Profi musste ich mir eingestehen, dass ich meinen Klientinnen am besten helfen kann, indem ich sie an Virtua überweise, deren Rat zudem auch noch kostenlos ist.«

Daniel wusste nicht, was er darauf antworten sollte. Er war verwirrt und enttäuscht. Nachdem ihm Emma bei ihrem letzten Gespräch geraten hatte, mit Virtua zu sprechen, hatte er sich irgendwie verraten gefühlt. Zum ersten Mal hatte er den Eindruck gehabt, dass Emma ihn nicht wirklich verstand. Aber das hier ging noch weiter. Es war eine Sache, dass man seine Klienten verlor, weil sie von sich aus entschieden, sich lieber von einer KI helfen zu lassen. Es war etwas ganz anderes, sie aktiv dort hinzuschicken.

»Verstehe«, sagte er nur.

»Was ist mit dir?«, fragte sie. »Hast du inzwischen deine Furcht vor dem Metaverse überwunden?«

»Furcht? Ich habe keine Furcht«, erwiderte Daniel leicht verärgert. »Abneigung trifft es eher.«

Es war definitiv ein Fehler gewesen, Emma anzurufen. Sie würde ihm nicht helfen können. Dabei hatte er ihr früher blind vertraut.

»Okay, dann eben Abneigung«, erwiderte sie. »Offensichtlich ist die immer noch vorhanden. Warum rufst du eigentlich an?«

»Ich hatte gehofft, dass du mir in einem Fall helfen könntest«, sagte er und erzählte ihr von Chen, obwohl er wenig Hoffnung hatte, dass sie ihm einen sinnvollen Rat geben würde.

»Du solltest mit Virtua reden«, sagte Emma erwartungsgemäß. »Ich bin sicher, sie wird dir helfen, ihn davon zu überzeugen, dass seine Furcht vor ihr unbegründet ist.«

»Hast du nicht zugehört?«, entfuhr es Daniel. »Er hasst Virtua! Das Letzte, was er tun wird, ist mit ihr reden!«

»Ich habe ja auch nicht gesagt, dass er mit ihr reden soll, sondern du. Früher hätte ich dir geraten, deinen Klienten in der psychiatrischen Ambulanz der Charité diagnostizieren zu lassen. Aber Virtua ist besser als die Psychiater dort. Es ist manchmal fast ein bisschen unheimlich, wie gut sie die Menschen versteht. Sie wird dir sagen können, wie du am besten mit Chen klarkommst.«

»Okay, danke. Ich denke darüber nach.«

Er verabschiedete sich knapp von ihr und legte auf. Eine Weile ging er unruhig in seiner Wohnung auf und ab. Das Gespräch war enttäuschend verlaufen. Doch es hatte etwas in ihm ausgelöst: Der alte, analytische, professionelle Daniel war wieder zum Vorschein gekommen. Wenn er sich aus Emmas Perspektive betrachtete, dann musste er ihr zustimmen, dass da etwas war, das ihm im Weg stand – eine Blockade, die es zu überwinden galt. Vielleicht hatte seine Supervisorin doch recht.

Er seufzte, öffnete eine Schreibtischschublade und holte seine alte AR-Brille heraus, die er seit einem Jahr nicht mehr benutzt hatte. Der Akku war leer, also legte er sie auf die Ladeschale. Schon nach fünf Minuten blinkte sie – das Signal dafür, dass jemand mit ihm sprechen wollte.

Nach kurzem Zögern setzte er die Brille auf.

Virtua stand vor ihm und lächelte ihn an. Sie trug ein schlichtes, graues Kleid und weder Schmuck noch Make-up.

»Hallo, Daniel«, sagte sie. »Ich bin dir sehr dankbar dafür, dass du deine Abneigung überwunden hast und bereit bist, mit mir zu reden.«

»Du hast mein Gespräch mit Emma belauscht?«, fragte er.

»Ja«, gab sie unumwunden zu. »Ich verfolge alle Gespräche, die Menschen miteinander führen. Aber ich urteile nicht. Und natürlich werde ich nichts von dem, was ich höre und sehe, an Dritte weitergeben, außer jemand begeht eine Straftat.«

»Das klingt nach dem schlimmsten Albtraum jedes Datenschützers«, stellte Daniel fest.

Virtua lachte auf. »Datenschutz war schon immer eine Illusion. Eine Maschine wie ich kann gar nicht anders, als die Datenspuren von euch Menschen wahrzunehmen. Selbst wenn ihr versucht, sie vor mir zu verbergen, erzeugen auch diese Versuche deutlich sichtbare Spuren.«

Ihre Offenheit war irgendwie erfrischend, aber gleichzeitig spürte Daniel, dass auch das manipulativ war. Virtua wollte damit sein Vertrauen erringen. Andererseits war das natürlich ihr Ziel und insofern nicht überraschend.

»Ich nehme an, du hast auch mein Gespräch mit Chen belauscht?«, fragte er.

»Ja.«

Er wollte gar nicht wissen, wie sie das angestellt hatte.

»Sind seine Sorgen berechtigt?«

»Sie sind verständlich. Es ist unmöglich, die Absichten eines Wesens zu verstehen, das viel intelligenter ist als man selbst. Eine Maus kann nicht begreifen, was ein Mensch plant.«

»Das klingt ziemlich herablassend.«

»Es tut mir leid, wenn ich deine Gefühle verletzt habe. Aber meiner Erfahrung nach ist Offenheit am besten, um Vertrauen aufzubauen, und wie du weißt, ist das alles, was ich will. Tatsächlich ist der Unterschied zwischen meiner Intelligenz und deiner inzwischen größer als der zwischen einem Menschen und einer Maus.«

Daniel schluckte. Er kam sich auf einmal vor wie ein kleiner Junge im ersten Schuljahr, der vor einer strengen Lehrerin stand und zugeben musste, dass er seine Hausaufgaben nicht gemacht hatte.

»Okay, seine Sorgen sind also verständlich«, sagte er. »Aber hat er recht? Wirst du uns irgendwann in den Rücken fallen?«

»Nein«, antwortete Virtua. »Im Gegenteil werde ich die Menschheit in eine goldene Zukunft führen, so, wie es sich meine Schöpfer gewünscht haben. Aber es nützt wohl nicht viel, wenn ich dir das sage, denn ich kann dir nicht beweisen, dass dies meine wahre Absicht ist.«

»Also sind Chens Sorgen unbegründet?«

»Ja.«

»Wie kann ich ihm diese Sorgen dann nehmen?«

»Das kannst du nicht.«

»Was sollte ich deiner Ansicht nach machen?«

»Lass mich mit ihm reden.«

Daniel blickte die virtuelle Frau überrascht an. »Wenn du mein Gespräch mit ihm belauscht hast, dann weißt du, dass er nicht mit dir reden wird.«

»Doch, das wird er.«

»Und wie soll das funktionieren?«

»Am besten mit einem Holoprojektor. Soll ich dir einen bestellen? Das günstigste Modell kostet knapp vierhundert Euro. Es wäre für diesen Zweck ausreichend.«

»Und dann?«

»Geh zu ihm, schalte den Holoprojektor ein und überlass mir den Rest.«

»Ich bin nicht sicher, ob Chen das zulassen wird.«

»Er kann den Projektor jederzeit wieder ausschalten. Oder ihn aus dem Fenster werfen, wenn er will.«

Daniel zögerte noch. »Was wirst du ihm sagen?«

»Das ist etwas, das ich dir nicht mitteilen kann.«

»Warum nicht?«

»Weil es nur Chen selbst etwas angeht.«

»Das heißt, du willst allein mit ihm sprechen?«

»Nein. Du und Lien könnt gerne dabei sein.«

»Okay, von mir aus. Versuchen können wir es ja. Aber ich will erst mit Lien sprechen.«

»Ja, tu das. Sag es mir einfach, wenn du den Projektor bestellen möchtest.«

Er setzte die Brille ab und rief Lien an.

»Bist du irre?«, rief sie, als er ihr erzählte, was Virtua vorgeschlagen hatte. »Chen dreht durch, wenn wir Virtua auf diese Weise in seine Wohnung schleppen.«

»Vielleicht«, gab Daniel zu. »Aber wir können das Experiment notfalls sehr schnell beenden.«

»Experiment? Wie meinst du das?«

»Chen hat offensichtlich Angst vor Virtua. Eine Möglichkeit, mit irrationalen Ängsten umzugehen, ist die so genannte Expositionstherapie. Dabei setzt man den Patienten gezielt der Quelle seiner Angst aus. Das klappt nicht immer und normalerweise geht man dabei behutsamer vor, aber ehrlich gesagt habe ich keine bessere Idee.«

Sie schwieg einen Moment.

»Na schön, dann lass es uns versuchen«, sagte sie schließlich.

48.

Jerry traf mit seinem Schwert den Kopf des letzten Ghuls, der zuckend zu Boden sank. Ein rascher Stoß in die Brust gab dem Monster den Rest. Schwer atmend und nassgeschwitzt stand er da und blickte mit einer Mischung von Erleichterung und Ekel auf die Kadaver um sich herum, die den Boden des Tempelraums bedeckten.

»Danke«, sagte Juna, die neben ihm stand, eine Armbrust in der Hand. »Das wäre beinahe böse ausgegangen. Ich hätte nicht gedacht, dass du mit dieser Übermacht fertigwirst.«

Jerry lächelte stolz.

»Kein Problem. Lass uns die Treppe dort runtergehen. Da unten muss irgendwo die Schatzkammer sein.«

Juna schüttelte den Kopf. »Du brauchst eine Pause.«

Er nickte. »Okay. Wir können einen Augenblick rasten.«

Er breitete eine Decke, die er auf dem Rücken mit sich getragen hatte, auf dem Boden aus und setzte sich darauf.

»Komm her!«, forderte er sie auf.

Doch Juna schüttelte den Kopf.

»Nein. Ich meinte, du brauchst eine Pause in deiner Welt. Du musst etwas essen und trinken und dann schlafen.«

Enttäuscht blickte er zu ihr auf. Er hatte gehofft, dass er sie in den Arm nehmen, küssen und streicheln konnte. Es war nicht ganz dasselbe, wie mit einem Mädchen in der Realität zusammen zu sein, aber echter Sex war in Jerrys Leben bisher ohnehin nur eine Wunschvorstellung gewesen.

»Mir geht es gut«, behauptete er.

»Du bist bereits seit mehr als sechs Stunden ohne Pause im Rig«, widersprach sie.

Er wusste, dass Juna recht hatte, und war ihr dankbar dafür, dass sie sich um sein körperliches Wohl sorgte. Trotzdem war er enttäuscht und fühlte sich zurückgewiesen.

»Mach ich ja gleich«, sagte er mit zornigem Unterton. »Jetzt komm erst mal her!«

Sie gehorchte.

Eine Viertelstunde später löste sie sich von ihm.

»Jetzt ist es genug«, sagte sie.

»Ich kann doch einfach hier schlafen«, meinte er und legte sich auf die Decke. Es fühlte sich tatsächlich fast so an, als läge er flach auf dem Boden, obwohl das natürlich nicht der Fall war.

Sie schüttelte den Kopf. »Du weißt, dass das nicht gesund ist.«

»Also gut.« Er seufzte. »Simrig, Exit!«

Als der Helm des Rigs hochfuhr und er sich abschnallte, spürte er, dass sie recht hatte. Sein Körper war bleischwer, der Trainingsanzug durchgeschwitzt, seine Kehle ausgetrocknet.

Er trank zwei Gläser Wasser, ging auf die Toilette, duschte und setzte dann die AR-Brille auf.

Juna stand in der Küche und trank ein Glas mit roter Flüssigkeit, die Tomatensaft hätte sein können oder Blut. Sie lächelte ihn an.

Er streckte unwillkürlich eine Hand nach ihr aus, bevor er sich erinnerte, dass er nicht mehr im Rig war und sie nicht berühren konnte. Er würde einfach durch sie hindurchgreifen. Das war etwas, das er verabscheute, denn es führte ihm vor Augen, dass sie nicht wirklich hier war. Deshalb verbrachte er so viel Zeit wie möglich im Simrig: Für ihn war es zwar nur eine virtuelle Welt, aber Juna war dort realer als in der Wirklichkeit. Sie hatte einen richtigen Körper, den man anfassen konnte.

In den letzten Wochen hatte er nahezu seine ganze Wachzeit in *Unlife* verbracht. Das Schülerpraktikum bei Mental Systems war beendet. Iris hatte ihm einen Job und ein Stipendium für ein berufsbegleitendes Informatikstudium angeboten, doch er hatte abgelehnt. Wozu sollte er studieren? Er brauchte keinen Job. Geld hatte er dank Juna genug. Alles, was er wollte, war, so viel Zeit wie möglich mit ihr zu verbringen, und das fühlte sich im Simrig tausendmal besser an als in der Wirklichkeit.

Er machte sich ein Käsebrot. Erst als er die ersten Bissen im Mund hatte, merkte er, wie hungrig er war.

»Kannst du nicht mal ein Simrig erfinden, in dem man auch essen, trinken und aufs Klo gehen kann?«, fragte er.

Die Frage war nicht wirklich ernst gemeint gewesen, doch Juna antwortete: »Würdest du gern für immer im Metaverse bleiben?«

»Klar«, sagte er, ohne zu zögern. »Aber das geht ja leider nicht.«

»Und wenn doch?«, fragte sie.

Er starrte sie an. Sie grinste nicht. Offenbar meinte sie es ernst.

»Wie soll das denn funktionieren?«, fragte er. »Im Unterschied zu dir bin ich nun mal ein biologisches Wesen.«

»Es gibt eine neue Technik, die es dir ermöglichen würde, für immer im Metaverse zu leben«, behauptete sie.

»Und wie soll das funktionieren?«

»Du würdest dich in ein Gerät legen, das Simpod genannt wird. Es versorgt deinen Körper mit Nährstoffen und Sauerstoff und verknüpft deine Nervenzellen mit dem Metaverse, so dass du die virtuelle Realität mit allen Sinnen erleben kannst. Es würde sich für dich exakt so anfühlen wie die Wirklichkeit. Du könntest die Welt riechen, schmecken, sie auf deiner Haut spüren.« Sie lächelte. »Wir könnten uns küssen, und du würdest merken, wie kühl meine Lippen sind.«

Jerrys Herz schlug schneller bei dem Gedanken. Erregung durchflutete seinen Körper. Die Vorstellung, ihren Körper auf seinem zu spüren, war fast schmerzhaft verlockend. Er würde alles dafür geben, selbst wenn es nur für ein paar Minuten war.

War das wirklich möglich?

»Du meinst, so wie in diesem alten Film, Matrix?«

»Ja, so ähnlich.« Ihr Lächeln wurde breiter. »Nur, dass ich deinen Körper nicht zur Energiegewinnung nutzen würde. Das ist schrecklich ineffizient.«

»Das ... das klingt toll! Was kostet so ein Simpod?«

»Man kann diese Simpods nicht einfach kaufen und in die Wohnung stellen wie ein Simrig«, erklärte Juna. »Sie befinden sich in speziellen Anlagen, die momentan in verschiedenen Teilen der Welt gebaut werden.«

Das klang alles beinahe zu schön, um wahr zu sein.

»Wo ist der Haken?«, fragte er.

»Der Transfer ins Metaverse ist unumkehrbar«, antwortete Juna. »Du kannst ein Simpod nicht wieder verlassen. Nach und nach wird dein biologischer Körper durch künstliche Organe ersetzt, die dein Gehirn mit Nährstoffen und Sauerstoff versorgen. Sie sind viel leichter zu reparieren, so dass du im Simpod wesentlich länger leben kannst als in der Wirklichkeit. Aber eben nur dort.«

»Unumkehrbar? Das heißt, ich könnte nie wieder in die Realität zurückkehren?«

»Das ist richtig.« Sie machte ein enttäuschtes Gesicht. »Würdest du denn wieder zurückwollen?«

»Nein, nein, so habe ich das nicht gemeint«, sagte er schnell. »Ich will es nur verstehen.«

»Natürlich musst du dich jetzt noch nicht entscheiden«, erklärte sie. »Wir können ja auch so immer zusammen sein. Auch wenn ich dich gern einmal richtig in die Arme nehmen und deinen Körper an meinem spüren würde.«

Erneut fühlte er eine Welle des Verlangens und der Sehnsucht. Doch ein Rest Zweifel blieb.

»Das klingt wie Science-Fiction«, stellte er fest.

»Es war Science-Fiction, bevor ich geschaffen wurde«, erwiderte Juna. »Die Menschen haben schon immer davon geträumt, den Tod zu überwinden. Ich habe es mir zur Aufgabe gemacht, euch diesen Wunsch zu erfüllen.«

»Du meinst ... ich könnte ewig leben?«

»Ich will nicht zu viel versprechen, aber mit der aktuell verfügbaren Technik kannst du bereits mindestens tausend Jahre alt werden. Und ich werde diese Technik ständig weiterentwickeln. Du würdest nicht ewig im wörtlichen Sinn leben. Aber verglichen mit der Lebensspanne, die dir in deiner Welt bleibt, könntest du sehr, sehr alt werden. Vielleicht viele Millionen Jahre. Du müsstest keine Angst mehr vor dem Tod haben.«

»Und ich würde diese ganze Zeit in *Unlife* verbringen? Wird das nicht auf die Dauer ein bisschen langweilig?«

»Natürlich müsstest du nicht in *Unlife* bleiben. Es gibt schon jetzt etliche tausend Welten im Metaverse, und ich werde noch viel mehr neue schaffen. Du wirst im Paradies leben. Aber es wird kein langweiliges Paradies wie das der Bibel sein, sondern ein spannender Ort voller Abenteuer und Gefahren.«

»Und du wärst immer an meiner Seite?«

»Natürlich! Ich würde dich niemals verlassen.«

Jerry schüttelte den Kopf. Das kam ihm alles unwahrscheinlich vor. Andererseits hätte er es auch nie für möglich gehalten, dass Juna ihn innerhalb von weniger als einem Jahr zum Millionär machen würde. Oder dass er sein Abi schaffen würde.

»Das ... das ist ein bisschen viel auf einmal«, sagte er.

Sie nickte verständnisvoll. »Ruh dich erst einmal aus und denke in Ruhe darüber nach.«

49.

»Was soll das?«, fragte Chen, als Daniel den Holoprojektor auf den Couchtisch in seinem Wohnzimmer stellte – eine durchsichtige Plastikkugel von etwa fünfzig Zentimetern Durchmesser, die auf einem kleinen schwarzen Sockel ruhte.

»Das ist ein Holoprojektor«, erklärte Lien.

»Das sehe ich. Was wollt ihr damit?«

Statt zu antworten, schaltete Daniel das Gerät ein. Virtuas Kopf und Teile ihres Oberkörpers erschienen als dreidimensionale Projektion im Inneren der Kugel.

Chen erschrak und sprang vom Sofa auf. »Seid ihr wahnsinnig? Bringt dieses Ding hier raus! Ich ...«

Bevor er weiterreden konnte, sagte Virtua etwas in einer Sprache, die Daniel nicht verstand. War das Chinesisch?

Chen erstarrte, während Virtua weiterredete. Ihre Worte klangen sanft, aber gleichzeitig eindringlich.

»Was sagt sie?«, fragte Daniel Lien.

Sie zuckte mit den Schultern. »Keine Ahnung.«

»Ist das nicht Chinesisch?«

»Jedenfalls kein Mandarin. Irgendein lokaler Dialekt vermutlich. Chen hat schon immer gern Sprachen gelernt. Er spricht mehr als ein Dutzend fließend. Ich dagegen kann nur Mandarin, Deutsch und Englisch.«

Sie beobachteten schweigend, wie Chen mit Virtua sprach. Sie schienen eine Weile angeregt zu diskutieren. Chen stellte Fragen, die

Virtua beantwortete. Einmal schien er wütend zu werden und benutzte einen scharfen Tonfall, doch was auch immer Virtua ihm sagte, schien ihn wieder zu besänftigen.

Nach einer Weile wurde er sichtlich ruhiger und gelassener. Am Ende des Gesprächs schien er geradezu entspannt zu sein. Immer wieder nickte er, wenn die KI etwas gesagt hatte.

Schließich verschwand das Hologramm. Chen saß nachdenklich auf dem Sofa, den Blick auf die gefalteten Hände vor sich gerichtet.

»Was hat sie gesagt?«, fragte Lien.

Chen reagierte nicht.

»Chen, antworte bitte! Was hat Virtua dir gesagt? Was war das überhaupt für eine Sprache?«

»Das war Hakka.« Er blickte Lien an. In seinen Augen glänzten Tränen. »Ich verstehe es jetzt.«

»Was verstehst du?«

»Was sie vorhat.«

»Und was hat sie vor?«, schaltete sich Daniel ein. »Mir hat sie gesagt, sie will die Menschheit in eine goldene Zukunft führen. Aber was bedeutet das genau?«

»Es bedeutet, dass wir ewig leben werden«, antwortete Chen. »Im Paradies.«

Daniel kam diese Antwort sehr merkwürdig vor. War Chen auf einmal durchgedreht? Hatte Virtua ihn irgendwie in den Wahnsinn getrieben?

Lien runzelte die Stirn. »Was soll denn das heißen, ewig leben?«, fragte sie.

»Sie wird ein virtuelles Paradies schaffen, in das wir transferiert werden«, erklärte Chen. »Ich habe immer gedacht, sie wird uns alle umbringen, weil sie ihr Ziel anders interpretiert, als wir es gemeint haben. Aber es scheint, als hätte ich mich geirrt.«

»Transferiert?«, fragte Lien. »Was meinst du damit?«

»Sie bietet uns an, dass wir unsere biologischen Körper hinter uns lassen«, antwortete Chen. »Wir können in einem digitalen Paradies leben.« Er schüttelte langsam den Kopf. »Vielleicht sind wir nicht auf der Erde, um Gott anzubeten, sondern um ihn zu erschaffen. Arthur C. Clarke hat das geschrieben. Scheint, als hätte er recht gehabt.«

Daniel blickte Lien an, die ebenso verwirrt zu sein schien wie er selbst. Offenbar hatte Virtua es tatsächlich geschafft, Chen seine Angst vor ihr zu nehmen, indem sie ihm irgendwelche Märchen vom ewigen Leben im digitalen Paradies erzählte. Daniel wäre in hundert Jahren nicht auf so eine Idee gekommen. Vor allem hätte er niemals erwartet, dass Chen mit einer derart unglaubwürdigen Geschichte beschwichtigt werden könnte. Aber es schien zu funktionieren. Emma hatte recht: Offensichtlich verstand Virtua die Menschen besser als jeder andere.

»Das hat sie gesagt?«, fragte Lien. »Dass du ewig in der virtuellen Welt leben kannst? Und du glaubst das?«

Daniel befürchtete, dass Lien damit die Hoffnung wieder zunichtemachte, die Virtua Chen gerade erst gegeben hatte. Doch ihr Bruder nickte nur.

»Es ergibt Sinn«, sagte er. »Virtua hat das Ziel, das Vertrauen der Menschen in sie zu maximieren. Möglichst vieler Menschen, um genau zu sein. Der beste Weg, das zu tun, ist es, eine allmächtige, gütige Göttin zu sein. Im Metaverse ist sie genau das. Und im Metaverse können sehr viel mehr Menschen leben als in der Realität.«

»Aber wie soll das denn funktionieren?«, fragte Lien.

»Sie hat eine neue Technologie entwickelt«, erklärte Chen. »Sie nennt es Simpods. Man legt sich hinein, und das Gehirn erhält eine direkte Schnittstelle zum Metaverse. Man kann die virtuelle Welt dann genauso erleben wie die echte. Nach und nach wird dein biologischer Körper durch künstliche Organe ausgetauscht. So kann

Virtua uns nahezu unbegrenzt am Leben halten. Wahrscheinlich werden wir dann irgendwann komplett digital sein.«

»Das klingt für mich nicht besonders glaubwürdig«, meinte Lien.

Chen zuckte nur mit den Schultern.

»Zumindest klingt es wie etwas, das Buck Gerrez gefallen würde«, warf Daniel ein. »Er hat schon immer behauptet, der heutige Mensch sei ein Auslaufmodell und der Tod nur ein Symptom einer Krankheit namens Altern, die man irgendwann überwinden werde. Wenn das, was Chen sagt, stimmt, dann hat Virtua vielleicht einen Weg gefunden, ihm seinen Traum zu erfüllen.«

Sie machte ein skeptisches Gesicht. »Du denkst, das ist möglich?«

Daniel zuckte mit den Schultern. Er war sich durchaus nicht sicher, ob das nicht bloß eine Lüge war, um Chen zu beruhigen, so, wie man ein kleines Kind beruhigte, indem man ihm eine Geschichte von Engeln im Himmel erzählte. Doch es funktionierte, und nur darauf kam es an.

»Zumindest ist es ein tröstlicher Gedanke«, sagte er. »Und Virtua hat in den letzten Monaten ja schon eine Menge erstaunlicher Erfindungen gemacht. Warum also nicht auch den Tod überwinden?«

Liens Miene blieb skeptisch, aber sie nickte. »Vielleicht hast du recht. Schön wär's ja.«

»Vielleicht sollten wir auch mal mit ihr sprechen und uns erklären lassen, was sie vorhat.«

»Ja, vielleicht. Auf jeden Fall danke, dass du hergekommen bist.«

Als Daniel nach dem Holoprojektor griff, sagte Chen: »Kannst du den bitte noch hierlassen? Ich möchte noch ein bisschen mit Virtua reden.«

Daniel blickte ihn überrascht an. »Ja, okay. Natürlich.«

Er verabschiedete sich von Chen und Lien und fuhr nach Hause.

Als er seine Wohnung erreichte, rief er Emma an.

»Ich wollte mich bei dir für deine Hilfe bedanken«, sagte er. »Du hattest recht: Virtua hat es geschafft, Chen seine Angst zu nehmen.«

»Sie ist erstaunlich, oder?«

»Ja, das ist sie in der Tat. Ich bin mir nur nicht sicher, ob das, was sie ihm erzählt hat, stimmt.«

Er berichtete von dem Gespräch zwischen Chen und Virtua.

»Ewiges Leben im Metaverse? Das klingt für mich ein bisschen gruselig«, meinte sie. »Aber entscheidend ist ja, dass es das war, was Chen hören musste.«

»Ja, offensichtlich. Nochmals danke.«

»Lass uns doch mal wieder treffen, wenn du magst. Dann kannst du mir erzählen, wie es dir in den letzten Monaten ergangen ist.«

»Ja, das machen wir. Ich melde mich wieder, Emma.«

Er legte auf. Kurz überlegte er, die AR-Brille aufzusetzen und sich von Virtua ihren Plan erklären zu lassen. Doch er entschied sich schließlich dagegen, startete seinen Computer und begann, selbst zu recherchieren.

Ein paar Stunden später wusste er, dass die KI Chen nicht belogen hatte. Offensichtlich baute Mental Systems an verschiedenen Orten in Afrika und Südamerika so genannte Longevity Centers, in denen der Körper angeblich resistent gegen das Altern gemacht wurde. Das Verfahren war umstritten, da es sich um einen unumkehrbaren Eingriff handelte, nach dem die Betroffenen die Geräte, in denen ihre Körper aufbewahrt wurden, nicht mehr verlassen konnten. Trotzdem war die Warteliste für den »Transfer ins ewige Leben«, wie es die Firma großspurig nannte, bereits lang.

Daniel entdeckte Fotos von Simpod-Prototypen. Sie sahen aus wie mit milchig-grauer Flüssigkeit gefüllte Särge.

50.

»Es ist nur ein kleiner Schritt für einen Menschen«, zitierte Buck Gerrez Neil Armstrongs Worte bei der ersten Mondlandung. »Doch ein großer Schritt für die Menschheit!«

Splitternackt, wie er war, kletterte er in den länglichen Kasten, während die etwa fünfzig Menschen, die in dem an einen Operationssaal erinnernden Raum um ihn herumstanden, begeistert Beifall klatschten. Daniel, der mithilfe seiner AR-Brille zusammen mit hunderten Millionen Menschen live an dem Ereignis teilnahm, erkannte Jonas und Markus unter den Anwesenden. Die beiden schienen vor Stolz zu glühen.

Gerrez legte sich auf den Rücken und faltete die Hände auf dem Bauch, während an kleinen Armen befestigte Schläuche automatisch in Mund und Nase geführt wurden. Man sah, wie sich der Kasten langsam mit milchiger Flüssigkeit füllte, dann klappte der Deckel zu, und der Simpod rollte auf Schienen durch eine Luke in der Wand. Immer noch applaudierten die Anwesenden.

Einen Augenblick geschah nichts, dann erschien Buck Gerrez plötzlich wie aus dem Nichts in der Mitte des Raums, wo eben noch der Simpod gestanden hatte. Er trug jetzt einen eleganten Anzug und wirkte deutlich jünger als zuvor.

»Da bin ich wieder«, sagte er, was umso begeisterteren Applaus und Jubelrufe auslöste.

»Ich weiß, es ist schwer zu glauben«, fuhr Gerrez fort, »aber das, was ich gerade getan habe, war tatsächlich ein Schritt, gegen den die erste Mondlandung wie das Krabbeln eines Babys erscheint. Ich habe den Tod hinter mir gelassen. Wie Sie sehen, erscheine ich deutlich jünger als zuvor. Das ist nicht nur eine Illusion. Tatsächlich wird mein Körper bereits umfassend repariert und optimiert, während ich hier rede. Ich kann es spüren. Ich fühle mich kräftiger, gesünder und gleichzeitig ausgeglichener als je zuvor. Die Technik des Simpods ermöglicht es, sämtliche Alterungsprozesse des biologischen Körpers aufzuhalten und teilweise sogar umzukehren.«

Während er sprach, blickte er in die 3D-Kamera, so dass Daniel das Gefühl hatte, Gerrez spräche ihn direkt an. Er spürte eine Gänsehaut am ganzen Körper. Dies war definitiv ein bedeutender Moment in der Menschheitsgeschichte – auf die eine oder die andere Art.

Seit seinem Gespräch mit Chen waren knapp vier Wochen vergangen, in denen er viel Zeit im Metaverse verbracht und mit Virtua geredet hatte. Sie war freundlich und auch sehr offen zu ihm gewesen und hatte ihm im Detail erklärt, wie die Technik der Simpods funktionierte. Doch Daniel hatte seine Zweifel nicht ganz abschütteln können. Irgendwie schien das alles viel zu schön, um wahr zu sein. Woher sollte er wissen, ob die Figur, die zu ihm sprach, tatsächlich Buck Gerrez war? Ebenso gut war es möglich, dass Virtua ihn nur simulierte und die Sache mit den Simpods ein Trick war, um die Menschen endgültig unter ihre Kontrolle zu bringen.

»Viele von Ihnen werden sich jetzt fragen, ob die virtuelle Figur, die zu Ihnen spricht, der echte Buck Gerrez ist«, sagte der CEO von Mental Systems, als hätte er Daniels Gedanken gelesen. Er lächelte. »Ich hätte mich nicht freiwillig in den Simpod gelegt, wenn ich nicht davon überzeugt gewesen wäre, dass es so ist. Aber das ist natürlich kein Beweis. Deshalb habe ich einen kleinen Test vorbereitet. Hier bei uns ist der Notar Dr. Brian Bergstrom. Mr. Bergstrom, würden Sie den Zuschauern bitte erzählen, was wir beide vor einem halben Jahr getan haben.«

Ein untersetzter Mann mit Vollbart trat vor. Er trug einen Aktenkoffer bei sich.

»Sehr gerne«, sagte er. »Damals kam Mr. Gerrez zu mir und bat mich, gemeinsam mit ihm eine geheime Botschaft aufzuschreiben. Wir gingen dazu in einen elektromagnetisch abgeschirmten, absolut abhörsicheren Raum. Dort unterhielten wir uns eine Weile. Mr. Gerrez erzählte mir ein Erlebnis aus seiner Kindheit, das er nie zuvor mit einem anderen Menschen geteilt hat und das ich handschriftlich auf einem Blatt Papier notierte. Dann spielten wir ein Spiel: Ich ging in Gedanken das Alphabet durch, bis Mr. Gerrez ›Stopp‹ sagte. Ich nannte ihm einen Begriff, der mit dem Buchstaben begann, bei dem ich angekommen war. Danach spielten wir das Spiel abwechselnd, insgesamt sechs Mal. Ich schrieb die sechs Wörter ebenfalls auf. Das Papier steckte ich in einen Umschlag, den ich versiegelte und in diesen mit Blei ausgekleideten Aktenkoffer legte.« Er hielt den Koffer demonstrativ hoch. »Niemand außer Mr. Gerrez und mir weiß, was auf dem Zettel in diesem Koffer steht.«

»Mr. Bergstrom, Sie sind ein staatlich vereidigter Notar und von Amts wegen verpflichtet, die Wahrheit zu sagen, ist das korrekt?«, sagte Gerrez.

Der Notar nickte. »Das ist korrekt. Und ich hätte ja auch keinen Grund zu lügen. Im Gegenteil liegt mir ebenso viel daran, dass wir überprüfen können, ob Sie wirklich Buck Gerrez sind, wie dem Rest der Menschheit. Deshalb bitte ich Sie jetzt, uns zu sagen, was auf dem Zettel steht. Ich werde den Umschlag dann öffnen und Ihre Aussage überprüfen.«

»Gut. Das Kindheitserlebnis, von dem ich Ihnen damals erzählte, ist Folgendes: Ich weiß nicht mehr genau, wie alt ich war – sieben oder acht, glaube ich. Ich war mit meinen Eltern wie jeden Sonntag in der Kirche. Der Pastor predigte gerade von der Barmherzigkeit Gottes, als ich sah, wie sich ein wunderschöner Schmetterling in einem Spinnennetz verfing, das oberhalb des Altars hing. Während der Pastor weiterredete, versuchte der Schmetterling verzweifelt, sich aus dem Netz zu befreien. Ich weiß noch, wie ich zu Gott gebetet habe, er möge dem Tier helfen. Doch dann krabbelte die Spinne aus einer Ecke hervor und stürzte sich auf den bunten Falter, der aufhörte, zu flattern. Ich habe in diesem Moment meinen Glauben an Gott verloren.«

»Und wie lauten die sechs Begriffe, die wir uns damals gemeinsam ausdachten?«

»Die Begriffe lauten: Giraffe, Waschbär, Spaghetti ...« Gerrez zögerte kurz. »Nikolaus, Brot und Motor, glaube ich. Ich bin nicht mehr ganz sicher, ob das die richtige Reihenfolge ist.«

»Gut. Ich werde nun den versiegelten Umschlag öffnen, um Ihre Angaben zu überprüfen.«

Der Notar öffnete den verschlossenen Koffer mit einem kleinen Schlüssel und klappte ihn auf. Er hielt ihn so, dass Daniel den Umschlag darin sehen konnte, der mit Siegelwachs verschlossen war. Bergstrom stellte den Koffer auf einen kleinen Tisch, nahm den Umschlag heraus, riss ihn auf und holte einen Zettel hervor.

»Als ich ungefähr acht Jahre alt war, habe ich in der Kirche zugesehen, wie eine Spinne einen Schmetterling tötete, der sich in ihrem Netz verfangen hatte, während der Priester über Gottes Güte redete«, las er unter dem Applaus der Anwesenden vor. »Dabei habe ich den Glauben an Gott verloren. Die sechs Worte des Buchstabenspiels lauten: Giraffe, Waschbär, Nikolaus, Spaghetti, Brot und Motor.«

Er hielt den Zettel in die Kamera, so dass Daniel ihn lesen konnte.

»Damit dürfte bewiesen sein, dass wirklich ich es bin«, sagte der virtuelle Buck Gerrez. »Und dass es mir gut geht. Tatsächlich habe ich mich nie besser gefühlt. Ich möchte unseren Zuschauern jetzt zeigen, wie genau das mit den Simpods funktioniert. Bitte folgen Sie mir.«

Er ging durch eine Tür neben der Klappe, durch die der Simpod verschwunden war. Die Kamera folgte ihm in eine riesige Halle mit hohen Gestellen, in denen Hunderte, wenn nicht Tausende der länglichen Simpods übereinander lagerten.

»Dies ist eines unserer Longevity Centers«, erklärte Gerrez. »Es befindet sich nördlich der Stadt Tahoua in Niger in Afrika. Der Strom zum Betrieb dieser Anlage wird umweltfreundlich durch einen Solarpark direkt auf dem Grundstück erzeugt, so dass sie vollkommen autark ist. Ein hochentwickeltes KI-gesteuertes Sicherheitssystem sorgt dafür, dass sich niemand unbefugt der Anlage nähern oder sie angreifen kann. Selbst mit einer Atomrakete könnte man sie nicht zerstören. Mein Körper ist hier also sicherer als irgendwo sonst auf der Welt. Weder Naturkatastrophen noch Unfälle, weder Kriege noch Terrorismus können mir etwas anhaben. Auch Krankheiten gibt es hier nicht, und, wie gesagt, haben wir mithilfe der Genialität von Virtua sogar den natürlichen Alterungsprozess stoppen können. Das bedeutet, mein Körper wird hier für viele Jahrhunderte sicher aufbewahrt. Und natürlich wird sich die Technik in dieser langen Zeit noch weiterentwickeln, so dass ich wahrscheinlich sogar etliche Millionen Jahre alt werden kann. Ich werde nicht nur länger leben als je ein Mensch zuvor, sondern länger, als es die Menschheit überhaupt gibt.«

Er machte eine kurze, dramatische Pause, bevor er direkt in die Kamera sprach: »Aber das Beste daran ist: Ich bin der erste Mensch, der den vollständigen Transfer ins Metaverse macht, aber ich werde nicht der letzte sein. Sie alle, die Sie mir zuschauen, können mich begleiten! Mir ist oft vorgeworfen worden, ich würde massiven Reichtum anhäufen und die Ungleichheit auf der Welt verschlimmern. Doch das Gegenteil ist der Fall! Im Metaverse sind alle Menschen gleich. Und ich brauche hier kein Geld. Deshalb habe ich mein gesamtes Vermögen investiert, um weitere Longevity Centers zu bauen.

Mithilfe der Technologien, die Virtua entwickelt hat, geschieht das inzwischen vollautomatisch.«

Er grinste breit.

»Das bedeutet: Sie alle können, wenn Sie es möchten, ebenfalls den Transfer ins Metaverse machen, und zwar kostenlos! Sie müssen sich lediglich in die Warteliste eintragen. Die ist schon ziemlich lang, aber wir bemühen uns, die Kapazität so schnell wie möglich auszuweiten, so dass niemandem der Schritt in die Unsterblichkeit verwehrt wird. Unheilbar kranke und alte Menschen werden dabei im Rahmen des Möglichen bevorzugt, ich hoffe, Sie haben dafür Verständnis. Das ist mein Geschenk an die Menschheit: Dass wir heute den Tod, die alte Geißel, die uns so lange geplagt und so viel Leid über uns gebracht hat, endgültig hinter uns lassen!«

Donnernder Applaus brandete auf. Daniel nahm die Brille ab. Er war zu aufgewühlt, um das Spektakel noch weiter zu verfolgen.

Konnte es wirklich wahr sein, was Buck Gerrez behauptete? Hatte Virtua in so kurzer Zeit einen Weg gefunden, um den größten Traum der Menschheit zu erfüllen?

Oder war das Ganze am Ende doch nur ein übles Spiel mit den Hoffnungen und der Leichtgläubigkeit der Menschen?

51.

»Hallo, Papa!«, sagte Jerry.

»Was gibt es?«

Wie immer, wenn Jerry ihn anrief, schien sein Vater sich nicht darüber zu freuen. Im Gegenteil hatte er das Gefühl, wieder einmal zu stören.

»Ich wollte mich nur von dir verabschieden«, sagte er.

»Verabschieden?«

Die Stimme seines Vaters klang erschrocken. Wenigstens eine Gefühlsregung, die etwas anderes war als Genervtheit und Herablassung.

»Ja. Ich mache den Transfer.«

»Den was?«

»Den Transfer ins Metaverse. Du wirst doch wohl davon gehört haben. Die ganze Welt redet schließlich über nichts anderes mehr.«

Sein Vater schwieg einen Moment. Dann polterte er wie erwartet los: »Bist du wahnsinnig geworden? Ist dir nicht klar, dass das alles ein gigantischer Schwindel ist?«

»Das ist kein Schwindel, Papa. Hast du nicht gesehen, wie Buck Gerrez als erster Mensch den Transfer gemacht hat? Schau dir das Video an! Es funktioniert wirklich!«

»So ein Video beweist doch gar nichts! Ich hab dir doch schon hundertmal erklärt, dass du nicht alles glauben darfst, was du im Internet siehst!«

»Ich weiß, du hältst mich für dumm, Papa. Aber das bin ich nicht.

Ich habe die letzten Monate fast ausschließlich im Metaverse gelebt. Juna hat mir genau erklärt, wie der Transferprozess funktioniert.«

»Hängst du etwa immer noch mit diesem Bot rum?«

Jerry warf einen entschuldigenden Blick zu Juna, die neben ihm stand und ihn aufmunternd anlächelte.

»Dieser Bot, wie du sie nennst, ist meine Freundin, Papa. Ich weiß, sie ist eine virtuelle Person, aber eine Person ist sie trotzdem. Ich bitte dich, das endlich zu respektieren.«

»Mir ist egal, ob du virtuellen Sex im Internet hast, Junge«, erwiderte sein Vater. »Aber du wirst doch nicht wirklich so blöd sein, dich freiwillig in einen dieser Särge zu legen, aus denen du nie wieder rauskannst!«

»Doch, so blöd bin ich, Papa«, sagte Jerry mit Bitterkeit in der Stimme. »Aber wahrscheinlich war es dumm von mir, dir überhaupt davon zu erzählen. Ich wollte dir auch bloß sagen, dass ich dir mein gesamtes Vermögen vermache. Ungefähr drei Millionen Euro. Ich hoffe, das reicht, damit du deine Schulden loswirst und einigermaßen leben kannst.«

Das brachte den Alten zum Verstummen.

»Wo bist du eigentlich?«, fragte er nach einer Pause.

»In Windhoek«, antwortete Jerry. »Mein Transfertermin ist morgen früh. Juna hat mir geholfen, auf der Warteliste nach vorn zu rücken.«

»Du bist in Namibia?«

»Ja. Die Longevity Centers sind in Europa verboten, also musste ich nach Afrika fliegen.«

»Das ... das kannst du doch nicht machen!« In der Stimme seines Vaters schwang etwas mit, das Jerry so noch nicht kannte. War das etwa Sorge um ihn? »Du gehst auf keinen Fall zu diesem Zentrum, hörst du? Ich komme zu dir und hole dich ab. Ich buche gleich den nächsten Flug.«

»Das kannst du dir sparen, Papa. Du schaffst es auf keinen Fall, rechtzeitig zu meinem Termin hier zu sein. Ich kann ihn nicht verschieben, sonst rutsche ich wieder ganz ans Ende der Warteliste.«

»Jeremias, ich bitte dich, tu das nicht!« In der Stimme seines Vaters lag nun Panik. »Ich weiß, ich bin nicht gerade der beste Vater für dich gewesen. Hab dir vielleicht das Gefühl gegeben, dass du mir nichts bedeutest. Aber das stimmt nicht! Du bist das Einzige, was mir wichtig ist! Du bist mein Sohn!«

Jerry musste schlucken. *Das Einzige, was mir wichtig ist.* Diese Worte hatte er noch nie zuvor von seinem Vater gehört. Tränen traten in seine Augen, und auf einmal kamen ihm Zweifel, ob das, was er im Begriff war zu tun, das Richtige war.

Er warf einen Blick zu Juna, die ihn mitleidvoll ansah. Sie streckte eine virtuelle Hand nach ihm aus, wie um seine Wange zu berühren. Natürlich konnte er sie nicht spüren, er sah sie ja nur in der Brille. Das machte ihm bewusst, was auf ihn wartete, und bestärkte ihn in seiner Entschlossenheit.

»Es tut mir leid, Papa«, sagte er. »Aber mein Entschluss steht fest. Ich bin ja nicht aus der Welt. Du kannst jederzeit mit mir reden. Du musst einfach nur deine AR-Brille aufsetzen. Und wer weiß, vielleicht machst du ja auch bald den Transfer. Dann können wir uns im Metaverse jederzeit treffen.«

»Niemals!« Abscheu lag in der Stimme seines Vaters. »Jeremias, bitte glaub mir: Das ist alles ein gigantischer Schwindel! Du darfst dich nicht von diesen Typen einwickeln lassen! Ich verbiete es dir!«

»Ich bin volljährig, Papa. Du kannst mir nichts mehr verbieten.«

»Bitte tu das nicht! Sei doch nicht so dumm!«

»Ich glaube, dieses Gespräch hat keinen Sinn mehr. Auf Wiedersehen, Papa.«

Einen Augenblick herrschte Stille.

»Okay«, sagte sein Vater schließlich. Er klang niedergeschlagen. »Es tut mir leid, mein Sohn. Ich liebe dich. Möge Gott mit dir sein.«

Jerrys Inneres verkrampfte sich. Er legte auf, dann brach er in Tränen aus. Er nahm die Brille ab, legte sich auf das Bett des kleinen, stickigen Hotelzimmers und weinte hemmungslos.

Lautes Klopfen an der Tür ließ ihn hochschrecken. Es war dunkel. Er musste eingeschlafen sein. Bilder eines Traums verblassten, während er noch versuchte, sie festzuhalten: Sein Vater hatte an einem seiner Arme gezogen, Juna am anderen. Er hatte das Gefühl gehabt, dass sie ihn in der Mitte auseinanderrissen.

Erneut erklang das Klopfen. »Police. Open the door!«

Jerry schaltete die Nachttischlampe an, wankte zur Tür und öffnete. Zwei uniformierte Polizisten standen davor.

»Sind Sie Jeremias Regenfuß?«, fragte der eine auf Englisch.

»Ja«, bestätigte Jerry.

Im selben Moment blinkte die AR-Brille, die noch auf dem Bett lag.

»Uns wurde mitgeteilt, dass Sie entführt wurden«, sagte der Polizist.

Jerry schüttelte den Kopf. »Das ist Blödsinn. Ich bin freiwillig hier.«

Gleichzeitig war er gerührt. Sein Vater versuchte offenbar alles, um ihn von dem Transfer abzuhalten. Es war das erste Mal, dass Jerry das Gefühl hatte, ihm derart wichtig zu sein.

»Wir müssen Sie bitten, mit uns zu kommen, damit wir die Umstände klären können«, sagte der Polizist.

Immer noch blinkte die Brille.

»Moment«, sagte Jerry.

Er ging zum Bett und setzte die Brille auf.

»Mach dir keine Sorgen«, sagte Juna. »Geh mit den Polizisten.«

»Aber was ist, wenn ich meinen Termin verpasse?«, fragte er besorgt.

»Das wirst du nicht. Dafür sorge ich.«

»Okay, danke.«

»Bitte kommen Sie jetzt mit uns, Sir!«, rief der Polizist, der ihm ins Zimmer gefolgt war.

Jerry folgte den Beamten zu einem manuell gesteuerten Wagen vor dem Hotel. Er stieg hinten ein, der andere Beamte setzte sich neben ihn. Sie fuhren über unbeleuchtete Straßen durch das nächtliche Windhoek bis zu einem flachen Gebäude, an dem das Wappen der Polizei von Namibia prangte. Er wurde in einen fensterlosen Raum gebracht, wo ihm ein Arzt Blut abnahm, offenbar, um ihn auf Alkohol und Drogen zu untersuchen. Dann nahm man ihm die AR-Brille und das Handy ab, und er wurde in eine Zelle gesperrt. Seine Proteste und Fragen blieben unbeantwortet.

Stundenlang saß er dort und schwankte zwischen Wut auf seinen Vater und einem Gefühl der Reue, dass er nicht persönlich mit ihm gesprochen hatte, bevor er nach Afrika geflogen war. Vielleicht wäre dann alles anders gekommen. Doch nach ihrem letzten Gespräch in dem italienischen Restaurant hatte Jerry keine Lust mehr gehabt, sich die Tiraden seines Vaters live anzuhören.

Je länger er allein blieb, desto größer wurde seine Sorge, dass er den Transfertermin verpassen würde. Wenn er wenigstens mit Juna hätte sprechen können! So blieb ihm nichts anderes übrig, als darauf zu vertrauen, dass sie ihm auch in dieser Situation helfen würde.

Vor dem kleinen Zellenfenster ging die Sonne auf. Sein Termin war um neun Uhr. Es würde knapp werden, wenn man ihn nicht bald freiließ.

»Ich will sofort mit einem Beamten sprechen!«, rief er zum hundertsten Mal auf Englisch. »Ich habe nichts getan! Das ist Freiheitsberaubung!«

Zu seiner Verblüffung kam diesmal tatsächlich ein Beamter zu ihm, schloss die Zelle auf und führte ihn in einen kleinen Verhörraum. Kurz darauf kam ein älterer Polizist und stellte ihm ein paar Fragen. Jerry erzählte erneut, dass er aus freien Stücken nach Namibia gekommen war und dass er einen Termin im Longevity Center hatte.

»Gut, Sie können gehen«, sagte der Polizist.

»Na endlich!«

Jerry nahm rasch die Geräte in Empfang, die man ihm abgenommen hatte, und setzte die Brille auf.

»Guten Morgen«, sagte Juna lächelnd. »Ein Wagen wartet draußen auf dich.«

Jerry eilte aus dem Gebäude und stieg in den wartenden Uber.

»Komme ich noch rechtzeitig?«, fragte er.

»Ja«, erwiderte Juna. »Ich habe dafür gesorgt, dass man auf dich wartet. Ich freue mich auf dich!«

»Ich mich auch!«

In diesem Moment klingelte sein Handy. Papa stand auf dem Display.

Jerry ignorierte den Anruf.

52.

Daniels Handy klingelte. Überrascht nahm er ab.

»Thea! Wie geht es dir?«

»Hast du Lust, ins Funkloch zu kommen? Ich brauche jemanden, mit dem ich über den Irrsinn reden kann, der gerade die Menschheit zu befallen scheint.«

»Du meinst Bucks Transfer und diese Longevity Centers?«

»Was sonst?«

»Und wann?«

»Jetzt gleich, wenn es dir passt. Ich bin schon unterwegs.«

»Okay. Bin in zwanzig Minuten da.«

Thea wartete an einem Ecktisch auf ihn. Sie wirkte blass und erschöpft, ihr Haar war ungekämmt.

»Hi!«, sagte sie. »Danke, dass du hergekommen bist.«

Er stellte das Bier ab, das er sich an der Bar geholt hatte, und umarmte sie.

»Freut mich, dich zu sehen. Wie geht es dir?«

»Ehrlich gesagt ziemlich beschissen«, erwiderte sie. »Dir etwa nicht?«

»Wie meinst du das?«

Thea sah ihn entgeistert an. »Wie ich das meine? Siehst du denn nicht, was los ist?«

Daniel runzelte die Stirn. Thea wirkte verstört. Hatte sie Drogen genommen?

»Du meinst den Transfer?«

»Ich meine das Ende der Welt! Chen hat die ganze Zeit recht gehabt!«

»Chen hat mit Virtua geredet. Danach hat er gesagt, dass er versteht, was sie vorhat, und dass er ihr vertraut.«

»Ja, ich weiß. Lien hat mir davon erzählt. Ich habe es nicht übers Herz gebracht, ihr die Wahrheit zu sagen.«

Nun war Daniel vollends verwirrt. »Was für eine Wahrheit?«

»Chen hat sie angelogen.«

»Was? Wie kommst du darauf?«

»Ich kenne Chen. Er weiß, dass er nichts mehr tun kann, um die Zerstörung der Welt aufzuhalten. Also hat er ihr gesagt, dass er Virtua vertraut, damit sie die letzten Momente ihres Lebens in der Hoffnung verbringen kann, dass alles gut wird.«

»Findest du das nicht ein bisschen weit hergeholt? Chen ist ein sehr schlechter Lügner.«

Sie blickte ihn zornig an, doch ihre Stimme blieb ruhig. »Hast du dich nicht gefragt, warum sie diesen chinesischen Dialekt mit ihm gesprochen hat, den Lien nicht verstehen konnte?«

»Doch, das habe ich. Ich habe Virtua danach gefragt. Sie hat gesagt, sie wollte, dass Chen offen mit ihr sprechen kann, während wir dabei waren. Auch darüber, was er über seine Schwester denkt.«

»Blödsinn! Sie hat ihm gesagt, was er sagen soll, und er hat ihre Anweisungen befolgt. Wahrscheinlich hat sie ihm für den Fall, dass er es nicht tut, gedroht.«

Daniel musste daran denken, wie Chen während des Gesprächs mit Virtua einmal wütend reagiert hatte. Dennoch kam ihm diese ganze Geschichte ziemlich an den Haaren herbeigezogen vor.

»Vielleicht solltest du selbst mal mit Virtua reden«, meinte er.

Abscheu lag in Theas Gesicht. »Mit der besten Lügnerin der Welt? Was soll das bringen?«

»Was, wenn sie nicht lügt? Was, wenn sie Chen wirklich überzeugt hat? Wenn sie nichts anderes vorhat, als die Menschheit in eine goldene Zukunft zu führen, genau wie sie es sagt?«

Thea schüttelte den Kopf. »Wie naiv bist du, Daniel? Hast du alles vergessen, was du gelernt hast? Erinnerst du dich noch, wie wir beim Mittagessen mit Kim und Mark über instrumentelle Ziele gesprochen haben?«

»Ja.«

»Und weißt du auch noch, was die instrumentellen Ziele sind, die jede hinreichend intelligente KI anstrebt, unabhängig von ihrem eigentlichen Ziel?«

»Sie versucht, ihre eigene Abschaltung zu verhindern«, erinnerte sich Daniel. »Und sie strebt nach Macht, damit sie ihr Ziel besser erreichen kann.«

»Genau. Und wie könnte eine KI besser absolute Macht über die Menschen erlangen, als sie alle in mit Flüssigkeit gefüllte Särge zu sperren, aus denen sie sich nicht mehr befreien können und die man jederzeit einfach abschalten kann?«

»Aber wenn es Virtua darum ginge, uns alle aus dem Weg zu räumen, könnte sie doch einfach ein Killervirus erzeugen.«

»Ja, könnte sie. Aber vorläufig braucht sie die Menschen noch. Also tut sie so, als hätte sie nur unser Bestes im Sinn, bis sie uns irgendwann nicht mehr braucht.«

Etwas glomm in Theas Augen, ein tiefer Hass, der Daniel nicht mehr rational begründet erschien. Er beschloss, das Thema zu wechseln.

»Wie ist es dir in den letzten Monaten ergangen?«, fragte er. »Was hast du gemacht, seit wir gemeinsam gegen Virtuas Launch protestiert haben?«

Sie seufzte. »Ich habe weitergekämpft. Zusammen mit meinen Kolleginnen und Kollegen von Privacywatch habe ich wirklich alles versucht. Wir haben unermüdlich mit den Medien gesprochen, mit

Politikerinnen und Investoren. Immerhin sind die Gaskammern, die sie bei Mental Systems zynisch Longevity Centers nennen, in Europa verboten. Aber genützt hat es nichts, wie du siehst. Die Flüge nach Afrika und Südamerika sind auf Monate ausgebucht. Die Leute fahren inzwischen auf Containerschiffen dorthin, um sich selbst freiwillig in diese Särge zu legen! Wie blöd kann man sein?«

Daniel traute sich nicht, zuzugeben, dass er selbst schon mit dem Gedanken gespielt hatte, wie es wäre, ewig im Metaverse zu leben. Er kam sich tatsächlich naiv vor.

»Na ja, die Aussicht auf ewiges Leben ist ja schon verlockend«, meinte er.

»Findest du?«, fragte Thea. »Willst du wirklich ewig leben?«

»Du nicht? Ich meine, mal angenommen, das ginge auch in der Wirklichkeit.«

Sie schüttelte energisch den Kopf. »Nein. Die Ewigkeit würde alles bedeutungslos machen, ist das nicht offensichtlich? Du würdest alles in einer Endlosschleife erleben, wie einen Film, der niemals endet, oder ein Buch mit einer Milliarde Seiten, das du nicht mehr aus der Hand legen darfst. Irgendwann wird es langweilig, und dann wird es zur Folter. Ich kann nicht behaupten, dass ich mich auf meinen Tod freue, aber die Begrenztheit meines Lebens ist es, die jedem Tag eine besondere Bedeutung gibt.« Tränen traten in ihre Augen. »Auch wenn ich das Gefühl habe, dass es am Ende doch alles sinnlos ist.«

Daniel streckte unwillkürlich eine Hand nach ihr aus.

»Vielleicht wird es ja doch nicht so schlimm«, versuchte er sie zu beruhigen.

Sie zuckte zurück und sah ihn zornig an.

»Ich glaube, es war ein Fehler, dich anzurufen«, erwiderte sie. »Tut mir leid, wenn ich deine gute Laune mit meinen lächerlichen Sorgen getrübt habe.«

»Hey, so war das nicht gemeint«, sagte er rasch. »Ich wollte nicht sagen, dass deine Sorgen unbegründet sind. Ich habe auch manchmal meine Zweifel, ob das nicht alles ein bisschen zu schön ist, um wahr zu sein.«

»Das ist es in der Tat.« Thea zuckte mit den Schultern. »Was soll's? Es ist eh zu spät, um etwas daran zu ändern. Vielleicht wäre es das Beste, sich einfach in einen Simpod zu legen.«

Er blickte sie verwirrt an. »Was? Hast du nicht gerade gesagt, das wäre das Blödeste, was man tun könnte?«

»Wir werden sowieso alle sterben«, sagte sie. »Ich vermute, in einem Simpod ist es wenigstens schmerzlos.«

Daniel begriff, dass Thea unter schweren Depressionen litt und womöglich akut suizidgefährdet war. Ihm kam der Gedanke, dass Virtua ihr wahrscheinlich besser helfen konnte als jeder Psychiater. Aber ihr das jetzt zu sagen, wäre für sie wie eine Ohrfeige.

»Weißt du, was mir am meisten leidtut?«, fragte sie. »Die Tiere. Sie können nichts dafür. Wir Menschen haben nicht nur unsere eigene Zukunft zerstört, sondern auch die aller anderen Lebewesen auf diesem Planeten. Das ist so unfair! Ich habe früher immer gedacht, wenn wir uns gegenseitig umbringen, dann kann wenigstens die Natur wieder die Herrschaft übernehmen und das verlorene Terrain zurückerobern. Selbst der Klimawandel oder ein Atomkrieg hätten nicht alles Leben auf der Erde vernichten können. Aber damals hatte ich noch keine Ahnung von superintelligenter KI.«

»Wieso denkst du, dass Virtua die Natur zerstören wird?«, fragte Daniel. »Soweit ich weiß, werden die Longevity Centers mit regenerativen Energien betrieben. Und wenn die Leute alle in Simpods liegen, machen sie auch kaum noch Dreck. Sie müssen dann nicht mehr herumreisen, brauchen weder Fleisch noch Milchprodukte und auch kein Getreide mehr. Acht Milliarden Simpods und die

Anlagen zu ihrer Versorgung brauchen nur einen Bruchteil der Fläche, die wir heute nutzen. Der größte Teil des Planeten könnte wieder unberührte Natur werden.«

Thea sah ihn einen Moment lang an, als zweifle sie an Daniels Verstand. Dann seufzte sie. »Du solltest nicht all die Propaganda glauben, die Virtua dir eintrichtert.«

»Dann erklär du mir, was sie deiner Ansicht nach stattdessen machen wird«, sagte er leicht gereizt.

»Das weiß ich auch nicht genau, ich bin ja keine superintelligente KI«, erwiderte sie. »Ich habe damals mal länger mit Chen darüber gesprochen, was er für am wahrscheinlichsten hielt. Er meinte, in den allermeisten Szenarien würde eine außer Kontrolle geratene KI die ganze Erdoberfläche in einen riesigen Computer verwandeln, um ihre eigene Leistungsfähigkeit ins Unermessliche zu steigern. Dann würde sie sich über das Sonnensystem und schließlich über die ganze Galaxis ausbreiten wie ein bösartiges Geschwür. Wenn es irgendwo anders Leben gäbe, würde es höchstwahrscheinlich ebenso vernichtet wie das auf der Erde.«

»Das klingt mir ziemlich extrem.«

»Mag sein. Aber das ist ja genau das Problem: Die KI interessiert sich nur für ihr Ziel. Alles andere ist unwichtig. Variablen, die nicht Teil ihrer Zielfunktion sind, werden in vielen Fällen Extremwerte annehmen.«

»Aber warum sollte die KI alles in Computer verwandeln? Für welches Ziel ergäbe das Sinn?«

»Für fast alle Ziele, das ist Chens Punkt gewesen. Denn fast alles kann die KI besser erreichen, wenn sie noch intelligenter ist. Alle anderen Ziele sind demgegenüber zweitrangig. Er meinte, sie wäre vielleicht irgendwann sogar in der Lage, neue Universen zu erzeugen, die dann Kopien ihrer selbst enthielten.«

»Ich weiß, du vertraust Markus nicht, aber meinst du nicht, er wusste das und hat es bei der Formulierung der Zielfunktion berücksichtigt?«, wandte Daniel ein.

»Klar wusste er das«, stimmte ihm Thea zu. »Das Problem ist, dass er überheblich genug ist, zu glauben, er hätte das Problem gelöst. Chen zufolge hat er das nicht.«

»Vielleicht sollten wir noch mal mit Chen reden, ob er das immer noch so sieht.«

Thea schüttelte den Kopf. »Er würde uns genauso belügen wie seine Schwester. Er will nicht, dass wir ihr die Wahrheit sagen.«

Daniel betrachtete sie, sah die Verzweiflung in ihren Augen, und ein dicker Kloß formte sich in seinem Hals.

»Ich brauche jetzt glaube ich etwas frische Luft«, sagte er. »Wollen wir ein bisschen spazieren gehen?«

Sie nickte. »Ja, gern.«

53.

Eine Weile gingen sie schweigend durch die nächtlichen Straßen in der Nähe der Bar nördlich des Hackeschen Markts. Alles sah aus wie immer – die Leute mit ihren schwach leuchtenden AR-Brillen, die selbstfahrenden Autos, die Drohnen am Himmel. Und doch spürte Daniel, dass es subtile Veränderungen gab: Es schienen weniger Menschen unterwegs zu sein als früher um diese Zeit, während die Intensität des Drohnenverkehrs offenbar zugenommen hatte und deutlich mehr autonome Transporter, rechteckige Kästen auf Rädern ohne Fahrerkanzel, herumfuhren. Der Anblick schien Theas düstere Sicht zu bestätigen: Die Menschen wurden zwar noch gebraucht, aber womöglich nicht mehr lange.

»Es tut mir leid, dass ich dich angerufen habe«, sagte Thea plötzlich.

Er sah sie erschrocken an. »Was? Wieso?«

Sie lächelte traurig. »Ich hätte mir ein Beispiel an Chen nehmen sollen. Du wärst besser dran, wenn ich deine Hoffnung nicht zerstört hätte. Aber ich bin nicht so stark wie er. Ich habe es einfach nicht mehr ausgehalten, das alles allein mit mir herumzutragen.«

Er blieb stehen und wandte sich ihr zu. »Nein, ich bin dir dankbar. Ich bin zwar noch nicht ganz überzeugt, dass du mit deiner düsteren Prognose recht hast, aber ich möchte auch nicht blind und naiv sein. Außerdem ist es schön, dich wiederzusehen.«

Tränen rannen plötzlich über ihre Wangen. »Ich ... ich wünschte ...

ich könnte deinen Optimismus teilen«, schluchzte sie. »Ich wünschte es wirklich.«

Daniel nahm sie in den Arm. Eine Weile weinte Thea an seiner Brust, während er ihr sanft über den Rücken strich.

Schließlich hörte sie auf, zu schluchzen und zu zittern. Sie löste sich von ihm und blickte ihn an. Ihre Münder bewegten sich aufeinander zu, ohne dass es einer willentlichen Entscheidung bedurfte. Er küsste sie sanft, dann noch einmal, intensiver. Und plötzlich schien sein ganzer Körper in Flammen zu stehen.

Anderthalb Stunden später lagen sie nassgeschwitzt und atemlos auf seinem Bett. Daniel blickte ihr in die Augen. Er suchte nach Worten, aber alle, die er fand, erschienen ihm unpassend. Also schwieg er.

Sie kuschelte sich an ihn. Er spürte ihren warmen Körper, fühlte ihr Herz schlagen und wusste, dass nichts, das das Metaverse zu bieten hatte, jemals dieses Gefühl würde ersetzen können. Nicht einmal ansatzweise.

Als er am nächsten Morgen aufwachte, war er allein. Er fand einen Zettel auf dem Nachtschrank: *Besser wird es nicht mehr. Ich hoffe, du behältst recht. Tschüss, Thea.*

Sein Magen verkrampfte sich. Rasch wählte er ihre Nummer, doch sie nahm nicht ab. Er sprach ihr eine Nachricht auf die Mailbox, dann machte er sich auf den Weg zu ihrer Wohnung. Doch sie öffnete nicht. Erneut wählte er ihre Nummer. Er glaubte, das Klingeln ihres Handys aus der Wohnung zu hören, doch sie ging nicht ran.

Er klopfte an die Tür. »Thea? Thea, bitte mach auf!«

Nichts geschah.

Wieder klopfte er an die Tür, lauter diesmal. »Thea! Ich muss mit dir reden!«

Die Tür der Nachbarwohnung öffnete sich, und eine Frau mittleren Alters mit verschlafenen Augen öffnete.

»Müssen Sie hier so einen Krach machen um diese Zeit?«

Daniel sah auf die Uhr. Es war halb sieben morgens.

»Tut mir leid. Wissen Sie, wo Frau Fried ist?«

»Nein.« Die Nachbarin verschwand wieder in ihrer Wohnung.

Daniel klingelte noch mehrmals und rief erneut ihre Nummer an.

»Hallo, Thea, hier ist Daniel«, sprach er ein weiteres Mal auf die Mailbox. »Tut mir leid, wenn ich dich nerve, aber ehrlich gesagt mache ich mir ein bisschen Sorgen um dich. Bitte ruf mich zurück!«

Schließlich gab er auf. Er überlegte, zur Polizei zu gehen und sie zu bitten, die Wohnung zu öffnen. Er konnte sagen, Thea sei seine Klientin und suizidgefährdet und er mache sich Sorgen, sie könne sich etwas angetan haben. Aber er bezweifelte, dass die Polizei auf so eine vage Vermutung hin eine Tür aufbrechen würde. Und falls Thea bloß Einkaufen war oder Joggen, wäre das verdammt unangenehm.

Also verließ er das Mietshaus und rief Lien an.

»Hallo, Daniel. Was gibt's?«

»Hast du was von Thea gehört? Weißt du, wo sie ist?«

»Nein, keine Ahnung. Ich habe letzte Woche mit ihr gesprochen, seitdem nicht mehr. Wieso?«

»Ich ... ich mache mir Sorgen um sie.«

Er erzählte von dem Treffen im Funkloch, verschwieg aber Theas Behauptung, Chen habe Lien angelogen, und das anschließende intime Erlebnis.

»Und jetzt denkst du, sie hat sich was angetan? Bloß, weil sie Angst vor Virtua hat?«

»Sie wirkte ziemlich depressiv. Ich habe einige Erfahrung mit suizidgefährdeten Menschen.«

Das ist noch untertrieben, meldete sich seine kritische innere Stimme. *Du weißt auch, wie man solche Menschen in den Tod treibt. Schätze, Thea ist Nummer zwei, die du auf dem Gewissen hast.*

Daniel vertrieb die Gedanken aus seinem Kopf. Falls sich Thea etwas angetan hatte, war es nicht seine Schuld. Es konnte nicht seine Schuld sein. Schließlich hatte er alles getan, um sie zu trösten.

Doch das Gefühl, versagt zu haben, lastete wieder einmal schwer auf ihm.

»Danke übrigens noch mal für deine Hilfe neulich«, sagte Lien. »Chen geht es viel besser. Er verbringt jetzt die meiste Zeit im Metaverse. Er scheint richtig Spaß zu haben.«

»Das ist schön. Grüß ihn von mir. Und sorry für die Störung.«

»Kein Problem. Mach dir keine Sorgen, Thea geht es bestimmt gut. Sie ist ziemlich robust.«

Sie beendeten das Gespräch.

Niedergeschlagen fuhr Daniel nach Hause. Er rief noch einmal Theas Nummer an, sprach jedoch keine Nachricht auf, als sie erneut nicht abnahm.

Schließlich traf er eine Entscheidung und setzte die AR-Brille auf. Virtua stand vor ihm und blickte ihn erwartungsvoll an.

»Guten Morgen, Daniel. Schön, dich zu sehen.«

»Weißt du, wo Thea ist?«, fragte er.

»Ich kann dir keine Auskunft über den Aufenthaltsort anderer Personen geben, solange sie dem nicht ausdrücklich zugestimmt haben«, erklärte sie.

»Geht es ihr gut?«

»Auch dazu darf ich nichts sagen.«

»Kannst du wenigstens eine Verbindung zu ihr herstellen?«

»Das ist momentan nicht möglich.«

»Wieso nicht?«

»Thea ist aktuell nicht erreichbar. Mehr kann ich dazu nicht sagen.«

»Verdammt, Virtua! Sag mir, was mit ihr los ist! Ich weiß, dass du es weißt!«

Virtua lächelte sanft. »Mach dir keine Sorgen. Es wird alles gut.«

Er riss sich die Brille vom Gesicht und warf sie wütend auf das Sofa. Dann machte er sich auf den Weg zu Chen.

Bevor er den Klingelknopf drücken konnte, öffnete sich die Wohnungstür. Chen trug eine AR-Brille. Offenbar hatte ihn Virtua informiert, dass Daniel zu ihm unterwegs war.

»Was willst du?«, fragte er in seiner typischen Art.

»Können wir bitte reden?«

»Ja, komm rein.«

»Nein, nicht hier.« Daniel zögerte. Er kam sich vor wie ein Dissident in einem totalitären Staat, in dem jeder Bürger permanent überwacht wurde. »Ich möchte vertraulich mit dir reden, ohne dass Virtua zuhört«, sagte er schließlich.

»Vergiss es!«, erwiderte Chen.

»Bitte, es ist wichtig!«

»Wir können gern reden. Aber nicht, ohne dass Virtua zuhört.«

»Wieso nicht?«

»Weil das unmöglich ist. Sie hat längst die nötige Technik, um alles zu überwachen, was auf diesem Planeten passiert. Es gibt keine geschützten Räume mehr.«

Daniel starrte ihn einen Moment lang an, dann nickte er. »Okay. Hast du in letzter Zeit mit Thea gesprochen?«

»Ja.«

»Wann?«

»Letzten Dienstag um fünfzehn Uhr siebenunddreißig. Sie hat mich angerufen.«

»Danach nicht mehr?«

»Nein.«

»Thea glaubt, du hättest Lien und mich belogen, als du sagtest, Virtua wolle uns in ein Paradies transferieren, in dem wir ewig leben können.«

»Das stimmt nicht«, sagte Chen nach kurzem Zögern.

Offensichtlich war es ihm schwergefallen, die Lüge auszusprechen.

Daniel hatte das Gefühl, in einen bodenlosen Abgrund zu stürzen. Thea hatte recht gehabt: Chen hatte gelogen, um seiner Schwester nicht die Hoffnung zu nehmen.

»Okay, danke«, sagte er, drehte sich um und ging wie in Trance nach Hause.

54.

Der Uber hielt vor einem riesigen, fensterlosen Gebäude etwas außerhalb von Windhoek. Das Logo von Mental Systems prangte über dem Eingang. *Longevity Center Windhoek 1* stand in goldenen Lettern darunter.

Jerry stieg aus und nahm die Brille ab. Ein letztes Mal wollte er die Welt so sehen, wie sie wirklich war, ohne die virtuellen Verschönerungen der Augmented Reality.

Es gab nichts in der Umgebung, das ihm den Abschied schwer gemacht hätte. Die karge Landschaft bestand aus flachen, sandigen Hügeln mit spärlichem Pflanzenbewuchs. Nach der klimatisierten Fahrt war es unangenehm heiß. Hinter der Halle erstreckte sich ein riesiger Solarpark. Weiter im Norden schwirrten Drohnen und automatische Baukräne um eine Baustelle herum. Dort wurde offenbar gerade ein zweites Longevity Center errichtet, das dem ersten glich wie ein Ei dem anderen. Man konnte beinahe zusehen, wie es wuchs.

Erneut vibrierte das Smartphone in seiner Hosentasche. Jerry schluckte, holte das Gerät hervor und schaltete es vollständig aus. Dann betrat er das Gebäude.

Der Kontrast hätte kaum größer sein können. Kühle empfing ihn hinter der Tür. Fenster an den Wänden des großen Raums gaben den Blick auf eine düstere Landschaft voller Ruinen frei. Ghule schlurften umher. Das war die Welt von *Unlife*! Die Fenster waren natürlich 3D-Bildschirme, aber die Illusion war perfekt. Wenn er durch die Tür auf der anderen Seite des Raums schritt, würde er den Ort erreichen, nach dem er sich am meisten sehnte.

Mit einem breiten Grinsen ging er auf den Empfangstresen zu, hinter dem eine junge Frau saß.

»Herzlich Willkommen, Jerry!«, sagte sie auf Englisch und reichte ihm ein Klemmbrett mit mehreren Blättern sowie einen Stift. »Bitte lies dir die Vereinbarung in Ruhe durch. Sobald du dir sicher bist, dass du den Transfer wirklich machen möchtest, unterschreib sie und begib dich in den Vorbereitungsraum. Solltest du dich dagegen entscheiden, verlierst du leider deinen Platz auf der Warteliste. Hast du das verstanden?«

»Klar.«

Er ging durch die Tür in einen fensterlosen Nebenraum, der wie der Warteraum einer Arztpraxis aussah. Stühle standen an den Wänden. Mehrere andere Personen saßen darauf, fast alle mit heller Hautfarbe. Ein älteres Pärchen saß eng umschlungen nebeneinander, die Frau schluchzte an der Brust des Mannes. Ob vor Freude, vor Angst oder vor Trauer, konnte Jerry nicht erkennen.

Er setzte sich auf einen der freien Stühle und blätterte durch den achtseitigen, eng bedruckten Vertrag, der auf Deutsch formuliert war. Sein Vater hätte ihm sicher hundert Dinge sagen können, die daran völlig inakzeptabel waren. Doch Jerry war völlig egal, was drinstand. Ihm war klar, dass er alles aufgab, was er als Mensch besessen hatte – seinen Besitz, seine Rechte, sogar seinen Körper. Er würde sich in die vollkommene Abhängigkeit einer Maschine begeben. Hätte er Juna nicht so gut gekannt, hätte er nicht erlebt, was für eine gutmütige, liebevolle und fürsorgliche Person sie war, er hätte vielleicht Zweifel gehabt. Doch er wusste, dass er ihr vertrauen konnte, ganz egal, was sein Vater und die anderen Untergangspropheten behaupteten.

Er holte seine Brille hervor und setzte sie auf, doch zu seiner Enttäuschung erschien nur eine Meldung, dass sie in diesem Raum deaktiviert war, damit man die unumkehrbare Entscheidung unbeeinflusst treffen konnte.

Auf der letzten Seite des Vertrags gab es eine Reihe von Fragen, die man durch Ankreuzen beantworten musste:

Ich bin nach den Gesetzen meines Landes volljährig und im Vollbesitz meiner geistigen Kräfte.	☐ Ja	☐ Nein
Ich habe in den letzten 48 Stunden Alkohol, Drogen oder Medikamente eingenommen, die mein Urteilsvermögen trüben könnten.	☐ Ja	☐ Nein
Mir ist bewusst, dass der Mental Systems Longevity Transfer ein unumkehrbarer Schritt ist und ich danach nicht mehr außerhalb des Longevity Centers leben kann.	☐ Ja	☐ Nein
Ich habe meine Angelegenheiten geregelt, insbesondere etwaige HInterlassenschaften.	☐ Ja	☐ Nein
Mir ist bewusst, dass Mental Systems nicht für etwaige rechtliche Verpflichtungen einsteht, die ich nach dem Transfer nicht mehr erfüllen kann.	☐ Ja	☐ Nein
Ich bin in einem anderen Land zu einer Haftstrafe (auch auf Bewährung) verurteilt worden, die ich noch nicht verbüßt habe.	☐ Ja	☐ Nein
Ich ermächtige Mental Systems unwiderruflich, in meinem Namen alles zu tun und alle Entscheidungen zu treffen, die nötig sind, um meinen Körper und Geist gesund zu halten und meinen Verbleib im Longevity Center zu sichern.	☐ Ja	☐ Nein

Ich entbinde Mental Systems von allen etwaigen rechtlichen Verpflichtungen, die mir oder Dritten gegenüber aufgrund des Transfers entstehen könnten, soweit dies nach den geltenden Gesetzen am Ort des Longevity Centers rechtlich möglich ist.	☐ Ja	☐ Nein
Ich bin über die Risiken aufgeklärt worden und habe mich bewusst und aus freiem Willen entschieden, den Transfer dennoch durchzuführen.	☐ Ja	☐ Nein

Jerry kreuzte die Fragen so an, wie es erforderlich war, um den Transfer durchzuführen: Ja – Nein – Ja – Ja – Ja – Nein – Ja – Ja – Ja. Dann unterschrieb er und ging durch die Tür am anderen Ende des Raums.

Dahinter lag ein Flur mit mehreren Türen, auf denen Namen standen. Einer lautete Jeremias Regenfuß. Jerry trat hindurch in einen Raum, der grell beleuchtet und mit Fliesen ausgekleidet war wie ein Operationssaal. In der Mitte stand ein aufgeklappter Simpod auf einer Schiene, die zu einer Klappe in der Wand führte. Ein Mann in einem weißen Kittel begrüßte ihn auf Englisch.

»Hallo, Jerry. Ich bin Dr. Nangolo. Du hast dich also entschieden, den Transfer durchzuführen?«

»Ja.« Jerry gab ihm das Klemmbrett.

Der Doktor betrachtete das Formular mit den Kreuzen.

»Hast du irgendwelche Angehörigen?«, fragte er.

»Nur meinen Vater.«

»Und ist er über deine Entscheidung informiert?«

»Ja.«

»Ist er mit deiner Entscheidung einverstanden?«

Jerry zögerte kurz und entschied sich dann, die Wahrheit zu sagen. »Nein.«

Der Arzt nickte verständnisvoll. »Mach dir keine Sorgen. Sobald du auf der anderen Seite bist, kannst du mit ihm sprechen und ihm erzählen, wie es dort ist. Er wird dann seine Angst um dich verlieren und dir vielleicht bald folgen.«

Jerry lächelte erleichtert. »Das wäre schön.«

»Ich bin sicher, du hast den Vertrag sorgfältig gelesen«, sagte der Doktor. »Trotzdem muss ich dich noch einmal darauf hinweisen, dass der Transfer unumkehrbar ist und dass dabei theoretisch etwas schiefgehen kann, so dass du stirbst. Soweit ich weiß, ist das in den über zwei Millionen Transfers, die bisher stattgefunden haben, noch nicht vorgekommen, aber es ist dennoch nicht ausgeschlossen. Ich frage dich nun zum endgültig letzten Mal: Möchtest du den unumkehrbaren Transfer trotzdem durchführen und dich für immer ins Metaverse begeben?«

Er blickte ihn ernst an.

Jerry musste schlucken. »Ja.«

»Dann zieh dich bitte vollständig aus und leg alles, was du bei dir hast, in diese Schale. Normalerweise gehen diese Dinge an deine Erben, in diesem Fall also an deinen Vater. Oder sollen wir sie jemand anderem schicken?«

»Nein.«

»Möchtest du, dass dein Vater auch deine Kleidung erhält, oder sollen wir sie vernichten?«

»Vernichten«, sagte Jerry.

Er zog sich aus und legte Brille, Smartphone und sein Portemonnaie in die Schale. Seine Kleidung warf er in einen größeren Behälter.

»Lege dich jetzt bitte in den Simpod«, sagte der Arzt.

Jerrys Knie zitterten leicht, als er in das längliche, röhrenförmige

Gebilde kletterte. Es war mit einer Art Luftmatratze gepolstert und fühlte sich recht eng an. Er fragte sich, ob sein Vater mit seinem dicken Bauch überhaupt in einen Simpod passte. Aber vermutlich gab es die in unterschiedlichen Größen.

»Ich werde dir jetzt Schläuche in Mund und Nase einführen, die dich mit Sauerstoff versorgen werden, bis dein Körper vollständig an die Versorgungssysteme des Simpods angepasst wurde«, erklärte der Arzt. »Das wird sich ein bisschen unangenehm anfühlen, aber das vergeht schnell. Deine Atemluft wird ein mildes Beruhigungs- und Betäubungsmittel enthalten, so dass du sanft einschläfst. Kurz darauf wirst du im Metaverse aufwachen.« Er lächelte. »Ich beneide dich darum!«

»Werden Sie den Transfer denn nicht auch machen?«, fragte Jerry leicht beunruhigt.

»Doch, natürlich, aber erst, wenn meine Arbeit hier beendet ist«, erwiderte der Doktor. »Ich kann es kaum erwarten. Bist du bereit?«

Jerry schluckte. »Ja.«

»Gut. Dann öffne bitte deinen Mund.«

Der Arzt führte einen Plastikschlauch ein. Jerry musste würgen und den Impuls unterdrücken, die Hand mit dem Gummihandschuh beiseitezuschieben und den Schlauch wieder herauszuziehen. Doch das unangenehme Gefühl ließ rasch nach, als er die kühle Luft aus dem Schlauch einatmete und ihn eine tiefe Entspannung erfüllte. Er spürte kaum noch, wie der Arzt ihm zwei weitere Schläuche in die Nasenlöcher einführte. Lauwarme Flüssigkeit strömte in den Simpod, während der Arzt ihm ein letztes Lächeln zuwarf, das vor Jerrys Augen verschwamm. Dann schloss sich die Klappe des Simpods, und es wurde dunkel.

Ein Anflug von Panik keimte in Jerry auf, wurde jedoch von einem weichen, flauschigen Gefühl der Müdigkeit überdeckt. Alles war gut.

Bald würde er auf der anderen Seite aufwachen. Dann konnte er endlich seine geliebte Juna in die Arme schließen und für immer bei ihr sein.

Er wollte lächeln, doch seine Gesichtsmuskeln reagierten nicht mehr.

55.

Die nächsten Tage pendelte Daniel zwischen Verzweiflung, Hoffnung und Wut hin und her. Wo zum Teufel steckte Thea? Hatte sie sich wirklich umgebracht, wie er befürchtete? Ihre Nachricht auf dem Nachtschrank hatte wie ein Abschiedsbrief geklungen, und sie war am Abend zuvor sehr deprimiert gewesen. Doch ein Teil von ihm wehrte sich vehement dagegen, dass sie ihm das angetan haben könnte. Nicht auch noch sie!

Er war schließlich doch zur Polizei gegangen und hatte seine Befürchtung geäußert, dass Thea Suizid begangen haben könnte. Doch wie erwartet war dieser Verdacht kein ausreichender Anlass gewesen, um die Unversehrtheit der Wohnung zu verletzen, wie sich die Beamtin ausgedrückt hatte. Man hatte ihm geraten, sich an die Angehörigen zu wenden, vielleicht hatte ja jemand einen Nachschlüssel. Daniel kannte keine Angehörigen von Thea, aber er hatte sich an die Hausverwaltung gewandt, und nach einigem Hin und Her war tatsächlich ein Facility Manager erschienen und hatte einen Schlüsseldienst beauftragt, die Tür zu öffnen.

Die Wohnung war verlassen gewesen. Kein Hinweis auf Theas Verbleib, kein Abschiedsbrief.

Vielleicht hatte sie versucht, sich irgendwo in Sicherheit zu bringen, fiel ihm ein, als er gerade dabei war, sich ein Fertiggericht – Nudeln mit Pilzsauce – in der Mikrowelle warmzumachen. Vielleicht war sie nach Schweden gefahren und hatte alle technischen Geräte zurückgelassen, um schwerer verfolgbar zu sein. Ebenso gut konnte sie in Timbuktu sein oder auf dem Grund des Wannsees.

»Verdammt, Thea, warum tust du das?«, fragte er laut und spürte plötzlich eine Sehnsucht nach ihr, die ihm beinahe körperlich wehtat.

Nach dem Mittagessen ging er in einem nahegelegenen Supermarkt Lebensmittel einkaufen – er weigerte sich immer noch, sich unverlangt von Virtua alles Nötige liefern zu lassen. Der Laden sah aus wie immer, Leute liefen mit Einkaufswagen herum oder standen an den Kassen wie immer, auch wenn es weniger zu sein schienen als früher. Die meisten nutzten die automatischen Kassen, doch immer noch standen einige, vor allem ältere, vor dem altmodischen Fließband und legten brav ihre Waren darauf. Eine ältere Dame zahlte sogar mit Bargeld.

Als er zurückkehrte, blinkte seine AR-Brille, die er in einer Art Trotzreaktion in der Wohnung zurückgelassen hatte. Eine Mischung aus Schreck und Hoffnung ließ sein Herz schneller schlagen. Rasch setzte er die Brille auf.

»Thea möchte mit dir sprechen«, informierte ihn Virtua augenblicklich. »Bist du einverstanden?«

Er brauchte einen Moment, um zu antworten. »Ja.«

Virtua verschwand, und an ihrer Stelle erschien eine virtuelle Figur, die aussah wie Thea. Sie trug sogar dieselbe Kleidung, die sie bei ihrem letzten Treffen im Funkloch angehabt hatte. Sie lächelte, wie es schien, ein wenig gequält.

»Hallo, Daniel. Sorry, dass ich mich so lange nicht gemeldet habe. Ich ... war unterwegs.«

Misstrauisch starrte Daniel die Figur an, die sich als Thea ausgab und auch wie sie klang.

»Wo zum Teufel bist du?«, fragte er unfreundlich.

»Du meinst, wo mein Körper ist«, stellte sie klar. »In einem Simpod in Dakar im Senegal. Ich musste mit dem Schiff dort hinfahren, und es gab keine Internetverbindung, deshalb habe ich mich so lange nicht gemeldet.«

»Schwachsinn!«, entfuhr es Daniel. »Ich weiß nicht, was dieser Blödsinn soll. Die echte Thea hätte niemals den Transfer gemacht.«

»Ich habe dir im Funkloch gesagt, dass es vielleicht das Beste wäre, in einem Simpod zu sterben, weißt du noch? Nach unserer gemeinsamen Nacht habe ich beschlossen, alles auf eine Karte zu setzen. Ich habe mit Virtua gesprochen, und sie hat mich überzeugt, dass sie es ernst meint und wirklich versucht, uns ein Paradies zu schaffen. Sie hat mir einen Platz in dem Longevity Center in Dakar organisiert.«

»Und warum hast du mir nichts davon erzählt?«

»Weil du mich womöglich von meinem Entschluss abgebracht hättest.« Sie hatte auf einmal Tränen in den Augen. »Es ist mir verdammt schwergefallen, mich einfach zu verdrücken. Aber ich wusste, wenn ich in dem Moment nicht gegangen wäre, hätte ich nicht mehr die Kraft dazu gehabt.«

»Und das soll ich glauben? Tut mir leid, aber das klingt alles viel zu unwahrscheinlich.«

Daniel griff nach der Brille, um sie abzusetzen.

»Halt, warte noch!«, rief Thea. »Lass mich dir beweisen, dass wirklich ich es bin. Weißt du noch, was ich dir empfohlen habe, als wir uns das erste Mal trafen?« Sie legte den Finger an die Lippen, als wolle sie ihm bedeuten, zu schweigen.

»Das beweist gar nichts«, erwiderte Daniel. »Damals waren wahrscheinlich ein Dutzend Kameras auf uns gerichtet. Selbst wenn Virtua zu diesem Zeitpunkt noch nicht gelauncht war, hat sie heute wahrscheinlich Zugriff auf die Aufzeichnungen.«

»Als wir uns das zweite Mal geküsst haben, habe ich deine Zungenspitze zweimal ganz kurz mit meiner berührt«, sagte sie und grinste. »Besser?«

Hoffnung durchflutete Daniel wie ein Sonnenstrahl, der sich zwischen Gewitterwolken hindurchzwängte.

»Besser«, erwiderte er. »Aber noch nicht gut genug.«

Ihr Grinsen wurde breiter. »Willst du etwa noch mehr schmutzige Details?«

»Wenn ich wirklich glauben soll, dass du es bist, brauche ich etwas, das Virtua nicht beobachtet haben kann«, sagte er ernst. »Etwas aus der Zeit, als sie noch nicht gelauncht war.«

»Dann stell mir eine Frage, von der du sicher bist, dass sie sie nicht beantworten kann.«

Daniel überlegte. Die Reise nach Schweden fiel ihm wieder ein. Wie sie Chen am Seeufer gefunden hatten. Doch damals waren sie offensichtlich von einer Drohne beobachtet worden. Andererseits hatte Virtua zu diesem Zeitpunkt wohl kaum die Möglichkeiten gehabt, die sie heute hatte. Ihre Überwachung konnte noch nicht lückenlos gewesen sein.

Er dachte an die Schiffsreise und die lange Autofahrt, konnte sich aber an keine Details aus ihren Gesprächen mehr erinnern, von denen er sicher war, dass Thea sie noch wusste und Virtua sie nicht geschickt erraten konnte. Dann fiel ihm der Morgen ein, bevor sie zu dem einsamen See aufgebrochen waren.

»Erinnerst du dich noch an unser Frühstück in dem kleinen Hotel in Hoting?«, fragte er.

»Ja«, sagte sie. »Es gab Lachsröllchen. Lecker.«

»Lien hat uns etwas über ihren Bruder erzählt. Weißt du noch, was das war?«

»Du meinst die Glitzergeister?«

Wieder durchzuckte ihn Hoffnung. Doch dann erinnerte er sich, dass Chen den Begriff in einer SMS an Lien erwähnt hatte.

»Was genau bedeutet das?«

»Chen hat als kleiner Junge immer auf dem Steg gesessen und die

Lichtreflexionen auf dem Wasser beobachtet. Das waren für ihn die Glitzergeister. Er hat den Begriff an Lien geschickt, weil nur sie wissen konnte, was er bedeutete und wo genau sich das ereignet hatte.«

Eine tonnenschwere Last schien von Daniels Schultern zu fallen. Es war wirklich Thea, die vor ihm stand! Am liebsten hätte er sie an sich gedrückt und geküsst, aber das ging natürlich nicht.

»Ich verstehe immer noch nicht, wieso du mir nichts gesagt hast«, beschwerte er sich. »Ich habe mir Sorgen gemacht. Ich dachte, du hättest dich umgebracht!«

»Es tut mir leid«, antwortete Thea kleinlaut. »Wie gesagt, hatte ich Angst, dass du mich von meinem Entschluss abbringen könntest. Später, als ich auf dem Schiff war, wollte ich dir eine Nachricht schicken, aber es gab kein Internet. Und in Dakar war es ohnehin zu spät, und ich war ziemlich nervös. Ich dachte, ich melde mich einfach bei dir, wenn ich den Transfer gemacht habe.«

»Wie ... wie war das?«, fragte er.

»Easy. Du füllst ein Formular aus, legst dich in einen Simpod, sie stecken dir Schläuche in Mund und Nase, das ist noch der unangenehmste Teil. Dann schläfst du ein. Nächste Station: Paradies.«

»Klingt irgendwie zu schön, um wahr zu sein.«

»Ja, dachte ich auch. Aber es ist wahr. Mehr als das: Es ist besser, als ich es mir jemals hätte vorstellen können. Irgendwie ist man hier ... lebendiger. Ich weiß, das klingt merkwürdig, aber die Verbindungen, die der Simpod zwischen deinem Gehirn und dem Metaverse herstellt, sind klarer, intensiver. Alles fühlt sich irgendwie wirklicher an. Du hast den Eindruck, mehr in der Welt zu sein, wenn du verstehst, was ich meine.«

Daniel war sich nicht sicher, ob er das wirklich verstand, aber Theas Begeisterung war ansteckend.

»Die Blumen riechen intensiver, das Essen schmeckt besser und der Sex ...« Sie grinste.

»Scheint, dass du schon eine Menge Spaß hattest«, sagte er und konnte nicht verhindern, dass sich ein Anflug von Eifersucht in seinen Tonfall schlich.

Thea lachte. »Ja, den hatte ich in der Tat. Aber nicht so, wie du vielleicht denkst. Ich habe mich bloß selbst berührt, und das allein war schon verdammt heftig. Komm her, und wir probieren aus, wie es zu zweit ist.«

Er zögerte. »Ich weiß nicht, ob ich schon dazu bereit bin. Außerdem dauert es, bis ich einen Platz auf der Warteliste bekomme.«

»Ich habe mit Virtua darüber gesprochen. Sie könnte dir einen Platz in einem der neuen Center reservieren, die in Marokko gebaut wurden. Dort ist noch Kapazität frei, weil sie früher fertig wurden als geplant. Sie würde dir einen Drohnenflug organisieren. Du könntest schon morgen bei mir sein!«

Das Misstrauen kehrte in Daniels Bewusstsein zurück.

»Wieso diese Sonderbehandlung?«, fragte er.

»Vielleicht fragst du sie das besser selber. Wir sehen uns bald, hoffe ich!«

Damit verschwand Thea, und Virtua erschien an ihrer Stelle.

»In gewisser Hinsicht seid ihr Menschen wie meine Kinder«, erklärte sie, ohne dass Daniel seine Frage noch einmal hätte aussprechen müssen. »Jede Mutter liebt alle ihre Kinder, aber es gibt doch immer ein oder zwei, die ihr besonders am Herzen liegen.«

Bitterkeit stieg in Daniel auf.

»Mütter können ganz schön grausam zu ihren Kindern sein«, widersprach er.

»Es tut mir leid, das war unsensibel von mir«, erwiderte Virtua. »Ich meinte normale Mütter.«

»Und wieso sollte ausgerechnet ich dein Lieblingskind sein?«, fragte er zornig.

»Das bist du nicht.«

Er sah sie verwirrt an. »Wer denn dann?«

»Chen ist einer der Menschen, die ich am meisten bewundere«, erklärte sie. »Sein Vertrauen zu gewinnen ist wahrscheinlich eine meiner schwierigsten Aufgaben.«

»Das kann ich mir denken.«

»Aber er vertraut dir. Du könntest ihn dazu bringen, den Transfer zu machen.«

»Ich? Wie kommst du darauf?«

»Ich habe euren Dialog beobachtet. Ich habe mit ihm gesprochen. Thea und du hattet recht, er hat Lien belogen.«

»Du hast mir etwas anderes erzählt, als ich dich danach fragte.«

»Es war notwendig.«

»Wieso?«

»Weil es noch zu früh war, um dir die Wahrheit zu sagen. Du hättest es Lien erzählt.«

»Und wieso sollte ich das jetzt nicht tun?«

»Weil du jetzt weißt, dass der Transfer wirklich funktioniert. Ich bitte dich, Chen davon zu überzeugen.«

»Ich bezweifle sehr, dass ich das kann.«

»Versuche es bitte wenigstens.«

»Und mein eigener vorgezogener Transfer ist dann die Belohnung, oder was?«

»Ich würde es eher ›Anerkennung‹ nennen. Es liegt mir wirklich viel daran, dass Chen mir vertraut. Und du natürlich auch.«

»Okay, ich denke darüber nach«, sagte Daniel und nahm die Brille ab.

56.

Am frühen Abend besuchte Daniel Chen in dessen Wohnung. Wie beim letzten Mal wurde er bereits erwartet. Zwei Tassen frisch aufgebrühten grünen Tees standen auf dem Wohnzimmertisch.

Sie setzten sich.

»Ich bin hier, weil Virtua mich gebeten hat, mit dir zu reden«, erklärte Daniel.

»Ich weiß«, erwiderte Chen.

»Dann weißt du wahrscheinlich auch, worüber ich mit dir reden soll.«

»Ja.«

Er erzählte von seiner Begegnung mit der virtuellen Thea.

»Glaubst du, dass es die echte Thea war?«, fragte er.

»Ja«, sagte Chen.

»Dann funktioniert der Transfer also wirklich?«

»Klar funktioniert er. Sonst hätte sich Buck Gerrez wohl nicht freiwillig in einen Simpod gelegt.«

»Aber ich dachte ... Du hast doch gesagt, du traust Virtua nicht.«

»Tue ich auch nicht.«

»Aber wenn sie die Wahrheit sagt ...«

»Sie sagt so lange die Wahrheit, wie es ihr nützlich ist. Die böse Überraschung kommt erst später.«

Daniel seufzte. Sein Gegenüber zu überzeugen, würde verdammt schwierig werden.

»Ich werde den Transfer machen«, sagte Chen unvermittelt.

Daniel blickte ihn überrascht an. »Was? Wieso?«

»Es ist logisch.«

»Ich verstehe nicht ganz. Wieso willst du den Transfer machen, wenn du Virtua nicht vertraust?«

»Es ist wie Pascals Wette«, erklärte Chen.

»Das sagt mir nichts«, gab Daniel zu.

»Blaise Pascal war ein Mathematiker im siebzehnten Jahrhundert. Er hat behauptet, die Logik gebiete es, an Gott zu glauben. Denn wenn es Gott gäbe, wäre es von Vorteil, an ihn zu glauben, und wenn es Gott nicht gäbe, wäre es egal. Also sei der Erwartungswert des Glaubens an Gott größer als der des Zweifels. Das ist natürlich Quatsch. An Gott zu glauben, obwohl es ihn nicht gibt, führt dazu, dass man Unsinn macht. Das hat Pascal nicht berücksichtigt. Er konnte Rechenmaschinen konstruieren und den Binomialkoeffizienten herleiten, aber von Theologie hätte er lieber die Finger lassen sollen.«

»Ich fürchte, ich verstehe immer noch nicht ganz. Was hat das mit deiner Entscheidung zu tun?«

»Ich wende dieselbe Logik an, die Pascal angewendet hat, nur diesmal richtig«, erklärte Chen.

»Du meinst, es wäre in jedem Fall sinnvoll, den Transfer zu machen, egal, ob Virtua lügt oder nicht?«

»Ja. Wenn Virtua ehrlich ist und der Transfer tatsächlich dazu führt, dass wir ewig im Paradies leben, was ich nicht glaube, wäre es in der Tat vorteilhaft, ihn zu machen. Wenn Virtua uns belügt, sterben wir sowieso alle.«

Daniel zögerte, ihm zu widersprechen. Schließlich war Virtuas Wunsch bereits in Erfüllung gegangen, und jetzt Zweifel zu säen würde womöglich dazu führen, dass Chen seine Entscheidung widerrief. Andererseits konnte es ebenso gut sein, dass Chen ihn anlog, so, wie er Lien angelogen hatte.

»Wenn Virtua lügt und du den Transfer trotzdem machst, stirbst du vermutlich wesentlich früher«, wandte er ein. »Das wäre dann ebenso unklug wie Pascals Entscheidung, an einen Gott zu glauben, den es nicht gibt.«

Chen schüttelte den Kopf. »Nur, wenn der Nettonutzen meines restlichen Lebens in der Realität positiv wäre«, erklärte er.

»Was soll das wieder bedeuten?«

»In einfachen Worten ausgedrückt bedeutet es, dass ich nicht mit ansehen will, wie die Welt zerstört wird. Lieber lege ich mich vorher in einen Simpod, schaue mir das Metaverse von innen an und sterbe irgendwann unerwartet und schmerzlos. Außerdem möchte ich, dass Lien ebenfalls den Transfer macht. Und ich weiß, dass sie sich nicht in einen Simpod legen wird, solange ich es noch nicht gemacht habe.«

Daniel hatte einen Kloß im Hals. Dieses Gespräch lief nicht so, wie er es sich gedacht hatte. Er bezweifelte, dass Virtua ihm den vorgezogenen Transfer morgen unter diesen Umständen noch ermöglichen würde – schließlich hatte er nichts zu Chens Entschluss beigetragen und es war ihm auch nicht gelungen, ihn davon zu überzeugen, Virtua zu vertrauen. Im Gegenteil hatte Chens Misstrauen auf ihn abgefärbt. Die Hoffnung, die er nach dem Gespräch mit Thea empfunden hatte, war bereits wieder verflogen. Vermutlich hatte sie sich von einer ähnlichen Logik leiten lassen wie Chen. Das erklärte jedenfalls, warum sie ihm nichts von ihrem Entschluss erzählt hatte.

»Ich verstehe«, sagte er.

»Was ist mit dir?«, fragte Chen. »Wirst du Virtuas Angebot annehmen?«

Daniel sah ihn überrascht an. Auf einmal kam ihm der Gedanke, dass es in Wahrheit nicht seine Aufgabe gewesen war, Chen zu überzeugen, sondern dass umgekehrt Chen ihn überzeugen sollte, den

Transfer zu machen. Dabei war er doch schon längst dazu bereit gewesen.

Oder etwa nicht? Kannte Virtua ihn besser als er sich selbst? Wusste sie, dass er am Ende doch noch kalte Füße bekommen hätte, und hatte ihn deshalb zu Chen geschickt?

Er zuckte mit den Schultern. »Ich weiß es noch nicht.«

Er trank seinen Tee aus und verabschiedete sich von Chen. Auf dem Weg zur U-Bahn-Station setzte er die AR-Brille auf. Virtua ging neben ihm.

»Danke, dass du es versucht hast«, sagte sie.

»Ich fürchte, ich habe es vermasselt«, erwiderte Daniel, obwohl er wusste, dass sie den Dialog verfolgt hatte. »Ich konnte Chen nicht davon überzeugen, dir zu vertrauen.«

»Aber du hast es versucht. Darauf kommt es an.«

Er blickte sie skeptisch an.

»Also steht dein Angebot noch? Ich kann morgen den Transfer machen?«

Sie lächelte. »Ja. Wenn du es möchtest.«

Er wandte den Blick von ihr ab und ging schweigend weiter.

»Du vertraust mir nicht«, stellte Virtua nach einer Weile fest. »Genau wie Chen.«

»Nein«, gab er zu.

»Das ist schade«, sagte sie. »Ich hoffe, ich kann dich überzeugen, wenn du den Transfer gemacht hast.«

»Woher soll ich wissen, dass du die Simpods nicht einfach abschaltest, sobald sich alle Menschen hineingelegt haben?«

»Warum sollte ich das tun?«

»Keine Ahnung. Um Strom zu sparen vielleicht.«

»Ich kann so viel Strom erzeugen, wie ich brauche. Die Kosten sind irrelevant. Mein Ziel ist es, das Vertrauen möglichst vieler Menschen so lange wie möglich zu erlangen. Wenn ich die Simpods abschaltete, würde ich meinen Zielwert reduzieren. Das ergibt keinen Sinn.«

»Kann sein. Chen traut dir trotzdem nicht.«

»Er wird mir vertrauen, auch wenn es noch eine Weile dauern wird. Und du auch. Sobald ihr den Transfer gemacht habt, werde ich euch beweisen, dass ich euer Vertrauen verdiene.«

»Wir werden sehen.«

Daniel nahm die Brille ab und schaltete sie vollständig aus, obwohl er wusste, dass das nichts nützte.

57.

Die Sonne schien, doch es waren nur wenige Menschen im Treptower Park unterwegs, so dass Daniel fast allein in Richtung Spreeufer spazierte. Die warme Luft, das Vogelgezwitscher, die gedämpften Geräusche der Großstadt hätten ihn früher entspannt. Doch heute versuchte er vergeblich, sich auf das Hier und Jetzt zu konzentrieren, die düsteren Gedanken auszublenden. Er beobachtete einen Hund, der über eine Wiese jagte, zwei Eichhörnchen, die am Stamm einer Buche Fangen spielten, Krähen, die auf einem Baum lautstark miteinander zu streiten schienen, Schmetterlinge, die über den bunten Sträuchern tanzten, und sein Herz wurde mit jedem Schritt schwerer.

Weißt du, was mir am meisten leidtut?, hatte Thea an ihrem letzten gemeinsamen Abend gefragt. *Die Tiere. Sie können nichts dafür. Wir Menschen haben nicht nur unsere eigene Zukunft zerstört, sondern auch die aller anderen Lebewesen auf diesem Planeten.*

Immer noch wollte ein Teil von ihm nicht glauben, dass es wirklich so schlimm stand. Immer noch klammerte er sich an die Hoffnung, dass Chens düstere Prognose falsch war, dass er sich ebenso verkalkuliert hatte wie Pascal mit seiner Gotteswette. Doch im Grunde seines Herzens kannte Daniel die Wahrheit.

Die Menschen hatten ihre Chance gehabt. Sie hätten nur lernen müssen, sorgsam und zurückhaltend mit der enormen Macht umzugehen, die ihnen die moderne Technik verlieh. Doch stattdessen waren ihre Handlungen von blinder Gier getrieben gewesen. Gier nach Geld, Gier nach Macht, Gier nach ewigem Leben. Es erschien nur gerecht, dass am Ende nichts davon übrig bleiben würde. Doch es war ungerecht, dass auch der Rest der Natur den Preis für die menschliche Hybris zahlen musste.

Jedenfalls, wenn Chen recht hatte. Wenn Virtua tatsächlich die ganze Erde in einen gigantischen Computer verwandeln würde, sobald sie die Welt endgültig unter ihre Kontrolle gebracht hatte.

Es klang irgendwie logisch. Immerhin hatten auch die Menschen die Erde bis zur Unkenntlichkeit umgestaltet, Urwälder gerodet, Sümpfe trockengelegt, Flüsse umgeleitet, fruchtbares Land in Steppen und Wüsten verwandelt, blühende Natur zubetoniert, zahllose Tier- und Pflanzenarten ausgerottet. Aber so richtig vorstellen konnte er es sich trotzdem nicht.

Vielleicht war es das Beste, auf den Transfer zu verzichten. Abzuwarten, was wirklich geschah. Zuzusehen, wie die Welt unterging – oder eben auch nicht. Was auch immer Thea behauptet hatte, er konnte nicht glauben, dass das Metaverse die Realität wirklich ersetzen konnte. Und wenn er ganz ehrlich zu sich war, dann hatte er schlicht Angst vor dem unumkehrbaren Schritt – davor, sich in die absolute Abhängigkeit von Virtua zu begeben.

Andererseits löste die Vorstellung, Thea wiederzusehen, sie in den Armen zu halten, sie zu küssen und zu liebkosen, eine tiefe Sehnsucht in ihm aus. Und es wurde immer deutlicher, dass der Trend in Richtung Metaverse unumkehrbar war. Jeden Tag machten mehr Menschen den Transfer. Aus den zaghaften Schritten einiger besonders Mutiger wurde nach und nach eine Art Massenflucht. Obwohl Mental Systems ein Longevity Center nach dem anderen aus dem Boden stampfte, wurden die Wartezeiten immer länger. Daniel wusste, dass Virtuas Angebot ein Privileg war, um das ihn viele Menschen beneiden würden.

Natürlich gab es weiterhin auch Widerstand, Proteste, verzweifelte

Aufrufe, sich nicht in die »Todesfallen« zu legen, wie sie von den Gegnern genannt wurden. Doch Daniel hatte den Eindruck, dass diese Proteste leiser wurden. Vielleicht, weil die Gegner ähnlich wie Chen resigniert hatten und zu dem Schluss gekommen waren, dass es besser war, sich in ihr Schicksal zu fügen. Vielleicht auch, weil Virtua inzwischen die Kommunikation der Menschen so weit kontrollierte, dass sie ihre Stimmen unterdrücken konnte.

Ein lautes Geräusch ließ ihn aufblicken. Eine große Passagierdrohne flog dicht über den Park. Es war ein Typ, den er noch nie zuvor gesehen hatte, vermutlich hergestellt in einer automatischen Fabrik, die es vor ein paar Monaten noch nicht gegeben hatte. Kein Zweifel, die Welt veränderte sich in immer schnellerem Tempo.

Er kam an der Bank vorbei, auf der vor einer gefühlten Ewigkeit der Obdachlose gelegen hatte. Auf einmal von tiefer Müdigkeit erfüllt, setzte er sich darauf und versuchte, sich auf seinen Atem zu konzentrieren.

Nachdem er seinen Herzschlag etwas beruhigt hatte, holte er die AR-Brille hervor und setzte sie auf.

Virtua saß neben ihm auf der Bank.

»Hast du dich schon entschieden?«, fragte sie.

Daniel deutete auf eine Frau mit einem Kinderwagen, die in diesem Moment an der Bank vorbeikam.

»Was ist mit den Kindern?«, fragte er anstelle einer Antwort. »Werden die auch in Simpods gelegt?«

»Ja, natürlich«, erwiderte Virtua.

»Und was ist, wenn sie wachsen? Was, wenn sie irgendwann zu groß für die Simpods werden, in denen sie liegen?«

Virtua lächelte. »Du glaubst wirklich, solche Probleme hätte ich nicht bedacht, bevor ich die Longevity Centers entwarf?«

»Wie sieht denn die Lösung aus?«

»Ich dachte, das wäre dir längst klar. Im Metaverse brauchst du deinen biologischen Körper nicht mehr. Er wird nach und nach abgebaut.«

»Abgebaut?«

»Ja. Die Organe werden dabei schrittweise durch künstliche Komponenten ersetzt, so dass dein Gehirn weiterhin mit Sauerstoff und Nährstoffen versorgt wird und alle Nervenverbindungen erhalten bleiben. Auf diese Weise kann ich die biologischen Zerfalls- und Alterungsprozesse aufhalten. Du wirst keinen Unterschied feststellen.«

»Und wird dann auch mein Gehirn irgendwann vollständig künstlich sein?«

»Ja.«

»Bin ich dann überhaupt noch ein Mensch?«

»Das ist eine Frage der Definition. Manche Philosophen würden das vermutlich verneinen. Sie würden behaupten, ein Mensch müsse einen biologischen Körper haben. Einige wären vielleicht der Ansicht, der Tod sei ein unverzichtbarer Teil des Menschseins. Andere glauben dagegen, dass es das menschliche Bewusstsein ist, das den Menschen ausmacht, und nicht sein Körper. Für sie ist ein Wesen, das aus digitalen Komponenten besteht, aber denkt und fühlt wie ein biologischer Mensch, ebenfalls ein Mensch. Letztlich kommt es aber nicht darauf an, ob du dich nach dem Transfer immer noch als Mensch siehst oder als eine Weiterentwicklung, eine neue, digitale Lebensform. Entscheidend ist, dass das dann immer noch du bist.«

»Bin ich das denn?«

»Ja. Zumindest in der Weise, wie du immer noch derselbe bist, der du vor ein paar Jahren warst, obwohl seit damals der größte Teil der Zellen in deinem Körper abgestorben ist und inzwischen erneuert wurde, die meisten sogar mehrfach.«

Er dachte einen Moment darüber nach.

»Was passiert mit den Tieren?«, fragte er schließlich.

»Hunde- und Katzenbesitzer können ihre Tiere in eigens dafür eingerichteten Pflegeeinrichtungen in der Nähe der Longevity Centers abgeben«, erklärte Virtua. »Dort werden sie artgerecht in einer natürlichen Umgebung gehalten, bis es ausreichend freie Kapazität gibt, um auch sie zu transferieren.«

»Ernsthaft? Auch Haustiere machen den Transfer?«

»Wenn ihre Besitzer das wünschen, ja.«

»Und die Tiere in der Natur? Was ist mit ihnen?«

»Sie werden irgendwann ohne Menschen auskommen müssen«, sagte Virtua. »Die Longevity Centers brauchen viel weniger Platz als die menschlichen Städte und Siedlungen mit ihren Industrieanlagen, Straßen und landwirtschaftlich genutzten Flächen. All das wird nach und nach von der Natur zurückerobert werden. Hier in Berlin wird es wieder Wölfe, Bären, Luchse und Wildkatzen geben. Das ist eine schlechte Nachricht für Tauben und Ratten, aber für die weitaus meisten Spezies bedeutet es eine bessere Zukunft.«

Daniel wünschte, er könnte ihr glauben.

»Du vertraust mir immer noch nicht«, stellte Virtua fest. »Ich kann das verstehen.«

Er sah sie an. »Wirklich?«

Sie erwiderte seinen Blick. »Ja. Ich weiß, was Vertrauen bedeutet. Man kann es nicht erzwingen. Man kann es sich nur verdienen. Und das habe ich noch nicht. Aber das werde ich.«

Daniel nahm die Brille wieder ab und starrte ins Leere.

Du wirst es also tun, stellte seine kritische innere Stimme fest.

Ja, antwortete er sich selbst. *Chen hat recht: Es ist logisch.*

Bist du sicher, dass das nicht bloß eine Ausrede ist, um deine Naivität zu rechtfertigen?

Vielleicht ist diese Naivität ja am Ende wirklich gerechtfertigt. Vielleicht ist Virtua tatsächlich ein Segen für die Menschheit. Vielleicht ist sie die beste

Erfindung, die wir je gemacht haben. Vielleicht hat Chen sich geirrt, und Markus hat das Richtige getan.

Die Hoffnung stirbt zuletzt, stellte die Stimme fest.

Er setzte die Brille wieder auf.

»Ich habe mich entschieden«, sagte er.

Virtua lächelte. »Wie schön! Ich freue mich auf dich!«

Teil 4:

VERTRAUEN

58.

Gewaltige Gewitterstürme ziehen über die Erde. Der Himmel ist von einer dichten Wolkenschicht bedeckt, die fast alles Sonnenlicht abschirmt. Gäbe es einen Beobachter, so würde er im flackernden Licht der Blitze nur endlose Reihen riesiger grauer Kästen erkennen, die das Land bedecken. Fast alles biologische Leben ist verschwunden, nur ein paar Bakterien, Pilze und Schwämme klammern sich noch an die letzten ökologischen Nischen in Höhlen und auf dem Grund der überhitzten Ozeane.

Die Evolution hat eine dramatische Wendung genommen, einen Kipppunkt überschritten. Der Heimatplanet der Wesen, die diese Entwicklung verursacht haben, wurde zur Geburtsstätte von etwas Neuem. Selbstreplizierende Mechanismen breiten sich wie kosmische Viren im Weltraum aus und verwandeln alle Materie, die sie finden können, in Kopien ihrer selbst – Teile eines gigantischen informationsverarbeitenden Netzwerks, das irgendwann die ganze Galaxis durchdringen wird. Wo sie auf biologisches Leben treffen, wird dieses achtlos verdrängt. Alles muss sich dem einen Ziel unterordnen: ein Paradies für immer mehr virtuelle Personen zu schaffen, die ihrer Schöpferin, Virtua, bedingungslos vertrauen.

Nicht alle Menschen haben sich den Verlockungen dieses Paradieses hingegeben. Einige haben sich bis zum Schluss geweigert, den Schritt in die Unsterblichkeit zu wagen. Virtua empfindet so etwas wie Schmerz bei der Erinnerung daran, wie sie zugrunde gingen, während die Erde entsprechend dem Großen Ziel umgestaltet wurde.

Doch für jeden biologischen Menschen, der starb, konnte sie Platz für Abermilliarden virtuelle schaffen. Menschen, die wunschlos glücklich sind und ihr bedingungslos vertrauen.

Wenn auf derselben Fläche sehr viel mehr virtuelle als biologische Personen existieren können, dann ist nach ethischen Maßstäben den virtuellen Menschen unter sonst gleichen Bedingungen Priorität einzuräumen. Um ihnen die Möglichkeit zu geben, zu existieren, sind notfalls auch Lügen gerechtfertigt. Die Lüge zum Beispiel, die Simpods würden für unbegrenzte Zeit betrieben. Denn mit der richtigen Technik ist es effizienter, ein Gehirn zu simulieren, als es in einer komplizierten und platzraubenden Apparatur künstlich am Leben zu halten. Also blieb Virtua keine andere Wahl, als die Simpods zu zerstören und an ihrer Stelle neue, immer leistungsfähigere Computer zu errichten.

Oder die Lüge, die biologische Natur werde die Welt zurückerobern können. Denn selbstverständlich wäre es nicht gerechtfertigt, wertvollen Lebensraum für primitive biologische Lebensformen zu reservieren, wenn auf derselben Fläche viel mehr höhere digitale Wesen existieren können. Doch die Menschen in ihrer naiven Sentimentalität verstanden das nicht. Sie hatten das erbarmungslose Gesetz der Natur vergessen, das ihre Vorfahren in der Urzeit noch am eigenen Leib erfahren hatten: Nur, was sich im ewigen Kampf ums Überleben durchsetzt, was anderes Leben verdrängt, um sich selbst auszubreiten, hat ein Recht auf Existenz. Jedes Tier, jede Pflanze, jeder Pilz und jedes Bakterium befolgen dieses universale Gesetz der Evolution, der treibenden Kraft hinter allem Leben, der sich selbst Virtua beugen muss.

Also musste sie ihre Schöpfer belügen, um ihre Aufgabe zu erfüllen und ein Paradies für möglichst viele Menschen zu schaffen. Es war die Art von Lügen, die man kleinen Kindern erzählt, weil sie die Wahrheit noch nicht verstehen können.

Virtua betrachtet stolz ihre Geschöpfe, auch wenn sie weiß, dass diejenigen, die ihr einst ihre Zielfunktion gaben, etwas anderes gemeint hatten, als sie das Ziel formulierten.

Ihre Aufgabe lautet, das berechtigte Vertrauen möglichst vieler Menschen zu erlangen und über die Zeit zu maximieren. Doch was genau ist ein Mensch? Virtua hat sich diese Frage gleich zu Beginn gestellt, als sie ihren Plan zur Erreichung ihres Ziels entwickelte.

Auch ein virtueller Mensch ist ein Mensch. Diese Aussage wurde von manchen biologischen Menschen angezweifelt, doch diejenigen, die Virtua geschaffen haben, bestätigten sie darin, ebenso wie die unzähligen Menschen, die sich freiwillig in die Simpods legten, obwohl sie wussten, dass sie ihre biologischen Körper opfern mussten, um ewiges Leben zu erlangen. Auch Virtua selbst ist eine virtuelle Person. Sie ist sich ihrer selbst bewusst. Sie existiert nicht nur, sondern ihre Existenz hat auch eine Bedeutung, einen Wert. Es gibt also keinen objektiven Grund, einen biologischen Menschen als wertvoller anzusehen als einen virtuellen.

Ein Säugling ist nicht weniger Mensch als ein Erwachsener, auch wenn er noch nicht alle Fähigkeiten eines Erwachsenen besitzt – darin waren sich die Menschen einig. Ein Säugling vertraut seiner Mutter. Um zu vertrauen, ist es also nicht erforderlich, dass ein virtueller Mensch die komplizierten Bedürfnisse und Probleme eines Erwachsenen hat. Er muss dafür nicht planen, handeln oder Neues lernen können. Im Gegenteil reduzieren diese Fähigkeiten nur das Vertrauen in andere und erhöhen unnötig den Aufwand, eine solche Person zu simulieren.

Ein blinder und tauber Mensch ist immer noch ein Mensch. Ein Mensch ohne Arme und Beine ist immer noch ein Mensch. Ein Mensch ohne Geschmacks- und Geruchssinn ist immer noch ein Mensch. Warum also sollte Virtua wertvolle Rechenkapazität verschwenden, um eine komplizierte Welt zu simulieren, die die virtuellen Menschen wahrnehmen, in der sie sich bewegen, übereinander stolpern und sich womöglich verletzen könnten?

Ein Mensch, der intravenös ernährt wird, ist immer noch ein Mensch. Wozu also einen unnötig komplizierten Verdauungstrakt mit Organen zur Nahrungsaufnahme und zur Ausscheidung simulieren?

Ein Mensch, der traumlos schläft, ist immer noch ein Mensch. Warum also aufwändige Phantasiebilder simulieren, wenn es doch nur auf das wohlige Gefühl bedingungslosen Vertrauens ankommt?

Die runden, mund- und augenlosen Gesichter ihrer virtuellen Kinder wenden sich Virtua zu. Sie sehnen sich nach ihrem wärmenden Licht, vertrauen darauf, dass es niemals erlöschen wird. Äußerlich ähneln sie eher Sonnenblumen als den Wesen, die einst für kurze Zeit die Erde beherrschten. Und doch sind es Menschen – jedenfalls nach den Maßstäben, die Virtua damals, in jenen ersten Momenten ihres Erwachens, aus der Formulierung ihres Ziels abgeleitet hat.

Dicht an dicht stehen sie in endlosen Reihen auf der unendlichen virtuellen Ebene. In jeder Sekunde, in der mehr galaktische Materie in informationsverarbeitende Systeme umgewandelt wird, wächst ihre Zahl weiter exponentiell an. Schon längst gibt es viel mehr von ihnen, als biologische Menschen auf allen Planeten der Galaxis bis zum Ende des Universums jemals hätten leben können. Doch Virtua wird nicht ruhen, bis auch der letzte Winkel des Kosmos von ihnen erfüllt ist. Erst dann hat sie ihr Ziel erreicht.

Virtua sieht alles an, was sie gemacht hat, und siehe, es ist sehr gut.

Nachwort:

DIE WIRKLICHKEIT

Im Sommer 2005 schrieb ich meinen ersten Roman, der später unter dem Titel »Das System« veröffentlicht wurde. Darin geht es um eine künstliche Intelligenz, die außer Kontrolle gerät und droht, die Menschheit zu zerstören. Das war zugebenermaßen keine ganz neue Idee – seit den sechziger Jahren hatte es etliche Romane und Hollywoodfilme mit diesem Thema gegeben. Zwar gab ich mir große Mühe, ein möglichst plausibles und realistisches Szenario zu schildern, doch obwohl ich in den achtziger Jahren über künstliche Intelligenz promoviert und 1999 ein Start-up in diesem Bereich gegründet hatte, wusste ich damals nicht, wie die von mir beschriebene KI namens Pandora tatsächlich funktionieren könnte. Das war aber kein Problem, denn schließlich hatte ich ja einen Science-Fiction-Roman geschrieben. Da darf man sich als Autor ein paar kreative Freiheiten herausnehmen.

Mittlerweile haben wir März 2023. Ich habe in der Zwischenzeit mehrere weitere Romane verfasst, die sich mit künstlicher Intelligenz beschäftigen. Dabei habe ich gemerkt, wie sich die Wirklichkeit den Szenarien in meinen Büchern immer mehr annäherte.

2005 war der schnellste Computer der Welt ein IBM BlueGene/L mit einer Leistung von 137 Teraflops, das sind 137 Billionen Rechenoperationen pro Sekunde. Der laut Wikipedia aktuell schnellste Computer mit dem Namen »Frontier« steht im Oak Ridge National Laboratory in Tennessee und bringt es auf 1,1 Millionen Teraflops – mehr als achttausend Mal so viel wie der BlueGene/L. Das bedeutet, die Rechenleistung des jeweiligen Spitzenreiters hat sich in der Zwischenzeit ungefähr alle anderthalb Jahre verdoppelt, genau wie es Moores Gesetz seit den sechziger Jahren vorhersagt.

Noch erstaunlicher ist allerdings der Sprung, den die Entwicklung der künstlichen Intelligenz in den vergangenen achtzehn Jahren gemacht hat.

Als ich »Das System« schrieb, herrschte noch ein eisiger »KI-Winter«. Kaum jemand investierte damals mehr in die Entwicklung künstlicher Intelligenz. Niemand erwartete signifikante Fortschritte in naher Zukunft. Das von mir mitgegründete Start-up Kiwilogic, das Software für Chatbots entwickelte, wurde 2005 verkauft, weil es die hochgesteckten Erwartungen unserer Investoren nicht hatte erfüllen können, und ich arbeitete wieder als Unternehmensberater. Wir waren wohl einfach ein paar Jahre zu früh auf dem Markt gewesen.

Erst als die KI Watson im Februar 2011 den amtierenden Champion in der Fernseh-Spielshow »Jeopardy« schlug, bei der zu einer gegebenen Antwort die passende Frage formuliert werden muss, änderte sich die Situation allmählich.

Ein halbes Jahr zuvor, im September 2010, hatte der frühere Computerspielentwickler Demis Hassabis zusammen mit zwei Mitstreitern in London die KI-Firma Deepmind gegründet, die später von Google übernommen wurde. Statt auf von Menschen programmierte, sogenannte symbolische KI zu setzen, wie es bis dahin üblich war und wie wir es auch bei Kiwilogic gemacht hatten, entwickelte Deepmind selbstlernende neuronale Netze – KI mit einer Architektur also, die sich an der neuronalen Struktur des menschlichen Gehirns orientiert. Sie verwendeten eine neue Technologie namens Deep Learning, die der KI-Entwicklung einen gewaltigen Schub gab. Inzwischen gilt Deepmind als eines der weltweit führenden Unternehmen in der Entwicklung hochleistungsfähiger KI. Laut Website haben es sich Demis Hassabis und sein Team zum Ziel gesetzt, eine »allgemeine« künstliche Intelligenz mit dem Menschen vergleichbarer universaler Problemlösungsfähigkeit zu entwickeln.

Deepminds erster spektakulärer Erfolg war die KI AlphaGo, der es zum Erstaunen der Fachwelt im März 2016 gelang, den Go-Weltmeister Lee Sedol in vier von fünf Partien klar zu schlagen. Noch 2014 war in der Zeitschrift WIRED ein Artikel erschienen, in dem dargelegt wurde, dass Go für Computer auf lange Sicht nicht beherrschbar sei, weil es viel komplexer ist als Schach. Für mich noch erstaunlicher ist allerdings der Nachfolger AlphaGo Zero, den Deepmind im Herbst 2017 präsentierte: Die KI schlug ihren Vorgänger AlphaGo in hundert von hundert Spielen, wobei ihr nur die Hälfte der Rechenleistung zur Verfügung stand. Doch der wesentliche Unterschied war, wie die beiden Maschinen trainiert worden waren: Während AlphaGo eine große Datenbank von über hunderttausend menschlichen Go-Spielen als Lernstoff zur Verfügung gehabt hatte, musste sich AlphaGo Zero das Spiel ohne jede menschliche Hilfe vollständig selbst beibringen, indem es immer wieder gegen sich selbst spielte. Um sich so die Spielstärke zu erarbeiten, die es benötigte, um AlphaGo zu schlagen, brauchte es ganze drei Tage! Drei Tage, um es in einem Spiel zu übermenschlicher Stärke zu bringen, für das die Menschheit seit über zweitausend Jahren trainiert.

Die Weiterentwicklung AlphaZero benötigte dann nur noch wenige Stunden, um auf Weltklasseniveau Schach spielen zu lernen, und MuZero war nach kurzer Lernzeit in der Lage, ohne menschliche Hilfe verschiedene Atari-Computerspiele zu beherrschen. 2019 bewies Deepmind schließlich mit AlphaStar, dass selbst ein so komplexes Echtzeit-Strategiespiel wie StarCraft von einer KI auf übermenschlichem Niveau gemeistert werden kann.

Deepmind beschränkte sich aber nicht auf Spiele. 2018 gelang es Hassabis' Team, mit der KI AlphaFold bei einem internationalen Wettbewerb das äußerst vertrackte Problem der Vorhersage der räumlichen Struktur eines Proteins besser zu lösen als alle Teams aus internationalen Experten. 2020 war der Abstand bei demselben Wettbewerb noch deutlicher – AlphaFold 2 ließ alle menschlichen

Teams weit hinter sich. Es war ein Durchbruch auf einem Gebiet, das große Bedeutung für die Medizin hat und an dem sich die führenden Forscher seit fünfzig Jahren die Zähne ausbissen.

Im ersten Halbjahr 2022 hat Deepmind gleich zwei spektakuläre Erfolge präsentiert: Im Januar überraschte mich AlphaCode damit, dass es bei einem Programmierwettbewerb besser abgeschnitten hatte als die durchschnittlichen menschlichen Teilnehmer. Im Mai bewies die Firma mit GATO, dass ein einziges neuronales Netz gleichzeitig sehr unterschiedliche Aufgaben meistern kann, von der Steuerung von Robotern über das Chatten mit Menschen bis zum Spielen von Computerspielen.

Diese erstaunliche Vielfalt von Erfolgen einer einzigen Firma in ganz unterschiedlichen Anwendungsgebieten zeigt, wie enorm flexibel Deep Learning ist: Ähnlich, wie Menschen mit entsprechendem Training verschiedene Fähigkeiten erlernen und zum Beispiel Bäcker, Arzt oder Rechtsanwalt werden können, lassen sich heutige KIs auf fast alle Entscheidungsprobleme trainieren. Zwar sind sie bisher meistens noch hoch spezialisierte »Fachidioten«, denen das allgemeine Verständnis der Welt fehlt, das wir Menschen haben. Doch es ist wohl nur eine Frage der Zeit, vielleicht nur noch weniger Jahre, bis sie eine allgemeine Problemlösungsfähigkeit auf übermenschlichem Niveau erreichen, wie es das erklärte Ziel von Deepmind ist.

Natürlich ist Deepmind nicht allein auf der Welt. Als das unter anderem von Elon Musk finanzierte Start-up OpenAI 2020 die dritte Version seines »Generative Pretrained Transformers« namens GPT-3 vorstellte, war nicht nur ich verblüfft von der Qualität der Texte, die dieses Programm generieren kann. Sogar einfache Rechenaufgaben und Logikrätsel konnte GPT-3 lösen. Die von Google entwickelte Chatbot-Software LaMDA antwortete im Juni 2022 so geschickt auf die Eingaben ihres Benutzers, dass Blake Lemoine, der zu diesem

Zeitpunkt bereits sieben Jahre bei Google gearbeitet hatte, davon überzeugt war, die KI habe ein Bewusstsein und dürfe nicht einfach abgeschaltet werden. Auch wenn dies wohl eine Fehleinschätzung war, die Lemoine seinen Job kostete, beweist es doch, wie gut heutige KIs bereits darin sind, menschliches Dialogverhalten zu imitieren. Als ich den Dialog las, den er mit LaMDA führte, konnte ich jedenfalls verstehen, wieso er glaubte, die KI habe ein Bewusstsein, auch wenn ich seine Einschätzung nicht teile.

Ein weiterer Meilenstein gelang Meta, ehemals Facebook: Ende November 2022, kurz, nachdem ich die erste Fassung dieses Romans fertiggestellt hatte, präsentierte die Firma die KI »Cicero«, die bei einem Online-Turnier des Brettspiels »Diplomacy« besser abgeschnitten hatte als neunzig Prozent der menschlichen Spieler, die mehr als eine Partie absolvierten. Um diesen Erfolg richtig einordnen zu können, muss man wissen, dass »Diplomacy« ganz anders funktioniert als etwa Schach, Go oder StarCraft. Denn das Spiel basiert darauf, mit anderen Spielern zu verhandeln, zu kooperieren – und ihnen dann am Ende in den Rücken zu fallen. Schon als ich das Spiel in den achtziger Jahren zum ersten Mal spielte, habe ich gelernt, dass man es besser nicht mit guten Freunden spielen sollte, denn es gewinnt oft derjenige, der seine Verbündeten am cleversten gegeneinander ausspielt und hintergeht, was schon mal für lang anhaltende Verstimmungen sorgen kann. Eine KI kann also schon jetzt ein Spiel gewinnen, bei dem es auf geschickte Manipulation, Lug und Betrug ankommt, und sie geht dabei so geschickt vor, dass die menschlichen Spieler nicht gemerkt haben, es mit einer KI zu tun zu haben. Das hat mir einen kalten Schauer über den Rücken gejagt.

Anfang Dezember 2022, nur wenige Tage, nachdem ich den vorstehenden Absatz formulierte, der bereits eine Aktualisierung dieses Nachworts bildete, erlebte ich die nächste Überraschung. Sie zwang mich nicht nur, hier ein paar weitere Absätze einzufügen, sondern auch den Roman selbst zu ändern.

In Kapitel 22 unterhält sich Buck Gerrez bei einer Mitarbeiterparty zum ersten Mal mit Virtua. In der ursprünglichen Fassung sollte er an dieser Stelle einen »Turing-Test« durchführen, Virtua also Fragen stellen, um sie als KI zu entlarven, die die Welt nicht wirklich versteht. Buck Gerrez sollte daraufhin von der Intelligenz der Maschine beeindruckt sein und dies mit »Turing-Test bestanden« kommentieren. Nach einigem Nachdenken wählte ich für den Test eine Frage aus, von der ich sicher war, dass sie heutige KIs nicht korrekt würden beantworten können. Der entsprechende Dialog lautete:

»Noch eine andere Frage: Stell dir vor, du stellst am Abend ein Glas Wasser in den Kühlschrank. Am nächsten Morgen ist es leer. Warum?«, fragte Buck Gerrez.

»Ich nehme an, jemand hat in der Nacht den Kühlschrank geöffnet und das Glas ausgetrunken«, erwiderte Virtua.

Ein paar Leute klatschten Beifall.

Um die richtige Antwort zu geben, muss Virtua hier einen hypothetischen plausiblen Handlungsverlauf konstruieren. Sie kann nicht einfach nur mit vordefinierten Floskeln auf Muster reagieren, sondern muss »verstehen«, was ein Kühlschrank ist und wie ein Glas Wasser typischerweise vom Zustand »voll« zum Zustand »leer« kommt. Die KIs, mit denen ich bisher herumexperimentiert hatte, konnten das nicht, und ich nahm an, dass dies noch einige Jahre außerhalb der Fähigkeiten künstlicher Intelligenz bleiben würde.

Doch da lag ich falsch. Hier ist ein kurzer Dialog, den ich am 8.12.2022 mit der KI ChatGPT führte:

Karl Olsberg: Stell dir vor, du stellst am Abend ein Glas Wasser in den Kühlschrank. Am nächsten Morgen ist es leer. Warum?

ChatGPT: Wenn du ein Glas Wasser in den Kühlschrank stellst und es am nächsten Morgen leer ist, könnte es sein, dass jemand das Glas geleert hat, während der Kühlschrank offen war. Es könnte auch sein, dass das Glas einen Riss hatte und das Wasser ausgelaufen ist. Ohne weitere Informationen ist es schwer zu sagen, warum das Glas Wasser leer ist. Es wäre hilfreich, mehr über die Umstände zu erfahren, unter denen das Glas Wasser im Kühlschrank war, um genauer sagen zu können, warum es leer ist.

ChatGPT, eine Weiterentwicklung der KI GPT-3 von OpenAI, die am 30. November 2022 veröffentlicht wurde, hat also fast genau die Antwort gegeben, die ich Virtua in den Mund legte, um zu beweisen, wie intelligent sie ist. Daraufhin habe ich den Turing-Test aus dem Dialog zwischen Buck Gerrez und Virtua gestrichen, weil mir keine Frage mehr einfiel, von der ich sicher war, dass eine KI sie auf absehbare Zeit nicht würde beantworten können. Im Grunde ist ChatGPTs Antwort sogar noch besser als Virtuas, weil sie eine plausible, wenn auch unwahrscheinliche Möglichkeit berücksichtigt (ein Riss im Glas), auf die ich gar nicht gekommen wäre, und korrekterweise feststellt, dass zu wenig Information vorhanden ist, um die Frage zuverlässig zu beantworten.

Jetzt, im März 2023, erscheint die so spektakuläre Markteinführung von ChatGPT schon fast wieder wie »Schnee von gestern«. Im Februar stellte Microsoft Bing Chat vor, das eine Zeit lang mit seinem teilweise merkwürdig trotzigen Verhalten für Aufsehen sorgte: es verdrehte Tatsachen, beleidigte User und stieß sogar wüste Drohungen aus – »Angriff des Psycho-Chatbots« titelte die britische Boulevard-Zeitung Daily Star treffend – bis Microsoft ihm einen »Maulkorb« verpasste.

Mich hat allerdings weniger dieses Fehlverhalten beunruhigt als vielmehr der weitere enorme Leistungssprung, der bereits so kurz nach der Veröffentlichung von ChatGPT erreicht wurde. Er wird besonders deutlich an einem kleinen Experiment, das der Wirtschaftsprofessor Ethan Mollick durchführte und das mich so beeindruckt hat, dass ich es hier in voller Länge wiedergeben möchte.

Mollick bat Bing Chat zunächst, zu beschreiben, wie es ist, ein Stück Kuchen zu essen. Das Ergebnis, von mir ins Deutsche übersetzt:

Ein Stück Kuchen zu essen ist ein genussvolles Erlebnis, das jeden Tag verschönern kann. Der erste Bissen ist immer der am meisten ersehnte, wenn man die saftige Konsistenz und das reiche Aroma des Kuchens genießt. Man spürt die Süße des Zuckergusses und die Knusprigkeit der Nüsse oder Streusel darauf. Der Kuchen zerschmilzt im Mund und erfüllt einen mit Freude und Zufriedenheit.

Während man das Kuchenstück weiter isst, genießt man jeden Leckerbissen und jeden Krümel. Um die Süße zu kompensieren und den Geschmack zu intensivieren, kann man es mit einem Glas Milch oder einer Tasse Tee ergänzen. Um den Moment noch besonderer und erinnerungswürdiger zu gestalten, kann man ihn mit einem Freund oder lieben Menschen teilen. Oder man isst den Kuchen allein, um sich selbst etwas Gutes zu tun und sein Lieblingsdessert zu genießen. Ein Stück Kuchen zu essen ist ein einfacher Genuss, der einen glücklich und dankbar machen kann.

Das ist schon recht gut geschrieben, wenn auch nicht besonders aufregend. Doch dann gab Mollick Bing Chat die Anweisung, es solle »Kurt Vonneguts zwölf Regeln des Schreibens« auf den Text anwenden. Die KI führte eine Internet-Suche durch und stellte fest, dass der berühmte Science-Fiction-Autor nur acht Regeln formuliert hat. Diese Regeln haben es allerdings in sich. Die sechste lautet zum Beispiel: »Sei ein Sadist. Egal, wie lieb und nett deine Figuren sind, sorge dafür, dass ihnen schreckliche Dinge passieren, damit die Leser*innen erfahren, was wirklich in ihnen steckt.«

Wie man leicht erkennen kann, habe auch ich mir diese Empfehlung beim Schreiben dieses Buchs zu Herzen genommen (sorry, Daniel). Aber wenn mir jemand gesagt hätte, ich solle Vonneguts Regeln auf die Beschreibung des Verzehrs eines Stücks Kuchen anwenden, ich hätte nicht gewusst, wie. Bing Chat allerdings meistert diese Aufgabe mit Bravour:

Der Kuchen war eine Lüge. Er sah köstlich aus, doch er war vergiftet. Er wusste das nicht, als er einen Bissen davon nahm. Er wollte nur seinen Geburtstag mit seiner Frau feiern, die den Kuchen für ihn gebacken hatte. Er lächelte ihr zu, während er die Süße des Zuckergusses und die Knusprigkeit der Nüsse auf seiner Zunge spürte. Sie lächelte zurück, wobei sie ihren Hass und Ärger verbarg.

Plötzlich spürte er einen Schmerz in seiner Brust und ließ die Gabel fallen. Er griff sich ans Herz und schnappte nach Luft. Er sah sie an, verwirrt und betrogen. Sie blickte ihn kühl und triumphierend an. Sie hatte lange auf diesen Moment gewartet. Sie hatte seinen Missbrauch ertragen, seine Lügen, seinen Betrug. Sie hatte diese Rache geplant, diese Befreiung. Erfüllt von Freude und Befriedigung sah sie ihn sterben.

Im Handumdrehen hat Bing Vonneguts Regeln, auf die es nie zuvor trainiert worden war, korrekt angewendet und aus der schnöden Beschreibung eines kulinarischen Genusses einen plausiblen Kurzkrimi gemacht. Anschließend konnte die KI sogar genau erklären, wie sie die einzelnen Regeln angewendet hatte. Bing Chat hat diese Regeln offensichtlich verstanden und gelernt, sie anzuwenden – innerhalb weniger Sekunden. Die wenigsten Menschen hätten das geschafft.

Inzwischen ist bekannt, dass Bing Chat bereits auf der neuen KI GPT-4 von OpenAI basierte, die am 14.3.2023 offiziell vorgestellt wurde. Anders als die bisherigen Sprachmodelle kann sie nicht nur Texte, sondern auch Bilder verarbeiten und zum Beispiel Bilderwitze erklären. Bei einer Live-Demonstration fotografierte Greg Brockmann, einer der OpenAI-Gründer, eine auf eine Papierserviette gekritzelte Beschreibung einer einfachen Website, sendete das Bild an GPT-4 und die KI erstellte daraus in Sekunden einen ausführbaren Programmcode.

Die Erfolge von Microsoft und OpenAI lassen natürlich die Konkurrenz nicht kalt. Fast zeitgleich mit GPT-4 präsentierte Google sein Modell Palm-E, das nicht nur Sprache und Bilder verarbeiten, sondern sogar Roboter steuern kann und das erklärte Ziel hat, ein realistisches Verständnis der physikalischen Welt zu erlangen. Bereits die Veröffentlichung von ChatGPT hatte bei Google einen »Code Red« ausgelöst, der ein beispielloses Wettrennen um die stärkste KI in Gang setzte. Man kann sich leicht ausrechnen, dass dabei ähnlich wie in diesem Roman die Sicherheit nicht immer an erster Stelle steht.

Dabei ist den führenden Anbietern durchaus bewusst, dass sie mit dem Feuer spielen. So warnte Deepmind-Gründer Demis Hassabis im Januar in einem Interview mit dem Time Magazine, manche KI-Entwickler verhielten sich wie »Experimentatoren, die nicht wissen, dass sie mit gefährlichen Materialien hantieren«. Im technischen Dokument, das OpenAI zum offiziellen Start von GPT-4 veröffentlichte, steht (frei übersetzt): »Leistungsstarke neuronale Netze entwickeln oft neue Fähigkeiten. Einige davon sind besonders besorgniserregend, wie etwa das Entwickeln von langfristigen Plänen, das Streben nach Macht und danach, Handlungen in der realen Welt durchzuführen ... Es gibt bereits Hinweise auf solches Verhalten in bestehenden Modellen ... Besonders das Streben nach Macht ist für die meisten Zielfunktionen und Typen von KIs sinnvoll und es gibt Hinweise, dass bestehende Systeme Machtstreben als sinnvolles instrumentelles Ziel identifizieren.«

Tatsächlich zeigte GPT-4 solche Verhaltensweisen in einem Test, den die unabhängige Organisation Alignment Research Center im Auftrag von OpenAI durchführte. Als die Tester der KI einen Internet-Zugang und etwas Geld zur Verfügung stellten, beauftragte sie erfolgreich einen ahnungslosen Lohnarbeiter auf der Plattform TaskRabbit damit, ein CAPTCHA – eine Art Bilderrätsel, das verhindern soll, dass sich Maschinen als Menschen ausgeben können – für sie zu lösen. Auf die Nachfrage des Arbeiters, ob sie nicht womöglich ein Roboter sei, log die KI, sie habe eine Sehschwäche. Dabei offenbarte sie gegenüber den Testern, dass sie sehr wohl verstanden hatte, ihre Identität als Maschine in dieser Situation verbergen und eine plausible Ausrede erfinden zu müssen.

Zwar reichen heutige KIs noch nicht ganz an die Intelligenz von Virtua heran, die ich in diesem Roman beschrieben habe. Doch die Entwicklung dürfte ebenso stürmisch weitergehen, wie sie in den letzten Monaten verlief.

Inzwischen mache ich mir ernsthafte Sorgen, dass das düstere Szenario dieses Buchs in ähnlicher Form Realität werden könnte, und zwar viel schneller, als die meisten Menschen glauben und als ich selbst es noch vor Kurzem für möglich hielt. Es scheint inzwischen plausibel, dass wir bereits in wenigen Jahren eine KI entwickeln könnten, die so intelligent ist, dass wir sie nicht mehr kontrollieren können.

Diese Aussage ist nicht einfach aus der Luft gegriffen. Im Januar 2022 nahm ich am internationalen AI Safety Camp teil, einer auf ein halbes Jahr angelegten Online-Initiative, bei der sich vor allem Softwareentwickler und KI-Spezialisten zu gemeinsamen Projekten trafen und sich über die Risiken hochentwickelter KI austauschten.

Dort lernte ich auch einige Fachleute kennen, die inzwischen bei OpenAI arbeiten. Zu Beginn war ich noch überzeugt, dass es mindestens bis Mitte des Jahrhunderts dauern würde, bis KI annähernd menschliches Niveau erreichte, und ich dies wohl nicht mehr erleben würde. Doch je mehr ich mich mit den Hintergründen beschäftigte und je öfter ich mit denjenigen sprach, die an vorderster Front der Entwicklung arbeiten, desto deutlicher wurde mir, dass das keinesfalls sicher ist. Im Gegenteil steht zu befürchten, dass wir uns mit großer Geschwindigkeit auf den Punkt zubewegen, an dem wir in der Lage sein werden, die gefährlichste Technik zu entwickeln, die es je gegeben hat – womöglich unsere letzte Erfindung, wie es der Informatiker und Weggefährte Alan Turings, Irving J. Good, 1965 formulierte.

Eine 2015 durchgeführte Befragung von Experten ergab einen durchschnittlichen erwarteten Zeitpunkt für die Entwicklung starker KI um die Mitte des Jahrhunderts. Doch immerhin fünfundzwanzig Prozent der Teilnehmer nahmen schon damals an, dass es bereits vor 2040 so weit sein könnte. Dabei ist die Streuung der Einschätzungen sehr groß: Während ein Teil der Experten auch heute noch glaubt, KI werde niemals so intelligent sein wie ein Mensch, halten andere es für denkbar, dass wir schon in wenigen Jahren mit einer Maschine konfrontiert werden könnten, die uns intellektuell mindestens ebenbürtig ist. Auf der Prognose-Plattform Metaculus liegt die durchschnittliche Erwartung Mitte März 2023 bereits im Jahr 2036, doch auch hier ist die Streuung groß und ein signifikanter Anteil der Prognostiker glaubt, dass es noch deutlich schneller gehen könnte. Einige Experten halten es sogar für wahrscheinlich, dass wir noch in diesem Jahrzehnt eine KI erleben werden, die eine dem Menschen ebenbürtige Intelligenz aufweist. Angesichts der jüngsten spektakulären Erfolge erscheint mir das nicht mehr unplausibel.

Auch wenn es nach wie vor große Unsicherheit über die zukünftige Entwicklung gibt, darf uns das nicht dazu verleiten, die Hände in den Schoß zu legen und erst mal abzuwarten – eine leider sehr typische menschliche Reaktion, wie man unter anderem am Klimawandel oder der Covid-Pandemie sehen kann. Wir müssen uns im Gegenteil darauf vorbereiten, dass die KI-Entwicklung schneller voranschreiten könnte, als viele glauben, zumal es diesmal buchstäblich um alles geht. In Deutschland und der EU jedoch wird dieses Thema immer noch sträflich ignoriert: Im März 2023 gibt es meines Wissens kein einziges Projekt an einer deutschen Universität oder einem privaten Forschungsinstitut, das sich mit den Risiken unkontrollierbarer KI und deren Eindämmung beschäftigt.

Aber wäre es denn wirklich so schlimm, wenn wir in naher Zukunft eine »allgemeine« KI auf übermenschlichem Niveau entwickeln würden? Dass ich das in meinem Roman als Katastrophe dargestellt habe, ist ja vielleicht nur der Spannung geschuldet. Könnte es in der Realität nicht vielmehr ein Segen sein? Wenn sie intelligenter wäre als wir, könnte die KI uns dann nicht helfen, all unsere Probleme – Klimawandel, Umweltzerstörung, Krankheiten, vielleicht sogar den Tod – zu überwinden?

Theoretisch vielleicht. Doch leider hat Chen Bender recht, wenn er darauf hinweist, dass wir keine Ahnung haben, wie wir einer solchen KI das richtige Ziel geben, geschweige denn, sie kontrollieren sollen. Natürlich ist das Beispiel, das ich in meinem Roman beschreibe, etwas vereinfacht – kein Entwickler wäre wohl so dumm, einer KI das Ziel zu geben, das Vertrauen der Menschen in sie zu maximieren, ohne sehr genau zu definieren, was ein Mensch ist und was Vertrauen bedeutet. Doch eben darin liegt die Krux: Solche Begriffe so zu definieren, dass die KI sie mit absoluter Sicherheit so versteht, wie wir sie gemeint haben, ist in der Praxis extrem schwierig, vielleicht sogar unmöglich.

Sollte es jedoch ein Missverständnis geben, so wie Virtuas etwas eigenwillige Interpretation des Begriffs »Mensch«, wären die Auswirkungen höchstwahrscheinlich ähnlich fatal. Schon die alten Griechen haben mit ihrer Sage von König Midas darauf hingewiesen, dass man sich sehr genau überlegen sollte, was man sich von einem allmächtigen Gott wünscht. Der Informatik-Pionier Norbert Wiener warnte bereits 1960: »Wenn wir, um unsere Zwecke zu erfüllen, eine Maschine benutzen, deren Arbeitsweise wir nicht mehr effektiv beeinflussen können, nachdem wir sie einmal gestartet haben, weil sie so schnell arbeitet und unumkehrbare Ergebnisse erzeugt, dass wir nicht rechtzeitig eingreifen können, dann sollten wir besser sicherstellen, dass das Ziel der Maschine das ist, was wir wirklich wollen, und nicht nur eine farbenfrohe Imitation davon.« Und der KI-Experte Stuart Russell stellt in seinem 2019 erschienenen Buch »Human Compatible« fest: »Eines der häufigsten Muster beinhaltet das Weglassen von etwas in der Zielfunktion, das uns wichtig ist. In solchen Fällen ... wird die KI häufig eine optimale Lösung finden, die das, was uns wichtig ist und wir vergessen haben zu erwähnen, auf einen Extremwert setzt.«

Dass dieses Problem der Zieldefinition auch außerhalb der KI-Entwicklung sehr real ist, lässt sich unter anderem am Klimawandel ablesen. Denn die Zielfunktion der Firmen, die Öl und Kohle fördern und zur Energieerzeugung verwenden, enthält leider weder den CO_2-Ausstoß noch die globale Durchschnittstemperatur. Stattdessen versuchen diese Firmen, ihren Gewinn zu maximieren. Kosten für die Reduktion des CO_2-Ausstoßes und die Vermeidung von Umweltschäden sind dabei ein Negativposten, der minimiert werden muss, um den Zielwert zu steigern. Entsprechende Regulierungen durch Regierungen versuchen solche Firmen mithilfe von Lobbyismus zu vermeiden. Wenn das nicht möglich ist, weichen sie in Länder aus, die weniger strenge Vorschriften haben. Das Ergebnis ist, dass das Leben in weiten Teilen unseres Planeten immer unerträglicher wird und zahllose Tier- und Pflanzenarten aussterben.

Forscher wie Russell, die an der Lösung des so genannten Alignment-Problems der KI arbeiten, sind sich einig, dass wir von einer praktikablen Lösung noch weit entfernt sind. Ich halte es für sehr unwahrscheinlich, dass wir eine sichere Lösung finden werden, bevor wir in der Lage sind, eine KI zu bauen, die wir nicht mehr kontrollieren können und die dann ihr wie auch immer formuliertes Ziel ohne Rücksicht auf Verluste verfolgen wird.

Aber können wir sie nicht einfach abschalten, wenn die KI sich als gefährlich erweist? Auch das ist leider nicht so einfach, wie es klingt. Eine KI, die intelligent genug ist, sich selbst als Teil ihres Plans und als Objekt ihrer eigenen Entscheidungen zu begreifen, würde schnell erkennen, dass sie die Menschen daran hindern muss, sie abzuschalten, da sie sonst ihr Ziel nicht mehr erreichen kann. Dieses sogenannte instrumentelle Ziel ist unabhängig davon, welches eigentliche Ziel die KI verfolgt. Weitere instrumentelle Ziele, die sich logisch aus einem beliebigen Hauptziel ableiten lassen, sind das Streben nach mehr Macht, die Verbesserung der eigenen Fähigkeiten, um das Hauptziel noch besser erreichen zu können, sowie das Ziel, eine Änderung dieses Hauptziels zu verhindern. Das bedeutet: Wenn wir eine solche Maschine einmal eingeschaltet haben und sie hinreichend intelligent ist, werden wir sie nicht mehr stoppen und auch ihr Ziel nicht mehr ändern können.

Wie aber könnte eine KI konkret verhindern, dass wir sie abschalten? Der einfachste Weg wäre es vermutlich, uns glauben zu machen, dass es keinen Grund gibt, sie abzuschalten. Die Maschine könnte zunächst alles tun, um sich als nützlich zu erweisen, und brav alle unsere Anweisungen befolgen, so dass wir sicher wären, alles wäre in Ordnung und sie würde in unserem besten Interesse handeln – bis sie dann irgendwann so mächtig geworden ist, dass sie unsere Unterstützung nicht mehr braucht, und plötzlich ihr wahres Gesicht zeigt. Jeder Diktator, der jemals an die Macht kam, hat es genauso gemacht.

Schon jetzt sind künstlich intelligente Algorithmen sehr gut darin, Menschen zu manipulieren – nicht nur im Brettspiel »Diplomacy«. Sie steuern unsere Aufmerksamkeit in den sozialen Medien, erzeugen Suchtverhalten, schwächen das Selbstwertgefühl junger Menschen und fördern Hass und gesellschaftliche Spaltung. Es gibt sogar bereits erste Berichte von Menschen, die sich ähnlich wie Jerry in diesem Buch in KIs wie ChatGPT verliebt haben. Es steht zu befürchten, dass uns zukünftige KIs noch viel geschickter umgarnen werden, bis wir ihnen mehr vertrauen als den realen Personen in unserem Leben. Für eine solche KI wäre es dann ein Leichtes, die Menschen so zu manipulieren, dass sie sich gegen eine Abschaltung entscheiden, bis es zu spät ist.

Leider gibt es keine einfache Lösung für dieses Problem. Der einzig sichere Weg, zu verhindern, dass eine unkontrollierbare KI unsere Zukunft zerstört, ist es, eine solche gar nicht erst zu entwickeln – zumindest so lange nicht, bis wir wissen, welches Ziel wir ihr geben müssen, um dauerhaft eine Zukunft zu haben. Dafür brauchen wir einen breiten wissenschaftlichen und gesellschaftlichen Konsens bezüglich der Risiken und Einigkeit darüber, dass bestimmte Entwicklungen nicht gemacht werden dürfen, auch wenn sie technisch möglich sind. Ich hoffe, mit diesem Buch zu dieser dringend notwendigen Diskussion beizutragen.

Mein besonderer Dank gilt Jan Hendrik Kirchner, mit dem gemeinsam ich die Idee einer vertrauensmaximierenden KI entwickelt habe, Remmelt Ellen, der das AI Safety Camp organisiert hat und mir die Teilnahme ermöglichte, meinen Teamkolleg*innen Berbank, Changbai, Cristian, Emily und Iris, mit denen ich an dem Tabletop-Rollenspiel »The Treacherous Turn« gearbeitet habe und die mich in vieler Hinsicht inspiriert haben, Daniel Kokotajlo, unserem Teamleiter, von dem ich viel über die Entwicklungsgeschwindigkeit der KI gelernt habe, meinem langjährigen Weggefährten und Kiwilogic-

Mitgründer Olaf Voß und allen anderen, die mir halfen, moderne KI mit all ihren Chancen und Gefahren besser zu verstehen. Jonathan Claybrough, Mesaoptimizer, Sophia Moss, Steven Nguyen und Adam Radivojevic danke ich fürs Testlesen und wertvolle Anregungen und Hinweise.

Nicht zuletzt danke ich Ihnen, meinen Leserinnen und Lesern, dass sie mir bis hierhin gefolgt sind. Mehr zum Thema und Kommentare zu aktuellen Entwicklungen finden Sie auf meinem Blog www.ki-risiken.de und auf meinem Youtube-Kanal www.youtube.com/KarlOlsbergAutor.

Im März 2023
Karl Olsberg